Eva-Maria Bast

Die
FRAUEN
von
NOTRE DAME

atb aufbau taschenbuch

Eva-Maria Bast

Die FRAUEN von NOTRE DAME

Roman

atb aufbau taschenbuch

MIX
Papier | Fördert
gute Waldnutzung
FSC® C083411
FSC
www.fsc.org

ISBN 978-3-7466-4105-8

Aufbau Taschenbuch ist eine Marke
der Aufbau Verlage GmbH & Co. KG

1. Auflage 2024
© Aufbau Verlage GmbH & Co. KG, Berlin 2024
www.aufbau-verlage.de
10969 Berlin, Prinzenstraße 85
Der Verlag behält sich das Text- und Data-Mining
nach § 44b UrhG vor, was hiermit Dritten
ohne Zustimmung des Verlages untersagt ist.
Satz Geiner & Reichel, Köln
Druck und Binden CPI books GmbH, Leck, Germany

Printed in Germany

Prolog

Und nun schön leise, Monsieur Eugène. Immerhin gehen wir in ein Gotteshaus. Da muss man andächtig sein.«

Der kleine Eugène fürchtete sich etwas und krallte seine Hände in den Kittel des alten Dieners, der ihn heute begleitete. Gleichzeitig konnte er es aber auch nicht erwarten, diese wunderbare, riesige Kathedrale zu besuchen. Und auf dem Arm von Monsieur Bernard war er sicher. Monsieur Bernard mochte zwar alt sein, aber er war größer als Eugènes Vater. Und das wollte etwas heißen.

In der Kathedrale empfing sie eine tiefe Stille. Eine Stille, die eigentlich gar keine war, wie Eugène schnell feststellen sollte. Zwar war kein Geräusch zu hören, aber die vielen Eindrücke überfluteten ihn regelrecht, machten die Geräuschlosigkeit zu tosendem Lärm. Überall schrien die Figuren und Statuen ihm ihre Geschichten entgegen, gingen Bögen und Linien ineinander über, trugen Säulen wunderbare Gewölbedecken. Mit offenem Mund blickte der kleine Junge sich um, als er auf einmal etwas entdeckte, was ihn vollkommen in seinen Bann zog: Ein Sonnenstrahl fiel durch das südliche Rosettenfenster und warf einen magischen Farbkegel in seine Richtung. Eugène spürte, wie sein Herz zu rasen begann. Was war das? Zaghaft streckte er die Hand nach dem Farbstrahl aus, vermochte ihn jedoch nicht einzufangen. Dabei wurde die Farbe doch sogar auf den Boden gemalt! Staunend hob er den Kopf, um den Quell des Farbstrahls, das Fenster, etwas genauer in Augenschein zu nehmen: Er sah unzählige Farbflächen und Felder.

Und dann setzte Musik ein. Raumgreifend und mächtig. Die Musik vertrieb den Lärm der Eindrücke und verband sich auf eigenartige Weise mit den Farbstrahlen, die in Eugènes Richtung zuckten. Bewegten sie sich nicht im Rhythmus der Musik? Begannen sie nicht, miteinander zu tanzen?

Eugène starrte und staunte, glaubte, es sei das Fenster, das diese wundervollen, mächtigen Klänge erzeugte. Schließlich war das Fenster auch in der Lage, all diese wundervollen Farben hervorzubringen!

»Das Fenster kann Musik machen!«, flüsterte er ergriffen. »Und es kann Farben zaubern.«

Lachend drückte der Diener ihn an sich. »Nein, Monsieur Eugène«, sagte er, »das Fenster kann keine Musik machen. Dort oben«, er deutete auf ein Instrument mit unzähligen Pfeifen, »dort oben sitzt ein Mann und musiziert.«

Empört schüttelte Eugène den Kopf: »Nein«, sagte er entschieden, »nein, das ist das Fenster. Es ist ganz einfach: Die hohen Töne kommen aus den hellen Farben und die tiefen aus den dunklen. Sehen Sie?« Er deutete hinauf.

Der Diener lächelte nur. Er schien der Ansicht zu sein, dass es wohl besser wäre, dem Kleinen seinen Glauben zu lassen.

In diesem Moment schwoll die Musik zu einem mächtigen Klang an. Das Fenster schien zu zittern, die Farbblitze zuckten immer schneller über den Boden. All das vermischte sich in Eugène zu einem einzigen großen Farb-Klang-Teppich. Und plötzlich war auch der Lärm der Eindrücke wieder da. Mit einem Mal war es ihm, als schrien ihm all die vielen Figuren und Statuen ihre Geschichten noch lauter entgegen, als stimmten sie in den vollen, satten Ton des Fensters mit ein. Das war zu viel! Viel zu viel!

Aufkeuchend presste er sich die Hände auf die Ohren und kniff die Augen zusammen. Tränen kullerten ihm unter den geschlossenen Lidern hervor über die Wangen.

Der Diener trug ihn hastig nach draußen.

Kapitel 1

Josie legte den Kopf in den Nacken und blickte zum strahlend blauen Himmel empor, an dem nicht ein einziges Wölkchen zu sehen war. Die Blüten der Kastanien- und Kirschbäume bildeten wunderbare, hingehauchte Farbtupfer, als hätte sich hier einer jener großartigen Künstler verewigt, die Paris zu ihren berühmten Werken inspiriert hatte. Van Gogh zum Beispiel oder Monet.

Paris! Sie war endlich in Paris! Und gleich würde sie ihre Kathedrale wiedersehen: Notre Dame!

Ein wenig Sorge hatte sie gehabt, ausgerechnet jetzt in die französische Hauptstadt zu reisen – immerhin hatte das, was man in den Nachrichten über die Gelbwesten erfuhr, nicht sonderlich erfreulich geklungen. An zweiundzwanzig Samstagen hatte es in den französischen Städten – vor allem in Paris – Demonstrationen gegeben, die eine Spur der Zerstörung hinterließen.

Doch von alldem dem war an diesem wunderbaren Frühlingsnachmittag überhaupt nichts zu spüren. Im Gegenteil. Ein tiefer Friede lag über der Stadt. Friede in Kombination mit ganz viel Hoffnung und einer Art Aufbruchsstimmung, wie sie alljährlich wiederkehrt, wenn die Wintermonate strahlenden Sonnentagen weichen, wenn die Knospen der Bäume und Blumen aufspringen und die Welt in ein leuchtendes Farbenmeer verwandeln. Josie wusste auch, dass Präsident Emmanuel Macron sich am Abend in einer Fernsehansprache an die Nation wenden wollte, darin sollte es vor allem um die Gelbwesten und ihre Forderungen gehen. Sie hoffte, dass das eine Befriedung der Lage und keine erneute Eskalation zur Folge haben würde, hatte aber vorsorglich beschlossen, den Abend in ihrem Hotelzimmer zu verbringen. Nur noch ein kurzer Spaziergang zur Kathedrale – dann wollte sie für heute wieder in ihr Hotel zurückkehren.

Als Josie an einer Bäckerei vorbeikam, drang ihr ein köstlicher Duft nach frischem Gebäck in die Nase. Sie warf einen Blick in die Auslage und erspähte eine köstliche Apfeltarte. Das wäre jetzt genau das Richtige. Oder sollte sie lieber in das benachbarte Käsegeschäft gehen? Dazu Rotwein und ein Baguette? Beides könnte sie, überlegte Josie, am Abend auf ihrem kleinen Balkon einnehmen. Sie studierte die Auslagen. Der Walnuss-Brie lachte sie ganz besonders an. Ja, den würde sie sich gönnen. Kurz entschlossen betrat sie die Fromagerie und ließ sich eine Auswahl Käse einpacken, in der Boulangerie nebenan kaufte sie Baguette und zwei Stück Apfeltarte, später wollte sie noch einen Wein besorgen.

Als sie die Boulangerie wieder verließ, läuteten die Glocken von Notre Dame bereits zur Abendmesse. Dieser Klang war, wie Josie wusste, der Kopf, das Herz und das Mark von Paris. Gleich würden Hunderte Gläubige der Messe mit Reverend Jean-Pierre Caveau beiwohnen. Josie lächelte, packte ihre Einkaufstüte fester und eilte in Richtung Kathedrale.

Vielleicht, dachte sie, sollte sie genau das tun: die Abendmesse besuchen. Oder nein, das würde sie sich noch ein bisschen aufheben. Den großen Moment noch ein klein wenig hinauszögern. Der Apfelkuchen duftete verführerisch aus der Papiertüte. Kurz entschlossen setzte sie sich auf eine Parkbank, holte den Kuchen heraus, biss hinein und schloss genießerisch die Augen. Köstlich! Nach Paris zu reisen, sich treiben zu lassen – wie lange hatte sie sich das gewünscht! Eigentlich, dachte sie, seit ihre Mutter mit ihr hier gewesen war. Zwanzig Jahre war das nun her und Josie hatte gerade ihre ersten Sommerferien verlebt. Sie erinnerte sich nicht mehr an viele Details jenes Sommers. Weder an das Hotel, in dem sie gewohnt, noch an die Süßwarenläden, die sie besucht hatten – obgleich das doch die Dinge waren, die sich einem Kind tief einprägen, wie der Geschmack eines Bonbons im Mund, das säuerlich-süß zerschmilzt. Doch von alldem wusste Josie nichts mehr. Als wäre es gestern gewesen, spürte sie aber noch das Gefühl in sich, das sie ergriffen hatte, als sie mit ihrer Mutter Notre Dame besuchte: Wie sie das riesige Schiff betraten und dann staunend in einer der Kirchenbänke saßen. Sprachlos hatte das Mädchen, das sie gewesen war, sich in der Kathedrale umgesehen, Figuren bestaunt, Bögen und Linien betrachtet – alles war so perfekt! Eine Orgel begann zu spielen, das farbige Licht flog durch die Fenster – und dann liefen ihr Tränen über die Wangen angesichts der Gewaltigkeit dieses Gotteshauses. Sie hatte sich nicht vorstellen können, dass Menschen so etwas Wundervolles schaffen konnten. Wie betäubt war sie schließlich wieder aus der Kathedrale hinausgegangen – noch nicht ahnend, dass dieser Besuch ihr ganzes Leben prägen würde.

Josie war seither nie wieder in Paris gewesen – aber sie hatte, ganz im Bann ihrer Eindrücke, eine Ausbildung zur Steinbildhauerin und Restauratorin gemacht und anschließend Kunstgeschichte studiert. Derart Großartiges wie die Kathedrale von Notre Dame würde sie wohl nie schaffen können. Aber sie könnte es wenigstens versuchen, hatte sie damals gedacht.

Als Jugendliche hatte sie das Klettern für sich entdeckt. Das Gefühl, wenn sie in den Bergen war, sich an Felsen entlanghangelte und die Schönheit der Natur genoss, glich jenem, das sie bei ihrem Besuch in der Kathedrale gehabt hatte. Sie verspürte Andacht und Demut bei dem Gedanken, dass etwas derart Schönes und Vollkommenes wahr sein konnte. Diese besondere Schönheit zu suchen und zu finden, war ihr zur Lebensaufgabe geworden. In den Bergen war sie es selbst, der kleine Mensch inmitten dieser gewaltigen Natur, die direkte Auseinandersetzung mit den Elementen, das Gefühl, eins mit Berg und Fels zu werden. In der Steinbildhauerei war es die Kunst, diesen rauen Stein zu kultivieren, ihm eine Form abzuringen, etwas Besonderes und Großartiges zu schaffen. Es ging darum, sich mit dem Material zu verbinden und es zu lieben. Und als Josie ihren Meister gemacht hatte, hatte sich noch eine ganz andere Verbindung ergeben: Sie war Fassadenkletterin geworden und vermochte nun, Kunstwerke in luftigen Höhen zu restaurieren. Die ganze Zeit über hatte sie die nun schon seit 850 Jahren andauernde Geschichte von Notre Dame bis ins kleinste Detail studiert, sie regelrecht in sich aufgesogen. Tiefe Dankbarkeit hatte sie dabei stets gegenüber Maurice de Sully empfunden, jenem Bauernsohn, der seinerzeit Bischof in Paris gewesen war und im ausgehenden 12. Jahrhundert den Bau von Notre Dame vorangetrieben hatte. Das Herz hatte ihr geblutet, als sie während ihres Studiums erfuhr, wie barbarisch man, vor allem während der Französischen Revolution, mit manchen Werken umgegangen war – und dass es viel Mühe und Geduld erfordert hatte, um sie wieder zu restaurieren.

Und nun würde Josie zurückkehren. Endlich. Sie würde jeden Stein betrachten, jedem noch so kleinen Detail wollte sie Beachtung schenken. Genüsslich schob sie sich das letzte Stückchen Apfelkuchen in den Mund – und empfand eine gewisse Wehmut, weil der Kuchen nun aufgegessen war. Sollte sie sich noch ein Stück holen? Plötzlich störte etwas den herbsüßen Geschmack in ihrem Mund. Sie schnupperte. Es roch nach Rauch. Ob es irgendwo brannte? Josie verzog das Gesicht. Der Rauchgeruch wurde stärker, sie würde lieber auf das zweite Stück verzichten. Und das Wiedersehen mit Notre Dame hatte sie auch schon lange genug aufgeschoben. Jetzt war es so weit! Sie bog um die nächste Ecke, gleich würde sie Notre Dame wiedersehen.

Doch dann glaubte sie ihren Augen nicht zu trauen. Das konnte nicht sein! Aus dem Dach der Kathedrale schlugen rote und orangefarbene Flammen! Erst jetzt bemerkte Josie, dass die Menschenmenge um sie herum unglaublich dicht geworden war. Außer sich vor Entsetzen, mit bleichen Gesichtern, über die die Tränen in Strömen liefen, starrten die Pariser hinauf – und konnten nicht glauben, was sie sahen. Notre Dame stand in Flammen! Ascheteilchen und feurige Flocken trieben durch die Luft.

★★★

13

Nervös sah Antoine Girard auf die Uhr, als er seine Wohnungstür aufschloss. Es war bereits nach halb sieben, um sieben war er mit seinem Freund Lucien im Boutary zum Abendessen verabredet. Große Lust hatte er auf dieses Essen nicht, wenn er ehrlich war. Lucien war ein überzeugter Streiter bei den Gelbwesten und kannte kein anderes Thema mehr. Wahrscheinlich würde er sich beim Abendessen über alles und jeden echauffieren. Auch über ihn, Antoine, wenn er denn zu spät käme. Lucien würde argwöhnen, dass Antoine sich für etwas Besseres hielt.

Eigentlich hätte er genügend Zeit gehabt, doch nachdem er an der Sorbonne seine Vorlesung über »Victor Hugo und seine Verbindung zu Notre Dame« beendet hatte, hielt eine junge Studentin ihn auf, weil sie mit ihm eine Art Grundsatzdiskussion führen wollte. Und sosehr der Kunsthistoriker und Literaturprofessor engagierte Studentinnen und Studenten auch mochte, besonders, wenn sie den Mut hatten, in neue Richtungen zu denken, etwas zu hinterfragen und zu diskutieren, so wenig passte es ihm heute. Vor allem, als er bemerkte, dass die junge Frau immer wieder versuchte, seinen Blick zu fesseln – und dass es ihr um etwas ganz anderes ging als um Victor Hugo.

Antoine hatte innerlich aufgeseufzt. Mit seinem fein geschnittenen, aber dennoch sehr markanten und männlichen Gesicht und dem dichten braunen Haar, das er immer ein wenig zu lang trug, war er ein äußerst attraktiver Mann. Schon häufig hatte er erlebt, dass sich die eine oder andere Studentin in ihn verliebte. Er aber hatte strikte Regeln: Studentinnen waren für ihn tabu. Und er hatte seit dem zwei Jahre zurückliegenden Drama mit Simone ohnehin keine Lust auf eine Beziehung.

Das Klingeln seines Mobiltelefons riss ihn aus seinen Gedanken. Wer um alles in der Welt wollte denn jetzt etwas von ihm? Unten auf der Straße erklangen Martinshörner. Antoine schenkte ihnen zunächst keine weitere Beachtung. Einsatzwagen, die mit Blaulicht durch die Stadt rasten, gehörten zum Pariser Alltag. Doch dann vervielfältigte sich der Klang, als seien mindestens hundert Wagen im Einsatz. Und sein Handy hörte nicht auf zu klingeln. Fluchend fischte er danach und erkannte erstaunt und erschrocken die Nummer der Denkmalschutzbeauftragten. Die rief nun wahrlich nicht alle Tage an. Er wollte den Anruf entgegennehmen, doch es war zu spät. Sie hatte bereits aufgelegt.

Hastig entsperrte er sein Mobiltelefon – auf dem Bildschirm erschienen mehrere Nachrichten, alle hatten den gleichen Inhalt: *Notre Dame brennt.* Das konnte doch nicht sein! Und plötzlich nahm er es ganz deutlich wahr: Rauchgeruch lag in der Luft. Er stürzte ins Wohnzimmer, von wo aus er einen hervorragenden Blick auf die Kathedrale hatte – und keuchte entsetzt auf. Es stimmte. Notre Dame stand in Flammen! Ohne weiter nachzudenken, hechtete er zurück in den Flur, zerrte seine alte Feuerwehruniform aus dem Schrank, zog seine Stiefel an, setzte den Helm auf und raste nach unten. Schon lang war er nicht mehr bei der Feuerwehr – vierzehn Jahre, um genau zu sein –, aber das spielte jetzt keine Rolle. Jetzt gab es nur eines. Er musste die Madonna retten. Koste es, was es wolle.

Glücklicherweise wohnte er nur zwei Minuten von der Kathedrale entfernt, Sekunden später stürzte er über die Brücke und mit jedem Augenblick realisierte er es mehr: Es war kein böser Traum, kein übler Scherz. Notre Dame brannte. Dicht an dicht standen die Menschen und blickten in stummem Entsetzen hinauf in die Flammen. Entschuldigungen murmelnd bahnte Antoine sich seinen Weg durch die Menge, bis er die Polizeiabsperrung erreichte. Zu seiner unendlichen Erleichterung ließ der Polizist ihn mit einem Nicken passieren.

»Sind schon einige Ihrer Kollegen da«, murmelte er, »ich hoffe, dass Sie die Kunstwerke da rausbekommen. Und die Dornenkrone. Retten Sie bloß die Dornenkrone!«

Mit einem gemurmelten »Merci Monsieur« eilte Antoine auf die Kathedrale zu. Aus den Augenwinkeln sah er etliche Feuerwehrleute, die bereits im Begriff waren zu löschen und ihm zum Glück keine weitere Beachtung schenkten: Antoine hatte kein großes Interesse daran, irgendjemandem zu begegnen. Schließlich war er nicht mehr im Dienst und dürfte eigentlich gar nicht hier sein! Es gelang ihm, mehr oder weniger ungesehen in die Kathedrale zu gelangen. Angst verspürte er nicht, auch wenn ihm völlig klar war, dass er im Begriff war, sein Leben zu riskieren. Aber er hatte keine Wahl. *Natürlich* hatte er keine Wahl. Er dachte an Victor Hugo und zitierte im Stillen: »Die Architektur ist das große Buch der Menschheit, der hauptsächliche Ausdruck des Menschen von verschiedenen Entwicklungsständen, entweder als Kraft oder als Intelligenz.«

Seine Sinne waren bis aufs Äußerste geschärft, als er das Innere der Kathedrale betrat, zugleich fühlte er sich wie in Trance. Er beobachtete, dass einer der Feuerwehrleute durch das Löschwasser zu dem Holzschrank stapfte, in dem sich, wie Antoine wusste, ein kostbarer Kelch befand. Er selbst steuerte auf eine Vitrine zu, hinter der sich die Maria Immaculata befand. Er *musste* sie retten.

Es gab gar keine Alternative. Er hatte das Gefühl, auch sein eigenes Leben hinge an der Maria mit der Mondsichel – und so war es ja in gewisser Weise auch.

Er setzte ein Stemmeisen an der Vitrinentür an und versuchte, sie aufzubekommen. Vergeblich. Seine Fähigkeiten hatten noch nie auf dem grob Technischen gelegen.

Die Tür bewegte sich keinen Millimeter, und die Zeit lief ihm davon. Antoine wurde bewusst, dass er völlig unnötigerweise Vorsicht walten ließ. Die Vitrine würde er ohnehin nicht retten können, und sie war auch völlig unwichtig. Er musste sich auf die Madonna konzentrieren.

Aus dem Augenwinkel sah er, dass der Feuerwehrmann, der neben ihm arbeitete, den Hammer hob, ihn mit voller Wucht gegen die Scheibe sausen ließ und die Reliquie, die dahinterlag, sorgsam heraushob.

Kurz entschlossen tat Antoine es ihm gleich. Das Sicherheitsglas begann zu bröseln. In diesem Moment hätte der Alarm einsetzen müssen, aber es blieb still. Der Rauch brannte in seinen Augen, doch Antoine bemerkte es gar nicht. Die glühenden Ascheteilchen und Fragmente hingegen, die ununterbrochen durch die Kathedrale wehten, wirkten äußerst bedrohlich. Am heftigsten waren die kleinen heißen Kugeln aus geschmolzenem Blei. Es wurde immer schlimmer. Und genau in dem Moment, in dem er das Gefühl hatte, es nicht mehr aushalten zu können, gelang es ihm endlich, die Maria aus der Vitrine zu bergen, und er eilte mit ihr nach draußen.

★★★

Josie wusste gar nicht, wohin sie schauen sollte: Auf einmal war alles voller Feuerwehrleuten mit riesigen Wasserschläuchen im Schlepptau. Die Menschen um sie herum waren wie versteinert und starrten ungläubig auf das Geschehen. Notre Dame – nicht weniger als die Seele von Paris – war in größter Gefahr.

Voller Panik bahnte Josie sich ihren Weg durch die Menschenmenge. Sie musste näher heran, zur brennenden Notre Dame! Irgendwann war sie auf dem Vorplatz angekommen, wo alle in stummem Entsetzen nach oben starrten. Nur das Geräusch knisternder Holzbalken war zu hören. Ansonsten herrschte Grabesstille. Doch dann, es war gegen 19.45 Uhr, begann der Spitzturm, sich zu neigen. Ein gellender Schrei aus Tausenden Kehlen drang in den Pariser Nachthimmel und durchbrach die Stille. »Nein!«, schrien die Menschen fassungslos. »Der Spitzturm! Nein!«

Im nächsten Moment beobachtete Josie entsetzt, wie der obere Teil des Turmhelms, der auf dem 750 Tonnen schweren Vierungsturm saß, in sich zusammensank und auf das steinerne Gewölbe des Schiffs krachte.

Kapitel 2

189 Jahre zuvor

Eugène Viollet-le-Duc
Paris, Notre Dame, Februar 1830

Hier!« Eugènes Hände schossen gen Himmel und skizzierten mit raschen Bewegungen ein hohes, schmales Gebäude, »hier stand einmal ein Turm. Ein Vierungsturm. Er wurde, wie ich vermute, zwischen 1220 und 1230 gebaut, stürzte Mitte des letzten Jahrhunderts ein, weil er dem Winddruck auf Dauer nicht standhielt, und wurde dreißig Jahre später, zwischen 1786 und 1792, vollständig abgetragen.«

Er wandte den Blick wieder vom Himmel ab und sah den Mann neben sich an. Es war der Diener Bernard, auf dessen Arm er zehn Jahre zuvor die Kathedrale, vor der sie nun standen, zum ersten Mal besucht hatte. Damals war der kleine Eugène von den bunten Lichtern, die durchs Fenster fielen, wie verzaubert gewesen. Vielleicht, dachte Eugène, war er in jenem Moment ja wirklich in eine Art Bann geraten, der ihn nun auf immer mit Notre Dame verband?

»An den Turm erinnere ich mich sogar noch, oder besser: an

seine Reste. Ich dachte nur immer, die Revolutionäre seien es gewesen, die ihn entfernten, kurz nachdem sie die steinernen Könige geköpft hatten«, sagte der Diener.

»Ja und nein«, erwiderte Eugène. »Er war vorher schon sehr baufällig und halb in sich zusammengestürzt. Wenn ich nur wüsste, wo die Könige sind. Ich würde sie so gern zurückbringen«, fügte er seufzend hinzu.

»Es ist wirklich faszinierend, wie viel Sie über die Kathedrale wissen, Monsieur.«

Eugène nickte eifrig. »Alles über sie zu wissen, genügt mir nicht. Ich muss etwas tun, um sie zu retten …« Er sah Bernard mit glühenden Augen an: »Sie verfällt immer mehr – wenn das so weitergeht, wird irgendwann nicht nur der Turm eingestürzt sein.«

»Monsieur, wenn Sie erlauben, ich habe noch nie einen derart zielstrebigen Menschen kennengelernt wie Sie. Wenn Sie es sich zum Ziel machen, diese Kathedrale zu retten, dann wird Ihnen das auch gelingen.«

»Danke! Sie halten mich also nicht für einen Phantasten?«

»Ganz und gar nicht, Monsieur!«

Ermutigt von dem Zuspruch seines alten Wegbegleiters stellte Eugène seine nächste Frage ganz leise: »Auch nicht, wenn ich Ihnen sage, dass ich diesen Turm wiederaufbauen will?«

Für einen Moment zuckte so etwas wie Überraschung über das Gesicht des Mannes, doch im nächsten Augenblick war dieser Ausdruck wieder verschwunden. »Auch dann nicht, Monsieur.«

Eugène nickte. »Wissen Sie, seit jenem ergreifenden Moment mit Ihnen in der Kathedrale bin ich überzeugt davon, dass Notre Dame und ich … eine ganz besondere Verbindung haben. Ich will so gerne wiedergutmachen, was man ihr in den vergangenen 300 Jahren angetan hat.«

»Dass man sie verfallen ließ?«, vergewisserte sich Bernard.

»Ja, und dass man sie so … stümperhaft restaurierte. Sie kennen doch die Stellen, an denen man sie einfach weiß angestrichen hat?«

Bernard nickte.

»Daran ist nicht zuletzt Napoleon schuld!«, rief Eugène.

»Napoleon, Monsieur?«, hakte der Diener verwundert nach.

»Oui!« Eugène warf in einer verzweifelten Geste die Hände in die Luft. »Weil er sich doch in der Kathedrale gekrönt hat. Seine Architekten fanden das Innere der Kathedrale zu dunkel und haben die Wände und das Deckengemälde deshalb noch mal weiß getüncht. Das war schon vorher zweimal passiert. Und danach auch nochmals. Und das Problem ist …«, echauffierte sich Eugène, »das Problem ist, dass die Wandmalereien durch diese Kalkschichten zerstört werden. Ich bin sicher, dass es dort Wandmalereien gab. Ich glaube an die Magie der Farben – seit meinem Erlebnis mit der Südrosette.«

»Es ist wirklich beachtlich, über welch reichhaltiges Wissen Sie mit Ihren sechzehn Jahren bereits verfügen«, wiederholte der Diener, »ein breites Fundament, auf dem Sie aufbauen können, um Ihr Ziel zu erreichen.«

»Ja«, bestätigte Eugène leise, »ja, ich habe ein großes Ziel. Aber ich weiß auch, dass ich mich sehr, sehr, sehr umfassend vorbereiten muss, um dieses Ziel zu erreichen.«

»Werden Sie eine der Kunstakademien besuchen, Monsieur? Die *École des Beaux-Arts* oder die *Académie de France à Rome*?«

Eugène schüttelte den Kopf. Für ihn war klar: Zwischen Bauwerk und Architekt gab es ein direktes, unmittelbares Band – der Besuch von Kunstakademien würde dieses Band schwächen. Er musste sich Wissen aneignen, musste lernen, aber er durfte nicht zulassen, dass ihm irgendjemand seine Meinung überstülpte, dass sich irgendjemand zwischen ihn und seinen inneren Architekten drängte, das Band zwischen ihm und der Kathedrale zerschnitt.

Das, worum es ihm eigentlich ging, wofür sein Herz schlug, darüber wurde, so hatte er das Gefühl, an den Kunstakademien ohnehin die Nase gerümpft: Das Mittelalter, jene Zeit, die für Eugène eine Offenbarung war, wurde abfällig als »bizarrerie« bezeichnet, als eine Zeit voller dunkler Räume und seltsamer Wesen. Er jedoch wusste, dass das Gegenteil der Fall war: Er erkannte Klarheit, Struktur und Rationalität. Auch in Notre Dame.

Daher schüttelte er den Kopf. »Nein, es muss anders gehen. Ich werde einen Weg finden, mir alle Fertigkeiten anzueignen, die ich benötige, um meine Lebensaufgabe zu erfüllen. Dann werde ich diesen Turm bauen. Einen Turm, dem auch der stärkste Wind nichts anhaben kann. Wenn ich einen Turm baue, wird dieser niemals einstürzen.«

Kapitel 3

189 Jahre später

Josie & Antoine

PARIS, NOTRE DAME, 15. APRIL 2019

Kaum hatte Antoine die Kathedrale verlassen, geschah das Unglaubliche: Die Spitze des Vierungsturms knickte ab und durchschlug das Joch des Langschiffs. Es war kurz vor acht. Gleich darauf fiel auch der untere Teil des Turms in sich zusammen. Antoine sank, die Statue in den Armen, entsetzt auf dem Vorplatz in die Knie.

»Gerade noch mal gut gegangen«, ächzte der Feuerwehrmann, der mit ihm in der Kathedrale gewesen war. »Ich bin übrigens Pierre.«

»Antoine.« Er rappelte sich wieder hoch.

»Kaplan Jean-Marc Fournier ist noch drin«, sagte der andere. »Sie versuchen, den Safe aufzubekommen und die Dornenkrone herauszuholen.«

»Hoffentlich schaffen sie es rechtzeitig wieder raus«, murmelte Antoine.

Er wusste, dass die Dornenkrone ursprünglich gar nicht in

Notre Dame, sondern in der Sainte-Chapelle gelegen hatte – zumindest war sie dorthin nach der Fertigstellung der Sainte-Chapelle im Jahr 1248 umgezogen. Hier war sie schon einmal in Gefahr geraten, als Revolutionäre Teile des Kirchenschatzes eingeschmolzen hatten, um den Krieg zu finanzieren. Die Dornenkrone war zum Glück verschont geblieben, und nach der Revolution hatte Napoleon dann dafür gesorgt, dass sie wieder an Notre Dame übergeben wurde. Hätte er sie doch in der Sainte-Chapelle gelassen, dachte Antoine voller Angst. Und natürlich machte er sich auch um Fournier Sorgen. »Das ist ja viel näher am Brand, als wir es ...« Er hatte seine Worte noch nicht zu Ende gesprochen, als Jean-Marc Fournier die Kathedrale verließ. Er war vollkommen erschöpft, aber in seinen Armen lag die Dornenkrone, die Jesus der christlichen Überlieferung zufolge bei seiner Kreuzigung getragen hatte.

Langsam ging er mit der geborgenen Reliquie auf den Lastwagen zu, der bereitstand, um die geretteten Schätze ins Rathaus zu bringen.

»Gott sei Dank!« Antoine schluchzte auf.

»Wir sollten unsere Kunstgegenstände auch dort in Sicherheit bringen«, sagte Pierre. »Die Bürgermeisterin hat angeordnet, dass sie erst mal ins Rathaus gebracht werden.«

Antoine nickte und folgte seinem Kollegen. Als sie am Lastwagen angekommen waren, wickelte Antoine die Statue ganz vorsichtig in ein bereitliegendes Schutztuch ein. Dann informierte sie ein Feuerwehrmann: »Wir gehen jetzt geordnet rein, um die weiteren Kunstgegenstände zu retten. Wir bilden eine Menschenkette.«

Während Pierre nickte, gestand Antoine: »Ich bin eigentlich gar nicht mehr im Dienst. Aber ich helfe gerne mit.«

»Auf keinen Fall«, blaffte der Mann ihn an.

»In Ordnung.« Antoine wusste, dass er sich nicht regelkonform verhalten hatte – aber was machte das schon! Immerhin hatte er sie gerettet! Seine Maria. Und für ihn war sie um einiges wichtiger als die Dornenkrone. Er fühlte unendliche Erleichterung, doch im nächsten Moment war die Sorge wieder da. Auf dem großen Bildschirm, der inzwischen aufgebaut worden war, wurden die Bilder der Drohnen übertragen, die Notre Dame in diesem Moment überflogen. Wie ein riesiges flammendes Kreuz lag die Kathedrale in der Dunkelheit.

»Das ist eine Katastrophe!«, stöhnte Antoine auf, als er sah, welches Ausmaß die Flammen angenommen hatten.

Ein Satz des Dichters Gérard de Nerval kam ihm in den Sinn: »Notre-Dame ist alt und gut: Vielleicht werden wir sogar erleben, wie sie Paris begräbt, dessen Geburt sie miterlebt hat.«

Bitte nicht, dachte Antoine verzweifelt. Bitte nicht.

Neben ihm sank der Domdekan ohnmächtig zusammen. In letzter Sekunde fing die Bürgermeisterin ihn auf.

★★★

»Der Präsident und seine Frau sind eingetroffen«, erfuhr Josie gegen halb neun von den Umstehenden.

Die Fernsehansprache, dachte sie, eigentlich sollte Macron doch jetzt eine Fernsehansprache zu den Gelbwesten halten. Sie wollte sicher in ihrem Hotelzimmer sitzen und das Baguette essen und den Käse, den sie vorhin gekauft hatte. Und Rotwein trinken. Stattdessen hatte sie nun zugesehen, wie der Spitzturm von Notre Dame einstürzte. Wie absurd das alles war!

★★★

»Feuer im Nordturm!«, hörte Antoine aus der Einsatzzentrale. »Mon Dieu!«, erschrocken starrte er am Nordturm empor. Dort hingen acht Glocken an schweren Holzbalken aus dem Mittelalter. Die Glocken namens Gabriel, Anne-Geneviève, Denis, Marcel, Étienne, Benoit-Joseph, Maurice und Jean-Marie wogen zusammen 16,6 Tonnen. Wenn die Balken, an denen sie befestigt waren, Feuer fingen und die Glocken herunterkrachten, stürzte womöglich nach dem Spitzturm auch noch der Nordturm ein. Und wenn der Südturm, in dem zwei weitere Glocken hingen – Emmanuel, 13,2 Tonnen schwer, und Marie, sechs Tonnen schwer –, ebenfalls Feuer fing und einstürzte, könnte möglicherweise das ganze Bauwerk in Trümmer gelegt werden.

Antoine warf einen Blick auf den Chef der Pariser Feuerwehr, den 54-jährigen General Gallet, der sich mit seinen Männern beriet und dann das Krisenzentrum betrat. »Es gibt nur eine Möglichkeit«, sagte er. »Die Lage ist so angespannt und ernst, dass wir keine andere Wahl haben, als fünfzig Personen des Sondereinsatzkommandos GRIMP auf die Türme zu bringen, damit sie das Feuer von dort aus bekämpfen können.« Er holte tief Luft, dann stieß er hervor: »Wenn wir wollen, dass die Türme morgen noch stehen, ist dies unsere einzige Chance. Wir sind uns des hohen Risikos bewusst und bereit, es einzugehen.«

Antoine beobachtete, dass sich Präsident Macron erhob und mit seiner Frau Brigitte auf Monsieur Gallet zusteuerte. »Danke, General«, sagte der Präsident und legte ihm ermutigend eine Hand auf den Arm. »Tun Sie, was getan werden muss.«

Gallet und seine GRIMP-Truppe verloren keine Zeit mehr und rannten zur Kathedrale, um dort die Wendeltreppe hinauf zu der Balustrade zu eilen, die zwischen den beiden Türmen verlief. Sie hatten Steigeisen bei sich, für den Fall, dass der Weg über die Treppen später nicht mehr passierbar sein würde und sie sich über die Fassade in Sicherheit bringen mussten.

Auf dem Weg in den Einsatz zogen sie mit konzentrierten Mienen an ihm vorbei, in manchen Gesichtern meinte Antoine auch Angst zu lesen. Die Feuerwehrleute blickten nicht nach rechts und nicht nach links. Trotzdem, dachte Antoine, wollte er ihnen noch seinen Segen mit auf den Weg geben.

»Viel Glück!«, stieß er hervor, als der Letzte in der Reihe an ihm vorbeiging. Es war eine Frau, erkannte Antoine, wie jung sie war. Eigentlich noch ein Kind. In ihren Augen lag eiserne Entschlossenheit. Und namenlose Angst. Er schluckte. Er wusste, was sie in diesem Moment alle wussten, wie sie hier auf dem Platz standen: Ob die Feuerwehrleute lebend wieder herauskommen würden, war vollkommen unklar.

★★★

Die Menschenmenge um Josie herum stöhnte kollektiv auf, als sie die Feuerwehrleute hoch oben auf dem Dach entdeckte. »Mon Dieu!«, flüsterte eine Frau weinend. »Das werden die doch niemals überleben.« Auch Josie blickte voller Angst hinauf. Die Flammen, die inzwischen vom Nordturm in den dunklen Nachthimmel emporzüngelten, waren sicherlich zehn Meter hoch! Inmitten dieses Infernos kämpften die Feuerwehrleute um die Rettung der Kathedrale. Sie riskieren ihr Leben, dachte Josie, und empfand tiefe Dankbarkeit und Demut. Auch sie hätte alles gegeben, um die Seele Frankreichs zu retten!

★★★

»Was ist das für ein Geräusch?« Stirnrunzelnd sah Antoine nach oben.

»Was meinst du?«, fragte sein Kollege Clemens Petit, der ebenfalls Kunsthistoriker war und, ebenso wie etliche weitere seines Fachs, herbeigeeilt war, um beim Verpacken der Kunstwerke zu helfen, die die Feuerwehrleute geborgen hatten. Auch die Denkmalschutzbeauftragte Marie-Helene Didier war inzwischen eingetroffen und hatte voller Andacht das Hemd des von den Katholiken als heilig verehrten Königs Ludwig IX. aus den Händen eines Feuerwehrmanns entgegengenommen.

»Das Knacken?«, fragte Clemens nun. »Das sind die brennenden Holzbalken.«

»Nein«, erwiderte Antoine, »hör doch mal genau hin.«

Clemens lauschte. »Ich höre ein Wimmern«, sagte er dann. »Aus dem Südturm. Als ob … als ob Notre Dame weint.«

»Genau!«, rief Antoine ergriffen. »Aber das kann doch nicht sein! Wenn du es nicht auch hören würdest, würde ich an meinem Verstand zweifeln.«

»Das ist bestimmt Emmanuel, der durch die Auswirkungen des Brandes leicht zu schwingen begonnen hat«, fand Clemens eine logische Erklärung.

Antoine nickte. Ja, das würde es sein. Emmanuel, eine der größten Glocken der Welt, hatte dort oben ein Klagelied angestimmt. Hoffentlich, schoss es Antoine durch den Kopf, ist es kein Totenlied.

Er schauderte. Dann sah er zu Präsident Macron hinüber, der in stummer Verzweiflung ebenfalls zum Südturm hinaufblickte, dem Zuhause der Glocke, die seinen Namen trug. Ob sie aufgrund der Namensgleichheit für den Präsidenten von besonderer Bedeutung war?

★★★

Auf einem in der Mitte der Menge aufgebauten Bildschirm, auf dem Fernsehsender ununterbrochen die Nachrichten übertrugen, tauchte um 21.35 Uhr General Gallet auf: »Wir wissen nicht, ob es uns gelingen wird, den Nordturm zu ret… das Feuer zu stoppen. Jeder von Ihnen kann sich bestimmt ausmalen, was passiert, wenn er zusammenstürzt.«

Kollektives Aufstöhnen um Josie herum war die Antwort, während die Journalisten auf dem Bildschirm eine wahre Flut von Fragen auf den General einprasseln ließen, die dieser jedoch ignorierte und sich stattdessen wieder seinen Leuten zuwandte. Er hatte Dringenderes zu tun, als Journalisten zu antworten.

Josie bemerkte, dass mehrere Menschen neben ihr auf die Knie fielen, die Hände zum Gebet erhoben. Junge, Alte, Männer,

Frauen, Kinder, Arme und Reiche – alle knieten sie hier auf dem Pariser Boden und beteten für Notre Dame.

Josie schluckte. Sie blickte wieder zur Fassade empor. Auch die Südrosette konnte sie von hier aus sehen. Stürzte die Kathedrale in sich zusammen, würde sie auch diese wundervolle Glaskunst mit sich reißen und in tausend Scherben legen. Sie hoffte, dass die Feuerwehrleute die Scheiben aus dem 13. Jahrhundert nicht zuvor schon durch das Löschwasser vollständig zerstörten. Immerhin war auf den Schläuchen eine Menge Druck!

Und dann begannen von überallher die Glocken zu läuten. Da sank auch Josie auf die Knie.

★★★

»Die Glocken läuten für ihre bedrohten Brüder und Schwestern«, flüsterte Antoine, als auf einen Schlag alle Kirchenglocken von Paris erklangen – als würden sie ein hoffnungsvolles Lied anstimmen. Er musste angesichts der Kraft dieses Moments und dieses Klangs gegen die aufsteigenden Tränen ankämpfen.

Clemens an seiner Seite nickte und hielt Antoine sein Smartphone vor die Nase. Der las einen Tweet von Erzbischof Aupetit.

»An alle Priester von Paris: Die Feuerwehrleute kämpfen in diesem Moment darum, die Türme von Notre Dame zu retten. Das Gebälk, das Dach und der Spitzturm wurden bereits zerstört. Lasst uns beten. Lasst eure Glocken läuten und die Botschaft verbreiten.«

»Sie haben seinem Aufruf sofort Folge geleistet«, sagte Antoine beeindruckt. Er konzentrierte sich und hörte genau hin. »Und ich glaube, dass Emmanuel wieder antwortet, wenn auch nur ganz schwach und leise.«

»Hören können wir es wohl nicht, dazu ist der Klang der anderen Glocken zu laut«, erwiderte Clemens, »aber ich glaube, dass du recht hast.«

»Ich habe schon immer eine tiefe Demut und Ehrfurcht vor Notre Dame verspürt«, murmelte Antoine. »Aber nun, wo ich Emmanuel läuten hörte, ist sie für mich irgendwie … lebendig geworden.«

»Ja, ja, das geht mir auch so.«

Ohne weiter darüber nachzudenken, sank Antoine vor dem brennenden Gotteshaus auf die Knie, um für dieses wunderbare steinerne Wesen zu beten.

Antoine hatte jegliches Zeitgefühl verloren. Er hätte nicht sagen können, wie viele Stunden vergangen waren, bevor um 23 Uhr die erlösende Nachricht kam: Der Nordturm war gerettet und das Feuer unter Kontrolle. Antoine sprang auf und fiel seinem Freund um den Hals. Präsident Macron sprach den Feuerwehrleuten sein großes Lob aus und machte sich bereit, vor die Kameras zu treten.

★★★

Josie starrte auf den Präsidenten, der soeben auf dem Bildschirm erschienen war. Ernst blickte Emmanuel Macron in die Kameras, dann sagte er: »Was heute Abend geschehen ist, ist eine schreckliche Tragödie, und ich würde gern als Erstes den 500 Feuerwehrleuten meinen Respekt aussprechen, die unglaublich mutig und professionell gegen das Feuer gekämpft haben und noch immer kämpfen und deren Kommandant eine große Entschlusskraft an den Tag gelegt hat.«

Die Menge um Josie herum begann zustimmend zu murmeln, während der Präsident auf dem Bildschirm fortfuhr:»Ich möchte ihnen den Dank der ganzen Nation übermitteln. Auch wenn der Kampf noch nicht vorbei ist, konnte das Schlimmste verhindert werden. Schwere Stunden liegen noch vor uns, aber dank ihres Mutes konnten die Fassade und die beiden Türme vor dem Einsturz bewahrt werden.«

Einige junge Männer begannen zu applaudieren, wurden aber von der umstehenden Menge mit lautem »Psssst« zum Schweigen gebracht. Man wollte hören, was der Präsident zu sagen hatte.

»Ich denke an all die Pariser und an all unsere Landsleute, denn Notre Dame ist unsere Geschichte, unsere Literatur, unsere kollektive Vorstellungskraft, der Ort, wo wir unsere bedeutendsten Momente erlebt haben, unsere Kriege und Befreiungen«, fuhr Emmanuel Macron fort.»Notre Dame ist das Epizentrum unserer Existenz, der Fundamentalpunkt Frankreichs, sie ist die Heldin so vieler Bücher, so vieler Bilder, die Kathedrale aller Franzosen, selbst jener, die noch nie einen Fuß in sie gesetzt haben. Ihre Geschichte ist unsere Geschichte, und jetzt brennt sie. Ich spüre die gleiche Traurigkeit wie Sie, diesen inneren Schauder, der alle ergriffen hat, aber ich möchte auch, dass wir Hoffnung haben.«

Josie sah den französischen Präsidenten auf dem Bildschirm lächeln, dann fuhr er fort:»Und in der Tat macht es uns nicht nur stolz, sondern auch hoffnungsvoll, wenn wir all diese Menschen sehen, die tapfer kämpfen, um das Schlimmste zu verhindern, und wissen, dass wir vor 850 Jahren diese Kathedrale erbaut haben.«

Macron holte einmal tief Luft, um die folgenden Worte zu betonen: »Und jetzt verspreche ich Ihnen feierlich, dass wir sie wiederaufbauen werden, alle zusammen. Das ist unser Schicksal. In wenigen Stunden werden wir einen Fonds anlegen und die besten Talente bitten, uns beim Wiederaufbau zu helfen, denn das werden wir, wir werden Notre Dame noch schöner wiederaufbauen. Das erwarten die Franzosen, das sind wir unserer Geschichte schuldig, denn das ist unser Schicksal.«

Kapitel 4

194 Jahre zuvor

Marie & Victor

PARIS, NOTRE DAME, FRÜHJAHR 1825

Er konnte sich dem Bann einfach nicht entziehen: Wieder und wieder zog es ihn zu diesem einzigartigen, magischen Ort. Und jedes Mal, wenn er die Kathedrale auf der Île de la Cité, diesen dicht mit Fachwerkhäuschen bebauten Ort, betrat, schlug sein Herz ein wenig schneller. Er hatte dann das Gefühl, seine Sinne seien noch ein wenig schärfer als sonst, sein Körper aufs Höchste angespannt und sein Blick besonders wach, wenn er in diese so besondere Welt eintauchte. Wie oft war er schon hier gewesen! Er kannte jeden Stein in diesem wunderbaren Gotteshaus, und doch war er von seinem Ziel, dieses Bauwerk in seiner ganzen Großartigkeit und Komplexität vollständig zu begreifen, noch weit entfernt. Deshalb musste er wiederkommen, immer und immer wieder, bis er auch das letzte Detail vollkommen in sich aufgenommen hatte. Und dann erst würde die eigentliche Arbeit beginnen: Dann wäre er in der Lage, in Worte zu fassen, was er hier sah und fühlte – und was diese Kathedrale so einzigartig machte.

Langsam stieg Victor Hugo zu einem der Türme hinauf. Unablässig suchten seine Augen auf den Wänden nach Spuren aus der Vergangenheit, Dinge, die ihm die Kathedrale näherbringen und ihm dabei helfen konnten, ihre Geschichte und, ja, nicht weniger als ihr Herz und ihre Seele zu entschlüsseln. Und plötzlich stockte ihm der Atem. ANÁIKH stand hier in dicken Buchstaben in die Mauer eingegraben. Victor sank vor der Inschrift auf die Knie und tastete mit der Hand über die großen, griechischen Lettern, die das Alter schwarz verfärbt hatte.

»Das muss aus dem Mittelalter stammen«, murmelte er, »die Züge erinnern an die gotische Schreibkunst.«

ANÁIKH, das bedeutete so viel wie Schicksal oder Vermächtnis. »Welche Geschichte verbirgst du? Welche Hand hat dich eingemeißelt?«, flüsterte Victor. Eine bedrängte Seele musste es gewesen sein, die noch ein letztes verzweifeltes Zeichen setzen wollte, ehe sie die Welt verließ! Ob sie sich wohl hinabgestürzt hatte von diesem Turm, voller Verzweiflung? Rasch sprang Victor auf und sah nach unten. Und plötzlich wusste er, in welcher Zeit der Roman spielen sollte, den er irgendwann einmal, wenn er dessen würdig war, über dieses Bauwerk schreiben wollte. Das Mittelalter musste es sein. Jene Zeit, in der ein verzweifeltes Wesen jenes letzte Zeichen hinterlassen hatte. Er spürte, wie helle Freude durch seine Glieder flutete. Ja, das war groß, das war ganz, ganz groß. Er war auf dem richtigen Weg. Das Mittelalter würde im Mittelpunkt seines Buches über Notre Dame stehen. Und das Wort, das er gerade entdeckt hatte. ANÁIKH. Schicksal.

★★★

Voller Tatkraft verließ Victor Hugo die Kathedrale eine halbe Stunde später. Er wusste nicht viel über das Mittelalter. Aber er war wild entschlossen, das zu ändern – er wollte die hiesigen Buchhandlungen und Antiquariate durchkämmen und alles lesen, was die Gelehrten je zu dieser Zeit geschrieben hatten. Er musste sich vorbereiten, akribisch vorbereiten, und er musste sich Zeit lassen, um würdig zu werden, über die Kathedrale zu schreiben.

Er war gerade ein paar Schritte gegangen, als er mit einer etwa 30-jährigen Frau zusammenstieß.

»Marie«, erkannte er erstaunt die Tochter seiner guten Freundin Lucile Desmoulins. »Was machen Sie denn hier?«

»Einige Besorgungen für Maman«, erwiderte Marie. »Und was Sie hierhertreibt, muss ich ja wohl nicht fragen.« Victor Hugos Leidenschaft für die Kathedrale war kein Geheimnis.

Er lachte. »Erlauben Sie, dass ich Sie ein Stück begleite? Ich möchte auch noch einige Besorgungen machen.«

»Gern«, stimmte Marie zu. Als sie die Seine überquerten, fragte sie:

»Was ist es eigentlich, das Sie an Notre Dame derart fasziniert?«

»Das lässt sich nicht so einfach beantworten, dazu ist es zu vielschichtig«, erwiderte Victor, der spontan beschloss, Marie noch nichts von seinem Erlebnis im Turm zu erzählen. Und auch sonst niemandem. Da wollte er es wie Adèle halten, seine Frau, wenn diese ein Kind unter dem Herzen trug. »Es soll noch keiner wissen, Victor«, pflegte sie in den ersten drei Monaten stets zu sagen. »Es ist noch so zart und zerbrechlich. Wir müssen ihm den Schutz des Schweigens geben.«

Marie sah ihn fragend an und Victor entschied sich zu einer allgemeineren Antwort.

»Ein wichtiger Teil ist sicher, dass die Architektur, die sich hier auf derart großartige Weise offenbart, von Anbeginn das Buch der Menschheit war, bis sie im 15. Jahrhundert von der Druckerkunst abgelöst wurde.«

Mit großen Augen sah Marie den Schriftsteller an. »Das klingt faszinierend. Könnten Sie das näher erläutern?«

Victor nickte. »Die Architektur fing wie jede Schreibkunst an: Sie war zuerst Alphabet.«

»Ich verstehe nicht.«

»Nun, ein Stein, den irgendjemand aufrecht hinstellt, ist ein Buchstabe. Jeder Buchstabe ist eine Hieroglyphe, und auf jeder Hieroglyphe ruht eine Gedankengruppe, wie das Kapitell auf der Säule. Auf diese Weise schufen die ersten Völker überall auf der ganzen Erde Botschaften. Später bildeten sie Worte, indem sie Stein auf Stein stellten. Der keltische Dolmen oder der etruskische Tumulus zum Beispiel sind Worte. Zeitweilig sogar, wenn viel Steine und eine weite Landstrecke vorhanden waren, schrieb man einen Satz. Die ungeheure Steinmasse von Karnak ist schon eine ganz vollkommene Formel.«

»Das ist wirklich faszinierend«, sagte Marie, die nun begriffen hatte. »Und was ist diese Kathedrale dann?«

»Ein Gebet«, flüsterte Victor Hugo. »Diese Kathedrale ist ein Gebet. Eines Tages will ich über sie schreiben. Aber erst, wenn ich es vermag, Worte hervorzubringen, die ihrer würdig sind. Bis dahin ist es noch ein weiter Weg.«

Kapitel 5

194 Jahre später

Josie & Antoine

Paris, Notre Dame, 15. April 2019

Warum hat es so lange gedauert, bis die Feuerwehr kam?«, fragte Antoine den neben ihm stehenden und erschöpft wirkenden Sicherheitsmann. Sie standen in der Polizeipräfektur, die sich auf dem Vorplatz der Kathedrale befand. Hier hatte man im Erdgeschoss eine Art Krisen- und Informationszentrum eingerichtet. Es herrschte ein lebhaftes Kommen und Gehen von Feuerwehrleuten, außerdem war inzwischen fast die ganze Regierung eingetroffen. Der Premierminister war da, der Kultusminister, der Präsident der Nationalversammlung, der Generalstaatsanwalt. Außerdem natürlich nach wie vor Bürgermeisterin Anne Hidalgo sowie der kreidebleiche Erzbischof von Paris, Monsignore Michel Aupetit, offenbar im Gebet versunken, und an seiner Seite der nicht minder bleiche Generalvikar Benoist de Sintey. Auch der Domdekan von Notre Dame, Patrick Chauvet, hatte sich eingefunden. Und dann und wann eilte General Gallet zu ihnen, um über den Fortschritt der Löscharbeiten zu informieren.

Der Sicherheitsmann an Antoines Seite fuhr sich verzweifelt durchs Haar. »Das war meine Schuld!«, rief er. »Es gab schon um 18.18 Uhr einen ersten Feueralarm, aber in der Zone Schiff, Sakristei. Ich habe mich natürlich sofort überzeugt, ob es brennt, aber als ich dann feststellte, dass es eben nicht brennt, hielt ich es für einen Fehlalarm. Zumal es in der letzten Zeit, seit die Restaurierungsarbeiten am Vierungsturm begonnen haben, häufig Fehlalarme gab.«

»Sie konnten nichts dafür.« Der müde aussehende Kommandant war an seine Seite geeilt und legte ihm beruhigend eine Hand auf den Arm. »Keiner hat Ihnen gesagt, dass das Feuerwarnsystem nicht ganz präzise ist. Woher hätten Sie wissen sollen, dass es statt in der Sakristei im Hauptdachstuhl brennt?«

»Ich mache mir aber dennoch Vorwürfe«, ließ sich der Sicherheitsmann nicht so leicht trösten. »Die Verantwortung lag bei mir. Jedenfalls, als die Sirene dann um 18.43 Uhr erneut ertönte, rannte ich die 300 Stufen hinauf zum Wald.«

Antoine nickte. Er wusste natürlich, dass mit »Wald« der Dachstuhl mit seinen 1300 Eichenbalken, von denen die meisten aus dem 13. Jahrhundert stammten, gemeint war. Jeder, der mit Notre Dame einigermaßen vertraut war, kannte diesen Begriff.

»Da sah ich, dass alles in Flammen stand. Und dann habe ich sofort die Feuerwehr informiert. Es fand gerade eine Messe statt, und ich habe umgehend veranlasst, dass die Kirche evakuiert wird.«

Antoine nickte und klopfte dem anderen aufmunternd auf die Schulter: »Gehen Sie nach Hause. Morgen ist ein neuer Tag.«

Auch er, das war ihm klar, sollte sich nun auf den Heimweg

machen. Es war mittlerweile zwei Uhr nachts, auch der Präsident und seine Frau waren inzwischen gegangen.

Er sehnte sich nach Ruhe, nach seinem Bett, nach Schlaf. Zugleich fürchtete er sich jedoch davor, nach Hause zu gehen. In eine normale Welt zurückzukehren nach dem, was er heute Nacht erlebt hatte. Der Gedanke an seine Wohnung und sein Bett ließ ihn, sosehr er sich danach sehnte, frösteln. Irgendwie bot es ihm Trost, ganz nah bei der so verwundeten, so verletzten Kathedrale zu sein. Und auch die Anwesenheit all dieser Menschen, die in dieser Nacht mit ihm gekämpft hatten und auch noch weiter kämpfen würden, war in gewisser Weise tröstlich. Die Geräusche dieser Nacht. Die Funkgeräte, durch die noch immer Botschaften gerufen wurden. Das blaue Licht der Einsatzwagen, das den Himmel erleuchtete.

Plötzlich hatte Antoine das Gefühl, nicht mehr stehen zu können. Die Knie wurden ihm weich. Wo er war, an Ort und Stelle, sank er in sich zusammen und sah durch die Dunkelheit lauter glühende Bleikugeln auf sich zufliegen. Und eine der Bleikugeln traf ihn mitten im Herzen.

★★★

Wie betäubt taumelte Josie um zwei Uhr morgens nach Hause. Schleppte sich die Treppe hinauf in dem Wissen, dass ihre Welt nun eine andere war. Notre Dame war immer da gewesen. Seit 850 Jahren. Der Besuch der Kathedrale hatte die junge Josie einst in Staunen versetzt, sie tief berührt und dann ihren Weg gelenkt. Und nun war Notre Dame verwundet und zerstört worden. Es war, als sei die Kathedrale ein lebendes Wesen, dem Schreckliches widerfahren war.

Als Josie in die Hotellobby stolperte, sah der Portier sie mit grauem Gesicht und verweinten Augen an. In der Ecke flimmerten die neuesten Nachrichten über den Bildschirm. »Ach«, sagte er nur. »Ach.«

Josie nickte stumm und ging hinauf in ihr Zimmer. Es gab nichts, was sie hätte erwidern können.

Einem Impuls folgend, öffnete sie die Balkontür und trat auf den winzigen, typisch französischen Balkon hinaus, da stieß sie mit dem Fuß gegen etwas. Stirnrunzelnd bückte sie sich: Dort lag ein kleines, verkohltes Holzfragment. Ohne Frage stammte es von Notre Dame und war auf ihren Balkon herübergeschleudert worden. Schluchzend kniete Josie nieder und barg das winzige Kohlestückchen, dessen verbranntes Holz aus einer Zeit stammte, in der es noch Kreuzzüge gegeben hatte, in ihren Händen.

Es berührte sie zutiefst, dass ein Stück Notre Dame auf diese Weise seinen Weg zu ihr gefunden hatte. Vielleicht, dachte Josie, war das ja ein Zeichen. Vielleicht gab es einen Grund, warum sie nach all den Jahren ausgerechnet jetzt wiedergekommen war, um Notre Dame zu sehen. Ausgerechnet jetzt, da Notre Dame um ihr Leben kämpfte. Vor zwanzig Jahren hatte der Besuch in der Kathedrale Josie auf den Weg gebracht, auf dem sie nun war. Gewissermaßen hatte sie ihr geholfen. Jetzt brauchte Notre Dame Hilfe. Was hatte Emmanuel Macron heute Nacht versprochen? Innerhalb von fünf Jahren wolle man Notre Dame wiederaufbauen. Noch schöner, hatte er gesagt, was in ihr ein Gefühl der Empörung hervorgerufen hatte. Etwas, was so schön war, konnte nicht noch schöner werden. Doch sie vermutete, dass der französische Präsident seine erschütterte Nation damit hatte trösten wollen. In diesem Moment, auf dem Boden knieend, das Stückchen Kohle in der Hand, leistete Josie innerlich einen Schwur: Sie würde nicht nach Deutschland zurückkehren. Im Gegenteil. Sie wollte alles dafür tun, um Teil des Teams zu werden, das antrat, Notre Dame zu retten.

Kapitel 6

191 Jahre zuvor

Marie, Lucile & Victor

Ein Spaziergang durch Paris, Frühling 1828

Er wirkt glücklich, und sein neues Haus passt zu ihm, findest du nicht?«

Lucile hakte ihre Tochter fester unter. Marie nickte und blickte zu dem Schriftsteller hinüber, der, gefolgt von einer Entourage aus Malern und Literaten, wie allabendlich, durch den Weiler Plaisance unweit seines Hauses flanierte. Die Hugos hatten bis dato in einer Wohnung in der Rue de Vaugirard gelebt. Kürzlich waren sie jedoch in die Rue Notre-Dame-des-Champs Nr. 11 umgezogen, in ein am Ende einer schattigen Allee idyllisch gelegenes Haus, das ihnen zur Gänze zur Verfügung stand. Hinter dem Gebäude gab es einen Garten mit einem Teich und einer Holzbrücke, der über einen direkten Zugang zum Jardin du Luxembourg verfügte. Und von dem Haus war es nicht weit nach Montparnasse, Maine und Vaugirard und damit zu Vergnügungen und Zerstreuungen.

»Ja, dieser Ansicht bin ich auch«, gab Marie zurück, »wobei ich es durchaus irritierend finde, dass Sainte-Beuve mit seiner Mutter in die unmittelbare Nachbarschaft gezogen ist.«

Lucile nickte. Sie wandte sich nun zu jenem Mann um, der etwas zurückgeblieben war, um Madame Hugo und ihren Kindern Gesellschaft zu leisten.

»Wenn man sie so sieht«, sagte Marie, »dann wirkt es, als sei Sainte-Beuve der Vater und nicht Victor.«

»Victor ist eben eine Künstlernatur«, verteidigte Lucile den gemeinsamen Freund, »das musst du verstehen.«

»Ich verstehe ihn ja«, versicherte Marie. »Aber ich habe das Gefühl, dass Sainte-Beuve Madame Hugo Avancen macht.«

Überrascht wandte sich Lucile nochmals um. Sainte-Beuve ging neben Adèle Hugo und ihren beiden Kindern, der fast vierjährigen Léopoldine und dem eineinhalbjährigen Charles, der jedoch die meiste Zeit getragen werden wollte. »Tatsächlich?«

»Nun sieh nicht so auffällig hin«, zischte Marie, »sonst merken sie noch, dass wir über sie reden.«

»Die sind doch viel zu sehr mit sich selbst beschäftigt«, winkte Lucile ab, »und ich muss sagen: Ich glaube, du hast recht mit deiner Vermutung.«

»Nicht wahr?«

Lucile nickte. »Vermutlich ist das der Grund, warum Sainte-Beuve heute dabei ist. Er beteiligt sich ja sonst eher wenig an den Spaziergängen.«

»Das liegt nur daran, dass er diese Gegend hasst« erläuterte Marie, »er findet es hier viel zu ausschweifend. Er ist so zart besaitet. Außerdem glaube ich, dass er Victor für sich haben will.« Sie deutete auf den Maler Louis Boulanger, der vier Jahre jünger war als Victor Hugo und sowohl dessen Gedichte illustrierte als auch ein Gemälde von Victor und dessen Gemahlin gefertigt hatte, das nun den Eingangsbereich von deren großzügigem Haus zierte. Hugo sprach von Boulanger nur noch zärtlich als »mein Maler«.

Auch Eugène Delacroix war des Öfteren Teil der illustren Runde, jetzt unterhielt er sich angeregt mit dem neben ihm gehenden Bildhauer David d'Angers, von dem Marie wusste, dass er für eine lebendige und zeitgemäße Kunst eintrat. Sein Werk faszinierte Marie sehr, sie war schon häufig in seiner Werkstatt gewesen und hatte ihm bei der Arbeit zugesehen. Jetzt wandte er den Blick und sah sie direkt an. Lächelte. Sie erwiderte sein Lächeln.

»Also, ich kann mich des Gefühls nicht erwehren, dass es hier noch ein weiteres heimliches Liebespaar gibt«, sagte ihre Mutter augenzwinkernd, die den Blickwechsel zwischen den beiden bemerkt hatte.

Doch Marie verneinte. »Ich bewundere ihn einfach sehr für sein Werk.« Dann wandte sie den Kopf und sah ihrer Mutter direkt in die Augen. »Bildhauerin. Das ist es, was ich gerne werden würde.«

»Wenn du der Ansicht bist, es ist das Richtige für dich – dann sprich doch mal mit David, ob er dich unterrichten kann. Mehr als Nein sagen kann er ja nicht.«

»Du hast recht!«, rief Marie aufgeregt. Dann umwölkte sich ihr Blick. »Wenn ich mit meinen vierunddreißig Jahren nicht zu alt bin.«

»Unsinn!«, entgegnete ihre Mutter energisch, »man ist nie zu alt dazu, etwas zu tun, was man für richtig hält.«

»Danke, Maman.« Marie hakte sie enger unter.

»Wofür?«

»Dass du nicht darauf bestanden hast, dass ich heirate. Und weil du mich mein Leben so leben lässt, wie ich es möchte.«

Lucile sah ihre Tochter zärtlich an. »Niemals würde ich dir vorschreiben, was zu tun ist. Ich habe nicht in der Revolution für die Selbstbestimmung der Frauen gekämpft, um meiner eigenen Tochter dann Vorschriften zu machen. Geschweige denn, sie in eine Ehe zu zwingen. Mir tut es nur leid, dass der Richtige bisher noch nicht gekommen ist.«

Marie hatte schon hier und da Affären gehabt – in den Künstlerkreisen, in denen sie sich bewegte, war das nicht unüblich. Aber wirklich geliebt hatte sie noch nie. Und einen Mann als Ernährer brauchte sie nicht: Ihre Mutter war eine Tochter aus reichem Hause. Dennoch hatte Marie immer gearbeitet. In letzter Zeit hatte sie vermehrt Victors Manuskripte abgeschrieben. Allerdings noch nichts über Notre Dame. Seit ihrer Begegnung vor der Kathedrale vor rund drei Jahren, hatte er kein weiteres Wort darüber verloren, obwohl es, wie Marie von ihrer Mutter wusste, sogar bereits einen Vertrag dafür gab. Sie vermutete, dass es daran lag, dass Victor so viele andere Verpflichtungen hatte, so viele andere Verträge erfüllen musste. Und vielleicht auch, dass er sich noch nicht reif fühlte, ein Werk über das Zentrum seiner Anbetung zu verfassen.

Marie beobachtete, dass die Gruppe auf einen Gasthof zusteuerte, und freute sich. An Sonntagen – und heute war ein Sonntag – kehrten sie alle miteinander gerne noch ein.

In der Tür wandte sich Victor um und ließ seinen Blick über seine Entourage schweifen. Als er Marie und Lucile erblickte, lächelte er und winkte sie zu sich.

»Meine Lieben«, er deutete auffordernd auf den Platz neben sich, »setzen Sie sich zu mir.«

Marie und Lucile taten, wie ihnen geheißen, Marie betrachtete den Schriftsteller aus dem Augenwinkel. Victor Hugo war Ende zwanzig und versprühte, wie sie fand, aus jeder Pore unbedingte Lebensfreude. Er stand immer im Mittelpunkt, alle scharten sich um ihn. Sie hob den Blick und begegnete dem Adèles, die mit ihren Kindern etwas weiter weg saß. Sainte-Beuve hatte sich wie selbstverständlich neben sie gesetzt und half ihr. Adèle sieht traurig aus, dachte Marie nicht zum ersten Mal. Traurig und erschöpft. Kein Wunder. Sie ist ständig schwanger und hat immer kleine Kinder um sich.

Obwohl die ganze Gruppe Adèle höchsten Respekt zollte, und vor allem die Maler sie wegen ihrer Schönheit bewunderten, war sie doch immer ein wenig abseits. Erneut bemerkte Marie einen Blick zwischen Sainte-Beuve und Adèle. Und plötzlich war sie sich ganz sicher, dass Victors glückliche Tage mit Adèle gezählt waren.

★★★

Sosehr Victor die Spaziergänge mit seinen Getreuen ansonsten auch liebte: Dieses Mal hatte er ihn nicht genießen können. Bei den eigentlich so tiefschürfenden Gesprächen waren seine Gedanken wieder und wieder abgeschweift und zu der Kathedrale geflogen. Inzwischen hatte er zwar, trotz seiner zahlreichen Aufträge, alles über das Mittelalter gelesen, was er nur in die Finger kriegen konnte. Werke von Jacques du Breul und Henri Sauval

47

und natürlich die bekannte *Biographie universelle ancienne et moderne* von Louis-Gabriel Michaud. Aber er war schon lang nicht mehr bei der Kathedrale gewesen, wagte sich nicht hin, da ihm dort seine selbst gewählte Aufgabe riesengroß vor Augen stand – und auch die Tatsache, dass er noch kein einziges Wort geschrieben hatte. Langsam drängte jedoch die Zeit, denn er hatte sich tatsächlich zu einem Roman über Notre Dame überreden lassen. Er wollte aber nicht unter Druck schreiben, er wollte warten, bis er sich reif für dieses Werk fühlte. Andererseits, überlegte er, würde das wirklich jemals der Fall sein? Vielleicht war der Druck von außen ja gerade gut, um endlich zu beginnen?

»Ich gehe noch einmal fort«, rief er Adèle zu, als sie wieder zu Hause angekommen waren, und dann eilte er, so schnell er konnte, zur Kathedrale. Dort angekommen, keuchte er erschrocken auf. Das Herz krampfte sich ihm zusammen bei dem elenden Anblick, den das Gotteshaus bot, und er hatte das Gefühl, Notre Dame durch seine lange Abwesenheit im Stich gelassen zu haben.

Die Risse, die sich vereinzelt durchs Mauerwerk zogen, waren größer, viel größer geworden. Mit Betreten des Innenraums erkannte Victor entsetzt, dass erneut irgendjemand versucht hatte, wie dies dereinst schon für Napoleons Krönung im Jahr 1804 geschehen war, diesen Umstand mit Unmengen weißer Farbe mehr schlecht als recht zu übertünchen. Als könne man die Wunden des Mauerwerks damit heilen! Zu seinem Kummer bemerkte er, dass dabei auch wertvolle Fresken übermalt worden waren.

»Diese Stümper!«, schimpfte Victor und eilte dann, Böses ahnend, die Stufen zum Turm hinauf. Oben angekommen ächzte er entsetzt auf. Seine schlimmsten Befürchtungen hatten sich bewahrheitet! Das Wort ANÁIKH war nicht mehr da. Der eifrige Maler hatte auch dieses übertüncht. Verzweifelt sank Victor auf die Knie und versuchte mit den bloßen Händen, die Farbe von der Wand zu bekommen – doch er hatte keine Chance. Das *Schicksal* war verschwunden. Was für ein entsetzliches Omen! Victor hatte das Gefühl, dass der Kathedrale das Gleiche blühte, wenn es nicht jemanden gab, der sich ihrer annahm – und zwar mit aller Leidenschaft und aller Kraft, die er zur Verfügung hatte. In diesem Moment, auf dem Turm von Notre Dame, gab Victor Hugo ein heiliges Versprechen. Er würde sein Schaffen und all seine Kraft ab sofort in den Dienst der Kathedrale stellen. Und alles geben, um dieses wunderbare Meisterwerk der Architektur durch die Kraft und den Zauber seiner Worte zu retten und eine fundamentale Verteidigung der Gotik zu schreiben, die völlig zu Unrecht als Teufelszeug verschrien war. Hatte nicht selbst Goethe vor vierzig Jahren die Gotik angepriesen? Und hatte man nicht im deutschen Köln bereits 1823 eine Dombauhütte eingerichtet, um den unvollendeten mittelalterlichen Dom fertigzustellen und zu erhalten?

Was er vor sich hatte, würde ein unglaublich bedeutendes Werk werden.

Wie er da auf dem Turm von Notre Dame stand und auf die Stadt hinunterblickte, hatte Victor Hugo keinen Zweifel mehr daran: Er würde seine Aufgabe mit Bravour erfüllen. Er war bereit!

Kapitel 7

191 Jahre später

Josie & Antoine
Ein Pariser Krankenhaus und Notre Dame,
16. April 2019

Monsieur?«

Blinzelnd öffnete Antoine die Augen, um sie sogleich stöhnend wieder zu schließen. Er hatte entsetzliche Kopfschmerzen. Außerdem war ihm übel, und er fühlte sich irgendwie benommen.

»Monsieur?«, hörte er die Stimme wieder.

Erneut öffnete Antoine die Augen und zwang sich, sie dieses Mal auch geöffnet zu lassen.

Schemenhaft erkannte er eine Krankenschwester, die sich mit einem sanften Lächeln über ihn beugte. »Wie geht es Ihnen?«

»Ich … ich weiß nicht recht«, murmelte er. »Wo bin ich denn? Was ist geschehen?«

Während er die Frage stellte, kam die Erinnerung zurück. Mit einem entsetzten Keuchen fuhr er im Bett auf, um sich gleich darauf mit schmerzhaftem Stöhnen wieder zurücksinken zu lassen.

Während die Schwester liebevoll schimpfend auf ihn einredete und ihm klarmachte, dass er doch um Himmels willen nicht so unvernünftig sein dürfe, prasselten die Bilder der letzten Nacht wieder auf ihn ein. Die Dornenkrone! Die glühenden Bleikügelchen! Der Domdekan, der in den Armen der Bürgermeisterin ohnmächtig zusammensank. Die Männer im Nordturm. Und dann kamen die Geräusche. Das Klagelied der in Bedrängnis geratenen Glocken von Notre Dame. Das unablässige Rauschen der Funkgeräte. Das Knacken der brennenden Balken. Das Platschen, als sie durch das Löschwasser gewatet waren.

»Was ist mit der Kathedrale?«, fragte er und starrte die Krankenschwester an, als hinge sein Leben davon ab. »Ist sie ... eingestürzt, während ich ohnmächtig war? Wie konnte mir das nur passieren? Ich ...«

»Nein, Monsieur«, sagte sie und lächelte ihm beruhigend zu. »Die Lage hat sich stabilisiert. Dank mutiger Männer wie Ihnen und mutigen Frauen wie ihr.«

Sie deutete auf das Bett neben Antoine. Vorsichtig wandte er den Kopf und erblickte eine junge Frau, sie mochte Mitte zwanzig sein, die tief schlief. Über ihre Stirn verlief ein weißer Verband. Antoine war sich sicher, dass er diese Frau kannte, aber er wusste nicht, woher. Irritiert sah er die Krankenschwester an.

»Sie mögen es merkwürdig finden, dass Sie mit einer Frau das Zimmer teilen«, sagte sie entschuldigend, »aber letzte Nacht herrschte derartiges Chaos ...«

Antoine winkte ab.

»Wer ist das?«

»Eine von den Feuerwehrleuten, die gestern Nacht auf den Nordturm gestiegen sind«, sagte die Schwester voller Ehrfurcht. Antoine nickte. Natürlich. Die Feuerwehrleute waren ja an ihm vorbeigezogen, und er hatte jedem Einzelnen ins Gesicht geblickt. Er war sich nicht sicher − aber war das nicht die Frau, die ihm noch einmal in die Augen gesehen und in deren Blick er entsetzliche Angst gelesen hatte? Die Letzte in der Reihe?

»Sie sind Helden«, sagte die Krankenschwester. »Sie und diese junge Frau sind die Helden der Nation. Ich danke Ihnen von ganzem Herzen für das, was Sie für Unsere liebe Frau getan haben.«

Dann brach sie in Tränen aus.

★★★

Wie betäubt, unter Schock stehend und gleichzeitig aufgrund ihres nächtlichen Schwurs voller Tatendrang und Hoffnung machte sich Josie am nächsten Morgen wieder auf den Weg zur Kathedrale. Der Himmel war rosa, er spiegelte sich in der Seine, als reflektierte er immer noch das Feuer der letzten Nacht.

Ein Gefühl der Betäubung lag über der ganzen Stadt, über ganz Frankreich, ganz Europa, ja vielleicht der ganzen Welt. Wie anders die Stimmung an diesem Morgen ist, dachte Josie beklommen, als sie den gleichen Weg in die Stadt nahm wie am Nachmittag zuvor. Immer noch strahlten blühende Kirsch- und Kastanienbäume um die Wette, aber lag über ihnen jetzt nicht ein grauer Schleier?

Ohnehin hatte Josie das Gefühl, als liege über der Stadt ein eigenartiges Flirren und Sirren. So hatte sie das auch in jenem Sommer 2002 empfunden, als mitten in der Nacht zwei Flugzeuge über Überlingen am Bodensee, ihrer Heimat, zusammengestoßen waren. Einundsiebzig Menschen waren gestorben, darunter neunundvierzig Kinder. Josie hatte das auch deshalb so mitgenommen, weil jene, die da sterben mussten, in ihrem Alter gewesen waren. Eine Klasse auf dem Weg ins Schullandheim. Unendlich lange hatte der schwere Körper des Flugzeugs, das Wrackteil, auf einer Wiese gelegen, an der Josie jeden Morgen auf dem Weg zur Schule vorbeimusste. Und über ebenjenem Wrackteil hatte dieses eigenartige Flirren gelegen, das sie auch jetzt über der Stadt wahrnahm. Vielleicht ist das so bei Katastrophen, dachte sie. Und doch ließ sich der Flugzeugabsturz überhaupt nicht mit dem Brand der Kathedrale vergleichen, damals waren Menschen gestorben – und doch war die Stimmung am Tag danach eine ähnliche.

Unterwegs betrat Josie kurz entschlossen einen Laden und erwarb ein Fernglas. Sie hatte es am Vorabend gar nicht glauben können, dass die Glasrosette heil geblieben war. Mit dem Fernglas wollte sie sich nun vergewissern, ob das Kunstwerk tatsächlich keinen Schaden genommen hatte.

Wenig später hatte sie ihren Platz vom Vorabend erreicht. Wieder – oder immer noch – war der Vorplatz voller Menschen, die schweigend und weinend auf die Kathedrale starrten, deren Gestein an diesem Morgen zartrosa leuchtete –, Josie wusste, dass der Stein sich durch die Hitze so verfärbt hatte – und hier war das Gefühl des Sirrens und Flirrens noch stärker. Manche weinten, manche beteten, andere standen einfach nur da und schauten.

Wieder andere informierten sich gegenseitig und unterhielten sich leise über die Ereignisse der Nacht. Zu ihrer unendlichen Erleichterung erfuhr Josie, dass es gelungen war, die Grundstruktur der Kathedrale – von der heute Morgen alle nur von »sie« oder von »ihr« sprachen, als sei sie ein menschliches Wesen – zu retten.

Schweigend schob Josie ihr Fernglas vor die Augen und suchte die Rosette. Tatsächlich. Da lag sie vor ihr in all ihrer Pracht. Weder waren die Scheiben durch die Hitze oder den Druck des Wassers geborsten, noch hatte das Feuer die Bleiruten, die die einzelnen Scheiben umschlossen, zum Schmelzen gebracht. Staunend betrachtete Josie die fein gearbeiteten Tierkreiszeichen und dachte, dass hier vielleicht tatsächlich das Universum seine Hände im Spiel gehabt hatte, um das Fenster zu schützen. Blödsinn, dachte sie gleich darauf. Wenn das Universum – oder welche Kraft auch immer – eine derartige Macht hätte, dann ließe es doch ein solch schreckliches Ereignis gar nicht erst zu. Überhaupt kein schreckliches Ereignis. Sie schluckte.

Kapitel 8

189 Jahre zuvor

Victor

PARIS, RUE NOTRE-DAME-DES-CHAMPS, 23. FEBRUAR 1830

Adèle!«

Victors Ruf schallte durchs ganze Haus. Und gleich noch einmal:»Adèle?«

»Ist Vater böse mit dir?«, erkundigte sich die fünfjährige Léopoldine nervös.

Adèle strich ihrer Tochter beruhigend über den Kopf.»Ich denke nicht. Er ist sicherlich nur wegen der bevorstehenden Premiere von *Hernani* angespannt.«

Diese stand in drei Tagen an, und Victor war ein Nervenbündel. *Hernani,* das Werk, an dem er in den letzten Monaten parallel zu den Recherchen über Notre Dame gearbeitet hatte, musste unbedingt ein Erfolg werden, denn das Vermögen der Hugos war in den letzten Monaten stark geschrumpft. Damit das gelang, bereitete sich der Literaten- und Künstlerkreis um Victor seit Wochen akribisch vor: Jeden Nachmittag um drei Uhr trafen sie im Haus der Hugos zusammen, um anhand des Theaterplans zu überlegen, wo sich wer bei der Premiere am besten platzieren sollte, um jubelnden Applaus zu entfachen. Adèle war gerade vor dem Arbeitszimmer ihres Mannes angelangt, als die Tür von innen aufgerissen wurde und Victor ihr vollkommen verstört entgegenkam. Seine Haare standen in alle Richtungen ab, auf seinem Gesicht waren rote hektische Flecken zu erkennen, und in der Hand hielt er einen Brief. Adèle erkannte Sainte-Beuves Schrift, sie erstarrte. Ob er Victor etwas von den zarten Gefühlen geschrieben hatte, die sie beide miteinander verbanden?

»Was ist mit Sainte-Beuve?«, fragte sie nun und sah ihren Gatten mit hochgezogenen Brauen an.

»Er weigert sich, über *Hernani* zu schreiben!« Anklagend hielt er ihr das Papier entgegen, Adèle atmete erleichtert aus. Dennoch war es natürlich eine Katastrophe, auf die Worte des so bedeutenden Literaturkritikers verzichten zu müssen.

»Wie begründet er das denn?« Sie nahm stirnrunzelnd das Papier entgegen.

»Er ist eifersüchtig, weil *Hernani* zur Sache vieler geworden ist. Weil ich mich mit meinen Freunden umgeben habe, um das Stück zu einem Erfolg zu machen.«

Adèle wusste, dass Victor recht hatte. Sainte-Beuve war eifersüchtig – aber dabei ging es nicht nur um Victor, sondern auch und vor allem um sie: Das Feuer um den Kampf für *Hernani* hatte auch sie erfasst, sie tat alles, um Victor und seine Kampagne zu unterstützen, empfing seine Freunde, verteilte Premierenkarten, die sie zuvor gekauft hatten, an mehr als achtzig junge Männer, die Victor allesamt unterstützen wollten, diskutierte und war auf einmal eine von ihnen, gehörte dazu. Sie las:

Wenn ich sehe, was seit einiger Zeit vor sich geht, wie Ihr Leben für immer zur Beute aller wird, Ihre Ruhe dahin ist (…), wenn ich auf Ihrer Stirn Furchen und Wolken sehe, die nicht nur von der Arbeit der großen Gedanken herrühren, dann kann ich dies nur beklagen, voller Bedauern an die Vergangenheit denken, Sie von ferne grüßen und weggehen und mich, ich weiß nicht wo, verbergen.

Ein Stich fuhr Adèle ins Herz. Weggehen und sich verbergen? Würde das dann auch sie betreffen?

Sie drehte den Brief um und sah ein Postscriptum, das sich offensichtlich auf sie bezog: *Und Madame? Auch sie ist den ganzen Tag über profanen Blicken ausgesetzt, diese keusche und wundersame Intimität, der wahre Lohn der Freundschaft, ist auf immer von der Masse entweiht.*

Adèle unterdrückte ein Schmunzeln. So groß ihre Angst war, ihn tatsächlich zu verlieren, so gerührt war sie von seiner offensichtlichen Eifersucht.

»Und nun? Was willst du tun?«

»Ich gehe zu ihm«, erwiderte er, »ich versuche, ihn davon zu überzeugen, weiter an meiner Seite zu stehen.«

Victors Worte wirkten offensichtlich heilend auf Sainte-Beuve. Zumindest war er am Abend der Premiere bei ihm, um ihm zu helfen, seine Anhänger strategisch geschickt im Publikum zu verteilen: Damit wollten sie sich während der Aufführung einen

Vorteil bei dem erwarteten Disput mit den Anhängern des klassischen Theaters verschaffen. Ihre Taktik sollte sich als erfolgreich erweisen. Sie gewannen den Disput, und damit triumphierten die Romantiker: Das neue Theater hatte einen ersten wichtigen Sieg errungen.

Kapitel 9

189 Jahre später

Antoine

PARIS, RUE DE LA BÛCHERIE,

19. APRIL 2019

Antoine war voll tiefer Trauer, aber auch voller Demut und Dankbarkeit, als er am Mittag des 19. April sein Zuhause betrat, das er vier Tage zuvor fluchtartig verlassen hatte, um die Statue zu retten. Er stieg durch das Treppenhaus nach oben, schloss die Wohnungstür auf und trat ein. Wie fremd ihm sein vertrautes Zuhause plötzlich vorkam! Als wäre er von einer sehr langen Reise zurückgekehrt. Einer Reise, die ihn verändert hatte.

Sein Blick fiel durch das Wohnzimmerfenster – und dann keuchte er auf vor Schreck und Schmerz. In seinem Innern war immer noch das Bild der prächtigen, unverwundeten Kathedrale gespeichert. Doch die gab es nicht mehr. Den *Spitzturm* gab es nicht mehr. Wo er gestanden hatte, war eine schreckliche, schmerzende Leere.

Antoine griff lediglich nach einer Jacke und hastete dann durch das Treppenhaus wieder nach unten. Notre Dame. Er musste sofort hin! Er musste helfen! Zu viel Zeit hatte er im Krankenhaus verplempert! Normalerweise brauchte er für den Weg von seiner Wohnung zur Kathedrale vier Minuten, heute schaffte er es in eineinhalb. Gleich darauf stand er an der Absperrung. Mit einem Nicken ließ der Polizist ihn passieren. Auf einmal wandelte sich Antoines Gefühl der Trauer in Dankbarkeit: Notre Dame stand noch. Verwundet zwar, aber sie stand.

In diesem Moment sah er Philipe Chopard, den leitenden Denkmalschutzdirektor von Notre Dame, aus der Kathedrale schießen. Ja, anders ließ sich das wohl nicht bezeichnen. Er steuerte auf eine Gruppe Handwerker zu, die sich vor der Kathedrale eingefunden hatte – Antoine erkannte die Steinmetze, die in den vergangenen Tagen am Spitzturm gearbeitet hatten, um ihn zu restaurieren und die Statuen, die ihn geziert hatten, in Werkstätten zu bringen. An dem Spitzturm, den es nun nicht mehr gab.

»Antoine! Antoine, das gibt es ja nicht!«, rief da eine Stimme hinter ihm.

Er drehte sich um und sah seinen alten Professor Albert Flaubert auf sich zueilen, einen älteren, bebrillten Herrn, der ihn seinerzeit an der Universität in Kunstgeschichte unterrichtet und große Stücke auf ihn gehalten hatte. Was letztendlich zur Trennung von Simone geführt hatte, hatte Flaubert begeistert: dass er sich so sehr in die Kunst- und Literaturgeschichte verliebt hatte, dass er seine Frau darüber völlig vergaß. Flaubert gehörte zu Paris und Notre Dame wie kein Zweiter, er wusste alles und kannte jeden. Und jeder kannte Monsieur Flaubert.

»Monsieur!«, rief Antoine erfreut. »Wie wunderbar, Sie zu sehen!«

»Dieses Kompliment, mein lieber Antoine, kann ich nur zurückgeben.«

Flaubert strahlte ihn an, und seine Augen hinter den dicken Brillengläsern funkelten. »Ich habe gehört, Sie waren in der Brandnacht zugegen. Sie sind ein Held! Ich selbst war leider nicht zur Stelle. Ich habe meine kranke Mutter in Marseille besucht. Ich bin natürlich sofort losgefahren, als ich davon erfuhr, aber ...«

Antoine nickte. Der Weg von Marseille nach Paris war lang. Er konnte sich gut vorstellen, dass Monsieur Flaubert sehr darunter gelitten hatte, dass er nichts hatte tun können, um seiner Kathedrale zu helfen. Antoine war jedoch sicher, dass er über jedes Detail informiert war. Er sollte sich nicht täuschen.

»Monsieur Chopard ist in heller Aufregung«, sagte er und deutete auf den weißhaarigen Mann mit Brille, der immer noch auf die Männer einredete. »Für heute Abend ist nämlich ein heftiger Regen vorausgesagt.«

»Du lieber Himmel!«, rief Antoine besorgt.

»Naja«, meinte Flaubert, »die Steinmauern haben sich ohnehin vollgesogen mit Löschwasser. Noch kann niemand vorhersagen, was passiert, wenn das Gemäuer wieder trocknet.«

»Aber trotzdem kann es nicht gut sein, wenn es nun auch noch in die Kathedrale hineinregnet«, sagte Antoine.

»Das wird es auch nicht!« Flaubert deutete auf zwei Männer, die im Begriff waren, mit Kletterausrüstung an Notre Dames Mauern emporzusteigen. »Chopard hat zwei riesige Planen besorgt, die Fassadenkletterer werden sie nun anbringen.«

»Der Mann denkt wirklich an alles«, murmelte Antoine beeindruckt.

Flaubert nickte zufrieden. »Er ist der Beste.«

In diesem Moment hatte Chopard sein Gespräch mit den Handwerkern beendet und steuerte auf sie zu. »Monsieur Flaubert! Gut, dass ich Sie treffe.« Dann sah er, mit wem der Professor da gerade im Gespräch war, und schüttelte Antoine die Hand. »Und Monsieur Girard. Wie geht es Ihnen? Ich höre, Sie mussten mit Rauchvergiftung ins Krankenhaus?«

»Ja«, erwiderte Antoine, beeindruckt und auch ein wenig geschmeichelt, dass Philipe Chopard von ihm und seinem Schicksal wusste. Aber das war ihm schon bei verschiedenen Begegnungen aufgefallen: Dieser Mann schien ein nahezu fotografisches Gedächtnis zu haben und alles zu memorieren. »Es war aber nur eine Vorsichtsmaßnahme.« Während er das sagte, war ihm sein Krankenhausaufenthalt fast ein wenig peinlich. Chopard hatte vermutlich viel länger und viel näher an der Brandstelle ausgeharrt als er und war schließlich auch nicht im Krankenhaus, sondern am nächsten Tag sofort wieder an Ort und Stelle gewesen – falls er zwischendurch überhaupt zu Hause war.

»Sind Sie wieder wohlauf?«, fragte Chopard, und wieder staunte Antoine. Dieser Mann hatte etwas, das er auch an Emmanuel Macron in der Brandnacht bemerkt hatte: Ungeachtet dessen, wie wichtig er war oder was er alles Dringendes zu tun hatte, gab er seinem Gegenüber das Gefühl, in dem Moment des Gesprächs der einzige Mensch auf der Welt zu sein.

Er schenkte dem, mit dem er sprach, stets seine hundertprozentige Aufmerksamkeit und legte eine ungemeine Präsenz an den Tag.

»O ja, Monsieur«, sagte Antoine. »Ich danke Ihnen sehr. Und da es mir nun wieder gut geht, melde ich mich zur Stelle.«

Chopard legte ihm eine Hand auf die Schulter. »Sie haben in der Brandnacht einen Kunstgegenstand gerettet. Sie haben Ihre Schuldigkeit getan. Aber dennoch«, er warf einen Blick auf die Kathedrale, deren Steine sich durch die Hitze rosa verfärbt hatten, »kann ich nicht umhin, einzugestehen, dass wir Hilfe dringend gebrauchen können. Mehr als dringend.«

»Wie ist der Stand der Dinge?«

»Das Deckengewölbe hat bisher zum Glück gehalten«, sagte Chopard rasch, »dank der unglaublichen Kunst der mittelalterlichen Architekten. Dennoch lasse ich niemanden ins Schiff – es ist zu gefährlich. Zumal natürlich alles mit Blei verseucht ist.«

»Gefährlich ist es auch für Sie, Monsieur, wenn Sie mir die Bemerkung erlauben«, mischte sich Flaubert ins Gespräch.

Dann wandte er sich mit einem erklärend-vorwurfsvollen Gesichtsausdruck an Antoine.

»Monsieur Chopard ist ununterbrochen im Schiff unterwegs, um jedes noch so kleine Detail in Augenschein zu nehmen.«

Chopard winkte ab: »Mir passiert schon nichts.« In diesem Moment sah Antoine Pierre Durant auf sie zukommen, den Chef der Steinmetze. Der Mann nickte ihnen zu und wandte sich dann an Chopard. »Auf ein Wort, Monsieur.«

»Natürlich.« Auch Chopard nickte ihnen noch einmal zu und richtete dann seine Aufmerksamkeit auf den Steinmetzmeister.

»Ich bedauere«, sagte Antonie zu Flaubert, »dass ich nicht ebenfalls Steinmetz geworden bin. Als ich aus dem Krankenhaus in meine Wohnung kam, hatte ich nur eins im Sinn: So schnell wie möglich hierherzukommen, um zu helfen. Aber ich kann ja gar nicht helfen.«

»Wie Chopard schon sagte«, setzte Flaubert an, ihn zu trösten, »Sie haben schon mehr als genug getan. Sie haben einen Kunstgegenstand gerettet.«

»Ich würde so gern so viel mehr tun.«

»Die Gelegenheit wird sich noch ergeben«, war sich Flaubert sicher. »Jetzt sollten Sie erst einmal nach Hause gehen und zu Abend essen.«

Abendessen! Es durchfuhr Antoine wie ein Blitz, und er warf einen raschen Blick auf die Uhr. Gerade war noch Mittag gewesen! War die Zeit wirklich so schnell verflogen? Er war ja verabredet, mit seiner Zimmernachbarin, jener Feuerwehrfrau, die tatsächlich die Letzte in der Reihe gewesen war und deren ängstlichen und doch so bestimmten Blick er in der Brandnacht aufgefangen hatte. Was für Zufälle es doch im Leben gab! Sie war bereits gestern aus dem Krankenhaus entlassen worden, pünktlich zur Ehrung Hunderter Feuerwehrleute durch Präsident Emmanuel Macron im Élysée-Palast. Hastig sah er auf die Uhr. Kurz vor sieben. Wenn er sich sputete, würde er es zumindest noch einigermaßen pünktlich zum Restaurant *Au Bougnat* schaffen, wo sie verabredet waren.

Rasch verabschiedete er sich von Flaubert und eilte, in Gedanken versunken, davon.

In diesem Moment öffnete der Himmel seine Schleusen. Obwohl sie damit gerechnet hatten, kam es doch überraschend. Antoine hob sein Gesicht dem Regen entgegen. Es war, als trauerte der Himmel um das Gotteshaus!

Kapitel 10

189 Jahre zuvor

Lucile, Marie & Victor

PARIS, 27. JULI 1830, RUE JEAN GOUJON

Hernani war ein voller Erfolg. Besser gesagt: Das Theaterstück übertraf jegliche Erwartungen. Zumindest die finanziellen Sorgen der Hugos waren somit vorbei. Der Erfolg zog einen Umzug nach sich: War Victor schon früher stets von Freunden und Bewunderern umringt gewesen, so wurde ihr Haus nun regelrecht belagert. Das wurde nicht nur Adèle, die mit dem fünften Kind schwanger war, und dem eifersüchtigen Hausfreund Sainte-Beuve zu viel, sondern auch dem Vermieter, der sich den Menschenauflauf nicht lange ansah, sondern ihnen nach kürzester Zeit kündigte. Die Hugos fanden schnell Ersatz, der sogar noch herrschaftlicher war – der Herzog von Mortemart war nur zu gern bereit, dem berühmten Schriftsteller und seiner Familie ein neues Heim zu bieten, und vermietete ihnen in der zweiten Etage seines neuen Hauses in den Champs-Élysées eine großzügige Wohnung in der Rue Jean-Goujon. Hier konnte sich Victor nun voll und ganz der Arbeit an *Der Glöckner von Notre Dame* hingeben: Vor zwei Tagen, am 25. Juli 1830, hatte er endlich mit dem Schreiben begonnen.

Dass Sainte-Beuve nicht mehr in direkter Nachbarschaft wohnte, erlöste ihn regelrecht von einem Alpdruck, zumal der Schriftsteller ihm seine zärtlichen Gefühle für Adèle inzwischen gestanden und auch Adèle zugegeben hatte, dass sie sich in der Ehe einsam fühlte und Sainte-Beuve ihr das Gefühl von Geborgenheit gebe. Zu Hugos Erleichterung war sein Nebenbuhler beleidigt in einen langen Urlaub entflohen, er hoffte, dass sich Adèles Gefühle in Sainte-Beuves Abwesenheit etwas abkühlen würden, und nahm sich vor, sofern er nicht gerade mit seiner Arbeit am *Glöckner von Notre Dame* beschäftigt war, seiner Gattin die Aufmerksamkeit zu schenken, die sie sich wünschte. Mit einem Seufzen schob er die finsteren Gedanken von sich und wollte sich gerade wieder seinem Schreibtisch und seiner Arbeit zuwenden – bisher war er mit dem, was er geschrieben hatte, sehr zufrieden –, als es an der Tür klopfte. Das Dienstmädchen kündigte Besuch an, gleich darauf wehte der Bildhauer David d'Angers herein – und mit ihm der Duft der Revolution.

Er fragte nicht, ob er störe.

»Victor!«, rief David und warf die Hände in die Luft. »Da sitzen Sie hier in Ihrer Kammer und schreiben, während das Leben an Ihnen vorbeifließt, oder weshalb sind Sie in diesen Stunden zu Hause?«

»In der Tat«, sagte Victor, der Mühe hatte, seine Gedanken von seinem Werk loszureißen. »In der Tat«, bekräftigte er. »Nun, da der Umzug und die Premiere von *Hernani* vorbei sind, kann ich mich endlich mit voller Kraft meinem Werk widmen. Über

Notre Dame, diese wundervolle, aber vernachlässigte alte Dame. Trotz allem, was man ihr angetan hat, ist sie noch immer ein majestätisches und erhabenes Bauwerk, das sich im Altern schön erhalten hat.«

»Keinen ungünstigeren Zeitpunkt hätten Sie sich aussuchen können«, erwiderte David ungeduldig. »Wollen Sie denn gar nicht wissen, was da draußen los ist?«

»Ich kann es mir denken«, erwiderte Victor. »Die Menschen lehnen sich gegen die Krone auf. Wieder einmal.« Nachdem König Charles X., der sich als von Gott eingesetzter König sah, mit den sogenannten Juliordonnanzen die Abgeordnetenkammer aufgelöst, die Pressezensur eingeführt und die Rechte des Adels gestärkt hatte, indem er das Wahlrecht enorm einschränkte, schloss sich das liberale Bürgertum mit der proletarischen Unterschicht zusammen, um ihn zur Abdankung zu bewegen.

David nickte. »Ich sage Ihnen, das ist das erneute Ende der Bourbonen.«

»Das vermute ich ebenfalls«, bestätigte Hugo. »Sie haben sich aber auch wirklich ungünstig verhalten.«

»Das kann man allerdings sagen!«, ertönte da eine Stimme von der Tür her.

Die beiden Männer drehten sich um, und auf Victors Gesicht breitete sich ein Lächeln aus. Wer da stand, war keine Geringere als seine alte Freundin Lucile Desmoulins!

»Ich habe das alles schon mal erlebt«, sagte sie und wirkte dabei ausgesprochen müde. »Und ich muss sagen: Das sind Erfahrungen, die ich niemandem wünsche.«

Die beiden Männer wechselten einen betroffenen Blick. Sie

wussten, dass die heute 60-jährige Lucile während der Französischen Revolution mit Robespierre befreundet gewesen war. Er war sogar ihr Trauzeuge gewesen. Doch dann hatte er im Verlaufe der Revolution jegliche Menschlichkeit verloren und war zum Henker von Luciles Gatten Camille geworden. Im Januar 1795 war Luciles Tochter Marie geboren worden – ihr Vater hatte nicht gewusst, dass sie auf die Welt kommen würde, auch Lucile hatte erst nach seinem Tod von der Schwangerschaft erfahren und sich mehr schlecht als recht durchgeschlagen. Sie hatte sich nie vom Tod ihres Mannes erholt.

Victor empfand große Ehrfurcht vor ihr. Sie war oft die Erste, der er seine Texte zu lesen gab, auf ihre Meinung legte er großen Wert – und er wusste auch, dass sie einst die Werke ihres Gatten, eines Juristen und Schriftstellers, Korrektur gelesen hatte.

»Lucile.« Er küsste der Älteren die Hand. David tat es ihm gleich.

»Setzen Sie sich doch. Soll das Mädchen Ihnen einen Tee servieren?«

Doch Lucile winkte ab. »Keine Umstände für eine alte Frau. Ich bin nur vorbeigekommen, weil ich dachte, Marie wäre vielleicht hier. In diesen Stunden möchte ich nicht allein sein.«

Sie wirkte auf einmal so einsam und verlassen, dass Victor augenblicklich Mitgefühl empfand.

»Nein«, bedauerte er, »hier ist sie nicht. Aber wird sie sich denn nicht sorgen, wenn sie nach Hause kommt und Sie sind nicht dort? Vor allem angesichts dieser Aufstände?«

»Ich habe ihr eine Nachricht hinterlassen«, erklärte Lucile. »Ich vermute, sie hat sich unter die Revolutionäre gemischt. Das revolutionäre Blut – das brodelt in ihr. Das hat sie von mir und von ihrem Vater.«

»Setzen Sie sich doch wenigstens kurz«, bat Victor und deutete auf einen Stuhl.

»Ich hoffe, ich störe Sie nicht«, sagte Lucile, »Sie wollen sich sicherlich Ihrer Arbeit widmen. An was schreiben Sie gerade?«

»An Notre Dame«, sagte Victor überrascht und auch ein wenig verärgert, dass sie das offenbar vergessen hatte.

»Oh!« Lucile sah zu Boden. »Das war mir in der Tat entfallen.«

Victor sah sie irritiert an. Lucile wirkte keineswegs verlegen ob ihrer Vergesslichkeit, sondern eher so, als würde ihr das Thema nicht behagen. »Und weshalb blicken Sie so zweifelnd drein, meine liebe Lucile?«

Sie hob den Kopf, sah ihn an, hielt seinem Blick jedoch nicht stand. »Ach, es ist nur wieder einmal die Parallelität mancher Ereignisse. In der Revolution hat die Kathedrale ja auch eine große Rolle gespielt. Und nun ist wieder Revolution und prompt schreiben Sie über die Kathedrale.«

»Seit es sie gibt, hat Notre Dame zu ziemlich jeder Epoche in Paris im Besonderen und Frankreich im Allgemeinen eine Verbindung«, erwiderte Victor eindringlich. »Und falls es Sie beruhigt: Ich schreibe über das Mittelalter, nicht über die Revolution.«

»Ach!« Lucile winkte heftig ab. »Achten Sie nicht auf eine alte Frau. Lassen Sie uns lieber über die Ereignisse dort draußen sprechen. Ich wundere mich nur darüber, dass der Mensch aus der Geschichte offensichtlich nichts lernt. Gewisse Dinge passieren wieder und immer wieder. Wie kommt König Charles X. darauf, dass er die Vorherrschaft des Adels wiederherstellen kann, nicht einmal ein Menschenleben nach der Revolution? Es ist richtig, dass die Menschen sich wehren – ich hoffe nur, dass die ganze Sache nicht genauso blutig endet wie die Revolution zu meiner Zeit.«

Kapitel 11

189 Jahre später

Josie

PARIS, ÎLE DE LA CITÉ, 19. APRIL 2019

Monsieur! Warten Sie!« In strömendem Regen trat Josie dem etwas hektisch, aber dennoch freundlich wirkenden Mann um die fünfzig, der gerade die Absperrung um die inzwischen von zwei riesigen Planen geschützte Kathedrale passiert hatte, in den Weg. Ein wenig unwillig sah er sie unter seinem Regenschirm an. »Ich gebe keine Interviews«, sagte er und fügte, etwas freundlicher, hinzu, »dazu habe ich keine Zeit.«

»Ich will gar kein Interview«, versicherte Josie, »ich bin keine Journalistin.«

»Was sind Sie dann?«, fragte Chopard, der seinen Weg inzwischen fortgesetzt hatte. »Eine von jenen, die sich darüber echauffieren, dass so viele Spenden für den Wiederaufbau gesammelt worden sind? Sind Sie auch der Ansicht, die Spenden sollten besser den Armen zugutekommen?«

»Nein!« Josie schüttelte heftig den Kopf. »Auch, wenn mir die

Armen natürlich leidtun. Besonders die Kinder, das steht außer Frage. Aber Notre Dame hat jeden Cent verdient. Mir geht es um etwas anderes. Ich möchte helfen, die Kathedrale wiederaufzubauen.«

Sie hatte die Worte hastig hervorgebracht, wohl wissend, dass der leitende Architekt für die historischen Baudenkmäler, der seit 2013 für Notre Dame verantwortlich war, ihr nicht lange sein Ohr leihen würde. Aber sie war wild entschlossen, am Aufbau von Notre Dame mitzuarbeiten.

Deshalb hatte sie sich vor der Kathedrale postiert, um den Chefarchitekten abzufangen. Sie hatte gelesen, Chopard habe in der Brandnacht gesagt, in dieser Nacht sei er gestorben. Und er werde erst wieder heilen, wenn Notre Dame wiederaufgebaut sei. Diese Worte sprachen ihr derart aus der Seele, dass sie sich sicher war, Chopard würde sie verstehen.

Tatsächlich war er jetzt stehen geblieben und sah sie fragend an: »Und was befähigt Sie dazu?«

»Meine Liebe zu Notre Dame«, stieß sie hervor, »und natürlich bin ich auch Steinmetzmeisterin und Kunsthistorikerin. Und Fassadenkletterin.«

Er nickte. »Sie sind keine Französin.«

»Nein, Deutsche. Und ich weiß, Notre Dame ist die Seele Frankreichs. Aber ich glaube … ich glaube, ich habe eine französische Seele.«

Um Chopards Mundwinkel zuckte es. »So, haben Sie das.« Mit einem freundlichen Nicken wandte er sich zum Gehen. »Und nun muss ich Sie wirklich bitten. Ich habe es eilig.«

Das war deutlich. Josie blieb stehen, während er über den Vorplatz von Notre Dame davoneilte. Sekunden später rannte sie ihm jedoch nach. Ihre inzwischen vollkommen durchnässten Schuhe trafen mit laut platschenden Geräuschen auf die regennassen Pflastersteine. Keuchend schloss sie zu ihm auf. Wenn sie ihn jetzt gehen lassen würde, hätte sie verloren. Verhaften lassen würde er sie ja wohl kaum. Sie hatte also nichts mehr zu verlieren – aber alles zu gewinnen.

»Monsieur«, sagte sie, nachdem sie ihn erreicht hatte, »ich war ein kleines Mädchen, gerade mal sieben Jahre alt, als ich zum ersten Mal Notre Dame besuchte. Ein Orgelmusiker spielte. Ich weiß nicht mehr viel von diesem Parisbesuch. Aber das Gefühl, das sich in der Kathedrale meiner bemächtigte, werde ich nie vergessen.«

Chopard, der anfangs augenscheinlich genervt gewesen war, warf ihr einen Seitenblick zu. Auf einmal hatte sie seine volle Aufmerksamkeit. Ermutigt fuhr sie fort, zu erzählen. Dass Notre Dame nie aus ihrem Herzen verschwunden war. Dass sie jedoch nie zurückgekommen war, weil sie das Gefühl hatte, sich erst umfassend vorbereiten zu müssen, bevor sie zurückkehren und die Kathedrale wirklich lesen konnte. Dass sie jedoch in unzähligen anderen Gotteshäusern gewesen sei und der dortigen Stimmung nachgespürt habe. Und dass sie nun zurückgekehrt sei, um Notre Dame zu besuchen. »Verstehen Sie«, flüsterte Josie und blieb stehen. »Verstehen Sie, ich will mich nicht überschätzen, aber ich habe das Gefühl, dass es kein Zufall ist, dass ich ausgerechnet jetzt zurückkehre. All die Jahre habe ich mich vorbereitet. Ich bin sicher, dass ich kam, um zu helfen.«

Schüchtern sah sie ihn an. Würde er sie auslachen? Doch er

musterte sie nun ganz ernst, mit einem Ausdruck tiefer Konzentration.

Ermutigt griff Josie mit ihrer Rechten – in der Linken hielt auch sie einen Schirm – in ihre Handtasche und holte ganz vorsichtig ein kleines Bündel heraus. »Sehen Sie«, flüsterte sie und wickelte das verkohlte Holzstück behutsam aus dem Seidentuch, in das sie es eingeschlagen hatte, »sehen Sie? Das hier fand ich auf meinem Balkon, als ich in der Brandnacht nach Hause kam.«

Auch Chopard war stehen geblieben. Er blickte zunächst auf das Holzstück, dann sah er Josie an. Jetzt lag Zuneigung in seinem Blick.

»Ich glaube, ich erinnere mich an Sie«, sagte er. »Auch ich saß als Junge oft in der Kathedrale. Auch mich ergriff dieses Gefühl, von dem Sie nun erzählten. Auch ich hörte den Organisten spielen. Das war damals der legendäre Titularorganist Pierre Cochereau. Unsere Orgel ist eine der größten der Welt. Als Kind, als Jugendlicher und als Erwachsener kam ich her. Und eines Tages sah ich ein Mädchen mit langen, dunklen Zöpfen. Etwas im Gesichtsausdruck dieses Mädchens rührte mich unendlich an – ich habe dieses Kind wahrscheinlich deshalb nie vergessen.«

»Und Sie meinen, dieses Mädchen war wirklich ich?«, flüsterte Josie.

Chopard zuckte die Achseln. »Mit absoluter Sicherheit kann ich es natürlich nicht sagen«, schränkte er ein. »Es ist lange her. Darf ich fragen, wie alt Sie sind?«

»Sechsundzwanzig«, flüsterte Josie.

Chopard nickte. »Dann kann es gut sein. Es ist ungefähr zwanzig Jahre her. Obwohl ich weit weg war, war ich mir sicher,

75

dass dieses Mädchen blaue Augen hat, und Sie haben blaue Augen. Was natürlich nichts beweist. Viele Menschen haben blaue Augen.«

Josie war wie gebannt, als Chopard fragte:»Glauben Sie an Wunder, Madame …«

»Winter«, ergänzte sie hastig,»mein Name ist Josephine Winter. Und ja, ich glaube an Wunder.«

»Fein«, lächelte Chopard,»ich auch.«

»Wissen Sie«, fügte er dann hinzu,»was wir sahen, als wir nach dem Brand in die Kathedrale kamen?«

»Nein«, flüsterte sie und sah ihn wie gebannt an.

»Überall lagen Trümmerteile und verkohlte Balken. Der ganze Boden war voll von grauem Wasser, Löschwasser, das eine Verbindung mit den herumfliegenden Ascheteilchen eingegangen war. Aber das goldene Kreuz und die Pieta«, sagte Chopard, und Josie meinte, es in seinen Augen feucht schimmern zu sehen,»das goldene Kreuz und die Pieta leuchteten uns entgegen, als hätte es keinen Brand gegeben. Auch die marmorne Madonna mit Christus auf ihren Armen strahlte in reinstem Weiß. Sie war vollkommen unbeschädigt.«

»Das ist wirklich ein Wunder«, flüsterte Josie. Sie erinnerte sich nicht an die Madonna, als Kind war sie ihr nie aufgefallen. Aber sie hatte viel über diese besondere Madonna, eine von den siebenunddreißig, die in der Kathedrale wohnten, gelesen und wusste auch, dass sie Notre Dame im Jahr 1818 geschenkt worden war.

Josie war ergriffen, dass dieser so bedeutsame Mann solche Erinnerungen mit ihr teilte. Außerdem hegte sie zaghafte Hoffnung: Wenn Chopard sie an diesen Erinnerungen teilhaben ließ – standen dann vielleicht die Chancen nicht schlecht, dass er sie doch in seinem Restauratorenteam aufnahm?

»Es gab noch ein weiteres Wunder«, fuhr Chopard fort. Er hatte es inzwischen offenbar gar nicht mehr eilig und fand Gefallen an ihrem Gespräch. »Als General Gallet um zwei Uhr nachts eine Inspektion in der Kathedrale machte, entdeckte er im Schiff mitten in den Trümmern einen verkohlten Altar. Darauf lag, halb von einer dicken Ascheschicht bedeckt, ein großes Buch mit weißem Ledereinband. Wie magisch angezogen ging er darauf zu – und seine Augen entdeckten ein einziges Wort: *Hoffnung.* Die aufgeschlagene Seite des Buches handelte von der Hoffnung auf Auferstehung. Ist das nicht unglaublich?«

»Ja«, flüsterte Josie, »ja, das ist es.«

»Ein Wunder, Madame. Das verpflichtet uns aber umso mehr, alles zu tun und alle Kräfte aufzuwenden, um Notre Dame wiederaufzubauen.«

Sie nickte eifrig.

»Wir haben natürlich etliche Steinmetze, vor allem die, die ohnehin bereits mit der Spitzturmsanierung betraut waren. Und die besten Steinmetze aus ganz Frankreich organisieren sich gerade, um zu helfen.«

Das klang nach einer endgültigen Absage. Doch zu Josies Überraschung fuhr er fort: »Aber Fassadenkletterinnen können wir wirklich dringend gebrauchen.«

»Bedeutet das …?«, setzte sie hoffnungsfroh an.

»Ich kann Sie natürlich nicht, ohne Sie zu kennen, einfach so einstellen«, unterbrach Chopard, »aber ich mache Sie mit dem Chef der Steinmetze bekannt, Monsieur Durand. Er wird alles

Weitere mit Ihnen besprechen. Im Trockenen«, fügte er mit einem Blick nach oben hinzu.

»Danke!«, sagte Josie aufgeregt. Hoffentlich würde Monsieur Durand ihr eine Chance geben.

»Kommen Sie.«

Chopard machte kehrt und ging Josie voraus durch die Absperrung. Wenig später öffnete er die Tür zu einer notdürftig eingerichteten Steinmetzwerkstatt und steuerte auf einen drahtigen Mann Mitte fünfzig zu. Er hatte blondes, etwas zu langes und etwas struppiges Haar, ein kantiges Gesicht und auffallend blaue Augen.

»Monsieur Durand«, sagte Chopard, »darf ich vorstellen, das ist Josephine Winter.«

Josie war erfreut und geschmeichelt, dass er sie offenbar als wichtig genug erachtet hatte, sich ihren Namen zu merken. Auch Durand sah sie freundlich und aufmerksam an, als Chopard fortfuhr: »Eine Steinmetzmeisterin und Kunsthistorikerin aus Deutschland, die sich ihr Leben lang mit Notre Dame beschäftigt hat und obendrein Fassadenkletterin ist. Ich denke, wir können sie gut gebrauchen. Ihre Fähigkeiten zu beurteilen, überlasse ich Ihnen.«

Dann reichte er Josie noch einmal die Hand. »Sie entschuldigen mich.«

»Natürlich«, nickte Josie, »ich danke Ihnen sehr, Monsieur Chopard.«

Er lächelte und war verschwunden.

»Dann wollen wir mal«, sagte Durand, der auch in Chopards Abwesenheit nichts von seiner Freundlichkeit verloren hatte, wie

Josie erleichtert feststellte. »Ich habe leider nicht viel Zeit, aber ich bin in der Lage, eine gute Steinmetzmeisterin sehr schnell zu erkennen.« Er führte sie zu einem Tisch, auf dem, fein säuberlich, mehrere Fragmente zu sehen waren. »Was würden Sie mit dieser Figur machen?«

Josie beugte sich vor, um die zerbrochene Statue aus der Nähe zu betrachten. Der Stein war durch die große Hitze rosa verfärbt, die Bruchkanten wirkten abgesplittert. Es würde nicht einfach werden, war aber möglich. Ernst sah sie Durand an: »Ich nehme an, dass die Trümmer sortiert werden?«

Er nickte bestätigend.

»Dann würde ich zunächst versuchen, die abgebrochenen Teile zu finden. Das wird sicherlich nicht ganz einfach, aber es ist durchaus möglich, denn wenn ich es auf den ersten Blick richtig gesehen habe, ist das hier ein recht seltener Stein – zumindest für diese Kathedrale.« Durand sah sie verblüfft an. »Sie kennen sich wirklich außerordentlich gut aus«, lobte er, »Ihre Antwort hätte von Chopard sein können. Und genau so, wie Sie es eben geschildert haben, will er, dass wir vorgehen.«

Josie errötete vor Freude.

»Außerdem«, fuhr sie fort, »überzieht den Mantel der Statue ein feines, ziseliertes Netz, das ebenfalls dabei helfen dürfte, zumindest solche Teile in den Trümmern leichter zu finden.«

»Sehr gut«, sagte Durand. »In den nächsten Wochen wird es tatsächlich viel um das Sortieren gehen – und natürlich um das Sichern der Statuen, die sich noch an der Fassade befinden. Das hat erst einmal Vorrang, auch zum Schutz der Menschen, die sich hier aufhalten. Nicht auszudenken, eine solche Statue würde herunterstürzen. Die zertrümmerten Teile werden von sechs Robotern aus der Kathedrale gebracht und von uns sortiert.«

»Roboter?«, rief Josie erschrocken. »Sind die denn vorsichtig genug?«

»Das sind sie«, versicherte Durand, »aber auch diese Frage von Ihnen freut mich. Ihre Sorge um Notre Dame ist aufrichtig.«

Josie nickte bestätigend. »Ja, das ist sie.«

»Wenn Sie als Fassadenkletterin auch so gut sind, dann können wir Sie natürlich in der Höhe bestens gebrauchen, um die dort befindlichen Statuen zu sichern – wie gesagt, eine der wichtigsten Aufgaben im Moment – und sie in diesem Zuge auch auf Schäden zu untersuchen.«

»Ich bin gut in der Höhe«, versicherte Josie. »In Deutschland war ich schon in meiner Jugend eine begeisterte Kletterin. Vom Bodensee aus ist es nicht weit in die Alpen.«

»Und als Sie dann in Ihrer Ausbildung mit dem Beruf des Fassadenkletterns in Berührung kamen …«

»… habe ich mich entschieden, dass das doch die perfekte Kombination ist«, vollendete sie seinen Satz.

Er nickte, und sie lächelte. In diesem Moment war es, obwohl keiner von ihnen darüber sprach, ausgemacht, dass Josie als Restauratorin für Notre Dame arbeiten würde. Sie würde sich ins Zeug legen und sich beweisen.

Da sagte Durand: »Schön, Josephine Winter. Ich denke, Sie passen in unser Team. Wenn Sie wirklich so gut im Fassadenklettern sind, arbeiten Sie ab morgen in der Höhe. Wenn nicht, dürfen Sie Puzzleteilchen suchen.«

»Das bedeutet …«

Durand nickte. »Ja«, sagte er lächelnd, »das bedeutet es. Will-kommen im Team.«

Josie strahlte.

Kapitel 12

189 Jahre zuvor

Marie & Lucile
PARIS, RUE SAINT-ANDRÉ DES ARTS,
27. JULI 1830

Maman! Da bist du ja! Ich wollte gerade aufbrechen und nach dir suchen!«

Marie kam ihnen mit glühenden Wangen entgegen, kaum, dass Lucile mit David, der darauf bestanden hatte, sie nach Hause zu begleiten, zur Tür hereingekommen war. »Stell dir vor, sie haben die Druckerpressen der Zeitungen, die sich gegen die Regierung gestellt haben, konfisziert und die Verfasser festgenommen.«

David schien es auf einmal eilig zu haben. Er verabschiedete sich hastig, doch weder die erregte Marie noch ihre Mutter bemerkten sein Fortgehen.

»Maman«, stieß Marie hervor, »ich muss da raus.«

Lucile nickte. »Ich komme mit«, sagte sie ruhig.

»Aber …«, setzte Marie zu einem Protest an, gab nach einem Blick ins Gesicht ihrer Mutter aber rasch nach. »Na gut«, halb im

Scherz, halb im Ernst fügte sie hinzu: »Du hast da mehr Erfahrung als ich.«

Als Lucile neben ihrer Tochter hinaustrat, war ihr, als sei sie wieder jung – jung und kraftvoll – und als kämpfe sie für etwas, das sie für zutiefst richtig hielt. Bot das Leben ihr hier erneut eine Chance? Konnte sie zu Ende führen, was Camille nicht hatte abschließen können? Wieder gab es mutige Menschen, die sich gegen das auflehnten, was man ihnen aufdrücken wollte. Die Pressefreiheit sollte eingeschränkt werden? Die Journalisten ließen sie sich aber nicht verbieten! Man hatte sie verhaftet, weil sie die Zensur ignorierten. Aber das würde sie nicht aufhalten. Doch Lucile wusste auch um die Gefahr, die in solchen Momenten lag, sie wusste, wie leicht die Situation kippen konnte. Camille, ihr geliebter Camille, hatte das verhindern wollen. Und das hatte ihn das Leben gekostet. Nun war es an ihr, alles daranzusetzen, dass es zumindest diesmal gelänge. Das war sie ihm schuldig.

Lucile spürte ein Prickeln auf ihrer Haut. Es war das Beben der Revolution. Sie liebte es, und sie fürchtete es. Seite an Seite mit ihrer Tochter zog sie in Richtung Palais Royal, so wie sie einundvierzig Jahre zuvor Seite an Seite mit Camille zur Bastille gezogen war. Sie würde beenden, was er begonnen hatte.

Sie hatten das Palais Royal erreicht, wo die wütende Bevölkerung im Begriff war, zwei Barrikaden aufzubauen. Sie waren bereit zu kämpfen. Für Freiheit, für Gleichheit und für Brüderlichkeit.

Auf einmal erklang ein Lied in Luciles Innerem. Ein Lied, das sie auch in jenem anderen Sommer gesungen hatte. Wieder und immer wieder. Es wurde lauter und lauter – und schließlich brach es nach außen, wo es erst von Marie, dann von den Umstehenden aufgegriffen wurde und sich immer weiter über den Platz verbreitete.

»*Allons enfant de la patrie* …«, schallte die Marseillaise, jenes kraftvolle Lied aus Revolutionstagen, über den Platz.

Manchmal kommt der Tod leise – selbst inmitten von Unruhen und Revolutionen. Niemand hatte den Schuss bemerkt, der sich aus dem Gewehrlauf eines königstreuen Soldaten löste.

Er traf die 60-jährige Lucile Desmoulins in den Bauch. Sie sank lautlos in sich zusammen.

Es dauerte einige Sekunden, bis Marie bemerkte, dass ihre Mutter nicht mehr neben ihr stand.

»Maman!« Mit einem Schrei warf sie sich über sie.

Lucile hatte die Augen weit aufgerissen.

»Marie«, flüsterte sie, »Marie, mein Mädchen. Kämpf weiter für das, was wir begonnen haben. Lass nicht zu, dass der König wieder die Macht an sich reißt. Und hüte dich vor der Guillotine.«

»Maman! Nein!«, schluchzte Marie.

»Hör mir jetzt gut zu!«, sagte Lucile eindringlich. »Ich habe mich versündigt … an der Kathedrale. Du musst das für mich wiedergutmachen. Das kann ich nun nicht mehr tun.«

»Aber was ist denn nur geschehen? Was soll ich wiedergutmachen? Und wie?«, rief Marie verzweifelt.

»Du musst die Madonna zurückbringen, die Madonna mit der Mondsichel«, flüsterte Lucile mit letzter Kraft, »und den Königen ihre Köpfe zurückgeben. Und die Sichel. Sieh in der Sichel nach. Trage den Ring. Such nach Monsieur Lakanal. Er kann dir helfen.«

»Ja, ja, ja, ich werde alles tun, was ich kann, Maman«, schluchzte Marie. Dann legte sie den Kopf in den Nacken und rief aus Leibeskräften um Hilfe.

Doch keiner hörte sie. Keiner beachtete die Frau, die inmitten der Menschenmenge auf dem Boden kniete und eine Sterbende auf ihrem Schoß hielt. Jene Frau, die das Lied angestimmt hatte, das die Menge nach wie vor lauthals sang:

»Ils viennent jusque dans vos bras / Égorger vos fils, vos compagnes /
Aux armes, citoyens / Formez vos bataillons
Marchons, marchons / Qu'un sang impur / Abreuve nos sillons …«

★★★

In der Nacht setzten bei Adèle Hugo die Wehen ein. Im Morgengrauen schenkte sie ihrem fünften Kind das Leben. Es war ein kleines, pausbäckiges Mädchen. Es bekam den Namen seiner Mutter: Adèle.

Kapitel 13

189 Jahre später

Antoine

PARIS, RUE CHANOINESSE, RESTAURANT AU BOUGNAT,
19. APRIL 2019

Ein Lächeln lag auf Antoines Lippen, als er in die Rue Chanoinesse einbog, in der das *Au Bougnat* gelegen war.

Élaine wartete schon auf ihn und blickte ihm erwartungsvoll entgegen. Antoine begrüßte sie mit drei Wangenküsschen und setzte sich dann.

»Wie geht es dir?«

»Eher bescheiden«, gestand sie.

Der Kellner kam, sie bestellten Wasser, Rotwein und jeweils eine leichte Suppe. Appetit hatten sie beide kaum.

»Weshalb?«, fragte er besorgt. Er fühlte sich verantwortlich für sie. Sie fühlten sich *alle* verantwortlich füreinander.

Élaine zuckte die Achseln: »Wenn es dumm läuft, bin ich meinen Job los.«

Erschrocken bemerkte Antoine, dass Tränen in ihren Augen schimmerten.

»Aber warum? Was ist passiert? Du gehörst doch zu den Heldinnen der Nation!«

»Sicher«, sie lächelte traurig, »man erweist uns auch jede Menge Ehre, das kannst du mir glauben. Der Präsident gestern bei der Auszeichnung, aber auch die unzähligen Pariserinnen und Pariser, die auf unserer Feuerwache Geschenke und Briefe abgegeben haben. Und es kommen auch Briefe und Mails aus der ganzen Welt. Aber ...«

»Aber?«

»Möglicherweise werde ich nach diesen Ereignissen psychisch und körperlich nicht mehr in der Lage sein, diesen Job zu machen. Ich muss nun irgendwelche psychologischen Tests absolvieren. Und natürlich auch die Fitnesstests. Wenn ich die nicht bestehe, bin ich raus.«

Wie streng es bei der Pariser Feuerwehr zuging, wusste Antoine aus eigener Erfahrung. Er war pünktlich zu seinem achtundzwanzigsten Geburtstag aus Altersgründen entlassen worden – was ihm nahezu absurd vorgekommen war. Mit achtundzwanzig war man doch wahrlich nicht alt. Doch bei der Pariser Feuerwehr lag das Durchschnittsalter bei siebenundzwanzig Jahren – und so unsinnig Antoine seine Entlassung auf der einen Seite gefunden hatte, so gut konnte er sie spätestens seit der Brandnacht nachvollziehen. Die Feuerwehrmänner – und Frauen – mussten schon über eine außerordentliche Kondition verfügen!

»Wir müssen täglich ein sehr hartes Trainingsprogramm absolvieren«, sagte Élaine da auch schon. »Zweimal am Tag müssen wir den Plank machen – in voller Montur und mit Helm. Aber das werde ich wohl nun nie mehr tun müssen.«

»Warte doch erst einmal ab«, empfahl Antoine. »Gib dir Zeit.« Doch sie schüttelte den Kopf.

»Ich sehe ja selbst, dass es nicht geht«, gestand sie. »Schon der Empfang gestern und der Weg hierher haben mich alle Kraft gekostet. Und zu Hause habe ich heimlich den Plank probiert – und bin einfach zusammengebrochen.«

Eine Träne stahl sich aus ihrem Augenwinkel und lief die Wange hinab. Antoine drückte tröstend ihre Hand und reichte ihr ein Taschentuch. Sie nahm es und tupfte sich damit die Augen.

»Es war aber auch leichtsinnig, am Tag deiner Entlassung gleich den Plank zu probieren«, schalt er. »Ich weiß, wie hart er ist.«

»Du hast recht«, schniefte sie. »Ich denke, ich wollte mir beweisen, dass ich es doch noch problemlos schaffe. Und natürlich ging es schief. Es *musste* schiefgehen.«

»Deine Kondition wird sich wieder aufbauen«, tröstete er.

Als habe sie ihn nicht gehört, sagte sie: »Weißt du, das sind die absoluten Grundvoraussetzungen. Du kennst das sicher noch von deiner Zeit: Wir müssen auch in der Lage sein, uns mit einem Klimmzug auf ein schmales Brett in 2,40 Meter Höhe zu schwingen. Daran ist gar nicht zu denken.« Betrübt klopfte sie sich mit dem linken auf den rechten Oberarm. »Ich kann mich nicht mal mehr an einen Türrahmen hängen.«

Antoine kannte diese Übung aus eigener Erfahrung. Er wusste, dass sie bereits 1895 eingeführt worden war. Man wollte sichergehen, dass die Feuerwehrleute sich auch dann retten konnten, wenn sie buchstäblich den Boden unter den Füßen verloren, weil das Gebäude etwa unter ihnen zusammenbrach.

»Ich muss zugeben: Bei dem Einsatz war es ein beruhigendes Gefühl zu wissen, dass ich das kann«, sagte Elaine.

»Aber jetzt kannst du es eben nicht mehr, und das beunruhigt dich«, kombinierte er.

Sie nickte. »Das macht mir Angst. Und diese Angst lähmt mich. Und gleichzeitig macht es mich berufsunfähig. Dabei bin ich doch erst dreiundzwanzig.«

Es klang so verloren, dass Antoine sie am liebsten in seine Arme geschlossen hätte.

»Wenn ich überhaupt jemals wieder mit dabei sein will, dann muss ich diese Tests einwandfrei absolvieren. Sonst ist es aus und vorbei.«

»Warte doch ab«, wiederholte Antoine. »Du bist gerade erst aus dem Krankenhaus entlassen worden. Was erwartest du? Du hattest immerhin eine Rauchvergiftung. Und eine Verletzung.«

Einem Impuls folgend hob er die Hand und strich ihr vorsichtig über die Wange, wo die Wunde langsam heilte. Wie gern er sie beschützt hätte! Élaine war die kleine Schwester, die er nie gehabt hatte.

Doch Élaine schien seine Geste misszuverstehen. Sie griff nach seiner Hand und drückte einen Kuss darauf. »Es ist so schön, dass es dich gibt«, sagte sie. »Ohne diesen Brand, ohne all das, hätte ich dich nie kennengelernt. Also war es doch für etwas gut.«

Dabei sah sie ihn mit diesem ganz besonderen Blick an, mit dem ihn auch seine Studentinnen dann und wann bedachten und den er so sehr fürchtete.

»Élaine«, er zog seine Hand rasch wieder fort, »weiß man inzwischen eigentlich, wie es zu diesem Brand kommen konnte? Hast du irgendwelche Informationen erhalten?«

Sie zuckte, offenbar ein wenig enttäuscht, dass er ihr seine Hand entzogen hatte, die Achseln. »Nein. Man weiß nur, wie sich das Feuer so unbemerkt ausbreiten konnte. Das Brandwarnsystem von Notre Dame, an dem Experten übrigens sechs Jahre lang gearbeitet haben, ist derart kompliziert, dass man es kaum entziffern kann. Deswegen konnte der Sicherheitsmann, der erst seit drei Tagen im Dienst war, die Meldung nicht verstehen.«

»Ja«, murmelte Antoine, der das natürlich schon wusste, »ich habe in der Brandnacht mit ihm gesprochen. Ein armer Kerl. Aber so wie er es mir schilderte, lag es nicht daran, dass er die Meldung nicht entziffern konnte, sondern er bekam sie für einen falschen Bereich angezeigt: für die Sakristei.«

»Es ist etwas komplizierter«, erwiderte Élaine, »wie meistens. Weißt du, wie das Brandmeldesystem funktioniert?«

»Nein.«

»Von der Kammer des Sicherheitsmannes führt ein System aus Röhren mit winzigen Löchern durch ganz Notre Dame. Am Ende jedes Rohres ist wiederum ein sogenannter Ansaugdetektor angebracht, der Luft anzieht. Sobald Rauch erkannt wird, schlägt es Alarm.«

»Eigentlich eine raffinierte Sache«, fand Antoine.

»Eigentlich ja. Aber die Meldung war so kompliziert, dass der Sicherheitsmann sie nicht verstehen bzw. zuordnen konnte.«

Antoine schüttelte den Kopf. »Also, wenn ein Brandmeldesystem derart kompliziert ist, dass der diensthabende Wachmann es nicht durchschaut, dann ist was falsch.«

»Er macht sich wohl schreckliche Vorwürfe. Aber er kann ja auch nichts dafür. Zumal er vollkommen übermüdet sein musste«, ereiferte sich Élaine und fuhr fort:

»Erst seit drei Tagen in seinem Job, und obendrein hielt er sich seit sieben Uhr morgens in seinem kleinen Überwachungszimmer auf. Er hätte längst abgelöst werden müssen, aber sein Ersatz kam einfach nicht. Und dass im Wald oben keine Sprinkleranlage angebracht war und es auch keine Brandschutzwände gab, ist eigentlich ein Skandal!«

»Wusstet ihr das? Also, dass es keine Brandschutzwände gibt?«

»Ja. Und wir wissen auch warum: Man hätte sonst in die historischen Holzbalken eingreifen müssen.«

»Na, hätte man das mal gemacht, wären die historischen Holzbalken jetzt wenigstens noch teilweise erhalten.«

»Jedenfalls war es 18.48 Uhr, also eine halbe Stunde später, als wir dann schließlich und endlich alarmiert wurden. Zum Glück kannten wir uns aus, erst im Herbst hatten wir in Notre Dame eine Übung gemacht.«

Antoine nickte. »Hattest du eigentlich Angst, als du dort oben warst? Als du hinaufgegangen bist, bist du direkt an mir vorbeigelaufen. Du sahst ängstlich aus.«

Sie lächelte. »Ich weiß, dass ich an dir vorbeigelaufen bin und wir uns angesehen haben«, sagte sie. Zu seiner Beunruhigung veränderte sich ihr Blick nun wieder, Zärtlichkeit lag darin. Doch gleich darauf fuhr sie fort: »Alle, wie wir da hinaufgingen, wussten, dass wir das möglicherweise nicht überleben würden. Es war nicht sicher, ob wir einen Fluchtweg hätten.«

»Deshalb hattet ihr auch die Steigeisen dabei.«

»Richtig. Aber … wie soll ich das beschreiben … es war ein Gefühl, dass es um etwas geht, was wichtiger ist als das eigene Leben.«

Unsicher sah sie ihn an. »Klingt das sehr seltsam?«

Er schüttelte den Kopf. »Nein. Nicht für jemanden, der diese Nacht hautnah miterlebt hat und früher selbst bei der Feuerwehr war.«

»Als ich dann oben war, war die Angst weg. In einem solchen Moment darf man keine Angst haben. Aber die Flammen, die waren schon unglaublich. Und diese Hitze. Ich hatte solchen Durst. Das Wasser hielt uns am Leben, doch eine der Steigleitungen war undicht, wodurch der Wasserdruck sank. Und die Glut, die uns entgegenflog, hatte die Größe von Taubeneiern. Und diese Glutstücke durchbohrten einige Schläuche. Ich hatte für einen kurzen Moment das Gefühl, als seien es glühende Hornissen, die da auf uns zuflogen.«

Als wollte sie ihren Durst nachträglich löschen, griff Élaine nach ihrem Glas und trank einen Schluck. Der Kellner hatte auch längst die Suppe gebracht, aber keiner von ihnen hatte sie angerührt. Sie waren zu sehr ins Gespräch vertieft.

»Die Idee, über die Treppe im Südturm nach oben zu gehen und zwei zusätzliche Schläuche mit hinaufzunehmen, die unten direkt an Feuerwehrwagen angeschlossen waren, war genial. So hatten wir dann mehr Wasserdruck. Und den brauchten wir dringend, denn das Feuer war wie eine Wand«, erzählte Élaine leise weiter. Antoine lauschte ihr gebannt.

»Ihr habt wirklich viel riskiert«, sagte er leise.

»Ja. Das Ärgerliche ist: Dieser Brand wäre vermeidbar gewesen.

Es gibt Kollegen, die sich darüber wundern, dass das nicht schon viel früher passiert ist.«

Antoine seufzte und nahm nun ebenfalls einen Schluck. »Was wäre uns alles erspart geblieben! Unvorstellbar!«

Kapitel 14

189 Jahre zuvor

Marie, Adèle und Victor
PARIS, RUE JEAN GOUJON,
29. JULI BIS 1. SEPTEMBER 1830

Marie! Hören Sie, Liebes, Sie müssen doch etwas essen!« Es war der 29. Juli, der dritte Tag der Revolution, und auf den Tuilerien flatterte die Trikolore, als Adèle Hugo sich zu ihr hinüberbeugte und ihr die Hand auf den Arm legte. Zwei Tage nach der Entbindung war sie selbstverständlich schon wieder auf den Beinen – wie sollte sie auch anders als Mutter von nun vier kleinen Kindern – ihr ältester Sohn war kurz nach der Geburt verstorben.

Wütend und zugleich unendlich resigniert sah Marie sie an. »Essen«, sagte sie. »An Essen kann ich nicht mal denken. Ich habe das Gefühl, dass ich viel zu voll bin, um zu essen. In mir sind Trauer und Zorn und Wut und die Aufgabe, die Mutter mir mit ihren letzten Atemzügen aufgetragen hat. Da ist einfach kein Platz mehr für Essen.«

»Berichten Sie mir doch noch mal ganz genau, was sie gesagt

hat«, forderte Victor, der mit rot geweinten Augen bei ihnen am Tisch saß, seine Freundin und Mitarbeiterin auf.

»Ich solle nicht erlauben, dass der König die Macht wieder vollständig an sich reißt«, wiederholte sie. »Und dann sagte sie, sie habe sich an der Kathedrale versündigt und ich solle das nun wiedergutmachen. Ich solle die Madonna zurückbringen und den Königen ihre Köpfe. Und von einer Sichel hat sie auch noch etwas gesagt.«

»Eine Maria Immaculata«, murmelte Victor.

»Ja, vermutlich«, bestätigte Marie. »Und sie hat gesagt, ich solle nach einem Monsieur Lakanal suchen.«

Victor Hugo nickte langsam. »Das macht Sinn«, sagte er, »zumindest ein bisschen. Für meinen Roman beschäftige ich mich viel damit, warum die Kathedrale in einem derart beklagenswerten Zustand ist. Zum einen nagt der Zahn der Zeit an ihr, niemand hat sich um sie gekümmert. Zum anderen gab es furchtbare Fehlentscheidungen, wie sie zum Beispiel im Barock getroffen wurden, als die bunten gotischen Glasfenster in Mittelschiff und Chor durch weiße kalte Fenster ersetzt wurden. Aber es sind auch die Zerstörungen, die während der Französischen Revolution erfolgten. Zum Beispiel stürmten die Revolutionäre Notre Dame im Jahre 1793 und stürzten die Statuen herab. Ihre Eltern waren wichtige Akteure der Revolution. Könnte es sein, dass Ihre Mutter beim Sturm auf die Kathedrale dabei war und das nun zutiefst bereut? Das würde auch erklären, dass sie erschrak, als ich von Notre Dame sprach.«

»Sie ist erschrocken? Wie meinen Sie das?«, fragte Marie, die die Suppe, die Adèle ihr hatte servieren lassen, immer noch keines Blickes gewürdigt hatte.

»Nun, ich habe ihr erzählt, dass mein neuester Roman von Notre Dame handelt – genauer vom Glöckner von Notre Dame –, und da hat sie regelrecht entsetzt reagiert. Das ist erst zwei Tage her – und nun ist sie tot.« Die Stimme brach ihm.

»Ich muss wohl diesen Monsieur Lakanal finden«, murmelte Marie. »Aber wie? Und wo? Was hat er mit der Madonna und mit den Köpfen der Könige zu tun? Warum bereute sie es gerade jetzt? Die Revolutionäre waren voller Wut auf die Könige und enthaupteten die Statuen. Warum sollte sie jetzt, wo ein König wieder versuchte, den Adel zu stärken und das Volk zu schwächen, warum sollte sie ausgerechnet jetzt reumütig sein?«

»Weil sie inzwischen erkannt hat, wie wichtig ihr die Kathedrale ist. Sie hat dort immer wieder Trost gesucht, das hat sie mir erzählt. Und weil sie mittlerweile wusste, dass es keine französischen Könige waren, die die Revolutionäre damals köpften. Die Statuen hatten einen alttestamentarischen Bezug und stellten die Könige von Israel und Juda dar.«

»Und was soll ich nun tun?«, fragte Marie überfordert.

Victor Hugo zuckte die Achseln. »Ich würde Ihnen gerne helfen, aufrichtig gern. Aber ich kann nicht. Der Verleger hat mir keinen Aufschub mehr für das Buch gegeben, auch, wenn ich ihm klargemacht habe, dass es viel größer und …«, er überlegte kurz und fuhr dann fort, »erschütternder wird, als ich jemals vermutet hätte. Ich muss weiterschreiben. Aber danach, das verspreche ich Ihnen, danach helfe ich Ihnen.«

Er erhob sich und sagte mit einem Nicken: »Sie entschuldigen mich? Ich muss unbedingt weiterarbeiten.«

»Natürlich«, erwiderte Adèle und presste die Lippen aufeinander. Als er die Tür hinter sich geschlossen hatte, schob sie ein »Wie immer« hinterher.

Beklommen sah Marie sie an. Sie war eigentlich Victors Freundin, aber es war unübersehbar, dass Adèle unter ihrem Mann und dessen Beruf litt. Andererseits war es doch Adèle gewesen, die aus der Ehe ausgebrochen und in die Arme dieses Sainte-Beuve geflohen war. Davon hatte ihr Victor verzweifelt berichtet. Trotzdem konnte sie Adèle irgendwie verstehen. Manchmal war Victor Hugo wie besessen, vor allem wenn er für einen Stoff brannte, und das war momentan offenbar der Fall. Doch auch wenn er nicht ins Schreiben finden konnte, war es nicht einfach mit ihm, weil er dann in Gedanken auf der Suche nach einem geeigneten Stoff ebenso in sich gekehrt und gedankenverloren war. Auch Marie war oft beleidigt gewesen, wenn er eine Verabredung wegen des Schreibens wieder einmal vergessen hatte – doch Lucile hatte ihn immer verstanden. »Dein Vater war genauso«, hatte sie ein ums andere Mal zärtlich gesagt, »besessen von seiner Idee, besessen vom Schreiben: Das sind einfach diese genialen Männer, und diese Genialität darf man nicht beschneiden.«

Ach, Mutter. Wie wunderbar und wie verständnisvoll sie doch immer gewesen war. Trocken schluchzte Marie auf.

Gleich darauf war Adèle bei ihr und zog sie in ihre Arme. »Ja«, sagte sie, »ja, es ist gut, wenn Sie die Trauer endlich zulassen. Weinen Sie, meine Liebe, weinen Sie.«

Und dann brach Marie vollkommen in sich zusammen. Sie weinte um ihre Mutter Lucile, die vor zwei Tagen in ihren Armen gestorben war. Sie weinte um ihren Vater, den sie nie kennengelernt hatte. Und sie schwor sich, dass sie den letzten Wunsch ihrer Mutter erfüllen würde. Sie würde die Madonna suchen und die Könige finden. Was immer das auch bedeuten mochte!

★★★

Die Julirevolution hatte ihn unterbrochen. Die Julirevolution, der Tod Luciles und die Geburt seiner Tochter. Denn obwohl Victor bei Maries Besuch in sein Arbeitszimmer geflohen war, hatte er nichts zustande bringen können. Sein Kopf war einfach zu voll gewesen, voll mit Trauer um seine liebe Freundin, voll mit Gedanken zur Revolution. Außerdem war es im Hause Hugo zugegangen wie im Taubenschlag. Allabendlich hatten sich die Künstler und Literaten, mit denen sich Victor stets umgab, bei ihnen getroffen, um eifrig über das zu diskutieren, was draußen vor sich ging. Und er hatte mitdiskutiert. Natürlich hatte er das. Schließlich war er ein zutiefst politischer Mensch − und sie erlebten eine Zeitenwende. Inzwischen war Charles X. abgesetzt und der als sehr liberal geltende Louis-Philippe I. zu seinem Nachfolger proklamiert worden − er war sozusagen der Wunschkönig der Franzosen. Und am 1. September setzte sich Victor Hugo schließlich und endlich wieder an seinen Schreibtisch. Und er war froh, dass er nun die Muße fand, in diese andere, in diese vergangene Welt zu flüchten. Wenn er schrieb, dann war es stets, als betrete er ein Zimmer, einen geschützten Raum, zu dem nur er Zugang hatte. Er war froh um diesen Raum. Er brauchte ihn dringend.

Lucile war gestorben, und die kleine Adèle war geboren worden. Wie traurig er war. Und wie glücklich. Wie nahe Trauer und Glück doch beieinanderlagen!

Auch das Gefühl der Fremdheit hatte sich verstärkt. Fremdheit in seiner Familie, Fremdheit in seinem Leben. Lucile hätte ihn verstanden, hätte ihm Halt gegeben. Aber sie war tot. Eine Träne rann ihm übers Gesicht und tropfte auf das Papier. Er wischte sie nicht fort, sondern sah dabei zu, wie sie trocknete. Dann nahm er den Stift in die Hand und begann zu schreiben. Nur noch fünf Monate blieben bis zur Abgabe, wenn er nicht lieferte, würde Verleger Charles Gosselin seinen Vorschuss zurückverlangen.

Schon erschien Notre Dame vor seinem inneren Auge. Dieses verlassene, verlorene Gotteshaus, die Seele der Stadt. Dann begannen die Bilder regelrecht über ihn hereinzubrechen in einer Geschwindigkeit, dass er kaum so schnell zu schreiben vermochte, wie er es musste, um alles zu erfassen. Seine Figuren nahmen weiter Gestalt an, im Paris des Jahres 1482: die schöne Esmeralda und der buckelige Glöckner Quasimodo, der einst, als rund vier Jahre altes Kind, am Sonntag Quasimodogeniti nach der Messe auf der Treppe von Notre Dame ausgesetzt worden war und so zu seinem Namen kam.

Quasimodo, also, der als Erwachsener heimlich und unsterblich in Esmeralda verliebt war, dann der Erzdiakon Frollo, ein denkbar düsterer Zeitgenosse und schließlich der bettelarme Dichter Gringoire. Und letztendlich der schmucke und egoistische Hauptmann Phoebus.

Victor schrieb und schrieb und schrieb, und er erfuhr, dass vieles von dem, was er sich zuvor für seine Figuren ausgedacht hatte, keine Gültigkeit mehr hatte. Die Figuren selbst und die Handlung hatten die Regie übernommen, er war nurmehr der, durch dessen Feder die Geschichte aufs Papier floss, eine Art Mittler zwischen den Welten. Es fühlte sich übernatürlich an. Victor verspürte Demut, Ehrfurcht, zugleich fieberhaften Eifer. In fast schon schmerzhafter Klarheit standen ihm seine Figuren vor Augen, so klar und deutlich, dass er sie malen musste: Nach und nach füllten sich die Ränder der Seiten mit Abbildungen seiner Figuren. Am besten gefiel ihm seine Zeichnung vom Glöckner mit wild abstehenden Haaren, herabhängenden Mundwinkeln, die Schultern nach oben gezogen und extremen X-Beinen.

Sein Umfeld nahm er in den nächsten Tagen nur schemenhaft wahr, selbst bei den Mahlzeiten war er nicht dabei. Seine Kinder schlichen durch die Wohnung, und seine Frau wurde immer schmallippiger. Doch Victor konnte nicht anders. Er schrieb und schrieb und schrieb, als gäbe es kein Morgen. Und während er schrieb, prangerte er auch an, was man Notre Dame, diesem halb verfallenen Bauwerk, in all den Jahren, Jahrzehnten und Jahrhunderten angetan hatte:

»Zuerst hat die Zeit unmerklich an ihren Bauten genagt und hat ihre Oberfläche mit Spuren der Verwitterung überzogen. Dann haben die religiösen und politischen Aufstände die Menschen blind und rasend gemacht, und die also Verblendeten haben sich über die Bauten gestürzt ... Zuletzt haben sich ihrer die Moden bemächtigt ... Sie haben größeres Unheil angerichtet als die Revolutionen; denn sie haben der Kunst ins lebendige Fleisch geschnitten ... Haben gepfuscht und geändert und haben Form und

Bedeutung der Bauten, ihren inneren Zusammenhang und ihre Schönheit zerstört.«

Und nachdem er aus seinem ersten Rausch erwachte, war ihm klar: Dieser Roman würde besser werden, viel besser, als er es jemals für möglich gehalten hatte. In sein Tagebuch schrieb er: »Ich staple Seite um Seite, und das Material dehnt sich aus und wächst so sehr vor mir, während ich vorankomme, dass ich nicht weiß, ob ich nicht so hoch wie die Türme schreiben werde.« Es würde ein Meisterwerk werden! Ein Werk, das sowohl Drama als auch Epos, malerisch, aber poetisch, real, aber ideal, wahr, aber groß sein würde.

Kapitel 15

44 Jahre zuvor

Lucile & Camille

Paris, Jardin du Luxembourg, Juni 1786

Dort hinten ist er schon wieder. Und er sieht zu dir herüber.« In der glockenhellen Stimme von Anne-Françoise-Marie Duplessis lag Missbilligung – aber auch ... Lucile stutzte, so etwas wie Sehnsucht? Vielleicht, dachte sie, erträumte sich ihre Mutter heimlich ebenfalls einen solchen Galan? Doch lange hielt sie sich nicht mit dem Gedanken auf – zu abgelenkt war sie von dem Mann, dem sie nun schon seit zwei Wochen täglich im wundervollen Jardin du Luxembourg begegnete. Mutter und Tochter waren Aufmerksamkeit gewohnt: Anne-Françoise-Marie Duplessis, deren Gatte Claude-Étienne Laridon-Duplessis im Finanzministerium arbeitete, war wegen ihrer zierlichen Gestalt, ihres blonden, glänzenden Haars und der fast schon stechend grünen Augen eine gefeierte Schönheit – und Lucile war ihr wie aus dem Gesicht geschnitten. Immer wieder ernteten die beiden Frauen bewundernde Blicke. Doch niemand blickte sie so an wie dieser junge Mann.

»Glaubst du, er kommt eigens in den Park, um mich zu sehen?«, erkundigte sie sich bei ihrer Mutter.

Die hob ihr Monokel vors Auge, um ihn zu mustern – was Lucile peinlich war. Sie gab sich die allergrößte Mühe, ihn nicht anzustarren, und ihre Mutter taxierte ihn regelrecht!

»Ohne jede Frage kommt er deinetwegen, mein liebes Kind«, war Anne-Françoise-Marie, die alle stets bei ihrem zweiten Vornamen nannten, zu einem Urteil gekommen. »Und nun scheint er unser Interesse an seiner Person bemerkt zu haben. Er nähert sich.«

Lucile schnappte nach Luft. Tatsächlich steuerte der Mann geradewegs auf sie zu.

»Er ist ja nicht das, was man als Bild von einem Mann bezeichnet«, murmelte Françoise enttäuscht. In der Tat war der Herr, der da gerade auf sie zukam, nach klassischen Kriterien alles andere als gut aussehend. Sein Gesicht war zu kantig, was die stark hervortretenden, breiten Backenknochen unterstrichen, seine viel zu große Nase nahm seinem Gesicht jede Chance auf den Hauch von Harmonie.

»M… meine Damen!«, brachte er hervor und verneigte sich erst vor der Mutter, dann vor der Tochter. »I… ich hoffe, S… Sie v… verzeihen mir, dass ich Sie so e… einfach a… anspreche. Aber ich m… musste es einfach tun.«

Lucile bemerkte, dass das Stottern des jungen Mannes in ihrer Mutter eine gewisse Irritation hervorrief. Sie selbst war jedoch ausgesprochen gerührt. Zeigte das nicht, dass er ebenso aufgeregt war wie sie?

»G… gestatten Sie, dass ich mich v… vorstelle?«, fragte er nun, während er den Damen die Hand küsste, »m… mein Name ist C… Camille Desmoulins.«

»Angenehm«, behauptete Françoise, »Sie haben das Vergnügen mit Madame Duplessis, und das ist meine Tochter Lucile.«

»Françoise! Ja ist es denn die Möglichkeit!«, rief in diesem Moment eine Stimme hinter ihnen. Die beiden Frauen drehten sich um, Lucile sah zu ihrer großen Erleichterung zwei Freundinnen ihrer Mutter auf sich zueilen. Nachdem die beiden Lucile und ihre Mutter überschwänglich begrüßt und Camille neugierig gemustert hatten, verwickelten sie Françoise in ein Gespräch.

»W… was für ein Glück!«, platzte Camille flüsternd heraus. »Dann haben wir die Gelegenheit, uns ein wenig zu unterhalten.«

Jetzt erst fiel Lucile auf, wie groß und ausdrucksstark seine Augen waren. Ihre Blicke verhakten sich ineinander. Fast schon erschüttert erkannte Lucile eine große Zärtlichkeit in seinem Blick. Mit so viel Wärme und Liebe hatte sie noch nie jemand angesehen. Schon gar nicht ein völlig Fremder. Aber irgendwie, dachte sie, während sie in seine Augen sah, ist es gar nicht, als sei er ein Fremder. Eher so, als hätten sie einander irgendwann verloren und sich nun wiedergefunden.

»Sie sind eine unglaubliche Schönheit«, sagte er, während sein Blick den ihren festhielt. Lucile bemerkte, dass er nun nicht mehr stotterte, sondern ganz und gar in sich zu ruhen schien.

»Erzählen Sie mir etwas von sich?«, bat sie ihn.

Er lächelte. »Ich fürchte, da gibt es nicht viel Aufregendes. Ich bin nur ein mittelloser Anwalt, obendrein mit einem Sprachfehler und nicht mit einem schönen Äußeren gesegnet. Daher mache ich mir auch keine Illusionen, ich dürfe Sie wiedersehen.« Traurig blickte er sie an.

»So ein Unsinn!«, entfuhr es Lucile.

»Das ist kein Unsinn. Sie sind eine wunderschöne junge Frau und obendrein, wie man aus ihrer Kleidung schließen darf, äußerst wohlhabend. Ich aber ...«

»Sie aber sind ein Mann, aus dessen Miene und Augen Geist und Intellekt sprühen.« Lucile vergewisserte sich mit einem Seitenblick, dass ihre Mutter sich immer noch lebhaft mit ihren Freundinnen unterhielt. »Darum wiederhole ich meine Bitte: Erzählen Sie mir von sich. Wo haben Sie studiert?«

Nun lächelte Camille. »Ich studierte Recht am Collège Louis-le-Grand. Ich hatte das Glück, Stipendiat zu sein, sonst hätte ich mir das gar nicht leisten können. Schließlich handelt es sich um eine Eliteschule.«

»Recht ist ausgesprochen interessant.« Lucile hatte auf einmal wegen der offensichtlichen Armut ihres Gegenübers ein schlechtes Gewissen. Wo sie doch dermaßen im Überfluss lebte! »Und was tun Sie in Ihrer Freizeit? Haben Sie Freunde?«

»O ja, sogar einen besten Freund. Er heißt Maximilien de Robespierre und war an unserer Schule eine Berühmtheit.«

»Warum das?«, erkundigte sich Lucile interessiert, sie hatte den Namen noch nie gehört.

Er lächelte ihr zu. »Erinnern Sie sich an das Großereignis im Juni 1775?«

»Natürlich! Welcher Franzose erinnert sich nicht! König Ludwig XVI. war gerade frisch gekrönt worden und zog mit seiner wunderschönen Gemahlin Marie Antoinette in die Stadt ein.«

»Die ganze Stadt hat gejubelt.«

»Standen Sie auch am Straßenrand?« Lucile hatte den Einzug seinerzeit aufgeregt vom Palais ihrer Eltern aus verfolgt, während sich unten auf den Straßen die Schaulustigen drängten.

»Nein, ich war in der Schule. Dieser stattete das Königspaar nämlich ebenfalls einen Besuch ab. Und Maximilien, er war übrigens ebenfalls Stipendiat, durfte als Klassenbester das junge Herrscherpaar begrüßen.«

»Wie aufregend! Ich hätte mich das nie getraut!«

»Ich auch nicht!«, sagte er. »Auch wenn ich Maximilien sonst darum beneidete, dass er Klassenbester war: In diesem Fall war ich froh darum. Ich hätte kein Wort herausgebracht und schrecklich gestottert.«

»Aber nun, wo Sie mit mir sprechen, stottern Sie gar nicht. Nur vorhin, als Sie Mutter und mich begrüßt haben.«

»Ich stottere meistens nur bei Menschen, die ich nicht kenne. Und wenn ich sehr aufgeregt bin.«

»Aber wir kennen uns doch noch gar nicht!« Im Stillen korrigierte sich Lucile: Auch wenn es sich ganz anders anfühlt.

»Das stimmt«, bestätigte Camille. »Und eigentlich bin ich jetzt sehr aufgeregt. Seit Wochen will ich Sie ansprechen – und habe es nie gewagt. Offen gestanden«, der Blick aus seinen großen Augen intensivierte sich, »war mir vor Aufregung ganz schlecht. Aber jetzt, wo ich mit Ihnen sprechen darf, rast mein Herz, als wolle es mir aus dem Leib springen. Und zugleich bin ich ganz ruhig.«

»Ja«, flüsterte Lucile, »ähnlich ergeht es mir auch.«

»So, nun aber genug geplaudert!«, riss eine energische Stimme die beiden aus ihrem Gespräch.

Lucile schreckte hoch. Die Freundinnen ihrer Mutter hatten sich verabschiedet. Erschrocken bemerkte Lucile, dass diese schon ein ganzes Stück Weg zurückgelegt hatten. Wie lange hatte die Mutter schweigend neben ihnen gestanden? Wie viel von den vertraulichen Worten, die sie am Ende des Gesprächs gewechselt hatten, hatte sie mitbekommen?

Doch Françoise lächelte ihnen freundlich zu: »Ich bedauere, Monsieur Desmoulins, aber ich muss Ihnen meine Tochter nun entführen.«

»S... selbstverständlich, Madame.« Schon war das Stottern wieder da. »B... bedaure, dass ich Sie aufgehalten habe. D... darf ich hoffen, d... dass ich Sie morgen hier wieder antreffe?«

Lucile hielt den Atem an. Was für ein mutiges und forsches Ansinnen! Bang starrte sie ihre Mutter an.

Doch diese lächelte nur. »Sie dürfen.«

»Ich kann es nicht glauben, dass du das erlaubt hast!«, platzte Lucile heraus, kaum dass Camille außer Hörweite war.

Ihre Mutter sah sie lächelnd an. »Und weshalb, mein liebes Kind, kannst du das nicht glauben?«

»Nun ja, Monsieur Desmoulins hat keinen Zweifel an seinen Absichten gelassen.«

»Dabei ist er aber die ganze Zeit über höflich und zurückhaltend geblieben. Und was er sagte, schien dir zu gefallen.« Schmunzelnd ergänzte ihre Mutter: »Ich hatte dich selbstverständlich im Blick.«

»Ach ja?«

»Ja. Und deswegen heiße ich es auch gut. Ich habe das Leuchten in deinen und in seinen Augen gesehen. Ihr wart … wie eine Einheit.«

»So hat es sich auch angefühlt«, gestand Lucile leise. Über die Offenheit und Einfühlsamkeit ihrer Mutter wunderte sie sich hingegen nicht. Sie waren einander schon immer sehr nah gewesen, und Lucile vertraute ihr alles an.

»Was hat er denn über sich erzählt?«

»Er besuchte das Collège Louis-le-Grand«, setzte Lucile an.

»Ach«, machte Françoise erstaunt und durchaus auch erfreut, »so sah er gar nicht aus.«

»Wie meinst du das?«, Lucile war irritiert.

»Er wirkte … doch etwas ärmlich. Und das Collège Louis-le-Grand ist eine der teuersten und renommiertesten Schulen.«

»Er hatte ein Stipendium, er selbst ist sehr arm. Mir ist bewusst, dass Vater allein schon aus diesen Gründen niemals dulden würde, dass ich … ihn treffe.«

Françoise blieb stehen und sah ihrer Tochter mit funkelndem Blick direkt in die Augen. »Erstens ist es mir persönlich viel lieber, du bekommst einen Stipendiaten als einen reichen Adeligen, der nie gelernt hat, etwas zu tun oder seinen Intellekt zu gebrauchen. Und zweitens halte ich diesen Standesdünkel schon lange für überflüssig.«

Lucile nickte. Françoise hatte schon immer ungewöhnliche Ansichten gehabt. Sie scheute sich auch nicht, diese energisch zu vertreten, selbst ihrem Gatten gegenüber. Letztendlich, das wusste Lucile genau, war es aber doch ihr Vater, der die wichtigen Entscheidungen traf.

Als habe sie die Gedanken ihrer Tochter gelesen, sagte Françoise

in diesem Moment: »Da wir ja ohnehin tagtäglich spazieren gehen, wird dein Vater es gar nicht bemerken. Ich werde ihm zumindest nichts davon erzählen – und ich empfehle dir, es ebenso
zu halten.«

Aber wenn etwas Ernstes daraus werden würde, spätestens
dann müsste der Vater doch seine Einwilligung geben, dachte
Lucile. Doch sogleich schalt sie sich eine Närrin. Sie hatten heute
das erste Mal überhaupt miteinander gesprochen, und sie dachte
gleich so weit in die Zukunft! Alles würde sich entwickeln. Es
würde sich ein Weg finden. Daran hatte sie in diesem Moment
nicht den geringsten Zweifel.

Kapitel 16

44 Jahre später

Marie & Victor
PARIS, RUE JEAN GOUJON UND RUE EULER, 14. AUGUST 1830

Schauen Sie, das könnte er doch sein!« Adèle deutete auf das Adressverzeichnis, das aufgeschlagen vor ihnen auf dem Tisch lag. Sie hatte sich spontan bereiterklärt, Marie bei der Suche nach diesem Lakanal zu helfen.

Tagelang hatten die beiden Frauen die Verzeichnisse gewälzt, waren bislang jedoch noch nicht fündig geworden.

Jetzt beugte sich Marie mit wild klopfendem Herzen herüber und schaute auf die Stelle, auf die Adèle zeigte. »Tatsächlich!«, rief sie aufgeregt und las: »Joseph Lakanal. Mitglied der Bergpartei. Das muss er sein!«

Marie sprang auf.

»Ihr Enthusiasmus freut mich«, sagte Adèle. »Aber was macht Sie so sicher, dass er der Richtige ist?«

»Es ist naheliegend. Schließlich war mein Vater ebenfalls Mitglied der Bergpartei.«

Eilig stürzte Marie aus der Tür und lief das Treppenhaus hinunter. Auf der Straße angekommen, rannte sie in Richtung Norden, wo die Rue Euler gelegen war. Eine halbe Stunde später stand sie atemlos vor dem hohen Gebäude, dessen Eingang von Säulen umrahmt war. Einige Stufen führten hinauf, Marie stieg nach oben und betätigte den großen, reich verzierten Messingtürklopfer.

Fast sofort, als habe er hinter der Tür gestanden und auf eine Aufgabe gewartet, öffnete ein Diener.

»Sie wünschen?« Er sah sie so vorwurfsvoll an, dass Marie das Gefühl hatte, sich entschuldigen zu müssen. Was sie dann auch tat: »Bitte verzeihen Sie die Störung. Ich möchte zu Monsieur Lakanal.«

Der Diener musterte sie mit unbewegter Miene.

»Monsieur Lakanal ist nicht im Hause.«

»Oh«, machte Marie enttäuscht. Sie war gerannt, hatte so sehr gehofft, dem Geheimnis ihrer Mutter auf die Spur zu kommen. Aber das wäre wahrscheinlich dann doch zu einfach gewesen. Hatte sie ernsthaft erwartet, dass Monsieur Lakanal sie sofort empfangen würde, sie in seinen Salon bat und ihr mit Tee und Gebäck des Rätsels Lösung sozusagen auf dem Silbertablett servierte?

»Wann kommt er denn wieder?«

Erneut traf sie der eisige Blick des Dieners. »Das vermag ich nicht zu sagen. Möglicherweise bleibt er einige Jahre fort.«

»Einige Jahre?«, rief Marie entsetzt. »So lange kann ich nicht warten. Ich habe etwas Dringendes mit ihm zu besprechen!«

»In welcher Angelegenheit?« Wieder dieser strenge Blick.

»Das ist … privat«, stieß Marie hervor.

Der Diener sah sie an, als habe sie ihm ein anstößiges Angebot unterbreitet.

»Es tut mir leid, aber für …«, er machte eine Kunstpause, um das folgende Wort besonders abfällig auszusprechen und sie dabei noch einmal von oben bis unten zu mustern, »… *private* Angelegenheiten ist Monsieur nicht zu sprechen.«

»Aber es ist wirklich wichtig!«

»Tut mir leid!«, wies sie der Diener ab. »Wenn ich Sie dann bitten dürfte.«

Marie erkannte, dass sie hier wohl nichts mehr ausrichten konnte. Gleich darauf fand sie sich vor verschlossener Tür wieder.

»Wie ärgerlich!«, murmelte sie vor sich hin, während sie die Treppen hinabstieg, die sie kurz zuvor so hoffnungsvoll hinaufgelaufen war.

Aber immerhin, versuchte sie sich aufzumuntern, sie hatte eine Spur. Sie würde nach diesem Monsieur Lakanal suchen, wo auch immer auf der Welt er sich aufhielt. Und sie würde ihn finden!

★★★

Frankreich war keine Republik geworden. Und Victor war froh darüber. Nicht, weil er einst ein Monarchist gewesen war – die seinerzeitige Ablehnung seines Stücks *Marion de Lorme* trug er dem Monarchen immer noch nach –, sondern weil er fand, sein Land sei noch nicht reif für eine Republik.

Victor akzeptierte die neue Julimonarchie sofort. Diese folgte auf die Ereignisse der Julirevolution, die dazu geführt hatte, dass

König Charles X. abdanken musste und der sogenannte Bürgerkönig – König der Franzosen – Louis-Philippe I. nun den Thron innehatte.

So, wie Victor dereinst Oden an den König geschrieben hatte, schrieb er jetzt eine Ode an das neue Frankreich. Die trug er in die Druckerei der Zeitung *Le Globe*, wo er auf Sainte-Beuve traf, der nach Paris zurückgekehrt war.

Stumm sahen sich die beiden Männer an, dann gab Victor sich einen Ruck und eilte mit ausgebreiteten Armen auf ihn zu. »Mein Freund«, sagte er, »dass ich Sie hier treffe! Ich möchte Ihnen gern die Patenschaft für die kleine Adèle antragen.«

Sainte-Beuve musterte ihn, als habe er den Verstand verloren. Kein Wunder: Welcher Mann bat schon seinen Widersacher, Pate für sein Kind zu werden? Er machte gerade eine ablehnende Geste, als Victor die Hand hob und ihn schweigen hieß. »Bitte, mein Freund«, sagte er, »Adèle wünscht es auch, und es wäre doch eine gute Gelegenheit, unsere Freundschaft wieder in normalere Fahrwasser zu bringen. Bitte verzichten Sie doch auf diese Liebe, von der Sie wissen, dass sie unsere Freundschaft auf immer zerstören würde.«

Sainte-Beuve stand nach wie vor der Zweifel ins Gesicht geschrieben, doch auch so etwas wie Erleichterung zeigte sich nun – Erleichterung, weil Victor ihm eine Lösung angeboten hatte. »Ich nehme die Patenschaft an.«

»Danke, mein Freund.«

Nun nahm Victor seine Hand und schüttelte sie.

Sainte-Beuve deutete auf das Schriftstück, das Victor in der anderen Hand hielt. »Was ist das?«

»Eine Ode an die junge Republik. Ich hatte gehofft, dass die *Globe* sie druckt. Ich wusste nicht, dass ich Sie hier antreffen würde.«

Sainte-Beuve nickte. »Darf ich?« Er deutete auf die Seiten. Victor nickte und reichte sie ihm.

Sainte-Beuve überflog den Text mit unbewegter Miene. »Wir drucken es. Und ich werde eine Kleinigkeit dazu schreiben.«

Am nächsten Tag las Victor die Worte seines einstigen und vielleicht wieder Freundes in der *Globe*: »*Victor Hugo hat es verstanden, die Triebkräfte seines Patriotismus in vollkommener Weise mit der Schicklichkeit zu versöhnen, die man dem Unglück schuldet, er ist Bürger des neuen Frankreich geworden, ohne über die Erinnerungen an das alte zu erröten.*«

Als Victor die Zeilen las, war er zunächst ergriffen. Doch dieses Gefühl wurde schnell von einem anderen überdeckt. Es gefiel ihm nicht, dass Sainte-Beuve der Großherzige war, jener, der für die Freundschaft auf die Liebe verzichtete, der sogar noch lobende Worte für die Zeilen des Kontrahenten schrieb. Und es stimmte auch nicht mit seinem, Victors, Denken und Fühlen als Romantiker überein. Als solcher achtete und respektierte er die Rechte der Leidenschaft. Und auch wenn seine Frau ihm versichert hatte, dass sie niemals mit Sainte-Beuve intim geworden war – war nicht gerade die unterdrückte und die verbotene Leidenschaft jene, die am stärksten loderte? Er dachte an die Anfänge ihrer Liebe zurück, einer Liebe, die aufgrund des Widerstands seiner Mutter so lange gebraucht hatte, bis sie sie leben durften. Damals wäre er für eine einzige Nacht mit Adèle gestorben, ein Motiv, das er übrigens auch in *Hernani* verarbeitet hatte.

Und nun sollte er derjenige sein, der diese Leidenschaft untersagte? Nein, diese Rolle gefiel ihm ganz und gar nicht. Wie schon am Vortag, als er dem Freund in der Druckerei begegnet war, tauschte er seine Hauskleidung gegen einen Anzug, ließ die Arbeit an seinem Notre-Dame-Roman ruhen und machte sich erneut auf den Weg zu Sainte-Beuve.

»Ich will Ihnen einen Vorschlag machen«, sagte er, kaum dass der andere die Tür geöffnet hatte.

»Ich höre?« Sainte-Beuve ließ ihn eintreten. Victor nickte Sainte-Beuves alter, halbtauber Mutter zu, mit der dieser noch immer zusammenlebte. Sie saß in einem großen Ohrensessel am Fenster, als gehöre sie zum Inventar. Er wusste nicht, ob sie ihn wahrnahm. Er wusste aber mit Sicherheit, dass sie so schwerhörig war, dass sie kein Wort von dem verstehen würde, was er nun mit dem Freund zu besprechen hatte.

»Ich komme gleich zur Sache«, sagte er, nachdem er am großen Esstisch Platz genommen hatte, wie es Sainte-Beuve ihm angeboten hatte. »Ich möchte mich keiner Leidenschaft und keiner Liebe in den Weg stellen. Wenn meine Frau mir sagt, dass sie künftig an Ihrer Seite weilen will, dann lasse ich sie ziehen. Lassen wir Adèle entscheiden.«

Fassungslos sah Sainte-Beuve ihn an. Damit hatte er ganz offensichtlich nicht gerechnet. Victor spürte, dass sich Zufriedenheit in ihm ausbreitete. Er beobachtete den Freund, in dessen Miene er lesen konnte wie in einem Buch. Freude, Hoffnung, Ernüchterung, Leid, all das spielte sich binnen Sekunden auf dessen Gesicht ab. Dann schüttelte er, zu einem Ergebnis gekommen, langsam den Kopf.

»Sosehr mein Herz es wünscht«, bekannte er, »aber eben weil ich so starke Gefühle für Adèle hege, muss ich um ihretwillen verneinen. Ich würde sie in ihr Unglück stürzen, eine Familie auseinanderreißen. Außerdem ist mein Einkommen im Vergleich zu dem Ihren doch sehr bescheiden. So gern ich es täte, ich könnte Adèle nicht das Leben bieten, das sie verdient.«

»Gut.« Victor erhob sich. »Es ist Ihre Entscheidung.«

Dann ging er zur Tür. Er hatte gesiegt. Aber der Sieg fühlte sich schal an.

Kapitel 17

189 Jahre später

Josie

Paris, Notre Dame, Herbst 2019

Josie hing in ihrem Klettergurt vor der Westfassade von Notre Dame und arbeitete an der Königsgalerie. Sie hatte es tatsächlich geschafft: Seit sechs Monaten war sie Teil des aus 150 Spezialisten bestehenden Restauratorenteams von Notre Dame. Philippe Chopard persönlich hatte sie dazu berufen. Die Steinmetze hatten viel zu tun, am Boden und in der Luft. Zahlreiche Wasserspeier hatten aufgrund der extremen Hitze Schaden genommen und waren mit Gurten, Gips oder Zellophan vor dem Auseinanderbrechen bewahrt worden. Vorsichtig hatten die Steinmetze – meistens Männer, da man für diese Aufgabe viel Muskelkraft aufbringen musste – die Statuen nach unten ins Lapidarium befördert, wo sie saniert werden sollten. Oder sie wurden von Josie und einem Team aus vier weiteren Fassadenkletterern an Ort und Stelle restauriert. Auch einige Engelsfiguren waren gesprungen. Der Engel des Jüngsten Gerichts, der sich im Giebelfeld über dem Portal befunden hatte, war in zwei Hälften zerbrochen. Besonders schwer hatte es die Figuren am Südgiebel getroffen – doch Chopard wurde nicht müde zu mahnen: »Wenn der Kern intakt ist, werden wir die Elemente, auch wenn sie sich rosa verfärbt haben, wiederbenutzen.« Chopard wachte mit Argusaugen darüber, dass jedes noch so kleine Stück identifiziert, zugeordnet und nach Möglichkeit wiederverwendet wurde. Im Kreis der Restauratoren scherzte man, Chopard wolle sogar den Staub der Jahrhunderte erhalten. Was jeder Einzelne, der hier arbeitete, jedoch gut und genau richtig fand: Jeder hatte den Ehrgeiz, alles, wirklich alles, was irgendwie möglich war, zu erhalten und sich mit ganzer Kraft für die Kathedrale einzusetzen.

Josie blickte auf den Vorhof hinunter zum Lapidarium, in dem die Steinmetze arbeiteten. Daneben lag ein riesiger Haufen mit Bruchstücken und Fragmenten, die immer noch nicht alle einsortiert worden waren. Aber sie würden Notre Dame wieder zusammenfügen. Stück für Stück. Die Kunstgegenstände im Schiff waren zur Verwunderung aller lediglich mit einer durch den Einsturz des Vierungsturms entstandenen Staubschicht überzogen gewesen. Ebenjener Einsturz, so hatte man Josie erklärt, hatte einem Schornstein gleich den Rauch aus dem Schiff heraus- und nach oben gezogen. Die 200 Kilo schwere Madonna mit dem Kind war inzwischen, ebenso wie zahlreiche Gemälde, die in der Brandnacht nicht aus der Kathedrale gebracht worden waren, ausgelagert worden.

Auch Josie hatte bereits im Schiff gearbeitet, hoch oben in der Luft und in einen bleisicheren Schutzanzug gehüllt. Die Bleibelastung in der Kathedrale war immer noch so hoch, dass sich die

Restauratoren nur in Schutzanzügen und für einen Zeitraum von maximal zwei Stunden darin aufhalten durften. Sie wusste, dass Chopard jeden Winkel des Schiffs inspiziert hatte – dafür hatte er sich in Lebensgefahr begeben! Zwar hatten die mittelalterlichen Baumeister großartige Arbeit geleistet, das Deckengewölbe hatte gehalten! Doch die Mauern waren mit Löschwasser vollgesogen, und niemand hatte mit Sicherheit sagen können, wie sich das Bauwerk während des Trocknungsvorgangs verhalten würde. Und dann war da noch die Gefahr aufgrund der Bleikontaminierung. Das zerstörte Dach der Kathedrale und auch der Spitzturm waren mit Bleiblech gedeckt gewesen. Durch die Hitze war das Schwermetall, rund 500 Tonnen, geschmolzen und teilweise auch verdampft, ein regelrechter Bleischleier hatte sich über der Stadt ausgebreitet. Bis zum Louvre auf der einen und bis zum Brunnen von Saint-Michel auf der anderen Seite der Kathedrale waren hohe Messwerte festgestellt worden.

Jetzt wandte Josie sich der Statue zu, an der sie gerade arbeitete: einer der Könige der Königsgalerie. Sie wusste, dass die Revolutionäre die Statuen einst heruntergerissen und zertrümmert hatten. Das, was sie nun vor sich hatte, waren Repliken, die unter der Ägide von Viollet-le-Duc wiederhergestellt worden waren.

Ganz ihrer Arbeit zugewandt, stutzte Josie plötzlich. Ein Teil am Ärmel der Statue war lose! Sie versuchte vorsichtig, den Stein herauszuziehen, doch er ließ sich nicht lösen. Möglicherweise, überlegte Josie, war er mit Mörtel befestigt worden. Hatte etwa schon einmal jemand versucht, den König zu reparieren? Auf jeden Fall musste sie das halb lose Stück nun zur Gänze entfernen und wieder neu einpassen – zwar sah man die Stelle nicht von unten, aber die Gefahr, dass der Stein sich lösen, herunterfallen und jemanden verletzen könnte, war zu groß. Sie griff in ihrem Gürtel nach ihrem Werkzeug und machte sich ans Werk. Kurz darauf hielt sie den Stein in den Händen. Als sie ihre Stirnlampe anknipste, um den Innenraum auszuleuchten und ihn von Verunreinigungen zu säubern, fiel der Lichtstrahl auf eine helle Fläche. Josie spürte, dass sich ihr Herzschlag beschleunigte. Was war das? Sie fuhr mit der Hand in die Statue und versuchte, das, was sich in ihrem Inneren befand, herauszuholen. Sie ertastete eine glatte Oberfläche, die sich anfühlte wie … Papier. Josie wagte nicht, es mit den bloßen Fingern herauszuziehen. Wenn es sich wirklich um Papier handelte, war es ein altes Schriftstück. Und dann war es möglicherweise porös und sehr empfindlich.

Als sie ihre Pinzette aus ihrem Werkzeuggürtel holen wollte, zitterten ihre Hände vor Aufregung. Beruhige dich, befahl sie sich, so kannst du nicht arbeiten. Sie schloss die Augen, atmete zehnmal tief ein und wieder aus, dann hatte sie sich so weit beruhigt, dass sie es sich zutraute, das Papier zu bergen. Sie griff mit der Pinzette danach. Zu ihrer Erleichterung ließ es sich ganz leicht herausziehen und schien in einem guten Zustand zu sein. Sie faltete es dennoch nicht auseinander – das sollten diejenigen Kollegen machen, die sich auf alte Papiere verstanden –, sondern verstaute es sorgsam. Josies Herz schlug schneller. Was in aller Welt hatte sie da gefunden?

Kapitel 18

185 Jahre zuvor

Marie

15. MAI 1834, PARIS, RUE EULER

Monsieur Lakanal. Ich bin so froh, dass ich Sie endlich kennenlernen darf.«

Marie war außer sich vor Aufregung, als sie am 15. Mai 1834, vier Jahre nach ihrem ersten Versuch, vor Monsieur Lakanal saß. Sie hatte ihn nun endlich gefunden.

»Die Ehre ist ganz meinerseits«, sagte der immer noch sehr gut aussehende und ausgesprochen distinguiert wirkende Herr in seinen Siebzigern und erwiderte ihr Lächeln. »Es ist mir eine solche Freude, Sie kennenzulernen, Mademoiselle. Die Tochter von Lucile und Camille. Was für ein besonderer Tag. Offen gestanden wusste ich gar nicht, dass die beiden ein Kind haben.«

»Mein Vater wusste es selbst nicht, meine Mutter hat erst nach seinem Tod von ihrer Schwangerschaft erfahren.«

Lakanal nickte grimmig. »Robespierre.«

»Robespierre«, bestätigte sie und fragte dann: »Was ist denn zwischen den beiden geschehen? Sie waren doch beste Freunde?

Ich habe das auch oft meine Mutter gefragt – doch sie wich mir bei dem Thema immer aus. Es war wohl zu schmerzhaft.«

»Oh«, erwiderte Lakanal, »das kann ich mir vorstellen, dass das für Ihre Mutter ein schwieriges Thema war. Wissen Sie, aus besten Freunden können auch mal beste Feinde werden. Im Falle von Robespierre und Ihrem Vater war das wohl so. Ihr Vater schlug eine gemäßigtere Linie ein, und das hat Robespierre nicht gefallen.«

»Aber was war der Grund dafür, dass Robespierre meinen Vater hinrichten ließ?«

»Ich fürchte, genau das.«

»Dass er gemäßigter war?«

»Ja«, bestätigte Lakanal. »Robespierre hat sich irgendwann … radikalisiert. Und sich gegen all jene gestellt, die den Weg nicht mit ihm gingen.«

»Wie mein Vater.«

»Ja. Wie Ihr Vater.«

»Kannten Sie meine Eltern gut?«

»Gut wäre zu viel gesagt. Ihren Vater kannte ich natürlich, wir waren immerhin in der gleichen Partei. Aber privat hatten wir wenig Kontakt. Was nicht daran lag, dass wir uns nicht mochten, im Gegenteil, wir schätzten einander sehr. Der Grund war eher, dass wir beide so furchtbar viel zu tun hatten, dass für Begegnungen außerhalb der Politik wenig Zeit blieb. Sein Tod jedoch ging mir sehr nahe. Und als ich vom Tod Ihrer Mutter erfuhr, da hat mich das doch sehr traurig gestimmt.«

Sie sah ihn bittend an: »Ich weiß sehr wenig über meinen Vater. Meine Mutter hat eigentlich nie über ihn gesprochen. Ich denke, es hätte sie zu sehr geschmerzt. Können Sie mir etwas über ihn erzählen? Was für ein Mensch war er? Was hat ihn ausgemacht?«

Lakanal wiegte nachdenklich den Kopf, dann sagte er: »Ihren Vater in wenigen Worten zu beschreiben, ist in der Tat nicht ganz einfach. Er war ein so vielschichtiger und … interessanter Mann … Man kann ihn gar nicht greifen.«

Dann fragte er: »Wie haben Sie mich eigentlich gefunden?«

Marie war erleichtert, dass er diese Frage stellte. Die ganze Zeit über hatte sie überlegt, wie sie das Gespräch auf den Grund ihres Kommens lenken sollte – bislang hatte sich einfach kein geeigneter Moment ergeben. Doch jetzt servierte ihr Monsieur Lakanal den Übergang freundlicherweise auf dem Silbertablett.

»Meine Mutter sagte mir, während sie starb, ich solle Sie suchen«, erklärte Marie nun rasch. »Sie sagte, sie habe sich schwer an der Kathedrale versündigt. Ich solle die Köpfe der Könige zurückbringen – und die Madonna mit der Mondsichel.«

Ratlos sah Lakanal sie an. »Sie hat sie damit zu mir geschickt?«

Marie nickte.

»So gern ich Ihnen helfen würde, Mademoiselle«, Lakanal wirkte aufrichtig betrübt, »ich habe leider überhaupt keine Vorstellung davon, worauf Ihre Mutter angespielt haben sollte.«

»Oh«, machte Marie und spürte tiefe Verzweiflung in sich aufsteigen. Nachdem sie so lange auf dieses Gespräch mit Monsieur Lakanal gewartet hatte, sagte dieser ihr, dass er ihr nicht helfen konnte. Und er wirkte sehr aufrichtig und vollkommen ratlos.

»Sie wissen nicht, was mit den Königen ist?«, vergewisserte sie sich, »und mit der Madonna?«

Er schüttelte den Kopf. »Über die Madonna weiß ich gar nichts. Und über die Könige – nun, man hat sie köpfen lassen. Ich habe, wie ich zugeben muss, ebenfalls dafür plädiert: In unserer Unwissenheit hielten wir sie für die französischen Könige. Aber als es dann wirklich so weit war, war ich nicht in Paris.«

Enttäuscht sah Marie ihn an.

Kapitel 19

185 Jahre später

Josie & Antoine
Paris, Louvre, Herbst 2019

Kaum hatte Josie wieder festen Boden unter den Füßen, hastete sie, so schnell sie konnte, in Richtung Louvre, wo die Gemälde aus Notre Dame saniert wurden. Dort arbeitete Michael Brunner, ein freundlicher Kunsthistoriker und Restaurator, der sie gleich an ihrem ersten Arbeitstag herzlich empfangen hatte. Michael war ebenfalls Deutscher, was sie natürlich miteinander verband. Und außerdem ein hervorragender Restaurator für alte Gemälde und Graphologe. Er war genau der Richtige, um zu beurteilen, was sie da gefunden hatte. Michael, Mitte vierzig, wusste so ziemlich alles über Papier, was man nur wissen konnte.

Sie fand ihn konzentriert über seine Arbeit gebeugt. Er war im Begriff, eines der Madonnengemälde aus den Seitenkapellen zu restaurieren, und war derart vertieft in seine Tätigkeit, dass Josie fast nicht wagte, ihn zu stören.

Vorsichtig klopfte sie an den Türrahmen.

Michael wandte den Kopf und sah sie an. »Josie!«, rief er erfreut und machte Anstalten, sich zu erheben. »Das ist aber eine schöne Überraschung. Sind deine zwei Stunden mal wieder um, und du bist zur Zwangspause gezwungen?«

Lachend schüttelte Josie den Kopf. »Nein, ich arbeite heute nicht in der Kathedrale, sondern an der Königsgalerie. Und da habe ich einen, wie ich vermute, außerordentlichen Fund gemacht.«

Ihr Herz schlug hart gegen ihre Brust, als sie ihre Tasche öffnete und das Papier hervorzog.

Wie elektrisiert sprang Michael auf. »Vorsichtig! Ganz vorsichtig!«, rief er. »Leg es am besten …«, er sah sich für einen Moment in seiner Werkstatt um und deutete dann auf einen blitzsauberen Tisch, der etwas abseits in einer Ecke stand, »leg es am besten hierhin.«

Josie nickte, durchquerte den Raum und legte das Schriftstück rasch auf den Tisch. Es war ein gutes Gefühl, die Verantwortung los zu sein.

Michael zog sich weiße Baumwollhandschuhe über und faltete das Papier vorsichtig auseinander.

»Ein Brief!«

Josie nickte. Das hatte sie schon vermutet. Aber es handelte sich um einen ausgesprochen kurzen Brief.

Liebste Maman,

einen Teil Deines Auftrags konnte ich ausführen. Auch dank der Hilfe von Victor und Eugène. Lakanal konnte mir nicht weiterhelfen. Ich konnte den Königen ihre Köpfe zurückgeben – zumindest in

126

gewisser Weise. Und einem ganz besonders. Die Madonna habe ich noch nicht gefunden. Und auch keinen Ring oder eine Mondsichel, die ich öffnen könnte. Aber ich werde nicht aufgeben. Und wenn ich sie gefunden habe, werde ich sie zurückbringen.

In Liebe, Deine Marie.

Ratlos sahen Michael und Josie einander an, nachdem sie den Brief entziffert hatten. »Was für ein Ring?«, fragte Michael. »Und was für eine Mondsichel?«

»Keine Ahnung«, gab sie zurück. »Es ist sehr rätselhaft. Was hat das alles zu bedeuten? Wer war diese Marie? Und was hat sie mit den Königen zu tun?«

»Das wüsste ich allerdings auch gern.« Michael kramte in der Tasche nach seinem Mobiltelefon. »Ich habe schon eine Idee, wer uns helfen könnte: Monsieur Flaubert ist Historiker mit einem fotografischen Gedächtnis. Wenn das jemand einordnen kann, dann er.«

★★★

Monsieur Flaubert stand, eine halbe Stunde nachdem Michael ihn angerufen hatte, vor ihnen im Louvre, wohin Michael ihn bestellt hatte. Er war ausgesprochen klein für einen Mann, nicht viel größer als Josie selbst und trug zur Glatze einen rauschenden, grauen Vollbart. Über seinen ebenfalls grauen Augen saß eine Nickelbrille, deren dicke Gläser seine Augen auf merkwürdige Weise vergrößerten. Diesen Augen, dachte Josie, entgeht nichts.

Monsieur Flaubert erwies sich als Herr der alten Schule: Bevor er den Papieren auf dem Tisch auch nur die geringste Beachtung schenkte, beugte er sich tief über Josies Hand. »Enchanté, Mademoiselle!«, sagte er, und Josie stellte amüsiert fest, dass er die inzwischen etwas antiquierte Anrede gebrauchte. Doch irgendwie passte das zu ihm.

Dann jedoch vermochte Monsieur Flaubert sich nicht mehr zu bremsen. »Na! Wo sind denn die guten Stücke?«

»Hier.« Michael deutete auf den Tisch.

»Wundervoll!« Der Professor rieb sich die Hände. »Woll'n wir doch mal sehn!«

Flaubert hatte den kurzen Brief schnell und gründlich studiert. »Dieses Schreiben ist zwar sehr kurz, aber dennoch aufschlussreich. Den Königen die Köpfe zurückgeben – das führt in die Zeit von Viollet-le-Duc.«

»Natürlich!«, sagte Josie erkennend. »Vor lauter Aufregung über den Fund habe ich diesen Zusammenhang gar nicht hergestellt. Unter Viollet-le-Duc wurden den Königen neue Köpfe verpasst.«

»Richtig«, bestätigte Flaubert. »Er hieß übrigens Eugène mit Vornamen.« Er deutete auf den entsprechenden Namen im Brief.

Josie spürte, dass ihr Herz zu rasen begann. Welchem Geheimnis war sie da auf der Spur?

»Und mit Victor«, er zeigte nun auch auf den anderen Namen, »ist mit Sicherheit Victor Hugo gemeint.«

»Das gibt es ja nicht!«, rief Josie.

Flaubert nickte bedeutungsschwer. »Mademoiselle! Ich kann Sie nur zu diesem Fund beglückwünschen.«

»In der Tat«, bestätigte Michael, während Josie hoffnungsvoll fragte: »Haben Sie eine Idee, wer der Verfasser dieser Zeilen sein könnte?«

»Leider nein«, bedauerte Monsieur Flaubert, »eine Marie ist mir in diesem Zusammenhang noch nicht begegnet. Da würde ich lieber einen jungen Kollegen zurate ziehen, wenn Sie erlauben. Einen begnadeten Kunsthistoriker und Literaturwissenschaftler mit den Forschungsschwerpunkten Victor Hugo und Notre Dame. Antoine hat über Victor Hugo promoviert und kennt jedes noch so kleine Detail. Ich nehme an«, er lächelte Josie zu, »dass es unseren jungen Monsieur in einige Aufregung versetzen wird, wenn er erfährt, was Sie hier gefunden haben.«

»Damit ist er nicht allein«, sagte Josie, »ich bin ebenfalls unfassbar aufgeregt.«

★★★

»Nur sechs Monate hat Victor Hugo gebraucht, um sein Werk *Der Glöckner von Notre Dame* zu vollenden«, sagte Antoine und ließ seinen Blick über seine Studenten schweifen. Sie lauschten allesamt mit allerhöchster Spannung. »Aber er hat den Termin, den ihm sein Verleger Charles Gosselin gesetzt hat, bis zum Äußersten ausgereizt.«

Eine junge Frau in der letzten Reihe meldete sich. Antoine hatte sie bisher noch nicht bemerkt. Jetzt aber erkannte er sie. Sie war blond, jung, schlank und er hatte schon in etlichen Extremsituationen in dieses Gesicht geblickt. Einmal in der Brandnacht. Einmal im Krankenhaus. Und einmal weinend. Élaine. Er seufzte innerlich auf. Es war klar, dass sie seinetwegen hier war und nicht, weil sie sich so sehr für Victor Hugo interessierte. Umso überraschter war er über ihre Frage, die zeigte, dass sie sich wirklich mit der Thematik auseinandergesetzt hatte.

»Wie konnte Hugo denn in kurzer Zeit ein solches Werk schreiben? Es steckt doch voll von Wissen und Details ...«

»Im Grunde war das nur die Niederschrift. Er hat schon lange zuvor begonnen, Informationen zusammenzutragen. Er hat das Paris von Louis XI. sehr akribisch recherchiert, vor allem kannte er Notre Dame von Grund auf«, erklärte Antoine. »Jede einzelne Wendeltreppe, die vielen kleinen Zimmerchen, die Inschriften. Ihm war es wichtig, dass er sehr genau ist – mit der Art und Weise, wie die Menschen im Mittelalter sprachen, wie sie sich verhielten, wie ihre Welt war.«

Élaine nickte. »Steckt in irgendeiner Figur etwas von Victor Hugo selbst?«, erkundigte sie sich.

»Nun, ich denke, in Erzdiakon Claude Frollo finden wir schon etwas von Hugo wieder.« Auffordernd sah er seine Studenten an: »Wer kann mir etwas zu Hugos privater Situation sagen?«

»Ich«, wieder meldete sich Élaine. »Sein Freund, der Literaturkritiker Sainte-Beuve hatte sich in seine Frau verliebt, und sie war ihm auch nicht abgeneigt.«

»Sehr richtig«, bestätigte Antoine. »Victor schlug vor, seine Frau entscheiden zu lassen – doch Sainte-Beuve lehnte ab.«

»Wurden die beiden je wieder Freunde?«, fragte nun Élaine, und Antoine dachte im Stillen, dass er ihr unrecht getan hatte. Sie schien sich wirklich für Victor Hugo zu interessieren. Vielleicht dachte sie darüber nach, sich als Alternative zur Feuerwehr nun zum Studium einzuschreiben? Jung genug wäre sie allemal!

Jetzt zuckte er die Achseln. »Nun«, sagte er, »Sainte-Beuve zog sich schon sehr zurück, es kam zu harten Briefwechseln, kurzen zwischenzeitlichen Kontaktaufnahmen und 1834 zum endgültigen Bruch. Aber lassen Sie uns wieder zu seinem Werk zurückkommen: *Der Glöckner von Notre Dame*. Ich möchte Ihnen dazu etwas vorlesen.« Er zog ein in schwarzes Leinen gebundenes Buch aus seiner Aktentasche, auf dem in goldener Schrift stand: *Olympio*.

»Dieses Werk von André Maurois über Victor Hugo kann ich Ihnen sehr ans Herz legen«, sagte er. »Der Autor erklärt uns, dass Hugo in der Lage war, Dinge und Gebäude und eben auch die Kathedrale zum Leben zu erwecken.« Und dann las er vor: »Bis dahin hatte man die Gebäude, die vor der Renaissance entstanden waren, für barbarisch gehalten, von nun an wurden sie verehrt wie Stein gewordene Bibeln. Ein Komitee für historische Monumente wurde gegründet. Hugo hat im Jahre 1831 eine Revolution des Geschmacks herbeigeführt.«

Er schlug das Buch wieder zu und sah seine Studenten an. »Wie erfolgreich sein Werk wurde, brauche ich Ihnen nicht zu sagen. Vielleicht ließe es sich heute mit Harry Potter vergleichen.«

Alle lachten.

»Zum Abschluss gebe ich Ihnen noch eine Einschätzung von Théophile Gautier mit auf den Weg: Er bescheinigte Hugo einen granitenen Stil, unzerstörbar wie die Kathedralen. Worte, die in diesen Tagen besonders berühren.«

Damit beendete Antoine die Vorlesung. Die Studenten verließen den Hörsaal. Er ging davon aus, dass Élaine noch zu ihm käme. Doch in diesem Moment wurde er vom Summen seines Mobiltelefons abgelenkt. Er zog das Smartphone hervor und warf einen Blick darauf. Es war Flaubert.

Kapitel 20

230 Jahre zuvor

Lucile & Camille
PARIS, RUE DU THÉÂTRE-FRANÇAIS, 10. JULI 1789

Im Wohnzimmer tobte die Wut. Da saßen Camille und seine Freunde und redeten sich die Köpfe heiß. Wie besessen waren sie – wie ein Großteil der neuen intellektuellen Elite von Paris – von den radikalen Vorstellungen der Aufklärung. Lucile konnte sie so gut verstehen: Die Zustände in Paris wurden immer katastrophaler. Mehr als eine halbe Million Menschen lebten in der Stadt, und die meisten von ihnen litten schrecklichen Hunger. Auch Camille war davon betroffen – Lucile nicht, da sie ja aus reichem und gutem Hause stammte. Weshalb sie manchmal sogar ein richtig schlechtes Gewissen hatte. Camille seinerseits war viel zu stolz, um etwas von ihr anzunehmen. Seit drei Jahren liebten sie einander nun schon, heiraten würden sie aber wohl nie: Wie Lucile es schon befürchtet hatte, hatte der Vater einer Eheschließung seiner Tochter mit einem einfachen Advokaten nicht zugestimmt und seine Meinung bislang nicht geändert – wenngleich er selbst Revolutionär war und sowohl mit Robespierre und Danton als auch mit Camille in dieser Sache verkehrte. Genauso wie ihre Mutter: Françoise saß ebenfalls im Wohnzimmer und beteiligte sich an der Diskussion. Dabei ging es ihr vor allem um die Rechte der Frauen.

Die Wut, die im Wohnzimmer, die in ganz Paris herrschte, trug auch Lucile in sich. Ihre Empörung entzündete sich an den unglaublichen Turmfrisuren von Königin Marie Antoinette – die von den Damen des Adels eifrig nachgeahmt wurden. Für Lucile und die meisten anderen Pariser war dieser Turm der Inbegriff der Verschwendung bei Hofe. Die bis zu sechzig Zentimeter hohen Frisuren waren ungemein aufwändig und, da sie täglich gewechselt werden mussten, sehr teuer.

Manchmal fragte sich Lucile, ob die Königin noch ganz bei Trost sei. Da sie mit ihren Haartürmen in Kutschen nicht aufrecht sitzen konnte, hatte sie eigens neue Kutschen bauen lassen – natürlich aus purem Gold. Fehlte nur noch, dachte Lucile bitter, dass auch die Türen in Versailles erhöht werden, weil die Königin derzeit immer knicksen musste, um hindurchzupassen. Lucile stieß ein leises Kichern aus, als sie sich vorstellte, dass die Königin dann vielleicht gezwungenermaßen vor jemandem niederen Standes knickste, nur um die Tür passieren zu können. Gleich darauf siegte aber ihr Ärger wieder über ihre Erheiterung: Im Vorjahr hatte es zahlreiche Missernten gegeben, was eine rasante Explosion des Brotpreises zur Folge gehabt hatte. Handwerker mit einem niedrigen Einkommen – wie Schneider und Schuhmacher – mussten fast siebzig Prozent ihres Lohnes für ein Vierpfünderbrot aufbringen. Und Marie Antoinette bestäubte ihren sechzig Zentimeter hohen Pouf mit Mehl! Sie hatte einfach überhaupt kein Gefühl für die Nöte ihres Volkes. Die Turmfrisur war der reinste Hohn! Auch wenn Lucile selbst nicht hungern musste, empfand sie das als die Ausgeburt der Unverschämtheit.

Dass die Stimmung in Camilles Wohnzimmer heute derart aufgeheizt war, lag allerdings nicht an der Frisur der Königin, sondern daran, dass der König die Generalstände einberufen hatte.

»Ich kann mich nicht erinnern, wann er das jemals zuvor getan hat«, hörte Lucile Claire zu dem neben ihr sitzenden Danton sagen. Danton war ebenfalls ein Freund ihres Liebsten. Er war, wie Lucile fand, ausgesprochen hässlich und ausgesprochen klug.

»Hat er auch noch nie – zumindest nicht *dieser* König«, erwiderte Danton gerade auf Claires Bemerkung. »Das letzte Mal wurden die Stände im Jahr 1614 einberufen. Und das erste Mal hat das König Philippe le Bel im Jahre 1302 getan: Sie hatten sich in Notre Dame versammelt.«

»Warum das?«, mischte sich Lucile, die von jeher eine große Faszination für die Kathedrale verspürte, ins Gespräch.

»Das Schiff war damals der größte überdachte Raum«, begründete Danton und lächelte ihr zu. Sie wusste, dass er bis über beide Ohren in sie verliebt war. Was nicht auf Gegenseitigkeit beruhte. Niemals würde sie einem anderen Mann als ihrem Camille ihr Herz schenken.

Der Grund, warum der König jetzt die Generalstände einberief, war ein finanzieller Engpass. Er musste sich neue Steuern bewilligen lassen.

»Kein Wunder, dass der König Geld braucht, bei dem Luxus, in dem er und seine Gemahlin leben!«, rief sie und hatte wieder Marie Antoinettes Turmfrisuren vor Augen.

»Viele von uns haben auch kein Geld mehr. Wir werden nicht einmal satt, während sie ihre Frisuren mit Mehl bestäubt.«

Die hungernde Bevölkerung, die kaum Rechte hatte, aber die Hauptsteuerlast trug, sollte nun also noch mehr hungern, um dem König sein Leben in Saus und Braus zu bezahlen, dachte Lucile bitter. Die Drei-Stände-Gesellschaft war einfach ungerecht! Kein Wunder, dass die Gruppe, die sich im Wohnzimmer versammelt hatte, so wütend war. Lucile ließ die Blicke über die Männer und Frauen schweifen, die um den runden Eichentisch versammelt waren: neben Danton auch Maximilien Robespierre, der alte Schulfreund ihres Liebsten, ihre Mutter, Wäschereibesitzer Pierre Augustin Hullin und Claire Lacombe, die Lucile immer ein wenig beneidete – auch wenn sie wusste, wie albern und unsinnig diese Gefühlsregung war. Aber Lucile war es von klein auf gewohnt, immer die Schöne, die Bewunderte zu sein.

Und nun war da auf einmal noch eine andere sehr schöne Frau. Die Schauspielerin zählte noch nicht lange zu ihrem Freundeskreis: Erst in diesem Jahr war sie nach Paris gekommen. Sie dominierte die Runde mit ihrem scharfen Intellekt, ihrem schillernden Wesen, ihrer Schönheit und, das vor allem, ihrer Unnachgiebigkeit dem König gegenüber. Wieder und wieder betonte sie, vor allem die Frauen seien es, denen mehr Rechte zustünden. Damit hatte sie längst die Sympathie von Luciles Mutter gewonnen, die gerade neben ihr saß und wild gestikulierend mit ihr diskutierte. Und dann war da natürlich Camille. Ihr Camille, ihre Heimat, ihr Hafen. Ihre Blicke trafen sich, still sah er sie an, während die Gespräche um sie herum emotionsgeladen und heftig weitergingen. Lächelte. Dann streckte er die Hand aus, und sie ging zu ihm. Sie setzte sich auf seinen Schoß, er umschlang sie von hinten, wiegte sie wie ein Kind.

»He, ihr Turteltäubchen!«, kam es da von Pierre Augustin Hullin. »Für so was ist jetzt keine Zeit. Wir müssen etwas tun! Sie sind doch Advokat. Und Sie auch, Maximilien. Wenn jemand Rat weiß, dann Sie.« Auf einmal war es mucksmäuschenstill im Raum. Alle sahen Camille und dann Maximilien an. Lucile spürte seine Aufregung. Ihr Liebster hasste es, derart im Mittelpunkt zu stehen, sie fürchtete schon, er werde wieder stottern und sich unwohl fühlen. Aber eigentlich hätte sie wissen müssen, dass Camille das, was er nun sagte, flüssig hervorbringen würde. So war es immer: Wenn er sich sehr für etwas engagierte, mit dem ganzen Herzen dabei war, dann war da kein Platz für Unsicherheit. Dann sprach er flüssig. So, wie das ja auch bei ihrem Kennenlernen gewesen war.

Jetzt nickte er. Ohne sie von seinem Schoß zu lassen, sagte er: »Wenn der König nun die Generalstände einberufen hat, dann bedeutet das, dass alle drei Stände zusammenkommen. Obwohl unser Stand 96 Prozent der Bevölkerung repräsentiert, haben wir wegen der Drei-Stände-Gesellschaft nur ein Drittel der Stimmen. Adel und Klerus werden natürlich für die Steuerbewilligung stimmen.«

»Kein Wunder!« Hullin sprang wütend auf. »Sie müssen die Steuern ja nicht bezahlen. Das müssen wir, und wir können uns nicht wehren.«

»Wer sagt das denn?«, fragte Camille, der ganz ruhig geblieben war.

»Wie meinen Sie das?«, fragte nun Claire und sah Camille, wie Lucile fand, ein wenig zu bewundernd an. »Können wir wirklich etwas tun?«

Lucile konnte den Gesichtsausdruck ihres Freundes, als er ihr antwortete, nicht sehen, vermutete aber, dass er Claires Blick erwiderte, und wurde schon wieder von dieser albernen Eifersucht gequält.

»Nun ja«, sagte in diesem Moment Maximilien Robespierre. »Wir könnten uns dagegen auflehnen, dass unser Stand, der die Hauptlast trägt, konsequent von Adel und Klerus überstimmt wird.«

»Und wie sollten wir das tun?«

»Wir weigern uns, die Anweisungen der Krone zu befolgen und machen deutlich, dass wir uns als Vertreter der Nation und nicht mehr nur als die eines Standes sehen«, sagte Maximilien.

»Na«, machte Hullin skeptisch, »der König wird uns auslachen.«

»Das wird er nicht«, entgegnete Camille grimmig. »Das verspreche ich uns allen, die wir hier sitzen.«

Kapitel 21

56 Jahre später

Eugène

PARIS, NOTRE DAME, FRÜHJAHR 1845

Jetzt sind Sie am Ziel, Monsieur Eugène. Und ich könnte nicht stolzer auf Sie sein.«

Gerührt drückte der einstige Diener seinem früheren Herrn beide Hände. Auch wenn Monsieur Bernard mit seinen neunzig Jahren längst nicht mehr in Diensten stand, pflegte er noch viel Kontakt mit Eugène und nahm regen Anteil an dessen Leben.

»Ich wusste doch, dass Sie es schaffen werden.«

Lächelnd schüttelte Eugène den Kopf: »Sie täuschen sich, mein lieber Bernard. Ich bin nicht am Ziel. Ich stehe ganz am Anfang. Jetzt geht es erst richtig los.«

Eugène hatte Wort gehalten: Der 31-Jährige hatte sich akribisch auf seine selbst erwählte Aufgabe vorbereitet. Notre Dame wollte er retten. Und Notre Dame *würde* er retten. Statt auf die Kunsthochschule zu gehen, war der 17-Jährige Eugène seinerzeit gemeinsam mit seinem Onkel Étienne-Jean Delécluze gereist: Von der Auvergne in die Provence waren sie gewandert und hatten in einsamen Kirchen haltgemacht, wo sie zeichneten, was sie sahen. Drei Monate hatte diese Reise gedauert und dieser ersten waren viele weitere gefolgt. In die Normandie, durch das Loiretal, die Pyrenäen, das Languedoc und natürlich nach Chartres.

Die Reisen schärften seinen Sinn für Formen und Zusammenhänge auf der kognitiven Ebene, aber noch viel mehr verankerte sich all das in seinem Gefühl – so wie der Lichtstrahl des Rosettenfensters einst tief ins Herz des kleinen Jungen gedrungen war. Ja, immer und immer wieder waren es die Fenster, war es das Spiel von Licht und Schatten, was ihn berührte, gar erschütterte.

Aus Chartres hatte er seinerzeit an seinen Vater geschrieben: »Mir kommen die Tränen, und ich wünschte, mein Leben würde hier, im Lichtschein des Rosettenfensters, enden.«

Ach, Vater, dachte er nun voller Dankbarkeit. Ohne seinen Vater wäre er jetzt nicht hier. Dem Vater Emmanuel Louis Nicolas Viollet-le-Duc war es zu verdanken gewesen, dass König Louis-Philippe ihn mit zwei Aquarellen beauftragt hatte. Außerdem hatte der Vater ihm eine Reise durch Italien bezahlt, die eineinhalb Jahre dauern sollte. Eugènes Frau Elisa, der er gegen den entschiedenen Willen seiner Familie im Jahr 1834 das Jawort gegeben hatte, war mit ihrem Neugeborenen nachgekommen. Es war eine glückliche Zeit gewesen, in der Eugène aus dem Staunen nicht mehr herausgekommen war. Angesichts der Bauten von Neapel, Rom, Sizilien und Pompeji hatte es ihm regelrecht die Sprache verschlagen.

Und dann kam die Chance seines Lebens: Sein Onkel Étienne-Jean Delécluze empfahl Eugène dem Inspektor für historische Baudenkmäler namens Prosper Mérimée, und dieser bot ihm eine Anstellung an. Eugène, gerade einmal vierundzwanzig Lenze jung, nahm begeistert an. Mérimée schickte ihn nach Burgund, wo er die Basilika in Vézelay restaurieren sollte. Eugène ging mit großer Akribie ans Werk, mit Tatendrang, aber auch mit Vorsicht: Für ihn bedeutete eine Restaurierung, dem Objekt seine Seele zurückzugeben, seinen Kern zu enthüllen. Der Drang, sich über das, was er dabei tat, was er dabei erlebte, mitzuteilen, wuchs. Er veröffentlichte seine Erkenntnisse in Fachzeitschriften, wodurch auch sein Bekanntheitsgrad stieg.

Er lernte den sechs Jahre älteren Jean-Baptiste Lassus kennen, der ihm direkt ins Herz blicken konnte. Und umgekehrt. Sie beide teilten die gleiche Leidenschaft – Notre Dame. Seit seinem ersten Besuch war Eugène oft dort gewesen. Jedes Mal hatte ihn die Kathedrale im Innersten erschüttert. Und je mehr er wusste, desto mehr sah er, wie bedroht sie einerseits wegen ihres schlechten Zustandes war und wie viel man ihr andererseits in den letzten Jahrhunderten angetan hatte. Nicht nur die Wut der Revolutionäre hatte Spuren hinterlassen, auch das Unwissen der Architekten! In Lassus fand er einen Verbündeten, der nicht nur dachte wie er, sondern auch fühlte wie er. Und Notre Dame musste man *fühlen*!

Gemeinsam erarbeiteten sie ein Konzept für eine Sanierung der Kathedrale, und da sie sich bereits einen Namen gemacht hatten, rechneten sie sich gute Chancen aus. Ohnehin: Es herrschte eine gewisse Sensibilität für Notre Dame. Dank Victor Hugo, der mit seinem Roman *Der Glöckner von Notre Dame*, der vor vierzehn Jahren erschienen war, die Öffentlichkeit für die Bedeutung der Kathedrale und ihren Zustand wach gerüttelt hatte. Die

Regierung hatte daraufhin die Sanierung von Notre Dame ausgeschrieben, und trotz ihres guten Rufs und aller guten Vorbereitung hatte er es kaum glauben können, als sie tatsächlich den Zuschlag bekamen und die Nationalversammlung nun, im Frühjahr 1845, endlich die 2,6 Millionen Francs für die Sanierung – oder zumindest deren ersten Teil – bewilligt hatte.

»Ja«, wiederholte er nun, »Sie haben recht. Ich habe viel erreicht – und bin nun mit der Sanierung von Notre Dame beauftragt. Aber gleichzeitig liegt noch so viel vor mir. Deshalb bin ich nicht am Ziel, sondern am Anfang: Lediglich die Zeit der Vorbereitung ist vorbei.«

Monsieur Bernard nickte.

Dann sagte Eugène: »Übrigens wird eine Frau im Restauratorenteam mitarbeiten.«

Bernard riss die Augen auf. »Eine Frau, Monsieur?«

Viollet-le-Duc lächelte. »So unglaublich ist das gar nicht. Auch beim ursprünglichen Bau der Kathedrale waren Frauen mit am Werk. Meistens im Familienverbund, auch die etwas älteren Kinder haben mitgeholfen.«

»Aber sind Frauen denn stark genug, um Steine zu behauen?«, zweifelte Bernard und sah aus, als würde sein Weltbild in diesem Moment zerbrechen.

Eugène musste lachen. »Nun, die Frauen haben nicht die großen Steinblöcke behauen, sondern waren, ebenso wie die Kinder, eher für die kleineren und feineren Arbeiten zuständig – und auch unsere Marie Desmoulins wird sich eher der kleineren Arbeiten annehmen. Vor allem aber ist sie eine Freundin Victor Hugos, und ihm schulden wir viel.«

»Allerdings«, bekräftigte der einstige Diener, »ohne ihn wäre die Notwendigkeit, Notre Dame zu sanieren, niemals derart in den Blickpunkt gerückt, und Unsere liebe Dame wäre immer mehr verfallen. Und wenn sie nun wirklich Monsieur Hugos … nun ja, Herzensdame ist«, es klang etwas verlegen, und er blickte zu Boden.

»Nein, nein!«, lachte Eugène. »Nicht *so* eine Freundin. Was das angeht, hält er sich an Madame Drouet. Und diese Marie werde ich mir morgen einmal aus der Nähe ansehen. Bisher ist sie mir lediglich angekündigt worden.«

Kapitel 22

174 Jahre später

Josie & Antoine
Paris, Notre Dame, Herbst 2019

Sie hatten sich im Kirchenschiff von Notre Dame verabredet –
und Antoine ließ nicht lange auf sich warten. Nachdem Flaubert
ihm am Telefon kurz umrissen hatte, worum es ging, war er regelrecht zur Kathedrale geflogen. Natürlich trieb ihn die Neugierde – Flaubert hatte von einer spektakulären Entdeckung gesprochen, die mit Victor Hugo zusammenhänge. Aber er hatte
auch unbewusst die ganze Zeit über darauf gewartet, Notre
Dame wieder betreten zu dürfen! Wie hatte er die Kathedrale
vermisst, wie sich danach gesehnt und sich zugleich davor ge-
fürchtet, wieder hineinzugehen ins Herz der Kirche, der er sich
nach dem gemeinsam erlebten Schrecken umso mehr verbunden fühlte. Wie magisch angezogen war er in den Tagen nach
dem Brand wieder und wieder zurückgekehrt. Die Feuerwehr
ließ niemanden hinein, doch er wollte auch gar nicht hinein.
Noch nicht. Er wollte einfach nur bei ihr sein. Stumm hatte
er gestanden, manchmal auch gesessen, inmitten einer Menge

von Menschen, die das Gleiche tat und wohl auch das Gleiche empfand wie er. Doch heute würde er die Kathedrale zum ersten Mal nach dem Brand wieder betreten – und davor hatte er großen Respekt. Die Bilder jener Nacht tauchten wieder auf – das knöcheltiefe Wasser, die glühenden Bleiklumpen –, und er hatte Angst davor, die Spuren der Zerstörung mit eigenen Augen zu sehen. Am Eingang hielt er, wie jedes Mal, einen Augenblick inne, um ein stummes Gebet zu sprechen. Diesmal noch inniger als sonst. Wobei er sich eigentlich nie für einen sehr religiösen Menschen gehalten hatte. Es war eher die Ehrfurcht vor der Kathedrale, die in ihm stets aufs Neue, wenn er sie betrat, den Wunsch zu beten hervorrief. Antoine wusste nicht, ob es einen Gott gab. Aber seit jener Nacht im April glaubte er zumindest an Wunder. Und waren Wunder nicht auch übernatürlich?

Es war ein merkwürdiges Gefühl, wieder hier zu sein. Vorsichtig setzte er einen Fuß vor den anderen, zaghaft sah er sich um, und obwohl schon viel geordnet und sortiert war, trieb ihm das Bild der Zerstörung die Tränen in die Augen. Unwillkürlich blickte er auch immer wieder nach oben, als fürchte er, dass etwas auf ihn herabfallen könnte.

Und das dort links – das war die Vitrine, deren Scheibe er in jener Nacht eingeschlagen hatte. Voller Verzweiflung. Die Vitrine war inzwischen repariert worden, aber sie war noch leer. Die meisten Kunstwerke waren noch nicht wieder in die Kathedrale zurückgebracht worden, aber irgendwann würde auch sie zurückkehren: die Madonna mit der Sichel, die er gerettet hatte.

Wieder spürte Antoine ganz deutlich, wie eng das Schicksal dieser Kathedrale mit dem seinen verbunden war.

★★★

»Er ist ein Held«, sagte Flaubert leise, als er mit Josie und Michael dem Mann entgegenblickte, der soeben das Kirchenschiff betreten hatte. »Einer von jenen, die in der Brandnacht in die Kathedrale gingen und rund eintausend Kunstgegenstände herausholten.«

»Was macht er da?« Josie beobachtete den Mann dabei, wie er auf eine der leeren Vitrinen zusteuerte.

»Nun«, sagte Flaubert, »soweit ich weiß, ist er zum ersten Mal seit dem Brand wieder hier. Aus dieser Vitrine hat er einen Kunstgegenstand gerettet.«

Josie empfand so etwas wie Ehrfurcht vor diesem Mann, der nun endlich durch den Mittelgang auf sie zukam.

★★★

Langsam ging Antoine durch das Schiff nach vorne, wo er auch schon seinen Kollegen Flaubert ausmachte, der ihm aufgeregt zuwinkte. Antoine lächelte in sich hinein. Er verehrte Monsieur Flaubert. Einst war er sein Professor gewesen, und dass er seinen Schützling nun hinsichtlich eines Fundes um dessen Meinung bat, ehrte Antoine zutiefst.

Neben ihm standen Michael, der stets freundliche Kunsthistoriker, dessen Bekanntschaft Antoine bereits gemacht hatte, und eine zierliche junge Frau. Sie hatte langes schwarzes, leicht welliges Haar und ein ovales Gesicht, das ihn an die Madonnengemälde Raffaels erinnerte. Die drei blickten ihm entgegen. Als er sie fast erreicht hatte, schien es Flaubert allerdings nicht mehr auszuhalten und stürzte auf ihn zu.

»Antoine!« Mit beiden Händen griff er nach dessen rechter Hand und schüttelte sie voller Elan. »Wie wunderbar, dass Sie gekommen sind.«

Ohne seine Hand loszulassen, begleitete er Antoine das letzte Stück durch den Gang und sagte dann: »Michael kennst du ja schon. Aber diese junge Dame, Mademoiselle Winter, ist es, die diesen spektakulären Fund gemacht hat.«

Aufgeregt deutete er auf Josie, die Antoine freundlich und auch ein wenig schüchtern anlächelte. Er stellte fest, dass ihre Augen von einem strahlenden Blau waren.

»Wir sind uns bisher noch nicht begegnet«, sagte er und stellte dann das Offensichtliche fest: »Sie sind Teil des Restauratorenteams?«

»Ja, ich bin Restauratorin und Fassadenkletterin und war gerade dabei, diese Statue zu restaurieren, als ich in ihrem Innern einen Brief fand.«

Sie reichte ihm das Schriftstück. »Wenn Sie einen Blick darauf werfen möchten, Monsieur …«

»Antoine«, er lächelte ihr freundlich zu, »bitte nennen Sie mich einfach Antoine.«

»Antoine, sehr gern.«

Antoine kannte dieses Gefühl schon. Dieses Gefühl, dass einen erfasst, wenn man etwas ganz Großem auf der Spur ist. Wenn man kurz davorsteht, ein Rätsel zu lösen, wenn man das letzte Puzzleteilchen gefunden hat. Ein Gefühl, das den ganzen Körper ergreift, elektrisiert, unter Spannung setzt. Dann spürte er seinen Herzschlag in jeder Zelle, sein Verstand arbeitete auf Hochtouren, es war, als könne er in Momenten wie diesen gleichzeitig auf jegliche Informationen zurückgreifen, die ihm im Laufe des Lebens untergekommen war. Er begann zu lesen.

Kapitel 23

174 Jahre zuvor

Marie & Eugène
PARIS, NOTRE DAME, FRÜHJAHR 1845

Marie war nervös, als sie auf die Kathedrale zusteuerte. Nervöser als je zuvor. Obwohl es dank Victors Vermittlung außer Frage stand, dass sie zu jenen gehören würde, die Notre Dame mit Eugène Viollet-le-Duc sanieren durften, war es ihr doch ausgesprochen wichtig, dass ihre erste Begegnung positiv verlief. Sie hatte auch schon etliche von Viollet-le-Ducs Veröffentlichungen gelesen und bewunderte ihn für das, was er schrieb.

Sie waren im Kirchenschiff verabredet, ganz vorne. Als Marie die schwere Eingangstür öffnete und durch das Schiff schritt, wurde sie von einem riesigen Gefühl der Dankbarkeit überflutet. Dafür, dass Victors Werk nun tatsächlich dafür gesorgt hatte, dass man Notre Dame endlich die Aufmerksamkeit angedeihen ließ, die die Kathedrale verdiente. Und dafür, dass sie dabei sein durfte.

Sie fand Eugène Viollet-le-Duc wie verabredet auf der vordersten Kirchenbank. Er saß einfach ganz still da, wie eine Statue, und wurde in einen Lichtkegel getaucht, der durch eines der

Kirchenfester fiel. Ein ungemein anrührendes, nein, ein perfektes Bild, an dem alles, einfach alles stimmte und das es verdiente, für die Ewigkeit festgehalten zu werden. Unvermittelt blieb sie stehen, um dieses Bild eine Weile auf sich wirken zu lassen, und während sie das tat, hatte sie das Gefühl, dass auch die Kathedrale auf sie wirkte. Und auf den Mann, der da saß. Ja, es war, als seien Mann und Kathedrale eins, untrennbar miteinander verbunden.

Ihr Herz begann schneller zu schlagen. Aber nicht so, wie es sich anfühlt, wenn man sich verliebt – und verliebt war Marie weiß Gott oft gewesen. Nein, das hier war etwas anderes. Es war der Herzschlag, den man spürt, wenn man Zeuge oder vielleicht sogar Teil eines großen, besonderen Augenblicks ist.

Sie wusste nicht, wie lange sie da so stand und schaute. Irgendwann wandte Eugène Viollet-le-Duc den Kopf und sah sie direkt an.

»Madame Desmoulins.« Er erhob sich nicht, um ihr die Hand zu geben, was allerdings in keiner Weise unhöflich wirkte, sondern deutete neben sich auf die Bank: »Setzen Sie sich.«

Sie tat, wie ihr geheißen, und nahm Platz neben ihm auf der Kirchenbank in dem Lichtkegel inmitten dieser Kathedrale, die sie nun gemeinsam restaurieren sollten.

»Ich danke Ihnen sehr, dass Sie mir diese Gelegenheit geben, Monsieur«, sagte sie in die Stille hinein.

Eugène nickte, er sah sie nicht an, sondern richtete seinen Blick in den Raum, in die Kathedrale, hinein.

»Das Wichtigste ist, dass Sie sie spüren«, sagte er. »Man hat der Kathedrale in all den Jahren vieles angetan, vieles von ihrem Wesen und ihrem Kern überdeckt. Die Baumeister der ersten dreihundert Jahre waren großartig. Die, die dann kamen, haben vieles kaputt gemacht. Unsere Aufgabe ist nicht geringer, als der Kathedrale ihre Seele zurückzugeben.«

Er hatte leise gesprochen und so, als richte er seine Worte nicht an sie, sondern an sich selbst. Doch dann riss er seinen Blick beinahe ruckartig von der Kathedrale los und sah sie an, die Frau, die neben ihm saß. Sie hatte das Gefühl, unter diesem Blick beinah zu versengen, so intensiv und stechend war er. Kein Wunder, dachte Marie, während sie schluckte. Wenn diese Augen so unendlich viel, jedes Detail, wahrnahmen, obwohl sie sich in der Weite der Kathedrale verloren und dort so viel fanden, dann musste dieser Blick, wenn er einen traf, wenn er sich auf einen fokussierte, derart sengend sein.

»Ich will ehrlich sein«, sagte Viollet-le-Duc. »Sie bekommen diese Chance nur, weil Monsieur Hugo darauf bestanden hat – ohne seinen *Glöckner von Notre Dame* wäre ich vermutlich heute nicht hier.«

Marie schnappte nach Luft. Seine Worte klangen kalt und hart – und das verletzte sie, hatte sie doch das Gefühl gehabt, durch diesen intensiven und gemeinsam erlebten Moment auf besondere Weise mit ihm verbunden zu sein. Instinktiv setzte sie sich gerade hin.

»Sie haben etwas gegen Frauen, die Steinbildhauerinnen sind?« Fordernd sah sie ihn an. In ihren Augen lag eine gewisse Härte.

Er hielt ihrem Blick stand. »Madame«, sagte Eugène ohne den Blick zu senken, »es gibt keine Frauen, die Steinbildhauerinnen sind.«

»Doch. Es gibt mich, und auch im Mittelalter haben Frauen

mitgeholfen, die Kathedrale zu errichten. Namhaft bekannt dürfte Ihnen Properzia de' Rossi sein.«

»Ich denke nicht, dass sie an Notre Dame mitgearbeitet hat.«

»Das meine ich auch gar nicht. Aber sie war eine Frau und eine Bildhauerin der italienischen Renaissance. Sie hat immerhin öffentliche Aufträge bekommen, wie die Arbeit am Hochaltar von Santa Maria del Baraccano in Bologna oder in der Basilika San Petronio.«

»Ja«, um Eugènes Mundwinkel spielte ein leises Lächeln, »und wie es scheint, war sie nicht in der Lage, ihr Temperament zu beherrschen. Für die Arbeit am Stein mag das ja gut sein, aber sie stand auch zweimal vor Gericht. Einmal hat sie angeblich den Garten ihres Nachbarn verwüstet, und einmal einem anderen Künstler Farbe ins Gesicht gespritzt.«

»Vielleicht hat man ihr das ja auch nur angelastet, weil eine weibliche Bildhauerin nicht genehm war«, schoss Marie zurück. »Immerhin hat kein Geringerer als Giorgio Vasari sie in seinen *Künstlerbiographien* erwähnt.«

»Als einzige Frau, wohlgemerkt«, beharrte Eugène, »was zeigt, wie selten so etwas war.«

»Die einzige Frau war sie nur in der ersten Ausgabe seiner Viten, in der zweiten Ausgabe beschrieb er einige weitere Künstlerinnen: Plautilla Nelli, Madonna Lucrezia und Sofonisba Anguissola.«

Um Eugènes Mundwinkel zuckte es wieder. »Frieden, Madame«, schlug er vor. »Und übrigens: Von den Frauen, die an Notre Dame mitarbeiteten, habe ich einem alten Freund kürzlich berichtet.«

»Na also!«, rief Marie, die sich fragte, warum er diese verletzende Aussage dann überhaupt gemacht hatte. »Nach allem, was ich höre, sind Sie ungewöhnlichen Wegen nicht abgeneigt?«

»Wie meinen Sie das?« Eugène konnte nicht umhin, diese Frau anzustarren. Der Blick aus ihren blauen Augen hatte etwas Selbstbewusstes und auch Unnachgiebiges, nein, das war nicht richtig. Das traf es nicht. Ihr Blick erinnerte ihn eigenartigerweise an den Lichtstrahl, der ihn als sechsjährigen Jungen getroffen hatte. Er spürte, dass dieser Blick etwas in ihm auslöste, das er nicht einordnen konnte. Währenddessen setzte Marie ihre Überlegung fort: »Wenn ich es richtig weiß, ist Ihr Weg doch auch ein ungewöhnlicher.« Sie zählte auf: »Sie haben keine einschlägige Schule besucht, sich alles selbst beigebracht – und dennoch sanieren Sie dieses großartige Meisterwerk.«

Empört sprang er auf von seinem Platz auf der Bank auf. »Madame, wollen Sie mir etwa meine Kompetenz absprechen?«

»Monsieur! Aber mitnichten!«, sie blieb seelenruhig sitzen, »nur sprechen Sie mir bitte nicht die meine ab.«

Plötzlich musste er lachen. Diese Frau war einfach unglaublich.

»Madame«, sagte er, »ich gebe mich geschlagen. Aber wenn Sie so freundlich wären – erzählen Sie mir, warum Sie diesen ungewöhnlichen Weg einschlugen? Am Anfang *meines* Weges stand ein sehr ungewöhnlicher Moment.«

Maries Blick verdunkelte sich. »An meinem auch. Das können Sie mir glauben.«

Kapitel 24

56 Jahre zuvor

Lucile & Camille
PARIS, RUE DU THÉÂTRE-FRANÇAIS,
12. JULI 1789

Was ist passiert?«

Als Camille, der gerade zur Tür hereingekommen war, ihr nicht antwortete, sondern nur in wildem Zorn an ihr vorbeistarrte, packte Lucile ihn bei den Schultern und schüttelte ihn leicht. »Camille! Rede mit mir!«, forderte sie energisch.

Tatsächlich schienen ihn ihre Worte erst jetzt zu erreichen. Er wandte den Kopf und sah sie an. »Ich komme eben aus Versailles. Der König hat Necker entlassen!«, stieß er hervor.

»Was?«, rief Lucile entsetzt. Kein Wunder, dass Camille so wütend war, schließlich handelte es sich bei Jacques Necker um den einzig vernünftigen Minister der Regierung. Ihm traute man als Einzigem zu, die desolaten Finanzen wieder in geordnete Bahnen zu lenken. Obendrein galt er als Befürworter der Generalversammlung.

»Draußen ist die Hölle los«, brummte Camille. »Die Bürger

von Paris werden aufgefordert, sich besser nicht auf die Straße zu begeben. Heute wird es krachen, Lolotte. Ich bin eigentlich nur gekommen, um dir das zu sagen. Geh auf keinen Fall hinaus. Das ist gefährlich.« Er gab ihr einen Kuss auf die Lippen und wollte sich wieder zum Gehen wenden, doch sie hielt ihn zurück. »Moment, wenn es gefährlich ist, wieso willst *du* dann hinaus?«

Er wandte sich noch einmal um und sah sie erstaunt an. »Das fragst du noch, Liebling? Ich muss natürlich hinaus und für unsere Rechte kämpfen.«

»Dann komme ich mit! Ich lasse dich nicht allein gehen.«

»Auf keinen Fall! Das ist viel zu gefährlich.«

»Es ist für mich ebenso gefährlich oder ungefährlich wie für dich. Du kannst nicht ernsthaft glauben, dass ich dich gehen lasse und selbst nicht mitkomme.«

»Du bist eine Frau!

»Das ist mir bekannt. Ebenso wie Claire. Und die versteckt sich doch heute sicherlich auch nicht irgendwo?«

Wieder war da dieser Stachel der Eifersucht.

»Das ist etwas anderes«, murmelte er.

»Wieso? Weshalb ist es etwas anderes?«

Seufzend ließ er die Türklinke wieder los, wandte sich nun ganz zu seiner Liebsten um und nahm ihre Hände: »Weil ich Claire nicht liebe. Dich aber schon.«

Sie drückte seine Hände. Dann sagte sie leise: »Dann haben wir die gleichen Motive. Ich liebe dich nämlich auch und will nicht, dass dir etwas zustößt. Und ich will dabei sein.«

»Aber ...«, setzte er an, doch sie legte ihm ihren Finger auf die

Lippen. »Pssst. Nicht. Abgesehen von allem anderen ist das auch *mein* Kampf. Und den werde ich kämpfen.«

»Was habe ich doch für eine widerspenstige Herzensdame!« Er seufzte und gab ihr einen Kuss.

Gleich darauf eilten sie Seite an Seite durch das Treppenhaus nach unten in Richtung des Palais Royal, jenen Hauptversammlungsort der Männer und Frauen, die sich gegen den König und seinen Unrechtsstaat auflehnten.

Waren die Straßen jemals so voll gewesen? Überall waren aufgebrachte Bürger zu sehen, die wild durcheinanderschrien und einander Neuigkeiten und Gerüchte zuriefen. Auch im Palais Royal selbst und im zugehörigen Café Foy war die Hölle los.

»Der König will der Forderung der konstituierenden Versammlung kein Gehör schenken, die ihm dringend nahelegte, die fremden Armeen aus der Hauptstadt zu entfernen«, hörte Lucile eine wohlbekannte Stimme rufen. Sie wandte den Kopf und erkannte Maximilien Robespierre. »Das ist auch der Grund, warum er Necker entlassen hat. Der hat ihm nämlich ebenfalls vorgeschlagen, seine Truppen, also die Schweizergarde, zurückzuziehen.«

Wütendes Gemurmel war die Antwort. Lucile und Camille standen einfach nur nebeneinander inmitten des tosenden Gewühls, schauten und lauschten. Wieder und wieder musterte Lucile ihren Liebsten von der Seite. So hatte sie ihn noch nie gesehen. Der Blick aus seinen großen Augen war stechend, seine Kiefer zusammengepresst.

Irgendwann stieß er hervor: »Ich habe genug«, nahm ihre Hand und zog sie zur Tür.

»Aber ...«, wollte Lucile protestieren, doch Camille konnte sie bei all dem Lärm natürlich nicht hören.

Hand in Hand bahnten sie sich ihren Weg durch die Menge, die sich auf dem Hof des Palais Royal drängte.

Da bemerkte Lucile entsetzt, dass Camille auf einmal eine Pistole in der Hand hielt. »Wo hast du die her?«, brüllte sie. »Und was hast du damit vor?«

»Keine Sorge«, rief er zurück. »Ich will niemandem etwas tun. Diese Pistole dient nur unserem Schutz, falls die infame Polizei versuchen sollte, uns zu verhaften.«

Ihre Frage, woher er die Waffe habe, beantwortete er nicht. Inzwischen waren sie im Außenbereich des Cafés angekommen, Camille stieg vor der vollkommen verwunderten Lucile plötzlich auf einen der Tische. Sofort scharrten sich Hunderte Menschen um ihn. Voller Angst beobachtete Lucile, dass Polizisten tatsächlich versuchten, zu Camille durchzudringen – doch sie hatten keine Chance, ihn zu erreichen. Die Menge hatte sich wie eine dicke, schützende Haut um ihn gelegt.

Und dann sah sie nur noch ihn. Ihren eigentlich so schüchternen Mann, der immer noch oft mit seinem Sprachfehler zu kämpfen hatte, vor allem dann, wenn er vor Fremden sprach. Doch jetzt verliehen ihm die Wut und die Sache, an die er glaubte und für die er brannte, Sicherheit.

»Bürger!«, rief er. »Wir haben keinen Augenblick zu verlieren! Necker ist entlassen. Heute Abend werden die Schweizer und die deutschen Bataillone ausrücken, um uns niederzumetzeln, und es bleibt uns nur eine Rettung übrig: zu den Waffen zu greifen.«

Er stockte kurz, streckte die Hand nach einem Ast aus, der über ihm hing, riss ein Blatt ab und hob es in die Höhe. »Möge jeder als Erkennungszeichen ein Blatt von diesen Bäumen nehmen und es sich wie ich an den Hut stecken.«

Fassungslos beobachtete Lucile, dass die Menge um sie herum wie rasend zu den Bäumen stürzte und sie zu plündern begann. Kurz darauf hatte beinahe jeder ein Blatt am Hut oder am Revers.

Camille oben auf seinem Tisch brüllte: »Die Stunde ist gekommen, die furchtbare Stunde des Zusammenstoßes zwischen den Unterdrückten und den Unterdrückern, und wir haben nur eine Parole: Frühzeitigen Tod oder ewige Freiheit! Lassen wir einen Ruf erschallen: Zu den Waffen!«

»Zu den Waffen!«, klang es aus Hunderten Kehlen als Antwort.

Kapitel 25

56 Jahre später

Marie & Eugène

PARIS, NOTRE DAME UND RUE SAINT-ANDRÉ DES ARTS,
FRÜHJAHR 1845

Marie hatte Eugène alles erzählt. Als sie geendet hatte, saß er da wie vom Donner gerührt. »Das ist ja unglaublich, welche Verbindung Sie und Ihre Familie offensichtlich zu Notre Dame haben. Bitte entschuldigen Sie meine anfängliche Zurückhaltung.«

»Schon gut«, winkte sie ab. »Das bin ich gewohnt. Die Tatsache, dass eine Frau Steinbildhauerin ist, finden nicht nur Sie in höchstem Maße irritierend. Aber auf meiner Suche nach der Madonna mit der Mondsichel und nach den Köpfen der Könige bin ich so tief in dieser Welt versunken, dass ich irgendwann den Drang verspürte, ebenfalls diese Kunst zu erlernen: Aus kaltem, hartem Stein etwas derart Großartiges zu schaffen. Auch zuvor hatte mich die Bildhauerei schon sehr fasziniert«, erklärte sie und fuhr dann fort: »Victor Hugo selbst hat mich darauf gebracht: Wenn ich die Köpfe der Könige schon nicht finden könne, dann könnte ich doch die Fähigkeiten erlernen, sie selbst nachzubilden. Ich bin bei Bildhauer David d'Angers, einem gemeinsamen Freund, in die Ausbildung gegangen.«

»Dürfte ich Ihre Arbeiten einmal sehen?«, fragte Eugène beeindruckt. »Sie interessieren mich wirklich sehr.«

»Sicher!« Marie war erfreut, überrascht und auch ein wenig geschmeichelt über sein plötzliches Interesse an ihrer Person und ihrem Werk. »Wenn Sie möchten, können wir gleich hinübergehen. Mein Atelier ist fußläufig von hier zu erreichen.«

Er erhob sich: »Sehr gern.«

Seite an Seite schritten sie durch das Kirchenschiff. Während Marie neben Eugène herging, irrlichterten seine Augen ununterbrochen umher, gingen in der Kathedrale auf Wanderschaft, in einer unablässigen Bestandsaufnahme. Marie vermutete, dass er sich innerlich ständig Notizen machte, alles memorierte, was er sah.

Als sie aus der Kathedrale traten, empfing sie strahlendes Frühlingswetter. Marie genoss die warmen Strahlen auf ihrer Haut, als sie die Seine überquerten. Sie gingen schweigend, doch es war ein einvernehmliches Schweigen, wie man es mit Menschen teilt, die man sehr lange und sehr gut kennt.

Fast bedauerte sie es, als sie wenig später tatsächlich ihre Werkstatt in der Rue Saint-André des Arts erreicht hatten.

»Hereinspaziert!«, lächelnd hielt Marie Eugène die Tür auf.

»Vielen Dank.« Er trat ein und sah sich in dem kleinen, aber hellen Raum um. Halbfertige Büsten standen überall herum, Marie beobachtete ihn mit einer gewissen Anspannung. Was würde er sagen, wie reagieren? So selbstbewusst, wie sie sich vorhin im Gespräch mit ihm gegeben hatte, war sie gar nicht. Ihre Mutter hatte sie gelehrt, für die Rechte der Frauen einzustehen, hatte sie in dem Glauben erzogen, dass die Frau exakt gleich viel wert sei wie der Mann. Sie hatte das mit einer Entschiedenheit getan, dass Marie keinen Moment daran gezweifelt hatte. Aber jetzt ging es um etwas anderes. Jetzt stand hier ein Mann in ihrem Atelier, den sie zutiefst bewunderte, den die *ganze Nation* zutiefst bewunderte, weil er ein derart gutes Gespür für das Mittelalter besaß, dass man manchmal scherzte, er komme direkt aus demselbigen und sei einfach in eine andere Zeit gerutscht. Außerdem verfügte er über ein derart detailreiches Wissen über die Gotik, dass er in ganz Frankreich als Restaurator gefragt und überaus geschätzt war.

Eugène Viollet-le-Duc war auf weitaus mehr als nur auf der größten Baustelle Frankreichs, der von Notre Dame, zu finden.

Und dieser Mann stand jetzt hier in ihrem Atelier! Ging von einer Statue zur anderen und betrachtete sie aufmerksam, seine Augen glitten über die steinernen Gesichter, als suchten sie darin nach einer Geschichte. Er ging um die Steinköpfe herum, ertastete sie. Während Marie ihm dabei zusah, hatte sie das Gefühl, dass er ihre Statuen buchstäblich mit allen Sinnen und auf allen Ebenen erfasste.

Und dann hielt sie den Atem an. Viollet-le-Duc kam nun in den Bereich ihrer Werkstatt, in dem die Könige standen. Ihre Mutter hatte sie ja nicht nur darum gebeten, die Madonna mit der Sichel zu finden, sondern auch, den Königen ihre Köpfe wiederzugeben. Nach über zehnjähriger erfolgloser Suche hatte sie, nachdem sie ein umfassendes Studium über die Art und die Beschaffenheit der Königsköpfe betrieben hatte, versucht, diese nachzubilden. Eugène fuhr überrascht zu ihr herum.

»Das sind die Könige von Notre Dame!«

»Ja.«

Er wandte sich wieder den Statuen zu. Wie schon zuvor, als er die Madonnenstatuen betrachtete, hatte sie das Gefühl, als erfasse er die Skulpturen auf vielen verschiedenen Ebenen.

Und während Eugène die Figuren ansah, sah Marie ihn an. Mit den Augen einer Frau, aber auch mit den Augen einer Bildhauerin. Es war, als würde sie sein Gesicht mit ihren Blicken ertasten. Sie musste wieder und wieder von Neuem beginnen, es gelang ihr nicht, ihn ganz zu greifen, ganz zu erfassen. Seine Gesichtszüge waren kantig, männlich und scharf gezeichnet, zugleich jedoch ungemein weich, träumerisch. In gewisser Weise schien er sich in diesem Moment aufzulösen in dem, was er da betrachtete. Und gleichermaßen war er ungemein wach und präsent. Es schien ihr, als kommuniziere er mit den steinernen Köpfen. Um einen hatte er jetzt beide Hände gelegt und sah ihm ins Gesicht wie eine Mutter ihrem Kind. Der ganze Mann war die reine Wahrnehmung.

Jetzt wandte er wieder den Kopf und sah sie an – und in seinem Blick lagen immer noch so viel wache, scharfe Präsenz und zugleich so viel träumerische Intuition, dass es sie, wie schon vorhin bei ihrer Begegnung in der Kathedrale, traf wie ein Blitz. Sie keuchte auf.

Sein Gesichtsausdruck veränderte sich, Sorge war nun darin zu erkennen. »Ist Ihnen nicht wohl?«

»Doch«, sagte sie, »doch es geht mir gut.«

Er nickte und sah sie dennoch mit einem Blick an, als wisse er genau um ihre Gedanken und Gefühle. Er lächelte.

»Madame Desmoulins, ich muss mich bei Ihnen entschuldigen, dass ich auch nur für eine Sekunde an Ihnen gezweifelt habe. Sie sind eine Gnade, ein Segen, ein Geschenk! Sie schaffen, was ich fühle!«

Er trat zwei Schritte auf sie zu, nahm ihr Gesicht zwischen seine Hände und küsste sie mitten auf den Mund. Ebenso unvermittelt ließ er sie wieder los. »Madame«, er deutete eine leichte Verbeugung an, »Madame, ich möchte gerne, dass Sie unseren Königen ihre Köpfe zurückgeben.«

Kapitel 26

174 Jahre später

Josie & Antoine
Paris, Notre Dame, Herbst 2019

Als Antoine den Brief gelesen hatte, hob er den Kopf und sah Josie direkt in die Augen.

»Ich habe einen Verdacht. Aber der ist so unglaublich, dass es eigentlich gar nicht sein kann.«

»Was?«, erkundigte sich Josie und starrte ihr Gegenüber wie gebannt an.

»Kommen Sie.«

Ohne weitere Umstände griff er nach ihrer Hand und ging mit ihr zu der Vitrine, vor der er vorhin gestanden hatte. Josie hörte, dass Michael und Monsieur Flaubert ihnen folgten.

»Hier!«, sagte er und deutete darauf. »Aus dieser Vitrine habe ich in der Brandnacht eine Figur gerettet.«

»Ich weiß«, sie sah ihn von der Seite an, »Sie sind ein Held. Ich bewundere Sie aus tiefstem Herzen.«

Er wandte ebenfalls den Kopf und blickte zu ihr hinab. Ihre Blicke verhakten sich ineinander. Für einen Moment war Josie wie gebannt, fasziniert. Ihm schien es ebenso zu gehen. Was war das, was da gerade zwischen ihnen passierte? Waren das sie? Oder war es das Erlebte? Waren es die Jahrhunderte, die auf irgendeine Weise auch noch mit ihnen waren?

Er stutzte und hatte das Gefühl, als kommunizierten andere Ebenen seines und ihres Selbst ganz unmittelbar miteinander – auf einer Ebene, die er noch nicht erkennen konnte und um die es in diesem Moment auch gar nicht ging. Er war so gebannt und gefangen von dem, was sich ihm da gerade offenbarte, dass da gar kein Raum für etwas anderes war.

Langsam schüttelte er den Kopf. »Ich will gar kein Held sein, ich zeige Ihnen das hier aus einem ganz anderen Grund. Bei dem Relikt, das ich in jener Nacht hier herausholte, handelte es sich um eine Maria Immaculata. Verstehen Sie denn nicht? … die Maria mit der Sichel. Die Köpfe der Könige …«

Während sich die Gedanken in seinem Kopf überschlugen, starrte Josie ihn an. »Die Maria Immaculata hat eine Sichel«, rief sie dann erkennend. »Sie meinen, dass es sich bei der Maria in dem Brief um diese hier handelt?«

Antoine nickte hastig, atemlos: »Ja.«

»Ich will Ihnen Ihre Euphorie nicht nehmen«, setzte Josie an, »aber wenn ich es richtig verstehe, war die Madonna verschwunden. Wenn sie sich in dieser Vitrine befunden hätte, hätte diese Marie sie hier doch sicherlich wiedergefunden. Zumal sie ja eine große Rolle zu spielen schien – wenn sie sogar den Königen in gewisser Weise ihre Köpfe wiedergeben durfte.«

»Nein!«, widersprach Antoine aufgeregt, »das ist es ja. Kommen Sie mit.«

Wieder griff er nach ihrer Hand und eilte mit ihr in Richtung Ausgang. Im Gehen drehte Josie sich noch einmal zu Michael und Monsieur Flaubert um, die ihnen verblüfft nachstarrten. Dann wandte sie sich hastig wieder nach vorne, um nicht zu stolpern. Das Tempo, in dem Monsieur sie durch die Kirche zerrte, war halsbrecherisch!

Sie verließen die Insel in Richtung Norden, dann deutete Antoine auf eine Reihe von Fahrrädern mit grünen Schutzblechen und ebensolchen Körben, die am Ufer der Seine standen. »Wir sollten ein *Vélib* nehmen, das geht schneller.«

Josie war damit einverstanden. Die Räder des öffentlichen Fahrradverleihsystems waren ihr schon oft aufgefallen. Die Pariser schienen sie gern und viel zu nutzen.

»Haben Sie ein Abo?«, fragte Antoine.

»Nein, aber ich habe darüber nachgedacht.«

»Denken Sie nicht zu lange«, empfahl er. »Es lohnt sich wirklich, und Sie werden all die verlorene Zeit bedauern, wenn Sie sich erst mal eins geholt haben. Einstweilen erledige ich das für Sie.«

Er tippte auf seinem Handy herum und hatte gleich darauf zwei Räder für sie entsperrt.

»Folgen Sie mir!«, er schwang sich auf das Rad.

Sie fuhren in Richtung Norden. Nach etwa zehn Minuten erkannte Josie die berühmten *Galeries Lafayette*. Wollte er mit ihr etwa dorthin? Doch statt nach links abzubiegen, fuhr Antoine geradeaus in die Rue de la Chaussée d'Antin. Vor einer hübschen kleinen Treppe stieg er ab.

Sie tat es ihm gleich und stellte ihr Fahrrad neben seines.

»Wo sind wir hier?«

»Hier ist heute der Oberste Rat der Justiz untergebracht.«

»Ich habe nichts getan«, versuchte sie zu scherzen, »ich bin eine unbescholtene Bürgerin.«

Er musste lachen. »Das glaube ich Ihnen sogar. Wir sind aus einem anderen Grund hier.«

Er machte eine einladende Geste. Sie stieg vor ihm die Treppe hinauf, zögerte aber oben, die Tür zu öffnen.

»Dürfen wir denn da so einfach hineingehen?«

»Sie dürfen das. Und ich auch.«

Er griff an ihr vorbei, drückte die Tür auf und führte sie in einen Innenhof.

»Was tun wir hier?«, fragte sie ratlos.

»Dieses Gebäude wurde 1796 gebaut. Mitten in der Revolution. Es wurde für einen gewissen Joseph Lakanal errichtet.«

Josie starrte ihn an. »Für den, der auch im Brief erwähnt wird?«

»Für ihn oder seinen Bruder. Der Bauherr dieses Hauses war Mitglied der Bergpartei und Revolutionär.«

»Aber wieso sollte er sich dann darum bemühen, die Köpfe der Könige und die Madonna zu sichern?«

»Nun, nicht er sicherte die Köpfe, sondern ebenjener Bruder. Jean-Baptiste Lacanal, der sich zur besseren Unterscheidung mit c schreibt.«

»Hm«, machte Josie.

»Und dieser war ein Royalist, und einer, der Notre Dame sehr liebte und die Statuen vor Zerstörung und Plünderung retten wollte. Nachdem die Revolutionäre 1793 die Kathedrale ge-stürmt, die Könige geköpft und viele weitere Statuen zerstört hatten, rettete er unter anderem heimlich die Köpfe der Könige. Er hat sie hier, unter dem Hôtel seines Bruders, vergraben. Wahrscheinlich wähnte er sie dort besonders sicher. Und die kleine Madonna mit der Mondsichel, die ich in der Brandnacht aus der Kathedrale gerettet habe, auch. Verstehen Sie nun, warum ich davon ausgehe, dass es sich um die Madonna aus dem Brief handelt?«

Josie starrte ihn an. »Die Madonna wurde zusammen mit den Köpfen gefunden? Ich meine, ich weiß natürlich, dass man die Köpfe vor ein paar Jahrzehnten fand, aber ...«

»Man fand die Köpfe vor zweiundvierzig Jahren«, präzisierte er, »genauer gesagt im November 1977.«

»So genau wissen Sie das?«

»So genau weiß ich das«, bestätigte er. »Und zwar deshalb, weil man die Köpfe ausgerechnet am Tag meiner Geburt entdeckte. Meine Mutter, die ebenfalls Kunsthistorikerin ist, war über den Fund derart in Aufregung geraten, dass die Wehen einsetzten. Im siebten Monat.«

»Du lieber Himmel!« Erschrocken schlug sie sich beide Hände vor den Mund.

»Die Köpfe hätten mich beinah das Leben gekostet. Ich kam viel zu früh, und die Medizin war damals noch nicht so weit wie heute«, berichtete Antoine. »Als Frühchen musste ich zwei Monate im Krankenhaus bleiben. Meine Mutter weigerte sich, das Krankenhaus zu verlassen, wie das damals noch eigentlich üblich gewesen wäre. Sie blieb die ganze Zeit über bei mir – und mein Vater hat den Aufenthalt aus eigener Tasche bezahlt. Das Schönste dabei ist: Die Maria Immaculata stand die ganze Zeit in unserem Krankenzimmer.«

»Die Statue hat Sie bewacht?«, fragte Josie staunend, »ging das denn so einfach?«

»Naja, der Anteil meiner Mutter an ihrem Fund war nicht ganz unwesentlich – und die Bürokratie damals noch nicht so schlimm wie heute. Die Verantwortlichen dachten sich wohl: Wenn die Statue jahrhundertelang in der Erde gelegen hat, kann sie jetzt auch noch ein paar Wochen ihre Retterin beschützen.«

»Ich verstehe«, sagte Josie leise, »das ist ja wirklich ein unglaublicher Zusammenhang. Auch, dass ausgerechnet Sie diese Madonna bei dem Brand gerettet haben.«

»Das wiederum war kein Zufall. Sie war mir das Wichtigste. Für mich war es vollkommen selbstverständlich, dass ich zuerst für ihre Sicherheit sorgen muss.« Er lächelte. »Aber dass Sie jetzt einen Brief gefunden haben, bei dem es ausgerechnet um diese Köpfe und diese Madonna geht, das ist umso unglaublicher.«

Josie war einige Momente wie versunken. Dann fragte sie: »Sind Sie deswegen Kunsthistoriker geworden? Weil die Madonna bei Ihrer Mutter die Wehen ausgelöst hat?«

»Ja. Diese Geschichte war während meiner Kindheit so allgegenwärtig, hat mich so geprägt, und ich habe mich der Madonna immer so verbunden gefühlt, dass das nie infrage stand. Und ich habe ja nicht nur Kunstgeschichte studiert, sondern mich mit allem beschäftigt, was mit der Kathedrale zu tun hat. Mit Victor Hugo, mit der Französischen Revolution ...«

»... der Zeit, in der die Statuen vermutlich verschwanden«, ergänzte Josie.

»Josie«, sagte er und sah sie ganz ernst an, »erinnern Sie sich daran, was noch in dem Brief stand? In Bezug auf die Sichel?«

Jetzt war sie wie elektrisiert: »Sieh in der Sichel nach«, zitierte sie flüsternd und spürte, dass ihr Herz zu rasen begann. »... Sie glauben, dass sich in der Sichel der Madonna Immaculata etwas befindet?«

»Ganz genau.«

»Das wäre ja ...«

»... unglaublich«, ergänzte er.

»Wo ist die Statue jetzt?«, fragte Josie.

»Im Louvre.«

»Können wir dorthin? Können wir sie sehen?«

»Sie als Mitglied des Restauratorenteams und ich als Kunsthistoriker, der die Statue gerettet hat, haben Zugang, wenn auch unter strengen Auflagen.«

»Worauf warten wir dann noch? Lassen Sie uns aufbrechen!«

Kapitel 27

230 Jahre zuvor

Lucile & Camille

MEHRERE SCHAUPLÄTZE IN PARIS, 14. JULI 1789

Lucile warf noch einmal einen kritischen Blick in den Spiegel. Wenn man nicht genau wusste, dass sie eine Frau war, würde man es nicht erkennen. Sie hatte sich heimlich aus dem Schrank ihres Vaters bedient und trug nun einen *habit à la française*, bestehend aus Rock, Kniehose und Weste. Ihr Haar hatte sie unter einer Mütze verborgen, an die sie eine grüne Kokarde geheftet hatte. Sie schob zwei Kissen unter die Bettdecke, so dass man bei flüchtigem Hinsehen glauben musste, sie schlafe, löschte das Licht, öffnete vorsichtig die Tür und schlich nach unten. Als sie die Haustür hinter sich ins Schloss zog, atmete sie erleichtert aus. Der erste Schritt war gemacht, der schwierigste Teil stand ihr jedoch noch bevor.

Camilles Ruf »Zu den Waffen!« hatte sich in Windeseile in der ganzen Stadt ausgebreitet. Die Revolutionäre hatten jeden Ort, von dem sie glaubten, es könnte dort Waffen geben, sofort geplündert. Am Tag nach Camilles Auftritt auf dem Tisch des Cafés hatten Danton, Robespierre und Camille beschlossen, das Hôtel des Invalides zu stürmen, das als größtes Waffenlager der Stadt galt. In den frühen Morgenstunden werde man dort eindringen, hatte Camille entschieden. Keiner der drei Männer hatte Lucile bemerkt, die still bei ihnen saß. Für sie war sofort klar: Sie musste dabei sein. Ebenso klar war aber auch gewesen, dass weder ihre Eltern sie fortlassen noch Camille zustimmen würde. Also hatte sie beschlossen, sich zu verkleiden und ebenfalls zum Treffpunkt zu kommen. Camille würde wütend sein, wenn er sie erkannte. Sie hoffte, er werde in diesem Moment derart von der Aufgabe, die vor ihm lag, beansprucht, dass ihm keine Zeit bliebe, sie fortzuschicken.

Während sie nun durch die Straßen von Paris ging, bekam sie Angst vor ihrer eigenen Courage. Alles war voll bewaffneter Männer, die offenbar alle das gleiche Ziel hatten wie ihr Camille: sich gegen das Unrecht zu wehren, das ihnen widerfahren war. Etliche trugen eine grüne Kokarde, viele von ihnen nickten Lucile zu. Sie sah auch Männer mit blau-roten Kokarden. Lucile wusste, dass sie Mitglieder der neu gegründeten Bürgermiliz waren, deren Aufgabe es war, die Menschen zu verteidigen, falls der König wirklich seine Truppen auf Paris loslassen sollte. Sie würden auch sie schützen. Und es waren viele: Von diesen Männern hätte sie nichts zu befürchten.

Inzwischen war sie am Treffpunkt, der ersten Nische im Hôtel des Invalides, angekommen. Sie erkannte Robespierre, Danton und Camille und bemerkte, dass noch eine vierte, sehr zierliche Person bei ihnen stand. Sie trat zu ihnen. Camille blickte kurz auf, nickte und wollte sich dann wieder dem Gespräch mit seinen Mitstreitern widmen, als er erstarrte: »Lucile! Was tust du hier!«

»Euch begleiten!«, sagte sie knapp.

»Das ist unmöglich! Geh nach Hause.«

Da hatte sich auch der Vierte im Bunde zu ihnen umgewandt, fassungslos sah Lucile in dessen Gesicht. Claire! Auch sie hatte sich als Mann verkleidet. Sie hätte es sich ja denken können! Luciles Gedanken rasten. Wer hatte Claire informiert? Wieso war sie bei ihnen?

»Wenn sie mitgeht, gehe ich auch mit.« Sie deutete auf Claire.

»Camille!« Robespierres Stimme klang wie ein Peitschenhieb. »Für so etwas ist nun wirklich keine Zeit. Wir müssen los.«

Camille warf Lucile einen finsteren Blick zu. »Darüber sprechen wir noch.«

Inzwischen hatte sich eine große Menschenmenge vor den Türen des Hôtel des Invalides versammelt. Nun galt es, die wachhabenden Soldaten zu überwältigen, um an die Waffen zu gelangen. Doch zu Luciles Überraschung leisteten die Soldaten nicht den geringsten Widerstand, sondern schlossen sich ihnen sogar an und stürmten gemeinsam mit den wütenden Parisern das Gebäude.

30 000 Gewehre erbeutete die Bevölkerung – Lucile hatte eines von ihnen. Wie schwer es in ihrer Hand wog!

»Die Artilleriegeschütze sollten wir hierlassen«, empfahl Danton. »Sie sind zu schwer und, wenn ich richtig informiert bin, auch bisher nur zu feierlichen Anlässen genutzt worden.«

»Ich bin ganz Ihrer Meinung«, stimmte Camille ihm zu, »aber

offenbar sehen das nicht alle so.« Er deutete auf zehn Männer, die gerade unter Aufbietung all ihrer Kraft zwei Kanonen nach draußen brachten.

»Ohne Pulver werden die uns nichts bringen – wie übrigens keine der Waffen!«, rief in diesem Moment Pierre Augustin Hullin. »Nun, wo wir die Waffen haben, müssen wir uns noch Munition besorgen. Die gibt es hier im Invalidendom nicht.«

»Aber in der Bastille gibt es Pulver! Die Soldaten des Königs haben 300 Fass dorthin bringen lassen, damit wir nicht drankommen«, rief einer aus der Menge.

»Auf zur Bastille!«, forderte Camille die Menschenmenge auf, wie er schon zwei Tage zuvor »Zu den Waffen!« gebrüllt hatte. Erneut schallte sein Ruf aus Tausenden Kehlen wider: »Auf zur Bastille!«

Der Pulk setzte sich in Richtung des Pariser Vororts Saint-Antoine in Bewegung, wo die imposante Festung mit ihren acht mächtigen Türmen stand.

»Dann können wir gleich die Gefangenen befreien!«, rief ein Mann namens Louis Tournay neben Lucile. Mit einem Blick auf seine Kleidung erkannte sie, dass es sich bei ihm um einen Sansculotten handelte, er also der unteren Bevölkerungsschicht angehörte. »Culottes«, Kniebundhosen, trugen die wohlhabenden Bürger, die Adeligen und der Klerus, während die einfachen Leute lange Hosen trugen, da sie zum Arbeiten praktischer waren. Sansculottes bedeutete also »ohne Kniebundhosen«.

»Soll ja schrecklich sein für die Leute dort. Der König hält sie in Ketten gefangen und lässt sie bei Wasser und Brot elendig schmachten. Und foltern lässt er sie auch.«

Inzwischen hatten sie das Tor zum Vorhof der Bastille erreicht. Der Mann neben ihr hob die Fäuste und hämmerte dagegen. »Aufmachen!«, brüllte er. »Aufmachen!«

Lucile kannte ihn: Sie wusste, dass es sich um den Gerichtsdiener Stanislas-Marie Maillard handelte.

Angstvoll blickte sie an den Türmen empor. Dort oben standen Kanonen, sie waren auf den Vorort Saint-Antoine gerichtet. Wenn der Kommandant der Bastille befehlen würde, sie abzufeuern, würden Tausende Menschen zu Tode kommen. Als in diesem Moment tatsächlich ein Schuss ertönte, zuckte Lucile erschrocken zusammen. Gleich darauf erkannte sie aber, dass nicht eine der Kanonen abgefeuert worden war. Das hätte vermutlich ganz anders geklungen. Sie konnte nicht sagen, woher der Schuss gekommen war, aber er hatte in den Reihen der Menschen große Unsicherheit ausgelöst. Und Wut. Wieder meldete sich Louis Tournay zu Wort, der Mann, der vorhin schon über die Folter geschimpft hatte.

»Erst das Tor nicht aufmachen und dann schießen!«, erboste er sich. »Es wird mir gelingen, das Tor zu öffnen!«

Während er halb am Tor hochkletterte, strömten immer mehr Menschen in Richtung der Bastille – sie folgten dem Schuss, der weithin zu hören gewesen war. Aus ein paar Hundert wurden schnell Tausend. Sie waren viele – aber die Gewehre, die sie zuvor erbeutet hatten, waren ohne Munition wertlos, stattdessen hielten viele Eisenstangen, Messer oder Mistgabeln in der Hand.

Louis Tournay gelang es tatsächlich, das Tor zu überwinden und zu öffnen. Lucile stieß einen Jubelruf aus. Gleich darauf schrie sie aber verärgert auf: Dass sie das Tor eingenommen hatten, half ihnen gar nichts – nun standen sie vor einem acht Meter tiefen Festungsgraben, der kein Wasser führte. Lucile vermutete, dass die Hitze dieses Sommers den Fluss ausgetrocknet hatte. Jetzt erst bemerkte sie, dass ihr unter der warmen Mütze der Schweiß über die Stirn lief. Frustriert blickte sie an der hochgezogenen Zugbrücke empor.

Plötzlich ertönte wieder ein Schuss. Und noch einer. Und ein dritter. Entsetzt nahm Lucile wahr, dass ein Mann nach dem anderen neben ihr zu Boden ging. »Lucile!«, brüllte Camille und warf sich auf sie. Und dann ertönte wieder ein Schuss.

Kapitel 28

230 Jahre später

Josie & Antoine
PARIS, LOUVRE, HERBST 2019

Wie schön sie ist!«, flüsterte Josie andächtig und ließ ihren Blick über das zarte Gesicht der Madonna wandern. Sie bewunderte die feinen Züge, den klaren, für eine Maria Immaculata überraschend entschlossenen Gesichtsausdruck, der ihr jedoch nichts von ihrer Sanftheit und der Zärtlichkeit nahm, mit der sie das Kind in ihrem Arm betrachtete.

»Es mag seltsam klingen«, setzte sie an, »zumal die Maria ja lange vor der Geschichte mit Ihrer Mutter und Ihrer Geburt geschaffen wurde. Aber die Entschlossenheit, mit der diese Madonna das Kind in ihren Armen anblickt, … was Sie über Ihre Mutter erzählt haben, klingt, als hätte sie ebenjene Entschlossenheit für Sie an den Tag gelegt.«

Überrascht sah er sie an. »Genau das habe ich auch immer über die Statue gedacht.«

Sie lächelten einander zu.

»Vielleicht war es ja umgekehrt«, vielleicht hat die Entschlossenheit dieser Madonna Ihrer Mutter die Kraft gegeben, für Sie zu kämpfen.«

»Auch das habe ich schon gedacht.« Er sah sie an, dann begann er vorsichtig, die Mondsichel zu untersuchen. »Wenn unsere Vermutung stimmt, muss es irgendeine Öffnung geben.«

»Darf ich?«, fragte Josie.

Er nickte und trat einen Schritt beiseite. »Selbstverständlich, Sie sind die Expertin.«

Sie strich vorsichtig über die Skulptur. Besondere Aufmerksamkeit schenkte sie der Stelle zwischen der Madonna und der Sichel. Und tatsächlich: Dort, wo die Figur in den Mond überging, befand sich ein sehr feiner Riss. Aufgeregt deutete sie darauf: »Ich habe natürlich mein Werkzeug nicht hier. Aber ich bin mir sehr sicher, dass hier einmal eine Bruchstelle war.«

Er runzelte die Stirn, beugte sich vor und sah sie dann überrascht an. »Tatsächlich! Das ist mir noch nie aufgefallen!«

»Ihre Vermutung dürfte also stimmen. Wissen Sie, ob die Statue und die Sichel voneinander getrennt waren, als man sie damals fand?«

»Ich bin mir ziemlich sicher, dass dem nicht so war – meine Mutter hätte mir davon erzählt. Ganz bestimmt. Ich selbst war damals ja gerade erst auf die Welt gekommen.«

Er zog sein Smartphone aus der Tasche: »Ich rufe Maman an, sie findet ohnehin, dass ich mich viel zu selten bei ihr melde.«

»Lebt sie in Paris?«

»Nein. Nach dem Tod meines Vaters ist sie in die Provence auf ein kleines Schloss gezogen. Sie hat einen Grafen geheiratet.«

»Olala«, machte Josie, als Antoines Mutter den Anruf auch

schon entgegennahm. Sie hörte einen Schwall rasant gesprochener französischer Worte auf Antoine niedergehen, es dauerte eine Weile, bis er zu Wort kam.

»Ich verspreche dir, dass ich dich bald besuchen komme. Aber du weißt doch, die Kathedrale … und meine Vorlesungen. Und wegen der Kathedrale rufe ich auch an. Genauer wegen unserer Maria. Erinnerst du dich noch daran, war die Statue unversehrt, als sie gefunden wurde?«

Wieder erklang ein Redeschwall, an dessen Ende Antoine sagte: »Danke, Mutter. Ich muss jetzt auflegen – aber ich melde mich heute Abend ausführlich. Versprochen.«

Als er aufgelegt hatte, sah er Josie mit einem Kopfschütteln an. »Meiner Mutter ist dahingehend nichts aufgefallen, als die Skulptur gefunden wurde.«

»Dann ist der Riss älter. Es wäre sinnvoll, Figur und Sichel an der Rissstelle voneinander zu trennen. Aber das darf ich sicher nicht einfach so. Und ich kann es hier auch gar nicht. Ich müsste die Figur mit in die Werkstatt nehmen.«

»Wenn wir die Figur einfach mitnehmen würden, würden wir uns im Gefängnis wiederfinden«, wendete Antoine ein. »Und der Sanierung müsste natürlich Chopard zustimmen. Ich gehe aber stark davon aus, dass er das tun wird.«

Antoine sollte recht behalten: Chopard stimmte sofort zu, dann wurde die Skulptur per Sicherheitstransport nach Notre Dame gebracht und landete auf Josies Arbeitsplatz.

Als sie zu Werke ging, war sie ausgesprochen nervös: Sichel und Figur waren fest miteinander verbunden, sie zu trennen, ohne sie zu beschädigen, war nicht einfach. Dass sie Zuschauer hatte – neben Antoine hatten sich auch Chopard, Monsieur Flaubert und Michael eingefunden, machte die Sache nicht einfacher. Josie hatte es schon immer gehasst, wenn ihr jemand über die Schulter blickte – und wenn es sich dabei auch noch um derart ausgewiesene Spezialisten handelte, war es noch schlimmer.

Doch bald schon blendete sie ihre Zuschauer aus, vergaß alles um sich herum. Es gab nur noch sie, die Madonna, die vor ihr auf dem Tisch lag, als schliefe sie, und die blinkenden, blitzenden Werkzeuge, mit denen sie sich an die Arbeit machte. Sie arbeitete sich einmal um den ganzen Rand zwischen Sichel und Füßen – das Innere war, wie sie es aufgrund des Gewichts schon vermutet hatte, hohl.

Dann sah sie auf und blickte Antoine bittend an: »Die Sichel wird sich nun gleich lösen. Könnten Sie sie halten?«

»Natürlich.« Antoine begab sich in Position, Josie löste nun auch noch das letzte Stück Rand: Die Sichel fiel in Antoines geöffnete Hände. Alle – Chopard, Flaubert, Michael, Josie und Antoine – beugten sich so weit über die Sichel, dass sie ins Innere blicken konnten ... Gemurmel und erstaunte Rufe wurden laut.

»Tatsächlich!«, rief Antoine. »Wie wir es vermutet haben! Hier ist ein Ring. Und«, er stockte, »noch ein Brief.«

Michael war sofort zur Stelle, um die Papiere vorsichtig, mit behandschuhten Händen, herauszuholen. Chopard barg den Ring.

»Ich bin kein Experte für Schmuckstücke, hier müssen wir unbedingt unseren Fachmann zurate ziehen, aber ich bin mir sehr sicher, dass es sich um einen Rubin handelt.«

»Dieser Fund ist spektakulär«, freute sich Josie.

»Sie sind wirklich ein Glücksfall«, sagte Chopard, »ich bin froh, dass Sie nicht lockergelassen haben, als ich Sie bei unserer ersten Begegnung zunächst abweisen wollte.«

»Ich auch«, versicherte Josie, »wobei es vermutlich eher Glück war, dass ich den ersten Brief gefunden habe. Dieser Fund hier«, sie deutete in die Sichel, »ist Monsieur Girard zu verdanken.«

»Wem auch immer«, sagte Chopard ungeduldig und wandte sich dann an Michael, der die Papiere noch nicht entfaltet hatte und mit der Lupe betrachtete.

»Ich schlage vor, dass wir uns den Brief wieder in meinem Arbeitsbereich genauer ansehen«, sagte er und wirkte etwas schüchtern, vermutlich wegen der Anwesenheit Chopards, den er sehr bewunderte.

»Das ist eine sehr gute Idee«, stimmte dieser zu, »Ihr Arbeitsbereich ist dafür besser geeignet.«

Im Gänsemarsch gingen sie in den Louvre hinüber, Michael mit dem Brief voran. Bei Michaels Arbeitsplatz angekommen, legte er die Papiere darauf und breitete sie aus. Und dann begannen sie zu lesen.

Lebe wohl, meine Lucile, meine teure Lolotte! Sage meinem Vater das letzte Lebewohl! Du siehst in mir ein Beispiel der Barbarei und Undankbarkeit der Menschen. Meine letzten Augenblicke sollen Dich nicht entehren. Du siehst, dass meine Furcht begründet war, und dass unsere Ahnungen immer wahr wurden!

Verblüfft hob Josie den Blick und sah Antoine an: »Das scheint ein Abschiedsbrief zu sein.«

Doch Antoine nahm sie gar nicht wahr, sondern las weiter, während Michael sich vernehmen ließ: »Und es scheint, als würde der Verfasser dieser Zeilen nicht freiwillig gehen.«

Auch Josie hatte sich schon wieder über den Brief gebeugt, um weiterzulesen.

Du hast so viele Tugenden, mein Liebling, bist eine himmlische Frau, und ich hoffe, dass ich Dir ein guter Gatte war und dass ich eines Tages auch ein guter Vater geworden wäre. Nun muss ich gehen, aber ich weiß, dass ich die Achtung aller wahren Republikaner, aller Menschen, die Tugend und Freiheit hochhalten, habe und dass sie um mich trauern werden. Ich bin erst vierunddreißig Jahre alt und muss schon sterben. Andererseits habe ich es fünf Jahre lang geschafft, an so vielen Abgründen der Revolution vorbeizukommen, ohne hineinzustürzen.

»Die Französische Revolution!«, rief Michael neben ihr. Und nun klang auch aus der Stimme dieses sonst stets gelassenen Mannes Aufregung. »Dieser Brief muss während der Französischen Revolution verfasst worden sein.«

»Vielleicht von jemandem, der hingerichtet wurde?«, fragte Josie, während sich ein Gefühl der Beklemmung in ihr breitmachte. Vermutlich hatte sie da soeben die letzten Zeilen eines Todgeweihten an seine Liebste in Händen gehalten, bevor dieser auf der Guillotine enthauptet wurde. Sie schauderte.

»Allerdings«, murmelte Antoine, »und ich habe auch schon eine Ahnung, von wem. Doch zuerst muss ich den Brief ganz zu Ende lesen.«

Ich träumte von einer Republik, die alle glücklich macht. Ich konnte und kann immer noch nicht glauben, dass die Menschen so grausam und ungerecht seien. Nie hätte ich gedacht, mein Liebling, dass einige Scherze in meiner Zeitschrift gegen meine Kollegen, über die ich mich ärgerte, so schwer gewichtet werden würden, dass alles, was ich für sie getan habe, nicht mehr zählte? Nun sterbe ich wegen dieser Scherze und wegen meiner Freundschaft zu Danton. Ich danke meinen Mördern, dass sie mich mit ihm sterben lassen. Wir sterben als Opfer, weil wir die Verbrecher öffentlich angeklagt haben, und wegen unserer Liebe zur Wahrheit.

»Danton!«, rief Michael neben ihr. »Ich hatte recht! Das ist ein führender Kopf der Französischen Revolution.«

Josie runzelte die Stirn. Sie hatte den Namen schon einmal gehört, aber im Moment … Chopard erteilte ihr bereitwillig Auskunft: »Er wurde als Konterrevolutionär beschuldigt und fiel deshalb selbst dem Terror der Revolution zum Opfer, für die er gekämpft hatte. Er wurde auf der Place de la Concorde hingerichtet.«

»Und mit ihm der Schreiber dieser Zeilen.«

Sie bemerkte, dass sie den konzentriert lesenden Antoine mit ihrem Gespräch störten, und vertiefte sich wieder in das vor ihr liegende Schreiben:

Wir können wohl sagen, dass wir als letzte Republikaner umkommen. Verzeih, mein Schatz, dass ich gehen muss. Sei nicht allzu traurig und verlier Deinen Glauben nicht. Trotz meiner Verurteilung zum Tod glaube ich, dass es einen Gott gibt. Adieu, meine Lolotte, adieu, mein Leben, mein Engel auf Erden.

183

Ich fühle, wie die Gestade des Lebens vor mir fliehen. Meine gefessel-
ten Hände umarmen Dich, mein Kopf, fern von Dir, heftet noch seine
sterbenden Augen auf Dich!

»Das ist unglaublich«, ließ sich Chopard ergriffen vernehmen,
»wir haben hier ein Originaldokument aus der Französischen
Revolution gefunden.«

Josie las in seinem Blick ihre eigene Aufregung, die die ganze
Gruppe erfasst hatte. »Ja!«, rief sie, während Flaubert sich an Antoine wandte: »Sie haben einen Verdacht, um wen es sich handeln
könnte?«, vergewisserte er sich.

»Allerdings!«, sagte der, und Josie bemerkte, dass der aparte
Mann vor Aufregung rote Flecken im Gesicht hatte. »Ich bin mir
sogar ziemlich sicher.«

»Ich auch«, kam es von Flaubert.

Die beiden Männer sahen sich an und sagten dann wie aus
einem Mund: »Camille Desmoulins.«

Kapitel 29

230 Jahre zuvor

Lucile & Camille
MEHRERE SCHAUPLÄTZE IN PARIS, 15. JULI 1789

Wie siegesgewiss Lucile sich fühlte, als sie Hand in Hand mit Camille durch die Straßen von Paris eilte. Sie waren stark, sie waren viele, und sie hatten gesiegt! Es war ihnen gelungen, die Bastille zu stürmen! Also würden sie auch alles andere erreichen – einschließlich der Zustimmung ihres Vaters, dass sie, Lucile, Camille endlich heiraten durfte.

Die blutigen, die grausamen Bilder dieser Nacht schob sie fort: Die Leichen, die mit starren Augen um sie herum gelegen hatten, als Camille und sie sich zu regen wagten, nachdem das Feuer beendet war. Das darauffolgende Gemetzel, als die wütende Menge in die Bastille eingedrungen war. Der Kopf des Kommandanten, der an einem Stab aufgespießt durch Paris getragen wurde, nachdem ein wütender Metzger ihn mit einem Streich enthauptet hatte!

Jetzt waren sie, die Siegreichen, auf dem Weg zu Notre Dame, jener zwar etwas heruntergekommenen, aber dennoch wunderschönen und heiligen Kirche, die das Herz und die Seele, der Atem dieser Stadt war. Sie folgten ihrem frischgebackenen Bürgermeister Jean Sylvain Bailly, der zugleich Präsident der Nationalversammlung war. In der Kirche angekommen, sanken sie auf die Knie, voller Dankbarkeit für ihren Sieg und dafür, dass die Zeit der Unterdrückung und Machtlosigkeit nun offenbar tatsächlich zu Ende ging.

»Durch diesen Dankgottesdienst ist Notre Dame nun auch endlich zu einer Kirche des Volkes geworden«, sagte Lucile nachdenklich, als sie die Kathedrale nach dem Gottesdienst Hand in Hand wieder verließen.

»War sie das nicht auf eine gewisse Weise schon vorher?« Camille sah sie liebevoll an.

»Schon vorher?«

»Nun ja …«, ein leises Lächeln spielte um seine Mundwinkel, »immerhin war sie während der ganzen letzten Jahre der einzige Ort, an dem der König dann und wann die Gnade hatte, sich vor seinem Volk blicken zu lassen. Ansonsten ist er sich ja immer zu fein gewesen, auch nur einen Fuß nach Paris zu setzen.« Es klang wütend.

Lucile schloss ihre Hand fester um die seine. »Naja, ich war tatsächlich einmal mit Mutter in der Kirche, als der König hier war. Wirklich viel gesehen hat man von ihm trotzdem nicht. Seine Schweizergarde bildete eine regelrechte Mauer um ihn herum.«

»Den König mitten unter uns zu haben, das ist wohl ein Gefühl, das uns einfach nicht vergönnt ist«, sagte Camille finster. »Wie es sich angefühlt haben muss, zu Zeiten der Valois zu leben, als die Menschen den König immer in ihrer Nähe hatten? Doch die Bourbonen waren sich dann ja zu gut und haben beschlossen, den Parisern den Rücken zu kehren und in Versailles zu residieren.«

»Und Ludwig XIV. hat das Ganze noch zementiert, als er seinen Hof und seine Regierung dorthin verlegen ließ«, mischte sich Robespierre ins Gespräch.

»Tja, und sein Urururenkel hält es nun nicht für nötig, überhaupt mal nach Paris zu kommen. Höchstens zum einen oder anderen Gottesdienst«, schnaubte Camille, »aber die Zeiten sind vorbei, in denen wir uns das gefallen lassen.«

Lucile sah das genauso. Ja. Nun brach eine neue Epoche an. Und sie waren ganz vorne mit dabei.

Kapitel 30

230 Jahre später

Josie & Antoine

PARIS, CENTRE HISTORIQUE DES ARCHIVES NATIONALES,
RUE DES FRANCS BOURGEOIS, HERBST 2019

Können Sie sich vorstellen«, sagte Antoine, als sie Seite an Seite über die Île de la Cité gingen, »dass hier auf der Insel zur Zeit der Erbauung unserer Kathedrale noch 15000 Menschen lebten?«

Josie schüttelte den Kopf. Sie wusste, dass die Insel einst mit etlichen Fachwerkhäuschen regelrecht vollgestopft gewesen war. Aber dass es so viele gewesen waren, dass hier 15000 Menschen Platz fanden, war unvorstellbar.

»Wie viele sind es denn heute?«

»Gerade einmal 1000. Und das ist gut so, denn sonderlich schön war es hier damals wohl nicht, die Gassen waren eng und schmal, es stank nach – pardon – Exkrementen. Gewalt und Prostitution waren an der Tagesordnung.«

»Und die Kathedrale war mittendrin vollkommen eingeklemmt«, murmelte Josie. »So hatte sie gar keine Strahlkraft.«

»Nicht die mindeste«, bestätigte Antoine. »Um sie herum herrschte zwischen der Mitte des 12. und dem Beginn des 14. Jahrhunderts jede Menge Leben: Lauter kleine Läden und Stände gab es hier, Gemüse wurde verkauft und verschiedene Märkte wurden abgehalten: der Zwiebel- und Blumenmarkt im September, der Schinkenmarkt im Frühling …«

»Das klingt eigentlich recht idyllisch«, wandte Josie ein, auch wenn sie sich ein solches Gedränge immer noch nicht vorstellen konnte.

»War es aber nicht immer«, erwiderte er schmunzelnd, »vor allem deshalb nicht, weil auf dem Platz vor der Kathedrale auch ein Galgen stand, an dem regelmäßig jemand aufgeknüpft wurde.«

Josie schauderte.

»Wir können Bischof Sully jedenfalls dankbar sein, dass er so viel Geld für den Bau der neuen Kathedrale sammelte.«

»Ja, das tat er«, bestätigte Antoine. »Aber eigentlich trug jeder zum Bau der neuen Kathedrale bei. Jeder, vom ärmsten Arbeiter bis zum reichsten Adeligen, spendete etwas.«

»So wie auch jetzt wieder«, überlegte Josie, während sie Seite an Seite die Seine überquerten, »es ist schon unglaublich, was für eine enorme Spendenbereitschaft die Menschen nach dem Brand an den Tag gelegt haben.«

»Das stimmt«, bestätigte Antoine. »Besonders die kleinen Spenden finde ich so rührend. Ich habe von einem Brief erfahren, den eine alte arme Frau der Spende ihres Zehn-Euro-Scheins beilegte. Sie schrieb, dass sie nicht viel Geld habe. Aber zehn Euro könne sie zum Erhalt der Kathedrale beisteuern.«

»Das ist wirklich ergreifend. Wobei ich auch die Spenden

der Pinaults, Arnaults und Bettencourts unglaublich großzügig finde.«

Antoine nickte. »Das sind sie allerdings.«

Noch in der Brandnacht hatten Frankreichs reichste Bürger viele Hundert Millionen zugesagt.

»Zum Glück haben sich auch zwei von Sullys Nachfolgern sehr um den Bau der Kathedrale bemüht«, lenkte Antoine das Gespräch wieder auf seinen Ausgangspunkt zurück. »Er selbst hat ja die Fertigstellung gar nicht mehr erlebt.«

Neugierig sah Josie ihren Begleiter an: »Wo Sie sich doch so gut auskennen: Sie wissen nicht zufällig, wie der Architekt hieß, der unter Sully arbeitete und Notre Dame plante?«

Bedauernd schüttelte Antoine den Kopf. »Ich denke, das wüssten wir alle gern. Aber das werden wir wohl niemals herausfinden. Ein anderes Geheimnis kann ich Ihnen jedoch verraten: Sully wollte unbedingt, dass die Gläubigen ihre Kathedrale auch während der Bauphase besuchen können. Das war eine ziemliche Herausforderung – schließlich war die neue Kathedrale vom Umfang her viel größer als die alte.«

»Das bedeutete sicherlich auch, dass er schon damals einige Häuser auf der Île de la Cité abreißen lassen musste«, vermutete Josie, die wusste, dass die eigentliche Umgestaltung der Insel erst Jahrhunderte später durch Georges-Eugène Haussmann erfolgt war.

»O ja«, bestätigte Antoine und nannte dann auch schon den Namen, der Josie soeben durch den Kopf geschossen war. »Wie später Haussmann, der unter Napoleon III. zum Präfekten ernannt wurde und dem die Neuordnung der Insel oblag. Er stritt erbittert mit den Grundstückseigentürmern. Ein Ehepaar, das mehrere Häuser besaß, wusste auch wirklich Profit daraus zu schlagen. Sie stellten unglaubliche Forderungen – erst nach drei Jahrzehnten war der Handel perfekt.«

»Du liebe Güte!«, murmelte Josie und wollte Antoine gerade noch zu Haussmann befragen, als sie schon das Centre historique des Archives nationales in der Rue des Francs Bourgeois im Quartier Marais erreicht hatten. »Was für ein wunderschönes Gebäude!«, rief Josie und sah sich staunend um.

Antoine nickte zufrieden: »Dieser Gebäudekomplex setzt sich aus dem Hôtel de Soubise und dem Hôtel de Rohan zusammen. Und im Inneren ist es noch schöner.«

»In der Tat!«, bewunderte Josie das prachtvolle Treppenhaus mit seinen Deckengemälden und Säulen, »hier würde ich gerne mal einen ganzen Tag verbringen, um mir alles ganz genau anzusehen.«

»Gerne«, sagte Antoine und fügte leise hinzu, »dabei leiste ich Ihnen auch gern Gesellschaft, wenn ich darf. Aber jetzt … jetzt müssen wir in die heiligen Hallen. Der Archivar wartet schon auf uns.«

Die Listen, die der Archivar, ein sehr eifrig wirkender Herr mit Nickelbrille – er mochte um die fünfzig sein – vor ihnen ausbreitete, waren lang. »Das hier«, sagte er feierlich, »ist die Originalliste der Kämpfer, die beim Sturm auf die Bastille dabei waren. 871 Namen.« Josie war gerührt über das Leuchten in seinen Augen. Sie sah, dass die Liste diesen Mann wirklich tief im Herzen berührte, als er hinzufügte: »Einfache Leute waren das, die für unsere große Sache kämpften. Zimmermänner, Jäger, Müller, Uhrmacher. Kein Aristokrat war darunter.«

»Aber ihnen wurden Ruhm und Ehre zuteil?«

»Das ja«, sagte der Archivar, »die Nationalversammlung verpasste ihnen Orden und Urkunden, sie waren richtige Volkshelden. Aber dann gerieten sie in Vergessenheit – oder wurden am Ende doch hingerichtet. Von ihren eigenen Leuten.«

Während er sprach, war Antoine mit dem Finger über die Liste gefahren – natürlich, ohne sie zu berühren, das hätte dem kostbaren Papier geschadet. »Sehen Sie?« Er blickte Josie strahlend an: »Hier ist er. Camille Desmoulins.«

»Und Sie sind sich wirklich sicher, dass es sich dabei um den Verfasser dieser Zeilen handelt?«, vergewisserte sie sich aufgeregt. Was für ein unglaubliches Gefühl! Da hatte sie wohl tatsächlich einen Brief in Händen gehalten, dessen Verfasser beim Sturm auf die Bastille dabei gewesen war.

»Ich bin mir ziemlich sicher«, bekräftigte Antoine und zog den sorgsam in einer Spezialhülle verstauten Brief hervor, den er in der Aktentasche bei sich trug. Dann wandte er sich an den Archivar, um ihm das Schreiben zu zeigen.

»Mon Dieu!«, rief der Mann und nahm die Papiere ganz vorsichtig entgegen, um sie dann auf den Tisch zu legen. Josie stellte fest, dass er ganz blass geworden war, vermutlich vor Aufregung. Er zog eine Lupe hervor und betrachtete das Schreiben genauer.

»Ohne Frage ein Original«, bestätigte der Archivar, was Antoine ohnehin schon gewusst hatte.

»Nach Studium des Inhalts gehe ich davon aus, dass es sich beim Verfasser dieser Zeilen um Camille Desmoulins handelt.«

»Wer könnte das besser einschätzen als Sie, Monsieur«, sagte der Archivar freundlich und klang dabei, wie Josie fand, auch ein wenig ehrerbietig. »Schließlich haben Sie ja ausführlich zu Monsieur Desmoulins geforscht.«

Antoine bedachte ihn mit einem Lächeln: »Um ganz sicherzugehen – dürfte ich Sie bitten, mir einige seiner originalen Briefe zu zeigen?«

»Aber natürlich, Monsieur!« Der Archivar eilte diensteifrig fort und kehrte wenig später mit einer Mappe zurück. »Dann wollen wir doch mal sehen.«

Josie fühlte ihr Herz bis zum Hals schlagen. Gleich würde sie erfahren, ob der Brief, den sie gefunden hatte, tatsächlich von Camille Desmoulins geschrieben worden war!

Kapitel 31

174 Jahre zuvor

Marie & Victor

PARIS, HÔTEL DE ROHAN-GUÉMENÉ,
PLACE DES VOSGES, JULI 1845

Ich danke Ihnen …« Marie saß in Victor Hugos Arbeitszimmer und drückte ihm beide Hände.»… ich danke Ihnen von ganzem Herzen. Wenn Sie mich damals nicht auf den richtigen Weg gebracht hätten …«

»Ich habe Sie nicht auf den richtigen Weg gebracht«, wehrte er ab.»Ich habe Ihnen nur gesagt, dass es Alternativen gibt, wenn der eine Weg nicht zum Ziel führt. Aber manchmal sind diese Wege auch eher Fluchten.«

Er sagte das sehr leise und wirkte ausgesprochen traurig. Sie legte ihre Hand auf die seine. Sie wusste, dass er von Léopoldine sprach, seiner ältesten Tochter, die 1843 bei einem tragischen Bootsunfall ertrunken war. Marie wusste auch, dass er seit ihrem Tod im Grunde alles tat, um diesen Schmerz zu überwinden. Er lächelte traurig, dann sagte er:»Ich bewundere Sie wirklich für Ihre Ausdauer, die Sie bei der Suche nach den Köpfen an den Tag legen. Dass Sie nun Steinbildhauerin geworden sind und mit Viollet-le-Duc gemeinsam an der Wiederherstellung der Königsgalerie arbeiten, ist wirklich phänomenal.«

Marie nickte. Sie hatte in den Jahren nach dem Tod ihrer Mutter wirklich jeden Stein auf der Suche nach der Maria auf der Mondsichel umgedreht.

»Ohne Ihre Empfehlung hätte mich Viollet-le-Duc nie ernstgenommen«, sagte sie nun und lächelte dem Freund zu. »Sie sind ein wichtiger und bedeutender Mann geworden – ein Mann von Weltruhm. Und ein Pair. Und obendrein Mitglied der Académie Française. Kein Wunder, wer wäre besser geeignet als Sie, um sich der Pflege der französischen Sprache zu widmen?«

»Sie hätten es auch ohne mich geschafft, da bin ich sicher«, sagte Victor und drückte ihr beide Hände. »Ich bin sehr stolz auf Sie. Und Ihre Mutter wäre es auch.«

Sie wollte ihm gerade ein gemeinsames Mittagessen vorschlagen, als er sagte: »Marie, bitte sehen Sie es mir nach – aber ich muss unser Zusammensein nun beenden.«

Sie nickte. »Sicher. Dann statte ich Ihrer Frau noch einen Besuch ab. Geht es ihr denn inzwischen etwas besser?«

Er zuckte die Achseln. »Eine Mutter, die ihr Kind verliert, kann sich davon nie wieder ganz erholen. Und Adèle musste dieses Schicksal gleich zweimal erleiden. Aber sie hat schon immer Kraft in ihrem Glauben gefunden.«

Marie nickte. »Gut. Ich werde mal nach ihr sehen.«

Kapitel 32

174 Jahre später

Josie & Antoine
Mehrere Schauplätze in Paris, 5. Oktober 2019

Ein feiner Nieselregen hatte eingesetzt, Josie zog ihren Wollmantel enger um sich. Das war nun schon die dritte Jahreszeit, die sie in dieser bezaubernden Stadt erlebte: Im Frühjahr war sie gekommen, im Sommer hatte sie restauriert und nun war Herbst, eine Jahreszeit, die Josie sehr mochte. Sie liebte es, wenn die Blätter an den Bäumen sich bunt färbten, die Hagebutten am Wegesrand leuchteten, liebte den Duft von feuchtem Laub, das Gefühl, nach einem langen Spaziergang ins Warme zu kommen und sich auf dem Sofa mit einer Tasse Tee und einem guten Buch einzukuscheln.

»Ich kann es immer noch nicht glauben! Wir haben wirklich ein Schreiben von einem Mitstreiter der Revolution gefunden!«, sagte sie zu Antoine, der neben ihr ging.

»Mehr als ein Mitstreiter«, korrigierte er und blieb stehen, »das Schicksal von Camille Desmoulins ist ganz eng mit diesem Ort hier verwoben.«

Sie sah sich um. Wohin sie auch blickte, überall brausten Autos. Dennoch begriff sie sofort: Wo heute ein wichtiger Verkehrsknotenpunkt war – elf Straßen führten von hier aus in alle Himmelsrichtungen, außerdem fuhr die Metro-Linie 5 von hier aus –, stand einst die Bastille.

»Man kann sich das heute kaum noch vorstellen«, sagte Josie.

»Es war ein furchtbares Gemetzel«, murmelte Antoine, »über neunzig Menschen starben bei den Schüssen der Schweizergarde.«

»Aber Camille und seine Frau nicht. Wie hieß sie noch mal? Lolotte?«, vergewisserte sich Josie.

»Lucile«, sagte er. »Lolotte war ein Kosename, den er für sie verwendete.«

»Ich wusste gar nicht, dass auch Frauen beim Sturm auf die Bastille dabei waren«, wunderte sich Josie. »Ich dachte, das kam erst später, mit dem Marsch der Frauen nach Versailles.«

»Doch«, sagte Antoine. »Auch bei dem Sturm auf die Bastille marschierten Frauen mit. Sie waren dabei, als sie das Tor der Bastille einrannten. Was ihnen nicht viel half, denn nun standen sie vor dem Festungsgraben.«

»Und wie haben sie den Graben dann überquert?«, wollte Josie wissen.

»Ach, das war relativ einfach«, grinste Antoine. »Unter denen, die die Bastille stürmten, waren überwiegend Handwerker, und das Viertel, in dem die Bastille stand, war ein Handwerkerviertel. Da war ein stabiles Brett schnell besorgt.«

»Aber sie sind doch nicht einfach auf einem Brett über den Graben marschiert«, wandte Josie ein. »Da waren doch die Schweizergardisten, und ein weiteres Tor gab es doch sicher auch.«

»Stimmt«, erklärte Antoine, »diese Wendung ist dem Wäscherei-besitzer Pierre Augustin Hullin zu verdanken. Sein Name war auch in der Liste, die uns der Archivar vorhin gezeigt hat, aber Sie haben ihn sicherlich nicht memoriert, weil er Ihnen in diesem Moment noch nichts sagte. Der war früher selbst bei den Schweizergarden gewesen, hatte sich nun aber der Bürgermiliz angeschlossen. Und er hatte eine geladene Kanone. Die hatte er am Morgen noch aus dem Hôtel des Invalides geholt und brachte sie nun in Position. Dem Kommandanten der Bastille, einem gewissen Bernard-René Jordan de Launay, war klar: Wenn die Kanone jetzt abgefeuert wird, geht die Bastille mit ihren 300 Fass Pulver in die Luft. Er kapitulierte.«

»Und dann stürmte die Menge die Bastille?«

»Ja«, bestätigte Antoine. »Eigentlich hätte es nun friedlich ablaufen müssen, schließlich hatten sie ja kapituliert. Aber die Menge war in einem Blutrausch. Hullin war entsetzt über die Brutalität. Für ihn war eine friedliche Einnahme nach der Kapitulation Ehrensache. Er ließ den Kommandanten verhaften, wohl auch, um ihn vor der Wut der Menge zu schützen. Er wollte ihn zum Rathaus bringen und dort vor Gericht stellen.«

»Das klingt nach einem Aber?«, fragte Josie, ganz im Bann der Geschichte. Sie waren stehen geblieben, umrauscht vom Verkehr, der Nieselregen war stärker geworden, aber sie bemerkten es gar nicht. Es war, als gäbe es in diesem Moment nur sie beide – und die vergegenwärtigte Vergangenheit.

»Da ist auch ein Aber!«, bestätigte Antoine finster. »Das Volk war vollkommen außer Rand und Band in seiner Wut – und der Kommandant Feindbild Nummer eins.«

»Nicht mehr der König?«

»Nun ja, der König war nicht greifbar, de Launay aber schon. Der aufgestaute Hass richtete sich gegen den Stellvertreter des Königs. Und das war der Mann, der den Schießbefehl erteilt und damit mehr als neunzig Menschen auf dem Gewissen hatte. Stellen Sie sich vor«, er deutete auf die Fußgänger, die an ihnen vorbeiflanierten, »all diese Menschen wären mit einem Mal eine wütende, rachsüchtige Menge und würden auf uns losgehen.«

»Nein, das stelle ich mir lieber nicht vor«, erwiderte Josie.

»De Launay hatte keine Chance, obwohl man ihm freies Geleit zugesichert hatte. Den ganzen Weg über war er Schlägen und Peinigungen ausgesetzt, irgendwann wurde er dann erschossen. Damit aber nicht genug, schlug ihm ein wütender Metzger aus der Menge den Kopf ab und trug ihn triumphierend durch die Stadt.«

Josie schauderte. »Genau das ist es, was ich an der Französischen Revolution nicht verstehe. Sie stand doch eigentlich für alles, worauf wir heute stolz sind. Freiheit, Gleichheit, Brüderlichkeit. Warum war sie dann so brutal? Oder besser gesagt: Warum blieb sie so brutal?«

»Sie wurde noch viel brutaler!« Antoine sah sie bittend an. »Das würde ich Ihnen gerne irgendwo im Trockenen erzählen. Außerdem wollte ich Ihnen noch etwas zeigen.«

»Oh.« Josie schaute zum Himmel. Sie hatte gar nicht bemerkt, wie stark der Regen inzwischen geworden war.

Ohne weitere Umstände nahm er, wie er das schon einmal getan hatte, ihre Hand und zog sie in Richtung Metro. Er tat das ganz selbstverständlich, es fühlte sich gut und aufregend zugleich an.

Seit sie einander kennengelernt hatten, war so viel passiert, hatte sie so viel Aufregendes, Vergangenes umgeben, dass das, was zwischen ihnen war, immer mitgeschwungen hatte, aber nie durchgebrochen war. Als er nun, ihre Hand haltend, mit ihr nach unten stieg, hatte Josie plötzlich Herzklopfen, ein Gefühl, das sie schon so lange nicht mehr verspürt hatte. Peter, ihre Jugendliebe – mit ihm war sie immerhin sechs Jahre zusammen gewesen – war stets eifersüchtig auf ihre großen Leidenschaften gewesen: das Klettern und die Kunst. Zwei Monate bevor sie nach Paris gekommen war, hatten sie sich dann endgültig getrennt, es hatte nicht einmal wehgetan, im Gegenteil: Es war eine Erleichterung gewesen.

Unten herrschte dichtes Gedränge und brütende, feuchte Hitze. Quietschend fuhren die Metros ein, um einen neuen Pulk von Leuten auszuspucken, einen weiteren zu verschlingen und gleich darauf wieder in dem tiefen, dunklen Rohr zu verschwinden.

»Sie stehen hier«, sagte Antoine in diesem Moment feierlich, und sie fand es irritierend, dass er sie immer noch siezte, obwohl sie einander doch so nah waren, »auf den Überresten der äußeren Mauer des Festungsgrabens. Bereits zwei Tage nach dem Sturm auf die Bastille, am 14. Juli 1789, hat unter der Leitung des Bauunternehmers Pierre-François Palloy der Abbruch der Anlage begonnen, die als Symbol des Ancien Régime galt. Aus den Steinen wurden Modelle des ehemaligen Gefängnisses gemeißelt und in die neuen Département-Hauptstädte gebracht, wo sie jeweils mit großem Aufwand als Trophäen geweiht wurden.«

»Wirklich?« Überrascht vergaß Josie für einen Moment ihr Gefühlschaos. »Das ist … unglaublich!«

»Nicht wahr?«, fragte Antoine zufrieden und zog sie dann in eine der U-Bahnen, die gerade einfuhr.

»Was machen Sie?«, protestierte sie lachend. Sie standen dicht aneinandergepresst, was der drangvollen Enge in der Metro geschuldet war. Wie gut er roch! Sie spürte den Stoff seines Mantels, ihr Herzschlag beschleunigte sich. Sie hob den Kopf, in der Hoffnung, aus seiner Miene herauszulesen, ob es ihm ebenso erging. Ihre Blicke trafen sich, nur wenige Zentimeter trennten ihre Gesichter. Und dann beugte er sich vor, um sie zu küssen. Seine Lippen schmeckten nach Salz, seine Arme schlossen sich um sie, hielten sie, während die Erregung ihren Körper regelrecht zum Glühen brachte. In diesem Moment tat die Metro einen Ruck, und sie wurden unsanft gegen die Tür geschleudert. Atemlos sahen sie einander an, während Antoine mit der einen Hand nach der Stange griff und mit der anderen den Griff um ihre Taille intensivierte. Wie gut sich das anfühlte.

»Das war ... wow ...«, flüsterte er.

»Ja«, bestätigte sie mit weichen Knien, »das war es.«

Kapitel 33

174 Jahre zuvor

Marie & Eugène
PARIS, RUE SAINT-ANDRÉ DES ARTS, HERBST 1845

Maries Blick flog zwischen dem Mann, der in ihrem Atelier saß und nach draußen blickte, so dass das Licht vorteilhaft auf sein Gesicht fiel, und dem Tonstück hin und her. Ihre Finger tanzten über das weiche Material, formten aus dieser geschmeidigen Masse Eugènes Antlitz. Ihre Hände übertrugen seine Formen und Züge. Langsam entstand das genaue Ebenbild des Mannes, der vor ihr saß: die scharfe Kontur seines Profils, die hohen Wangenknochen. Die etwas tief liegenden Augen. Ganz vertieft war sie in ihre Arbeit, vollkommen hingegeben. Es war, als wären ihre Augen und Finger direkt miteinander verbunden. Sie arbeitete lange und konzentriert, und der Mann rührte sich weder, noch beschwerte er sich. Er saß einfach nur da, still und geduldig.

»Fertig!«, rief Marie irgendwann und sank völlig erschöpft auf den Stuhl. Erst jetzt bemerkte sie, wie anstrengend die letzten Stunden gewesen waren. Kein Wunder, schließlich hatte sie mit höchster Konzentration gearbeitet! Ihr Modell wandte ihr den

Kopf zu und sah sie an. Lächelte. Dann fiel sein Blick auf sein tönernes Ebenbild – Staunen breitete sich auf seinem Gesicht aus.

»Du bist unglaublich, Marie.«

»Danke.«

Nachdem er sie so einfach mitten auf den Mund geküsst hatte, waren sie zum Du übergegangen. In den folgenden Tagen und Wochen waren sie unzertrennlich gewesen. Und ja, Marie hatte ihn, wohl wissend, dass er verheiratet war, in ihr Herz gelassen. Denn sie wusste auch, dass Eugène und seine Frau lange schon getrennte Wege gingen. Insofern hatte sie kein schlechtes Gewissen – und sie war sich sicher, dass sie es auch sonst nicht gehabt hätte. Das, was zwischen Eugène und ihr war, hatte einfach nichts mit irgendjemand anderem zu tun. Wenn sie zusammen waren, fühlte es sich an, als befänden sie sich in einer eigenen Welt, in einer Art Kokon, zu dem niemand anderer Zutritt hatte.

Ja, sie liebten einander und das leidenschaftlich. Aber sie träumten auch miteinander. Eugène hatte ihr von seinem großen Traum vom Wiederaufbau des Turmes erzählt. Hatte ihr berichtet, wie er als kleiner Junge in der Kathedrale gesessen und gedacht hatte, sie würde singen. Und Marie hatte ihm ja schon bei ihrer ersten Begegnung von ihrer Suche nach der Madonna auf der Mondsichel berichtet und davon, wie ihre Mutter direkt neben ihr niedergeschossen worden war. In seinen Armen konnte sie weinen, seine Nähe gab ihr Trost. Sie waren einander so nah – vielleicht war es ihr auch deshalb so gut gelungen, sein Ebenbild zu schaffen, denn ein Ebenbild war ja so viel mehr als eine reine Übertragung der Gesichtszüge. Ein Ebenbild spiegelte den ganzen Menschen.

Ohne weitere Umstände ging er zu ihr, hob sie von ihrem Stuhl, setzte sich selbst, ohne sie von seinen Armen zu lassen, mit ihr auf seinem Schoß. Einträchtig saßen sie so und betrachteten den tönernen Viollet-le-Duc.

»Du weißt«, sagte sie leise, »dass Baumeister sich oft in ihren Bauwerken verewigen. Wir könnten ...«

»Das weiß ich«, fiel er ihr ins Wort. »Wieder einmal hatten wir den gleichen Gedanken. Diese Büste, in Stein gehauen, muss es sein, niemand wäre imstande, mich besser zu treffen als du. Und ich habe auch schon eine Idee, wo mein Platz an der Kathedrale sein soll.«

»Und? Wo?«

»Auf dem Turm. Wenn ich meinen Turm dann einmal gebaut habe, will ich von dort oben auf die Stadt hinunterschauen.«

»Bis es so weit ist, wird es noch eine Weile dauern«, setzte sie zu einem leisen Widerspruch an. »Wie fändest du es, wenn einstweilen einer der Könige der Königsgalerie deine Züge tragen würde?«

Überrascht sah Eugène sie an. »Es käme mir etwas vermessen vor, ich bin doch kein König.«

»Doch, das bist du«, widersprach sie, »der König der Kathedrale. Und auch dann könnte ich es sein, die dem König deine Gesichtszüge gibt. Wo ich doch diejenige bin, die die Statuen haut. Oder zumindest ein oder zwei.«

Alle achtundzwanzig Figuren, die die achtundzwanzig Generationen der Könige von Juda vor Christus veranschaulichten, konnte Marie natürlich unmöglich alleine hauen. Deshalb war der Auftrag auch an die Werkstätten von Adolphe-Victor und Geoffroy Dechaume vergeben worden.

»Ein schöner Gedanke«, er küsste ihren Nacken, »aber dann darf ich nicht alleine unter den Königen sein.«

»Sondern? Wer denn noch?«

»Jean-Baptiste-Antoine Lassus, er hat mindestens so großen Anteil am Wiederaufbau der Kathedrale wie ich.«

»Natürlich, ihn kann ich mir als König Amasias gut vorstellen.«

»Das passt. Und ich? Wer soll ich sein?«

Sie zögerte einen Moment, dann sagte sie: »Éla. Du bist eindeutig Éla.«

»Einverstanden.« Wieder küsste er ihren Nacken. »Und noch ein Dritter soll sich in der Reihe der Könige wiederfinden.«

»Wer denn noch?«

»Pierre Émile Queyron, der 1. Inspektor von Notre Dame, als Ahab.«

»Schön«, stimmte sie zu.

»Dann machen wir das so.« Zu ihrer Enttäuschung machte Eugène Anstalten, sich zu erheben.

»Musst du schon gehen?« Widerwillig rutschte sie von seinem Schoß.

»Es bleibt mir nichts anderes übrig«, entgegnete er. »Zu gerne würde ich noch bei dir bleiben, aber ich habe dir schon den ganzen Tag Modell gesessen und muss nun unbedingt in der Kathedrale nach dem Rechten sehen.«

»Gut«, seufzte sie, »das sehe ich ein. Dann werde ich wohl ebenfalls weiterarbeiten.« Sie deutete auf den schweren Steinquader, der auf einem Podest in der Mitte des Raumes stand. »Schließlich muss ich diesem Steinklotz hier die Figur König Élas abringen und ihm dann auch noch deine Gesichtszüge verpassen.«

Er nahm sie in die Arme, um sie zu küssen. »Dann freu dich auf später«, flüsterte er. »Ich schlage vor, ich besuche dich am Abend. Und bringe Käse und Rotwein mit.«

»Eine hervorragende Idee.«

Als er gegangen war, blickte sie dem immer kleiner werdenden Eugène nach, und jeder Schritt, den er sich von ihr entfernte, tat ihr weh. Dann jedoch drehte sie sich zu dem groben Stein um, der da unbehauen auf seinem Podest stand. Sie holte Hammer und Meißel. Als sie anfing, den Stein zu bearbeiten, floss ihre ganze Sehnsucht in ihre Bewegung, wandelte sich in Kraft um – und wieder war sie wie im Rausch, während sie arbeitete.

Kapitel 34

174 Jahre später

Josie & Antoine
Paris, Quai Montebello, 5. Oktober 2019

Josie saß neben Antoine in der Nähe des Quai Montebello in dem Café des Buchladens *Shakespeare and Company*. Den Kopf an seine Schulter gelegt, hielten sie einander an der Hand, während sie durch den inzwischen dichten Regen auf die Kathedrale blickten. »Eigentlich sollte man dieses Café bei gutem Wetter besuchen«, sagte er und deutete auf die Terrasse. »Dort sitzt man wirklich wunderschön.«

»Ich hoffe sehr, dass wir beide noch ganz oft hier sein werden«, Josie schmiegte sich an ihn.

»Ich auch.« Er küsste ihre Schläfe. »Du hast mein Leben ganz schön durcheinandergewirbelt, weißt du das? Erst findest du in den Köpfen der Könige einen Zettel, der uns zu meiner Madonna führt, und dann bist du auch noch so eine wundervolle und aufregende Frau, die mich im Herzen berührt.«

Der Kellner brachte zwei Gläser Rotwein, sie prosteten einander zu.

»Mir geht es ähnlich. Dieses besondere Band zwischen uns … deine Worte, dass es dich tief im Herzen berührt, die kann ich nur zurückgeben. Und dann noch dieser Fund … wir haben tatsächlich den Brief des Mannes gefunden, ohne den es den Sturm auf die Bastille vermutlich nicht gegeben hätte. Das ist … ein unglaubliches Gefühl!«

»Allerdings«, sagte er leise, »ich kenne dieses Gefühl. Ich …«

»Ja?«

»In der Brandnacht … in der Brandnacht hatte ich dieses Gefühl auch – wenn es natürlich auch ganz anders war, weil es ja noch mit der Gefahr um mein Leben einherging. Und weil alles ganz furchtbar schnell gehen musste. Aber auch da war dieses Gefühl, ein Stück von etwas … ganz Großem zu sein, mit der eigenen Geschichte Teil der französischen Geschichte zu werden.«

»Das hast du schön gesagt.« Sie schmiegte sich enger an ihn. Wie wohl sie sich fühlte: Mit diesem Mann, in dieser Stadt, in diesem Café und mit Blick auf die Kathedrale, mit der sie beide so viel verband und um die ein Geheimnis zu lüften, sie nun im Begriff waren. »Erzählst du mir mehr davon? Von der Brandnacht?«

Er nickte.

»Fast noch unglaublicher als die Rettung der Mondsichelmadonna war die Rettung der Dornenkrone.« Jetzt flüsterte er nur noch. »Jean-Marc Fournier, der Feuerwehrkaplan, holte sie aus dem Flammen.«

»Du lieber Himmel!« Auch Josie flüsterte.

»Was für ein Druck, was für eine Verantwortung! Wenn ich

mir vorstelle, die Rettung der Dornenkrone läge in meinen Händen ….«

Dann sah sie auf und ihm direkt in die Augen. Ein Lichtstrahl fiel durchs Fenster und ließ sie in einem fast unnatürlichen Grün strahlen.

»Ich habe so viele Fragen«, sagte Josie leise.

»Ja«, erwiderte er, und seine Stimme war rau. »Ja, ich auch.«

Mit Mühe löste sie ihren Blick aus dem seinen. »Vor allem natürlich über Camille. Ich möchte alles über ihn wissen. Und auch über seine Frau. Und warum genau er sterben musste. In dem Brief steht ja schon einiges, aber so ganz bringe ich das noch nicht zusammen.«

Er lächelte. »Das kann und will ich dir alles beantworten. Aber erst müssen wir mit der Situation anfangen, in der beide sich befanden. Oder weißt du alles über die Französische Revolution?«

»Nur, was ich in der Schule und im Rahmen meines Studiums gelernt habe.«

Er spielte mit ihrer Hand. »Da kann ich Abhilfe schaffen. Und das nicht nur, weil ich mich so viel mit dem Thema beschäftigt habe. Wir Franzosen saugen dieses Thema sozusagen mit der Muttermilch auf. Das Volk war arm, der König und die Königin warfen das Geld zum Fenster hinaus.«

Josie nickte. »Das weiß sogar ich. Und die Königin schlug vor: Wenn das Volk kein Brot hat, dann soll es doch Kuchen essen.«

Antoine schüttelte heftig den Kopf. »Nein! Das dichtet man ihr an, aber das hat sie niemals gesagt. Dennoch hatte sie überhaupt kein Gespür für das Volk. Das Volk hungerte, hatte kein Brot – und sie bestäubte ihr Haar mit Mehl. Und als Ludwig dann auch noch eine Steuererhöhung durchsetzen wollte, hatte der dritte Stand, bestehend aus Bauern und Arbeitern, die Nase voll.«

»Hat das den König denn gekümmert?«, fragte Josie skeptisch.

»Das musste es, denn er hat schon viel Druck von allen Seiten bekommen«, erklärte Antoine. »Er hatte einen sehr klugen Finanzminister, Jacques Necker. Der schlug vor, die Vertreter des dritten Standes bei der Einberufung der Generalstände von 300 auf 600 zu verdoppeln. Das Problem war nämlich, dass der dritte Stand, der immerhin 96 Prozent der Menschen vertrat, gegen die beiden anderen Stände, Adel und Klerus, nie eine Chance hatte.«

»Aber das ist doch gut?«, fragte Josie. »Also, ich meine, was Necker vorschlug.«

»Es wäre gut gewesen«, Antoine hatte seinen Rotwein inzwischen ausgetrunken und winkte mit einer unnachahmlich eleganten Geste dem Kellner, um Nachschub zu bestellen, »wenn die Reform bis zum Ende durchgezogen worden wäre. Aber auch wenn die Anzahl der Abgeordneten des dritten Standes nun höher war, wurde weiterhin nach Ständen abgestimmt.«

»So eine Mogelpackung!«, rief Josie empört.

»Du sagst es!«, bestätigte Antoine. »Da kann man verstehen, dass die Abgeordneten – und auch alle, die sie repräsentierten – sich, pardon, verarscht vorkamen.«

»Allerdings!«

»Und sie ließen es sich auch nicht gefallen. Am 17. Juni 1789 erklärten sie sich zur Nationalversammlung.«

»Aber konnten sie das denn so einfach?«

»Nein!«, bestätigte Antoine, »das war widerrechtlich, eigentlich schon ein Staatsstreich. Aber nun kommt es: Es gelang ihnen tatsächlich, Abgeordnete aus den beiden anderen Ständen für sich zu gewinnen. Sie erklärten sich zur alleinigen Interessenvertretung des Volkes und somit zur Nationalversammlung.«

»Der König muss getobt haben!«, staunte Josie.

»In der Tat!« Antoine stieß ein Kichern aus. »Er ließ den Sitzungssaal schließen, was die Abgeordneten aber nicht abhalten konnte. Sie zogen ins Ballhaus und schworen, ich zitiere, sich so lange niemals zu trennen, bis die Verfassung des Reiches und die Sanierung der allgemeinen Lage erreicht worden sind.«

»Der Ballhausschwur«, murmelte Josie, »das sagt mir natürlich was. Es muss eine unglaubliche Stimmung gewesen sein.«

»Das war es«, bestätigte Antoine. »Wir Franzosen sprechen voller Ehrfurcht davon. Auch liberale Adelige schlossen sich nach und nach dem dritten Stand an, und am 9. Juli 1789 erklärte sich die Nationalversammlung schließlich zur Verfassunggebenden Versammlung. Von nun an zählte jede einzelne Stimme.«

»Und der König hat das einfach so hingenommen?«

Antoine schüttelte heftig den Kopf. »Nein!«, rief er und warf die Hände in einer dramatischen Geste in die Luft. »Er hat zwar zuerst nachgegeben und die Nationalversammlung anerkannt. Aber dann hat er Truppen nach Paris beordern lassen, die die alte Ordnung wiederherstellen sollten. Wenn es sein musste, mit Gewalt. Paris glich damals einem Pulverfass.«

»Kaum zu glauben«, sagte Josie, die Hauptstadt wirkte so friedlich – und gleichzeitig so quirlig. Überall flanierten Liebespaare und elegant gekleidete Damen und Herren entlang, eilten Müttern ihren Kindern hinterher und hasteten telefonierende Geschäftsleute mit wichtiger Miene vorbei. Kaum zu glauben, dass diese Straßen vor Hunderten von Jahren von Blut getränkt waren. Sie schauderte. Dann fragte sie: »Warum war die Stimmung denn eigentlich so aufgeheizt? Ich weiß, dass der Brotpreis sehr hoch war. Aber weshalb?«

»Eine Missernte«, erklärte Antoine »und der kälteste Winter seit neunzig Jahren. Außerdem der Umstand, dass unser lieber König meinte, in den amerikanischen Unabhängigkeitskrieg eingreifen zu müssen.«

»Er hat die Engländer unterstützt?«, vermutete Josie und schob rasch hinterher: »Du musst entschuldigen – meine Bildungslücken sind mir etwas peinlich.«

»Nein, das müssen sie doch nicht!«, versicherte Antoine. »Zunächst liegt auch wirklich die Vermutung nahe, dass er die Engländer unterstützte. Schließlich waren sie ja in der gleichen Situation wie er, weil sich die Aufständischen von ihnen lossagen wollten. Aber er hasste die Engländer. Sie waren seine Rivalen. Und deshalb unterstützte er sehr engagiert die amerikanischen Kolonien in ihren Bemühungen, sich von England loszusagen.«

»Das kostete Geld«, bilanzierte Josie.

»Und das nicht zu knapp«, bestätigte Antoine. »Zwei Milliarden Pfund. Ludwig konnte sich das eigentlich gar nicht leisten. Mit diesem Geld hätte er sieben Millionen Menschen ein Jahr lang ernähren können. Was mich übrigens darauf bringt, dass ich ziemlich großen Hunger habe.«

In diesem Moment knurrte laut und vernehmlich sein Magen.

Sie sahen einander an und lachten.

Kapitel 35

Lucile

Mehrere Schauplätze in Paris und Versailles, 5. Oktober 1789

Das Geläute der Sturmglocken drang seltsam klar durch den Pariser Morgen, seltsam deshalb, weil die Eindringlichkeit und Klarheit des Geräuschs nicht zu diesem so trüben und verregneten Tag passen wollte, an dem man kaum einen Meter weit blicken konnte.

Seit zwei Tagen läuteten die Sturmglocken nun schon immer wieder und wieder – seit am 3. Oktober bekannt geworden war, dass zwei Tage zuvor Offiziere der königlichen Leibgarde nach einem Abendessen zu Ehren ihrer Kollegen des flandrischen Regiments die rot-weiß-blauen Kokarden von ihren Uniformen gerissen, sie auf den Boden geworfen und darauf herumgetrampelt hatten. Ein unglaublicher Affront! Camille hatte sich schrecklich darüber echauffiert – zu Recht, wie Lucile fand. Sie sah aus dem Fenster und schauderte.

Was für ein Wetter! Eigentlich hatte sie gar keine Lust, hinauszugehen. Doch sie wollte Estrella nicht im Stich lassen. Seit Lucile bemerkt hatte, dass der alten Köchin ihrer Eltern das Treppensteigen immer schwerer fiel, hatte sie mit ihr ein geheimes Abkommen getroffen. Sie selbst ging für sie auf den Markt, um die Einkäufe zu erledigen. Ihre Eltern wussten davon natürlich nichts, nicht einmal ihre Mutter, die über ihre heimliche Liebe zu Camille ja bestens informiert war und auch regen Anteil am Revolutionsgeschehen nahm. Einige Male hatte sie schon darüber nachgedacht, ihre Mutter einzuweihen, es dann aber sein lassen. Wenn sie es wüsste, brächte das keinen Vorteil, wohl aber die Gefahr eines Nachteils. Dann nämlich, wenn Françoise ihrer Tochter diese Freundlichkeiten untersagte. Also schwieg Lucile und ging weiterhin heimlich. Die Gefahr, dass man sie bei ihrer »Tat« ertappte, war gering: Die anderen Frauen auf dem Markt kannten sie nicht – es handelte sich ja zumeist um Dienstmädchen.

Hastig zog sie sich einen schlichten Umhang über, wie sie das jedes Mal tat, wenn sie auf den Markt ging, und eilte nach draußen. Sie hatte ihr Ziel noch nicht erreicht, als ihr klar wurde, dass heute etwas anders war als sonst. Auf dem Platz vor dem Rathaus hatten sich trotz des Regens unzählige Frauen versammelt und schrien wild und aufgeregt durcheinander.

»Was ist denn los?«, erkundigte sich Lucile bei einer wütend aussehenden Frau, die neben ihr stand.

Die wandte sich mit funkelndem Blick zu ihr um.

»Die Bäcker behaupten, es gibt kein Mehl mehr. Angeblich soll morgen überhaupt kein Brot gebacken werden. Aber ich sage, das ist eine Lüge! Sie wollen uns aushungern!«, empörte sich die Frau.

Lucile nickte. Mit dem Sturm auf die Bastille hatten Camille und seine Mitstreiter viel erreicht – zumindest hinsichtlich der Machtverhältnisse zwischen den Ständen. Doch die alltägliche Versorgungslage hatte sich dadurch nicht viel gebessert – die Menschen litten immer noch Hunger.

»In Versailles, wo der König wohnt und die Nationalversammlung tagt, wird geschlemmt, in Paris müssen wir hungern«, keifte die Frau neben Lucile.

»Wir sind dafür verantwortlich, dass die Kinder satt werden. Und deshalb müssen wir auch dafür sorgen, dass dieser Wucher ein Ende nimmt«, rief eine andere. »Und dass wir wieder zu essen haben und Brot bekommen.«

»Auf nach Versailles!«, schrie eine dritte. »Holen wir uns die Bäcker zurück.«

»Auf nach Versailles!«, klang es aus Hunderten Kehlen.

Ob das so klug ist?, fragte sich Lucile im Stillen. Schließlich war in Versailles das flandrische Regiment stationiert, und dieses war durchaus zum Fürchten. Doch das schienen die Frauen entweder nicht zu wissen, oder es konnte sie nicht aufhalten – was Lucile nicht weiter verwunderlich fand: Camille und die von seinem Ruf »Zu den Waffen« aufgescheuchte Menge hatte schließlich auch keiner aufhalten können.

Um sie herum begannen die Frauen sich in Bewegung zu setzen. Fast schon automatisch schloss sie sich ihnen an, wobei sie bezweifelte, dass das richtig war: Sie war keine von jenen, die Hunger leiden mussten. Aber war es nicht gerade deshalb richtig und wichtig, dass sie mitging? Dass sie sich für jene einsetzte, deren Situation sich trotz des Sturms auf die Bastille nicht gebessert hatte? Und außerdem: Wäre sie dabei, würde sie Camille viel besser und viel eher berichten können, was sich ereignet hatte.

Schwierig war allerdings, dass sie der Köchin ihre Einkäufe nicht bringen könnte – ansonsten würde wohl niemand ihr Fehlen bemerken, überlegte Lucile, der Vater war in seinem Kontor und die Mutter hatte sich zu ihrem wöchentlichen Teekränzchen mit ihren Freundinnen verabredet, und das dauerte, wie Lucile wusste, stets sehr lange.

»Wir brauchen Waffen!«, rief eine der Frauen.

»Im Rathaus gibt es welche!«, antwortete eine andere.

Und dann klang es aus Dutzenden Kehlen: »Auf ins Rathaus!«

Entsetzt beobachtete Lucile, wie die Frauen, die dem Eingang des Gebäudes am nächsten standen, auf die Wachen losgingen. Sie rannten sie regelrecht nieder, um das städtische Waffenmagazin zu plündern. Wenig später kehrten sie mit Gewehren zurück und schlossen sich dem Zug an, der sich bereits Richtung Versailles bewegte.

Unterwegs kamen immer mehr Frauen dazu, viele von ihnen hielten Mistgabeln in der Hand. Auch 15 000 Nationalgardisten und mehrere Trommler hatten sich den sieben- bis achttausend Frauen angeschlossen, die sich auch von den bewaffneten Wachen nicht davon abhalten ließen, durch die Gärten der Tuilerien zu marschieren. Angeführt wurden sie von dem Gerichtsdiener und Bastille-Helden Stanislas-Marie Maillard.

Es war gegen sechs Uhr, als Lucile und ihre Mitstreiterinnen endlich Versailles erreichten, wo sich die aufgebrachten Frauen sofort ans Schlosstor klammerten und lautstark Brot forderten. Während eine Abordnung von Frauen mit Maillard in Richtung

Ballhaus marschierte, wo die Nationalversammlung tagte, skandierte die empörte Menge vor dem Schloss ihre Forderungen. Erstens: Exportverbot für Getreide. Zweitens: Brot solle zu einem günstigen Preis verkauft werden. Drittens: Fleisch dürfe höchstens acht Sous das Pfund kosten.

Lucile bemerkte, dass sich die Stimmung immer mehr zuspitzte und einige Frauen auch mit den Wachen zu streiten schienen. Immer wieder waberten Gerüchte durch die Menge, die Lucile nicht richtig einordnen konnte, aber sie merkte, dass der Ton zwischen den Soldaten und den Marktfrauen immer freundlicher zu werden schien. Plötzlich stand das Tor offen, die Menge drückte hinein – und Lucile wurde einfach mitgerissen.

»Jetzt holen wir uns die Königin, sie soll nie wieder die schwarze Kokarde tragen«, brüllte die Menge. Es hatte nämlich allüberall für große Empörung gesorgt, dass Marie Antoinette bei einem Festbankett einige Tage zuvor die schwarze Kokarde am Hut getragen hatte – und nicht die blau-weiß-rote des revolutionären Frankreichs.

Wie prachtvoll das Eingangsportal ist, dachte Lucile flüchtig, und das Treppenhaus! Doch sie konnte sich nicht lange bei diesen Überlegungen aufhalten – die Menge schob, drängte sie und schleuderte sie in Richtung Schlafzimmer der Königin.

Was tun wir hier?, fragte sich Lucile, doch gleich war auch dieser Gedanke schon wieder verflogen, fortgeblasen vom Sturm der Entrüstung, der die Menge treppauf wehte.

Da streifte sie wieder ein Gedanke: Ob die Königin sie hörte? Ob sie Angst hatte? Und dann: Ob die Turmfrisur saß? Sie konnte ein albernes Kichern nicht unterdrücken, als im nächsten

Moment auch schon ein wütender Schrei von oben ertönte:»Die Königin ist nicht in ihren Gemächern!«

Laute Zornesrufe waren die Antwort.

Einige Frauen, darunter Lucile, verließen das Schloss wieder, während andere durch die Gänge strömten, um Marie Antoinette zu suchen. Und irgendwann zeigte sich der König tatsächlich mit seiner Familie und General La Fayette, der im Volksaufstand als Vermittler gegolten hatte, auf dem Balkon.

»Der König nach Paris! Der König nach Paris! Der König nach Paris!«, forderte die Menge – und als er schließlich tatsächlich nachgab und sich bereit erklärte, gemeinsam mit seiner Familie nach Paris zu reisen und zukünftig dort auch zu wohnen, erscholl frenetischer Jubel über den Platz. Lucile jubelte mit. Wie oft hatten sie und Camille sich darüber echauffiert, dass der König Paris einst den Rücken gekehrt hatte. Nun kam er zurück – weil Tausende Pariser Frauen das gefordert hatten. Und die Nationalversammlung folgte ihm.

Voller Wut, bewaffnet mit dem, was sie auf die Schnelle hatten bekommen können, waren sie nach Versailles gezogen. Nun kehrten sie zurück, siegreich und voller Glück. Die Waffen hatten sie gegen Blumen getauscht. Die Frauen führten den Zug nach Hause an, gefolgt von den entwaffneten Leibgardisten, dem flandrischen Regiment, der Schweizergarde, der Kutsche des Königs und Karren voller Getreide und Mehl. Jetzt riefen sie:»Wir bringen den Bäcker, die Bäckersfrau und den kleinen Bäckerjungen.« Die Bedeutung war eine andere: Wir bringen den König, seine Frau und seinen Sohn. Sie sind unser Pfand für eine gesicherte Brotversorgung. Denn der Umzug nach Paris, dachte Lucile, war nichts anderes als eine Gefangennahme des Königs und seiner Familie.

Vielleicht würde nun doch noch alles gut!

Kapitel 36

60 Jahre später

Marie & Eugène
Paris, Rue Saint-André des Arts, Sommer 1849

Die Farbe war eine Magierin, eine Zauberin. Die Farbe und das Licht. Eugène kannte Farbigkeit und Lichtverhältnisse der Kathedrale inzwischen bei jedem Wetter und jeder Tageszeit. Er wusste, wie viel Einfluss das, was draußen vorging, auf das Innen hatte. So war das bei den Menschen, und so war das auch bei Notre Dame, die ihm ja ohnehin zunehmend vorkam wie ein eigenes Wesen.

Seit klar geworden war, dass die Restaurierung der Kathedrale in seine Hände gelegt werden würde, hatte er gemeinsam mit Lassus so viel Zeit wie möglich in Notre Dame verbracht und alles auf sich wirken lassen. Manchmal hatte er nur stumm dagesessen, geschaut, gelauscht, gespürt. Manchmal war er auch in der Kathedrale herumgegangen, hatte jeden Winkel erforscht. Seine Hände waren über einfache Mauersteine und aufwändige Steinmetzarbeiten gewandert, um die Feuchte und Struktur des Steins zu erforschen, er hatte getastet, gerochen, gesehen, gehört, gefühlt, manchmal sogar auch geschmeckt. So intensiv hatte er sich mit der Kathedrale beschäftigt, bis er das Gefühl hatte, vollkommen mit ihr verschmolzen zu sein. Vor allem ging es ihm immer und immer darum, ihren Kern zu finden. Er wies seine Leute an, die unzähligen weißen Farbschichten zu entfernen, mit denen man das mittelalterliche Gemäuer wieder und wieder überpinselt hatte. Es war ihm wichtig, so viel wie möglich zu bewahren und nur das, was wirklich nötig war, zu ersetzen. Als sich am Morgen herausgestellt hatte, dass von den neununddreißig Säulenkapitellen an der Fassade zweiunddreißig erhalten werden konnten, hätte er die ganze Welt umarmen können.

Jetzt war er auf dem Weg zu Marie, seiner Marie, um ihr die freudige Nachricht zu überbringen. Er konnte es immer noch kaum glauben, dass er sie gefunden hatte. Ein Wesen, eine Frau, die absolut gleich dachte und empfand wie er, die seine Leidenschaft teilte.

Jetzt hatte er ihr Atelier erreicht. Er trat nicht sogleich ein, sondern sah erst noch ein wenig durchs Fenster. Er liebte es, Marie bei der Arbeit zu beobachten. Er hatte dann immer das Gefühl, dass sie mit dem Stein tanzte – oder in diesem Fall mit ihm, oder seinem steinernen Ebenbild, denn das, was da vor ihr stand, war fast vollendet – und es war großartig geworden.

Als habe sie seinen Blick gespürt, unterbrach sie ihre Arbeit und sah auf. Lächelte. Legte ihr Werkzeug nieder und kam zur Tür, die er inzwischen ebenfalls erreicht hatte. Sie schloss auf, er trat ein, sie schlang ihre Arme um seinen Hals, er küsste sie. Sie erwiderte seinen Kuss. Leidenschaftlich. Hingebungsvoll. Auch das liebte er an Marie. Dass sie alles, was sie tat, mit voller Hingabe machte. Vollkommen fraglos. Mit ihrem ganzen Herzen und ihrem ganzen Wesen. Trotzdem machte er sich nach einer Weile von ihr los. »Liebling«, sagte er. »Ich habe gute Neuigkeiten.«

»Ja?« Fragend sah sie ihn an.

»Marie, stell dir vor!«, er strahlte sie an, »bis auf sieben Säulenkapitelle kann ich alle retten.«

»Das ist ja großartig!«

»Nicht wahr? Aber die, die wir nicht retten können, möchte ich gerne ausgiebig untersuchen.«

»Ob sich dort Farbspuren finden?«, begriff sie sofort.

Bestätigend nickte er. »Du weißt, ich bin überzeugt davon, dass die Kathedrale früher bemalt war. Und ich möchte gern, dass du mir hilfst. Nein, lass es mich anders formulieren. Wenn ich wirklich etwas entdecke, dann wünsche ich mir, dass du diesen großartigen Moment mit mir teilst.«

Gerührt sah sie ihn an. Dann deutete sie auf den steinernen Eugène und sagte: »Wenn ich die Wahl habe zwischen dir und deinem steinernen Abbild, dann wähle ich immer das Original.«

»Fein, dann lass uns gleich gehen«, freute er sich.

Sie schloss die Tür zum Atelier ab, und sie gingen Hand in Hand in Richtung Kathedrale. Ihre Liebe war schon lange kein Geheimnis mehr, und keiner störte sich daran. Und wenn sich jemand daran gestört hätte, hätte es sie wiederum nicht gekümmert.

Als sie an der Kathedrale ankamen, führte Eugène sie gleich zu einer der Säulen, die abgerissen werden sollten. Er nickte dem Arbeiter zu, der gerade im Begriff war, diese zu entfernen, aber innegehalten hatte, als er den Baumeister hatte kommen sehen.

»Machen Sie weiter«, forderte er den Mann auf.

»Natürlich, Monsieur«, sagte der eifrig und setzte seine Arbeit fort. Seine Bewegungen waren zögerlich, Marie merkte ihm deutlich an, wie sehr ihn die Anwesenheit des großen Viollet-le-Duc verunsicherte. Außerdem juckte es sie gewaltig in den Fingern.

»Darf ich?«, fragte sie und streckte auffordernd die Hand nach den Werkzeugen aus.

Marie hatte halb erwartet, dass der Steinmetz eine Bemerkung machen würde, dass sie, eine Frau, Hand anlegen wollte, doch der Mann nickte nur, überreichte ihr sein Werkzeug und ging. Ob er das tat, weil sie als Geliebte des Meisters gewisse Vorrechte hatte, oder ob er sie als Steinbildhauerin tatsächlich ernst nahm, vermochte sie nicht einzuschätzen. Vorsichtig prüfte Marie zunächst, wie die Säule mit dem Bauwerk verbunden war, und arbeitete die Verbindungsfugen frei. Nachdem sie das lose Material entfernt hatte, untersuchte sie die Substanz der Säule.

Nach einer Weile hatte sie sich so weit vorgearbeitet, dass sie das oberste Stück der Säule, das besonders porös war, entfernt hatte. Und dann schnappte sie nach Luft. »Sieh nur, Eugène«, rief sie und hielt ihm einen Steinbrocken hin, von dem ein kleiner Teil in schwachem Rot leuchtete. »Du hattest recht! Die Säulen waren einmal rot!«

»Ich wusste es!«, rief Eugene und nahm voller Ehrfurcht den Steinsplitter entgegen. »Und wenn wir noch ein wenig weitersuchen, bin ich sicher, dass wir auch noch gelbe Farbspuren finden werden. Ich bin überzeugt: Die Kathedrale leuchtete einst in Gelb und Rot!«

»Die ganze Kathedrale?«, fragte sie zweifelnd.

»Nicht die ganze«, verneinte er, »aber Teile. Die Blendarkade der Königsgalerie, die Tympana und ich denke auch die Bögen der Portale.«

Marie sah ihn fragend an: »Willst du die ursprüngliche Farbgebung wiederherstellen?«

Er schüttelte den Kopf.

»Aber warum? Ich dachte, genau das ist dein Ziel? Den mittelalterlichen Kern wiederherzustellen.«

»Das will ich auch«, bestätigte er. »Aber man muss zu Kompromissen bereit sein.«

Aufmerksam sah sie ihn an. »Du bist kein Mensch für Kompromisse«, sagte sie mit einer gewissen Strenge. »Was ist los?«

»Du hast recht, ich bin in gewisser Hinsicht kompromisslos. Vor allem wenn es um die Kathedrale geht und darum, sie zu ihrem Kern zurückzuführen.«

»Eben. Und genau darum geht es hier doch? Die Kathedrale zu ihrem Kern zurückzuführen und sie so zu zeigen, wie sie war. Oder nicht?«

»Doch. Aber die Farbe wäre ein Hinzufügen. Mir geht es erst einmal darum, wegzunehmen, was zu viel ist oder Wunderbares verdeckt, zu erhalten und dann zu ergänzen, was sich nicht erhalten lässt. Wie diese Säulen.«

»Es ist ein finanzielles Problem«, begriff Marie.

»Ja. Ich denke, die Nationalversammlung hat unserem Sanierungskonzept nicht zuletzt deshalb zugestimmt, weil es – obwohl es Unsummen verschlingt – doch verhältnismäßig kostengünstig ist. Und da bleibt für manches einfach kein Raum. Und wenn ich auch ganz ohne Frage ein kompromissloser Mensch bin, so wäre ich doch nicht so weit gekommen, wenn ich nicht auf der anderen Seite bereit wäre, Kompromisse einzugehen. Aber weißt du, das Wissen, dass ich recht hatte und hier in diesen Farben koloriert war, macht mich unbeschreiblich glücklich – und es reicht mir auch erstmal aus. Einfach deshalb, weil es mein Gefühl für diese Kathedrale bestätigt. Du weißt ja, … ein Pinselstrich kann ein gut durchdachtes Kunstwerk zunichtemachen oder aber ein schlichtes Bauwerk zum Singen bringen …«

Wie verzaubert sah Marie ihn an: »Was für ein wundervoller Satz!«

Lächelnd nahm er sie in die Arme. »Es gibt aber eine Farbwelt, die keinen Pinsel braucht. Das ist das Licht der Meister. Und das ist etwas, auf das ich keinesfalls verzichten will«, sagte Eugène. »Nämlich, die farblosen Fenster im Kirchenschiff und im Chor wieder durch Buntglasfenster zu ersetzen, so, wie es bis ins Jahr 1741 und 1753 gewesen war. Bevor irgendwelche Banausen die farbenfrohen Fenster durch einfache Glasscheiben ersetzen ließen.«

Kapitel 37

60 Jahre zuvor

Lucile & Camille

PARIS, BISCHOFSPALAST, 2. NOVEMBER 1789

Lucile hatte neben Camille auf den Zuschauerrängen Platz genommen, um der Nationalversammlung beizuwohnen, die ihren Sitz nun, sozusagen dem König folgend, nach Paris verlegt und den von Maurice de Sully im 12. Jahrhundert errichteten Bischofspalast neben der Kathedrale Notre Dame als Tagungsort gewählt hatte.

»Zur Abstimmung steht, ob der Besitz der Kirche künftig dem Staat zufallen soll«, sagte der Vizepräsident der Nationalversammlung General La Fayette.

Eine heftige Diskussion entbrannte. »Ich fände es richtig«, raunte Camille ihr zu, »die Kirche war immer viel zu eigenmächtig.«

»Ja«, flüsterte Lucile zurück, »aber irgendwie ist es auch ein wenig unfair, dem Klerus jetzt alles wegzunehmen. Schließlich waren es vor allem die armen Kleriker, die den dritten Stand früh unterstützt haben.«

»Hör mal hin!«, erwiderte Camille. »Genau darüber diskutieren sie gerade. Sie hatten deinen Gedanken offenbar auch.«

Lucile wandte ihre Aufmerksamkeit wieder der Debatte der Abgeordneten zu. Tatsächlich: Die Diskussion bewegte sich dahin, dass der Staat dem Klerus künftig Gehälter bezahlen wollte, die fast das Doppelte ihres bisherigen Einkommens betrugen. Auch für die Krankenhäuser und Hospize der Kirche wollte der Staat künftig Sorge tragen.

»Ein kluger Schachzug«, raunte Camille. »Die Staatskassen sind leer, und mit der Verstaatlichung von Kirchenbesitz werden sie wieder voll.«

Lucile sandte ihm einen verblüfften Blick. So hatte sie es noch gar nicht betrachtet.

Voller Spannung verfolgte sie die Debatte weiter, als irgendwann – die Sitzung neigte sich offensichtlich dem Ende zu – eine Frau aufsprang und empört rief: »Über alles haben Sie gesprochen, aber nicht über die Sache der Frauen. Das ist eine Schande. Das werden wir uns nicht bieten lassen. Diese Verfassung, diese Versammlung ist illegal! Denn all das wurde ohne die Hälfte der Menschen erarbeitet! Ohne die Frauen!«

Die Frau wurde niedergepfiffen und verließ wütend die Zuschauerränge. Einem Impuls folgend sprang Lucile auf und eilte ihr nach.

»Warten Sie!«, rief Lucile.

Die Frau wandte sich um und Lucile bemerkte, dass ihre Augen vor Wut funkelten.

»Sie haben vollkommen recht mit dem, was Sie sagen!«, rief Lucile. »Es ist ungeheuerlich, dass all das ohne uns Frauen entschieden und bestimmt wurde. Ohnehin haben wir viel zu wenig Rechte. Ich zum Beispiel stehe unter der Vormundschaft meines Vaters, der mir seit drei Jahren verbietet, den Mann zu heiraten, den ich liebe. Er ist übrigens auch da drin.« Sie deutete auf die inzwischen wieder verschlossene Tür.

»Ihr Liebster ist Abgeordneter?«

»Nein, aber er kennt viele Abgeordnete. Robespierre zum Beispiel. Mit ihm ist er sogar in die Schule gegangen. Aber mein Mann – so nenne ich ihn, denn das ist er für mich, auch wenn mein Vater uns noch nicht seinen Segen gegeben hat – ist derjenige, der mit seiner Rede zum Sturm auf die Bastille gerufen hat.«

»Camille Desmoulins?«, rief Olympe. »Das ist Ihr Mann?«

»Richtig.« Lucile strahlte voller Stolz.

»Dann können Sie mich wirklich verstehen«, freute sich die Frau. »Denn dann leben Sie an der Seite eines Mannes, der für das einsteht und kämpft, woran er glaubt.«

»Ja, ja, das kann ich.«

»Ich bin Olympe«, stellte die Frau, sie mochte Anfang oder Mitte vierzig sein, sich vor. »Olympe de Gouges. Mit bürgerlichem Namen heiße ich Marie Gouze.«

»Lucile Laridon-Duplessis.« Sie reichte ihr die Hand. »Aber verraten Sie mir: Warum haben Sie einen anderen Namen angenommen?«

»Es ist mein Künstlername. Ich bin Schriftstellerin. Olympe ist der zweite Vorname meiner Mutter und Gouges eine abgewandelte Form meines Familiennamens, den auch meine Schwester verwendet.«

»Sie sind Schriftstellerin!« Lucile war beeindruckt, das wurde immer interessanter.

»Ja, und als solche finde ich es erschreckend, dass die meisten Frauen weder lesen noch schreiben können. Mir ging es übrigens in jungen Jahren ebenso.«

»Wie bitte? Aber Sie sind doch sogar Schriftstellerin!«

»Das meiste habe ich mir selbst beigebracht«, erwiderte Olympe. »Selbst die französische Sprache war mir fremd, in meiner Heimat wurde Okzitanisch gesprochen.«

»Seit wann sind Sie in Paris?«, erkundigte sich Lucile.

»Schon lange«, erwiderte Olympe, »ich kam 1768, als mein Sohn zwei Jahre alt war. Und da begann mein Selbststudium: Ich las, was ich in die Finger bekommen konnte, ging ins Theater und fing schließlich an zu schreiben.«

»Und in all Ihren Schriftstücken geht es um die Gleichberechtigung?«, fragte Lucile fasziniert.

»Nun«, Olympe lächelte, »ich habe schon 1774 eine Denkschrift verfasst, in der ich die Sklaverei angeprangert habe. Die Schrift ist aber noch nicht veröffentlicht worden.«

»Weil Sie eine Frau sind?«, vermutete Lucile.

»Ja. Ein Grund mehr, dass wir uns zusammentun. Es kann doch nicht sein, dass in dieser Revolution für Freiheit und Gleichheit gekämpft wird und wir Frauen dabei ganz und gar in Vergessenheit geraten. Aber«, fügte sie hinzu, »ich verrate Ihnen ein Geheimnis: Es ist bereits ein Werk von mir erschienen.«

»Oh! Unter welchem Titel? Vielleicht kenne ich das Buch sogar.«

Olympe schüttelte den Kopf. »Das glaube ich eher nicht. Es

heißt *Memoiren der Madame Valmont über die Undankbarkeit und die Grausamkeiten der Familie Flaucourt gegenüber der ihrigen.*«

»Das kenne ich tatsächlich nicht. Worum geht es?«

»Es ist sehr stark von meinem eigenen Leben inspiriert. Es geht um die Behandlung unverheirateter Mütter und ihrer Kinder, die ja verschiedentlich als Bastarde bezeichnet werden.«

»Aber Ihr Kind ist doch ehelich? Entschuldigung, ich wollte nicht …«

»Schon gut«, winkte Olympe ab. »Ich bin da nicht so empfindlich und ein großer Freund davon, die Dinge beim Namen zu nennen. Ja, mein Kind ist ehelich, aber keineswegs der Liebe entsprungen, da ich meinen Mann nicht liebte.«

»Das geht wohl vielen so«, seufzte Lucile, »aber wenn man einen Mann findet, den man liebt, darf man ihn nicht heiraten.«

»Sehen Sie!«, ereiferte sich Olympe. »Und ich bin der Ansicht, uns Frauen muss sowohl das Recht zuerkannt werden, zu heiraten, wen wir wollen, als auch das Recht, uns scheiden zu lassen. Und außerdem«, sie vollführte mit dem Zeigefinger eine energische Bewegung nach oben, »außerdem finde ich, wir Frauen sollten das Recht auf sexuelle Beziehungen außerhalb der Ehe bekommen.«

»Dieser Ansicht bin ich allerdings auch.« Lucile fand immer größeren Gefallen an dem Gespräch. »Und wo wir schon so offen reden: Ich liebe Camille, weigere mich, einen anderen zu heiraten und …«

»… und Sie wollen nicht auf die gewissen Freuden verzichten, nur weil Sie nicht verheiratet sind. Nur allzu verständlich!«, rief Olympe. »Aber nun stellen Sie sich mal vor, Ihre amourösen

Abenteuer blieben nicht ohne Folgen! Ihr Kind wäre geächtet, und Sie wären es auch. Während es die Männer eher ziert, wenn sie uneheliche Kinder haben. Vor allem die Adeligen.«

Lucile nickte. »Ich bin froh, dass Sie ebenso denken. Und ich bewundere Sie für Ihren Mut, das so klar zu formulieren.«

»Nur wenn wir die Dinge klar aussprechen, können wir etwas ändern!«, rief Olympe kämpferisch. »Wenn ich sie mir nur denke, erfährt keiner von ihnen, und ich finde auch keine Gleichgesinnten, weil ich ja dann gar nicht weiß, wer gleichgesinnt ist und wer nicht.«

»Da haben Sie allerdings recht«, bekräftigte Lucile.

Olympe lächelte sie an: »Dann habe ich in Ihnen eine Mitstreiterin?«

Lucile zögerte, aber nur für einen Moment. Dann sagte sie: »Ja. Ja, die haben Sie.«

Kapitel 38

230 Jahre später

Josie & Antoine
PARIS, MUSÉE NATIONAL DU MOYEN ÂGE,
RUE DU SOMMERARD, 10. OKTOBER 2019

Das Musée national du Moyen Âge hatte bis 1980 Musée de Cluny geheißen. Josie spürte ein Gefühl der Nervosität in sich aufsteigen, als sie, Hand in Hand mit Antoine, darauf zusteuerte.

»Ich wundere mich wirklich, dass du hier noch nicht warst«, sagte er. »Es handelt sich schließlich um eine der bedeutendsten Sehenswürdigkeiten und beherbergt zahlreiche Kunst- und Gebrauchsgegenstände aus dem europäischen Mittelalter.«

»Das liegt daran, dass ich so viel an der Kathedrale zu tun hatte, und …«, meinte Josie, sich verteidigen zu müssen.

»He!« Er zog sie an sich und küsste sie auf die Schläfe. »Das war kein Vorwurf! Ich freue mich, dass ich es sein darf, der dir dieses Museum zeigt.«

»Ich habe richtiges Herzrasen!«, gestand sie.

»Das will ich doch hoffen«, gab er zurück, »in meiner Gegenwart …«

Sie schüttelte den Kopf. »Nein, nein, das ist es gar nicht. Obwohl deine Gegenwart mein Herzklopfen natürlich noch verstärkt.« Sie gab ihm einen Kuss. »Ich kann es kaum glauben, dass ich nun bald vor den mittelalterlichen Königsköpfen stehen werde.«

Bittend sah sie ihn an. »Können wir alles andere auslassen und direkt zu den Königen gehen? Wir können uns die anderen Exponate ja danach ansehen. Die *Dame mit dem Einhorn* will ich zum Beispiel unbedingt anschauen.«

»Natürlich«, lachte er, »ich kann deine Aufregung ja verstehen.«

Kurz darauf standen sie vor den einundzwanzig Königsköpfen, die 1977 bei den Grabungen in der Chaussée d' Antin gefunden worden waren. Jetzt schlug Josie das Herz bis zum Hals.

»Sie sind unglaublich! Man kann sogar deutlich erkennen, dass sie koloriert waren.«

Staunend betrachtete sie zartrote Lippen, rosa Wangen, gräuliche Haare und Bärte und schwarze Pupillen. »Kein Wunder, dass die Königsköpfe Vorbild für die Kathedrale von Chartres waren.«

»Ich werde noch richtig eifersüchtig«, sagte Antoine irgendwann, als Josie ihre Blicke gar nicht von den Königen lösen konnte. »So lange und so eindringlich hast du mich noch nie angesehen.«

Sie lachte. »Ich glaube, das würde dir auch gar nicht behagen. Denn die Könige mustere ich mit meinem Steinmetz-Blick. Der sieht jedes Detail!«

»Oje«, lachte Antoine und sah sie besorgt an: »Jede Falte und jeden noch so kleinen Ansatz von Fett?«

»Absolut alles. Wobei du sehr genau weißt, dass das Fishing for Compliments ist. Du bist dir deines guten Aussehens sehr bewusst.«

»Komm, lass uns weitergehen«, lenkte Antoine ab, »du kommst mir hier nicht raus, ohne dir auch den Rest des Museums angesehen zu haben.«

Er zog sie mit sich fort, im Gehen warf Josie den Königsköpfen noch einen letzten Blick zu.

Antoine zeigte auf eine aus Kalkstein gefertigte Figur: »Auch diese Statue stand einst in Notre Dame. Man vermutet, dass dieser Adam um 1260 geschaffen wurde.«

»Er ist sehr naturnah gestaltet«, murmelte Josie mehr für sich.

»Deswegen ist er auch etwas Besonderes, denn im 13. Jahrhundert war diese Form des Realismus ungewöhnlich.« Hand in Hand gingen sie weiter.

»Weißt du eigentlich«, sagte er, »dass das hier ein ganz besonderer historischer Ort ist? Älter noch als das ursprüngliche Notre Dame und die Île de la Cité?«

»Nein. Erzähl!«

»Die alten Römer haben hier Thermen gebaut, die *Thermes de Cluny*. Die Anlage wurde aber zu großen Teilen noch in der Antike zerstört. Nur das Kaltwasserbecken ist weitgehend erhalten geblieben und Teil des Museums.«

»Und wann wurde das Museum eröffnet?«

»1844.«

»Das war zu der Zeit, als Viollet-le-Duc Notre Dame sanierte«, überlegte sie. »Ob er wohl auch hier war?«

»Davon ist stark auszugehen. Aber Anlass für die Gründung

war nicht Viollet-le-Duc, sondern der Archäologe und Kunstsammler Alexandre Du Sommerard. Er lebte früher selbst im Hôtel de Cluny und verfügte über einen großen Schatz an mittelalterlichen Kunst- und Alltagsgegenständen. Das Museum wurde allerdings erst nach seinem Tod gegründet.«

Dann bot er ihr den Arm: »Darf ich dich noch zu einem Herbstspaziergang durch die mittelalterlichen Gärten entführen?«

»Es wäre mir ein Vergnügen!«

Kapitel 39

229 Jahre zuvor

Lucile & Camille

P ARIS UND B OURG-LA -R EINE ,
D EZEMBER 1789 BIS S OMMER 1790

L ucile, Liebling, dein Vater möchte mit dir sprechen.«
Lucile legte enerviert das Blatt zur Seite, das sie gerade studiert
hatte. Camille hatte eine Zeitung gegründet, und sie hatte ihm
angeboten, Korrektur zu lesen.

»Wieder ein neuer Bewerber um meine Hand? Nach drei Jahren sollte Vater doch begriffen haben: Wenn ich Camille nicht
heiraten darf, heirate ich keinen.« Es hatte Bewerber gegeben,
die sogar noch reicher und wohlhabender waren als Luciles Vater.
Doch sie hatte sich stets strikt geweigert und würde das auch weiterhin tun.

»Ich glaube, mein Liebes, das hat er sehr wohl begriffen.« Ihre
Mutter gab ihr einen Kuss auf die Wange. »Zumal er eine Gattin
hat, die nicht müde wird, ihn darauf hinzuweisen. Und dein Auftritt neulich hat ihn auch beeindruckt.«

Lucile lächelte. Das Kennenlernen mit Olympe hatte ihr nochmal Mut gemacht, und sie hatte ihrem Vater gleich anschließend die Meinung gesagt. Und was ihre Mutter anging: Eine bessere hätte sie sich wirklich nicht wünschen können.

Lucile folgte ihr über die Galerie, von der die Türen zu den privaten Salons und Schlafzimmern abgingen, nach unten in die Bibliothek ihres Vaters. Wie so oft, seit sie mit Camille zusammen war, nahm sie den Unterschied zwischen dieser Welt und seiner Welt mit geschärften Sinnen wahr. Was für ein überflüssiger Prunk hier herrschte! Lange Zeit hatte sie deshalb regelrecht ein schlechtes Gewissen gehabt, sich schuldig gefühlt. Gehörte sie nicht allein schon wegen ihres Wohlstandes der Welt an, die Camille bekämpfte?

Sie öffnete die doppelflügelige Tür zur Bibliothek und trat ein. Die dunklen, geschnitzten Bücherregale erstreckten sich bis zur Decke, ein prachtvoller Band neben dem anderen war hier zu finden. Lucile wusste, dass ihr Vater die Bücher nicht nur als schmückende Gegenstände betrachtete: Claude-Etienne Laridon-Duplessis war ein ausgesprochen belesener Mann.

»Mein liebes Kind«, sagte ihr Vater, ein etwas massiger, distinguiert wirkender Herr Mitte fünfzig, kaum dass sie die Tür geöffnet hatte. Er erhob sich und ging ihr entgegen, um ihre Hände zu nehmen.

Misstrauisch sah sie ihn an. Welchen Bewerber um ihre Hand wollte er ihr auf diese Weise schmackhaft machen?

»Mein liebes Kind, ich habe Nachrichten, die dich freuen werden.«

»Nun?«, fragte sie, ohne zu lächeln. Sie hatte ihm nicht verziehen, dass er sie nicht ihrem Herzen folgen ließ.

»Ich muss sagen, dass mich die Rolle, die dein Camille in der Revolution gespielt hat, beeindruckt. Er scheint ein tapferer Mann zu sein, ist ein regelrechter Held. Ich fürchte, ich habe ihm unrecht getan.«

Lucile hielt den Atem an. Hieß das ...

»Und darum habe ich mich nach drei Jahren tatsächlich dazu entschieden, nachzugeben. Zumal mich deine Beharrlichkeit beeindruckt. Du hast meinen Segen. Heirate deinen Camille!«

»Vater!« Fassungslos riss Lucile ihre Hände aus den seinen, um ihm ihre Arme um den Hals zu schlingen. »Ich kann das gar nicht glauben! Ist das wirklich wahr?«

»Es ist wahr«, bestätigte er lächelnd. »Deine Mutter ist schon unterwegs, um ihm die frohe Botschaft zu überbringen. Ich denke, er wird bald hier sein. Ich kann es kaum erwarten, meinen künftigen Schwiegersohn zu begrüßen«, fügte er etwas brummig hinzu.

»Danke, danke, danke!« Lucile küsste ihren Vater auf beide Wangen. »Ich weiß gar nicht, was ich sagen soll.«

»Du musst nichts weiter sagen«, lächelte ihr Vater, »sondern dich zurechtmachen. Ich denke doch, dass es heute noch zu einer Verlobung kommen wird.«

»Danke!«, rief Lucile noch einmal und flog dann die Treppen hinauf. In ihrem Zimmer angekommen, klingelte sie nach ihrer Zofe, die gleich darauf vor ihr stand.

»Anna«, stieß sie hervor, »du musst mir helfen, mich zurechtzumachen. Stell dir vor – Vater hat endlich seine Einwilligung gegeben. Ich darf Camille heiraten!«

»Oh, Mademoiselle, ich kann Ihnen gar nicht sagen, wie sehr

mich das freut!«, rief Anna mit glühenden Wangen. »Ich suche Ihnen ein passendes Kleid heraus.«

Sie eilte ins Ankleidezimmer und kam gleich darauf mit einer ausladenden *robe à la française* zurück, deren Manteau über und über mit grünen Schleifen besetzt war, während auf dem Unterkleid Tausende Perlen schimmerten.

Heftig schüttelte Lucile den Kopf. »Nein, Anna«, wehrte sie ab. Mit den Kleidern war das wie mit dem Haus: Lucile hatte ein schlechtes Gewissen, wenn sie sich zu prunkvoll kleidete. Sie hatte das Gefühl, dann ihre Sache zu verraten. »Bring mir ein schlichteres Kleid.«

»Natürlich, Mademoiselle.« Anna hätte ihr nie widersprochen, doch Lucile wusste, dass sie sie enttäuscht hatte. Aber sie wusste auch, dass es richtig war. Schließlich ging es hier nicht um Anna, sondern um sie und Camille. Camille! Er würde tatsächlich ihr Ehemann werden! Sie konnte es gar nicht glauben!

Zustimmend nickte sie, als Anna kurz darauf mit einem schlichteren Seidenkleid zurückkehrte, dessen Farbe das Schimmern ihrer Augen betonte.

Lucile war gerade fertig angekleidet, als draußen auf der Straße Hufgeklapper ertönte. »Mutter ist zurück!«, vermutete sie und sprang auf, um hinauszusehen. Dann schrie sie leise auf. Ihre Mutter war nicht allein, sie hatte Camille gleich mitgebracht! Wie gut, dass sie sich bereits umgekleidet hatte. Sollte sie hinuntergehen? Nein, entschied sich Lucile, sie würde hier oben in ihrem Zimmer warten, bis die Mutter nach ihr rief. Wie aufgeregt sie war! Dabei war sie doch bereits seit drei Jahren mit Camille zusammen und wusste um seine Liebe.

»Rasch«, sagte sie zu Anna, »räum noch etwas auf und zieh dich dann zurück.«

»Ja, Mademoiselle.«

Wie lang, fragte sich Lucile, während sie wartete und die Sekunden sich dehnten wie endlos lange Stunden, konnte ein Mensch eigentlich brauchen, um das Haus zu betreten und nach ihr rufen zu lassen? Ob Camille noch bei ihrem Vater vorsprechen musste? Hoffentlich hätte er nicht allzu große Angst, dachte sie. Hoffentlich würde er nicht wieder stottern, und … Ein Klopfen an der Tür riss sie aus ihren ängstlichen Gedanken. »Herein?«

Zu ihrer Überraschung war es nicht die Mutter: Camille stürzte ins Zimmer – und fiel gleichzeitig vor ihr auf die Knie. Hätte Lucile nicht gewusst, dass er nun in aller Form um ihre Hand anhalten wollte, hätte sie auch meinen können, er sei gestolpert. Camille griff nach ihren Händen. »Lolotte! Meine Lucile, dein Vater hat zugestimmt, dass ich um deine Hand anhalten darf. Nach all den Jahren. Oh, meine Lucile, ich kann es gar nicht glauben. Willst du meine Frau werden?«

Lucile wusste nicht, ob sie lachte oder weinte, ob sie schrie oder flüsterte, als sie ihr »Ja« hervorbrachte. Dann sank sie zu ihm auf den Boden, um ihn zu küssen und ihn gleichzeitig zu umschlingen. »Ja, ja, ja.«

Es war der glücklichste Moment ihres bisherigen Lebens.

Lucile und Camille heirateten am 29. Dezember in der Kirche Saint-Sulpice. Die Mitstreiter der Revolution, allen voran Danton und Robespierre, feierten mit ihnen. Robespierre war Camilles Trauzeuge.

Im Sommer nach der Hochzeit fuhren die Frischvermählten auf das Landgut der Familie Duplessis in Bourg-la-Reine, das Camille kurzerhand in *Bourg-de-l'Égalité* umbenannte. Lucile hatte das Gefühl, nie zuvor so glücklich gewesen zu sein. Sie badete regelrecht im Frieden, der Liebe und der Freiheit jener Tage. Gemeinsam unternahmen sie ausgedehnte Spaziergänge und diskutierten über die Gedanken der Aufklärung. Abends setzte Camille sich an den Schreibtisch und schrieb seine Gedanken nieder, die sie dann, wie sie das schon vor der Hochzeit getan hatte, Korrektur las. Und mit jeder Zeile, die sie las, liebte sie ihn ein bisschen mehr. Sie liebte seinen Intellekt, seinen Witz und seine geistreichen Bemerkungen.

Als sie zurück in Paris waren – Lucile war, obwohl der Vater angeboten hatte, sie zu unterstützen, und sie sich eine größere Wohnung hätten leisten können, zu Camille gezogen –, traf sie sich wieder mit Olympe.

»Glückwunsch zur Hochzeit«, sagte diese und fügte spöttisch hinzu: »Die nun ja doch noch mit dem Segen Ihres Vaters stattfinden konnte.«

Lucile sah sie verletzt an. »Deshalb ist sie nicht weniger wert!«, versetzte sie. »Schließlich habe ich Camille nicht geheiratet, weil ich meinen Vater ärgern will, sondern weil ich ihn liebe.«

»Entschuldigung«, sagte Olympe rasch und nahm Luciles Hände. »Manchmal geht mir vor lauter Eifer für den Kampf um die Sache der Frauen der Blick aufs Wesentliche verloren.«

»Schon gut. Ich verstehe Sie schon, und es ist ja so wichtig, was Sie tun. Wie ist es Ihnen ergangen?«

»Ich habe gearbeitet. Ununterbrochen. Denn ich muss Ihnen

sagen, Lucile, auch wenn ich mich natürlich sehr über den politischen Sieg des dritten Standes freue, so ärgere ich mich doch nach wie vor ungemein darüber, dass die Idee der Rechtsgleichheit offenbar nur für die Männer gilt. Ich habe etwas vorbereitet.«

Lächelnd zog sie eine Mappe hervor, in der sich ein Stapel eng beschriebener Papiere befand.

»Das hier«, sagte Olympe feierlich, »ist die radikale Proklamation von Freiheits- und Gleichheitsrechten – für die Frauen.«

»Oh!« Beeindruckt streckte Lucile die Hand aus. »Darf ich?«

»Ich bitte darum.« Angespannt sah Olympe ihr dabei zu, wie sie zu blättern begann.

Gleich darauf blickte Lucile überrascht auf. »Sie nennen das neue Regime Tyrannei?«

»Natürlich«, erwiderte Olympe gelassen, »was sonst sollte ein Regime sein, das die Frauen ausschließt? Ich will die Nationalversammlung im Namen aller Mütter, Töchter und Schwestern der Nation auffordern, sofort private und politische Frauenrechte für Frankreichs Bürger zu verabschieden.«

Erneut vollführte Olympe die eigenartige Bewegung mit dem Zeigefinger, die Lucile schon einmal an ihr beobachtet hatte, dann erklärte sie: »Ich sage Ihnen, die neue Verfassung ist illegitim und nichtig, schließlich wurde die Hälfte des Volkes an der Ausarbeitung nicht beteiligt und ist nicht vertreten.«

»Wir Frauen«, sagte Lucile.

»Wir Frauen«, bestätigte Olympe. »Und wir sind schließlich«, sie deutete auf die Seite, die Lucile gerade aufgeschlagen hatte und zitierte ihren eigenen Text, »das an Schönheit wie an Mut, die Beschwernisse der Mutterschaft betreffend, überlegene Geschlecht.«

»Ganz schön wagemutig.«

»Ohne Mut kommt man nicht weiter«, konterte Olympe und drängte dann: »Lesen Sie weiter. Ich will wissen, was Sie davon halten.«

Und Lucile, geschmeichelt, dass dieser so engagierten wie unerschrockenen Dame ihre, Luciles, Meinung derart wichtig war, las: »*Artikel 1: Die Frau wird frei geboren und bleibt dem Manne gleich in allen Rechten. Die gesellschaftlichen Unterschiede können nur im allgemeinen Nutzen begründet sein.*« Sie überflog die folgenden Artikel. In Artikel 6 erklärte Olympe: »*Das Gesetz muss Ausdruck des Gemeinwillens sein; alle Bürgerinnen und Bürger müssen persönlich oder über ihre Repräsentanten an der Gesetzgebung mitwirken; es muss dasselbe sein.*« Lucile nickte zustimmend. Bei Artikel 10 stutzte sie allerdings: »*Wegen seiner, selbst fundamentalen, Meinungen braucht niemand etwas zu befürchten. Die Frau hat das Recht, auf das Schafott zu steigen; sie muss gleichermaßen das Recht haben, ein Podium zu besteigen; unter der Voraussetzung, dass ihre Bekundungen nicht die durch das Gesetz festgelegte öffentliche Ordnung stören.*«

»Irritiert Sie das etwa?«, fragte Olympe, die sie genau beobachtet hatte.

»Auf den ersten Blick ja«, sagte Lucile. »Es klingt so … radikal. Aber Sie haben ja vollkommen recht.«

»Das will ich meinen«, murmelte Olympe zufrieden und sagte dann: »Auf den letzten Seiten wende ich mich direkt an die Frauen und fordere sie auf, sich mit Philosophie zu beschäftigen und sich an die Ideen der Aufklärung zu halten.«

»Ich finde das wunderbar«, sagte Lucile. »Und ich wünsche Ihnen nicht nur viel Erfolg bei Ihren Zielen, sondern ich verspreche Ihnen auch, Sie nach Kräften bei deren Umsetzung zu unterstützen.«

Kapitel 40

229 Jahre später

Josie & Antoine
PARIS, RUE DE LA BÛCHERIE, 5. OKTOBER 2019

Jetzt weiß ich, warum du so fit bist und in einem derart halsbrecherischen Tempo durch Paris fährst«, tat Josie erschöpft, als sie hinter Antoine die Treppen zu dessen Wohnung emporstieg. Sie waren in einem wunderbaren französischen Restaurant essen gewesen, hatten dann noch lange engumschlungen am Seine-Ufer gestanden – und irgendwann hatte er sie dann gefragt, ob sie nicht mit zu ihm kommen wolle. Für einen winzigen Moment hatte sie gezögert, wissend, was diese Frage bedeutete, dann jedoch hatte sie ihn geküsst: »Gerne.«

Schweigend waren sie nebeneinander hergegangen, jeder in seine Gedanken versunken, jeder in seinen Wünschen, Träumen und Vorstellungen gefangen. Dann hatten sie die Rue de la Bûcherie erreicht, wo Antoine wohnte. Er hatte sie bis zu einem Eckhaus zur Rue de l'Hôtel Colbert gezogen und stieg nun vor ihr die steile Treppe hinauf.

»Wieso hast du dir denn ausgerechnet die Wohnung im Dachgeschoss ausgesucht?«, fragte sie, als sie endlich oben angekommen waren. Wobei ihr das Treppensteigen als Fassadenkletterin freilich nichts ausmachte.

Er – ebenfalls gar nicht atemlos, was Josie auf das tägliche Training zurückführte – schloss grinsend die Tür auf und schob sie hinein.

»Das wird sich dir gleich erschließen«, versicherte er. Und in der Tat begriff Josie sofort, kaum dass sie das Zimmer betreten hatte, worauf er anspielte. Aus dem Wohnzimmerfenster eröffnete sich eine großartige Aussicht auf Notre Dame.

»Das ist ja fantastisch! Und unbedingt jede Treppenstufe wert.«

»Und außerdem hält es fit«, lachte er. »Du kannst dir sicherlich vorstellen, wie wunderschön die Aussicht war, als der Spitzturm noch stand.«

»Oh ja. Und ich wünsche dir von Herzen, dass du künftig weder auf eine künstliche Flamme noch auf ein Schwimmbad schauen musst.«

Frankreichs Architekten übertrafen sich in Wettbewerben und Vorschlägen, die teilweise originell, häufig genug jedoch auch absurd waren. Einer hatte vorgeschlagen, auf dem Dach von Notre Dame ein riesengroßes Treibhaus als Paradies für bedrohte Arten zu bauen – wohl, wie Josie vermutete, weil dort zuvor ein Bienenvolk angesiedelt worden war, das den Brand wie durch ein Wunder überlebt hatte. Ein anderer war der Ansicht gewesen, ein von Regenwasser gespeistes Schwimmbad auf dem Dach der Kathedrale würde sich doch hervorragend machen. Und was den Spitzturm anging, gab es sogar Überlegungen, statt des Turms einfach einen Lichtstrahl in Szene zu setzen. Die in Josies Augen absurdeste aller Ideen war wohl nicht ganz ernst gemeint gewesen – wohl aber in den sozialen Netzwerken für bare Münze genommen worden: Mathieu Lehanneur, seines Zeichens französischer Designer, hatte auf Instagram die Kathedrale gepostet, aus der eine hundert Meter hohe Kohlenstofffaser-Flamme schoss. Josie war empört gewesen, als sie das gesehen hatte. Und auch verletzt. Das Feuer hatte Notre Dame fast vollkommen zerstört. Wie konnte man mit so etwas einen Scherz machen!

»Das wünsche ich mir auch«, sagte Antoine nun dicht an ihrem Ohr, während er von hinten die Arme um sie schlang und begann, zärtlich ihren Nacken zu küssen. Sie schmiegte sich an ihn, er raunte: »Das eigentlich Interessante an dieser Wohnung ist aber etwas anderes.«

»Und was?«, flüsterte sie zurück, während sie spürte, dass die Erregung langsam von ihr Besitz ergriff.

»Hier, in diesem Zimmer, lebte einmal Simone de Beauvoir.«

»Was?« Josie hatte das Werk der Schriftstellerin regelrecht verschlungen, ebenso wie das ihres Lebensgefährten Sartre. »Und Sartre?«, fragend wandte sie sich zu ihm um: »Lebte er hier auch?«

Er seufzte. »Ich sehe schon, das war das falsche Thema für einen romantischen Nachmittag«, sagte er augenzwinkernd.

»Meine Freundin interessiert sich augenscheinlich wieder einmal mehr für die Vergangenheit als für die Gegenwart.«

»Verzeih«, bat sie lachend, wobei die Tatsache, dass er sie »meine Freundin« nannte, ihren Herzschlag noch einmal beschleunigte.

»Du interessierst mich natürlich viel mehr als Simone de Beauvoir und Jean-Paul Sartre.«

»Da bin ich ja froh. Und ich muss auch gestehen, dass diesem

Teil der Geschichte so gar nichts Romantisches innewohnt. Es war zu einer Zeit, in der die beiden bereits Bett und Tisch getrennt hatten und Sartre in der Rue Bonaparte bei seiner Mutter wohnte.«

»Simone hatte doch eine Affäre mit diesem Amerikaner.« Sie schlang die Arme um seinen Hals. »Affäre ist ein gutes Stichwort«, murmelte er. »Wobei du für mich schon jetzt viel mehr bist als eine Affäre.«

Doch es war ihnen offenbar keine Romantik vergönnt. Sie wollten einander gerade – endlich – küssen, als es an der Tür klingelte.

»Das darf doch nicht wahr sein!«, rief Antoine und ließ seine Freundin resigniert frei. »Bin gleich wieder da.« Insgeheim befürchtete er, es könne Élaine sein, die ihm immer noch hin und wieder Avancen machte, die er jedoch gekonnt ignorierte. Dennoch wollte er sie nicht verletzen. Und wenn sie ihn nun hier mit Josie anträfe, würde sie das ohne jede Frage treffen. Andererseits würde sie dann vielleicht endlich von ihm ablassen.

»Ist gut.« Josie hoffte, dass er recht hatte und den ungebetenen Gast wirklich schnell wieder loswerden würde. Sie beobachtete vom Wohnzimmer aus, wie Antoine die Tür öffnete und sah gleich darauf verblüfft einen wütenden, rotgesichtigen Mann, sie schätzte ihn auf Ende Dreißig, ins Wohnzimmer stürzen. Er hatte sich einfach an Antoine vorbeigedrängt.

Als er Josie erblickte, hielt er verblüfft inne und starrte sie an. Dann wandte er sich zu Antoine um. »Du hast Besuch!«, stellte er fest. »Warum hast du das denn nicht gesagt?«

»Weil du mich nicht hast zu Wort kommen lassen«, erwiderte Antoine halb verärgert halb amüsiert. »Darf ich vorstellen? Das ist

Josie, meine Kollegin. Sie arbeitet mit mir an der Restaurierung von Notre Dame. Josie, das ist mein alter Freund Laurent.«

Während Josie noch darüber nachdachte, ob sie gekränkt sein sollte, weil Antoine sie nur als Arbeitskollegin vorstellte, obgleich er sie zuvor doch als seine Freundin bezeichnet hatte, schoss Laurents Zeigefinger bereits in ihre Richtung.

»Ha!«, rief er, »Sie kommen mir gerade recht. Finden Sie es eigentlich richtig, von Geld bezahlt zu werden, das Frankreichs Ärmste dringend brauchen könnten?«

»Wie bitte?«, fragte Josie irritiert.

»Laurent!«, mahnte Antoine. »Wenn du nur gekommen bist, um hier herumzustänkern und meine Freundin anzugreifen, dann gehst du besser wieder.«

»Deine Freundin?«, fragte Laurent. »Das wusste ich ja gar nicht.« Etwas verlegen reichte er Josie die Hand. »Tut mir leid. Manchmal geht es einfach mit mir durch.«

»Laurent ist bei den Gelbwesten sehr aktiv«, erklärte Antoine. »Und er ärgert sich furchtbar darüber, dass Frankreichs Geldadel so viel für Notre Dame spendet statt für die Menschen.«

»Es kann doch nicht sein, dass man Millionen für einen Haufen Steine ausgibt, während so viele Menschen in Not sind!« Auffordernd und offensichtlich auf eine Antwort wartend, sah Laurent Josie an.

»Ich kann Ihre Wut verstehen«, versicherte sie, »aber dennoch glaube ich, dass man das nicht miteinander vergleichen kann. Und gegen eines muss ich mich verwahren: Notre Dame ist kein Haufen von Steinen. Das ist ein großes Bauwerk, an dem Menschen aus Paris, ach was, Menschen aus der ganzen Welt über

Jahrhunderte gewirkt haben. Sind Sie nicht auch ein wenig stolz auf die Kathedrale? Und würde sie Ihnen nicht fehlen, wenn es sie nicht gäbe?«

Laurent schnaubte:»Glauben Sie mir, es gibt da draußen Menschen, die haben weitaus größere Sorgen. Die wissen nicht, wie sie ihre Kinder sattbekommen sollen. Und Sie können mir nicht erzählen, dass es Frankreichs Milliardären wirklich um die Kathedrale geht.«

»Ich weiß«, sagte Josie,»Sie haben ihnen unterstellt, dass sie mit ihren Spenden nur Steuern sparen wollen. Aber erstens fände ich diese Geste selbst dann ausgesprochen großzügig – denn sie zahlen weit mehr als das, was sie sparen – und zweitens verzichten Frankreichs Milliardäre, wenn ich richtig informiert bin, auf die Steuerersparnisse.«

»Aber auch nur, weil wir sie durchschaut haben!«, rief Laurent. »Wir haben nämlich öffentlich auf diese Schmierenkomödie aufmerksam gemacht. Und dann konnten sie nicht anders, als das zu sagen. Sonst hätten sie sich vor dem ganzen Land blamiert.«

»Ich glaube, diese Gefahr besteht nicht«, sagte Josie kalt. Sie verstand die Sichtweise dieses Mannes ja einerseits. Aber andererseits mochte sie keine Menschen, die an allem etwas auszusetzen hatten – und auch nicht für Argumente zugänglich waren. Manche Menschen wollten einfach anklagen und einen Schuldigen benennen. Sie reagierte zunehmend gereizt auf Laurents Einlassungen. Brüsk wandte sie sich ab. Sie wollte es sich mit Antoines Freund nicht gleich bei der ersten Begegnung verderben, spürte aber deutlich: Wenn sie dieses Gespräch nicht sofort beendete, würde sie sich gleich furchtbar mit ihm streiten.

Dankbar hörte sie, dass Antoine sich nun an seinen Freund wandte. »Wie kann ich dir helfen, Laurent?«, fragte er. »Wie du sicher gemerkt hast, ist es gerade etwas ungünstig.«

Laurent stieß ein undefiniertes Knurren aus. Dann sagte er: »Wollte auch nur fragen, wann wir unser Abendessen nachholen, zu dem wir verabredet waren, als die Kirche abgebrannt ist. Ist ja immerhin auch schon wieder ein halbes Jahr her.«

Die Kirche, dachte Josie empört, während sie durch das Wohnzimmerfenster auf die verwundete Kathedrale starrte. Laurent tat ja so, als handle es sich um eine beliebige Dorfkirche.

»Entschuldige«, sagte Antoine. »Der Brand hat alles durcheinandergewirbelt und ...«

»Und dann trat auch noch eine Frau in dein Leben, da hat man keine Zeit mehr für alte Freude, versteh' schon.« Laurents Miene bewegte sich zwischen verärgert, verständnisvoll und einsam.

»Nichts für ungut, Josie!«, rief er dann. »Vielleicht können wir ja mal zu dritt essen gehen. Das würde mich wirklich freuen.« Sie drehte sich zu ihm um. Er versuchte sich an einem Lächeln, was ihm auch tatsächlich halbwegs gelang.

»Nichts für ungut«, erwiderte sie versöhnlich und fügte dann noch hinzu: »Ich würde mich ebenfalls freuen.«

Als er gegangen war, zog Antoine Josie erneut in seine Arme. »Endlich allein«, murmelte er. »Und jetzt lasse ich mich von nichts und niemandem mehr davon abhalten, endlich das zu tun, was ich schon die ganze Zeit über tun wollte.«

★★★

Josie war glücklich. Sie lag an Antoines nackter Brust, spielte mit seinem Brusthaar, lauschte auf seinen Herzschlag. Ihn zu lieben war wunderbar, rauschhaft und aufregend und zugleich so vertraut gewesen. Sie erlebte in seinen Armen eine Geborgenheit, als hätte sie, endlich, ihre Heimat gefunden. Sie spürte seinen Atem auf ihrer Stirn, seine Hände strichen über ihr Haar. Sie blickten durch das Fenster auf die Kathedrale hinaus, mit der sie beide so viel verbanden. Das Leben war schön.

Kapitel 41

168 Jahre zuvor

Marie & Victor

PARIS, WERKSTATT VON MARIE, RUE SAINT-ANDRÉ DES
ARTS UND MEHRERE SCHAUPLÄTZE DER PARISER INNENSTADT,
3. DEZEMBER 1851

Zufrieden umrundete Marie die Statue noch einmal und betrachtete sie im Morgenlicht des heraufziehenden 3. Dezember aufmerksam von allen Seiten. Doch. Alles war perfekt, ein skulpturaler Eugène, der sich von seinem lebenden Vorbild nur in zwei Punkten unterschied: Dieser hier war aus Stein, und er trug ein Königsgewand. Nachdenklich setzte sie sich auf den Stuhl, der neben der Tür stand, und ließ ihre Blicke durch den Raum und hinüber zur Kathedrale, dem Herz und der Seele von Paris, schweifen.

Dort stand die Arbeit jetzt still. Bedrückt hatte Eugène es ihr gestern Abend berichtet: Alle Kämpfe der letzten Zeit waren umsonst gewesen. Das Geld war ausgegeben, und die Nationalversammlung wollte vorerst kein neues bewilligen. Die Bauarbeiten mussten eingestellt werden.

Marie verstand Eugènes Frustration, denn es gab noch so unendlich viel zu tun. Es ließ sich aber nicht ändern. Und immerhin: Die Könige für die Königsgalerie waren fertig geworden. »Ich habe das Gefühl, dass hier etwas unvollendet ist«, hatte er gesagt, »und dieses Gefühl macht mich fast verrückt.« Marie hatte das verstanden, wie so vieles, was in ihm vorging. Auch in ihrem Leben gab es ja etwas großes Unvollendetes: Sie hatte den Auftrag ihrer Mutter, die Madonna auf der Mondsichel zu finden, bisher nicht erfüllt. Aber immerhin – die Könige hatten ihre Köpfe wieder, wenn auch nicht ihre ursprünglichen. Und sie hatte selbst daran mitgewirkt. Aber plötzlich verspürte sie den Drang, noch eine ganz persönliche Nachricht zu hinterlassen – für den Fall, dass sie, obwohl sie ihre Suche niemals aufgeben würde, nicht fündig würde, für den Fall, dass ihr morgen etwas passierte. Wer konnte das schon wissen!

Einer Eingebung folgend, sprang sie von ihrem Stuhl auf und stürzte zu ihrem Schreibtisch. Kramte ein Blatt Papier, Feder und Tinte heraus und wollte gerade beginnen zu schreiben, als sie es sich anders überlegte. Das Papier könnte nass werden. Ein Bleistift mit dicker, weicher Miene eignete sich besser. Sie griff nach einem entsprechenden Stift und begann zu schreiben.

Liebste Maman,

einen Teil Deines Auftrags konnte ich ausführen. Auch dank der Hilfe von Victor und Eugène. Lakanal konnte mir nicht weiterhelfen. Ich konnte den Königen ihre Köpfe zurückgeben – zumindest in gewisser Weise. Und einem ganz besonders. Die Madonna habe ich noch nicht gefunden. Und auch keinen Ring oder eine Mondsichel, die ich öffnen könnte. Aber ich werde nicht aufgeben. Und wenn ich sie gefunden habe, werde ich sie zurückbringen.

In Liebe, Deine Marie.

Nachdenklich hielt sie das Stück Papier in der Hand. Wieder und wieder flogen ihre Blicke von dem Brief zur Statue und von der Statue zum Brief. Es ging hier um die beiden Menschen, die sie auf der Welt am meisten geliebt hatte – oder liebte: ihre Mutter und Eugène. Wenn Eugène, der steinerne Eugène, nun auf das Vermächtnis ihrer Mutter achtgab, es sozusagen hütete? Vielleicht würde das ihrer Sache sogar Glück bringen!

Langsam und nachdenklich erhob sie sich. Am liebsten würde sie der Skulptur den Brief in die Hand geben, aber das war natürlich nicht möglich. Dazu waren die Hände viel zu filigran. Aber, Marie stockte für einen Moment der Atem, sie könnte das Papier hinter den kleinen Blumenstrauß, den er in der Hand hielt, in den Ärmel schieben. Dort war Platz und sie könnte die Stelle auch noch mit einem kleinen, eigens zugehauenen Stein und Mörtel verschließen. Ja, das war eine hervorragende Idee.

Sie griff nach Hammer und Meißel, um die Vertiefung zwischen Hand und Ärmel etwas zu vergrößern, dann faltete sie das Papier und schob es in den Ärmel. Der Brief lag nun in den Händen des Mannes, dem ihr Herz gehörte. Marie atmete seufzend auf. Ein Gefühl des Friedens breitete sich in ihr aus.

Kurz darauf sollte es mit dem Frieden vorbei sein: Draußen auf den Straßen brach die Hölle los.

★★★

Victor sah erstaunt und auch ein wenig beunruhigt auf, als es an der Tür klopfte: Es war erst acht Uhr morgens, er war zwar wach, lag aber noch im Bett. Wer sollte um diese Uhrzeit schon etwas von ihm wollen? Grund zur Beunruhigung hatte er allemal: Die Zeiten waren unruhig, unruhiger vielleicht als je zuvor. Nachdem Paris achtzehn Jahre keinen Regierungswechsel erlebt hatte, war es vor drei Jahren, 1848, erneut zu einer Revolution gekommen. Wieder erhoben sich die unteren Schichten, denn seit der Ernennung von Louis-Philippe zum König wurden schleichend die erst vor einigen Jahrzehnten erworbenen Rechte wieder zurückgenommen. Als der König dann schließlich im Februar 1848 ein geplantes Bankett zur Reform des Wahlrechts verboten hatte, kam es zu öffentlichen Protesten. Diese ebbten jedoch nicht ab, sondern steigerten sich zu Unruhen und führten geradewegs in ebenjene 1848er Revolution. Dabei war Victor innerlich sehr zerrissen: Noch immer hielt er sein Land nicht reif genug für eine Republik, und wenn er auch eigentlich Republikaner war, so war er doch seit sechs Jahren ein vom König ernannter Pair. Wirre Zeiten waren gefolgt, die Zweite Französische Republik war gekommen und im Dezember hatte Louis Napoleon Bonaparte die Präsidentschaftswahlen gewonnen.

Victor war zeitweise sogar als Kultusminister im Gespräch gewesen. Mutig war er gewesen, wieder und wieder auf die Barrikaden gegangen, um das Volk über Neuerungen zu unterrichten. Und während er das tat, waren Aufständische in sein Heim an der Place Royal eingedrungen.

Die Familie hatte sich daraufhin nicht mehr sicher gefühlt und zog erneut um.

In der Folge der Revolution von vor drei Jahren hatte sich Victor Hugo doch noch ganz auf die Seite der Republik gestellt – aber zu dem Zeitpunkt, zu dem er das tat, war diese schon zum Scheitern verurteilt.

Aber er hatte sich nicht gescheut, seine Haltung klar zu machen und mehr als deutliche Worte im Parlament gefunden, dem er seit sechs Jahren als Pair angehörte: »Weil wir Napoleon le Grand gehabt haben, müssen wir nun auch Napoleon le Petit haben?« Ein unglaublicher Tumult war seinen Worten gefolgt, die Rechte hatte ihn niedergeschrien. Und seine Worte hatten Folgen gehabt: Die Redakteure der Zeitung, die Victor gegründet hatte, um ein Sprachrohr zu haben, wurden ins Gefängnis geworfen, darunter seine Söhne François-Victor und Charles. Und jeden Tag, das war ihm vollkommen klar, könnte er selbst an der Reihe sein. Insofern hatte er allen Grund, darüber beunruhigt zu sein, dass es so früh an der Tür klopfte.

Auf sein »Herein« trat nun der Diener ein. Er war bleich und sah beunruhigt aus.

»Monsieur«, sagte er zur Begrüßung, »da ist ein Volksvertreter, der mit Ihnen sprechen will.«

»Wer denn?«, erkundigte sich Victor nervös, schlug die Bettdecke zurück und zog sich seinen Morgenmantel über. Im Schlafanzug wollte er sicherlich keinen Volksvertreter begrüßen.

»Monsieur Versigny.«

»Gut«, erwiderte Victor, »er soll hereinkommen.« Er schätzte Versigny und wusste, dass er von ihm nichts zu befürchten hatte.

Gleich darauf stand der Volksvertreter vor ihm. »Monsieur

Hugo«, sagte der kleine Mann, der etwas außer Atem war, »in der Nacht ist das Palais Bourbon umzingelt worden.«

Victor nickte. »Es ist also so weit.«

»So ist es, Monsieur. Und die Abgeordneten, die zum Widerstand entschlossen sind, sollen sich bei der Baronin Coppens in der Rue Blanche 70 versammeln.«

»Gut. Ich danke Ihnen, Monsieur.«

Victor kleidete sich in aller Hast an, informierte Adèle, die ihrerseits noch in ihrem Zimmer war und im Bett die Zeitung las, und verabschiedete sich von ihr.

Adèle blieb ruhig, wie sie das immer war – und Victor konnte nicht umhin, sie zu bewundern, immerhin saßen zwei ihrer Söhne im Gefängnis und ihr Mann begab sich nun in Gefahr.

Draußen war die Hölle los. Eine lange Kolonne von Infanterie zog durch die Straßen.

»Was sollen wir machen?«, rief ihm ein Mann zu, der ihn offenbar erkannte.

»Reißt die aufrührerischen Plakate ab, die den Staatsstreich verkünden und ruft: Es lebe die Verfassung«, erwiderte Victor.

»Aber was, wenn die Soldaten des Königs schießen?«

»Dann greift zu den Waffen.«

★★★

Wie merkwürdig das Leben doch manchmal war, dachte Marie, als sie am Fenster ihres Ateliers stand und auf die Straße hinaussah, wo sich Verteidiger der Verfassung und Bonapartisten eine wilde Schlacht lieferten.

Hatte sich nicht am Morgen noch ein tiefes Gefühl des Friedens in ihr ausgebreitet? Hatte sie nicht das Gefühl gehabt, etwas abgeschlossen zu haben, als sie den Brief in die Hände ihres steinernen Geliebten legte? Und nun schien alles wieder von vorne zu beginnen – wenn es diesmal auch nicht direkt ihre Familie betraf. Aber Victor betraf es. Ihren Freund Victor Hugo. Angstvoll sah sie hinaus. Hoffentlich würde ihm nichts zustoßen!

Kapitel 42

60 Jahre zuvor

Lucile

PARIS, NOTRE DAME, MÄRZ 1791

Lucile war im Glück! Dass ihr Vater der Hochzeit mit Camille am Ende doch zugestimmt hatte, zeigte, dass es sich zu kämpfen lohnte. Manchmal musste man eben hartnäckig sein, um etwas zu erreichen.

Und manchmal begegnete man dem richtigen Menschen zum richtigen Zeitpunkt: Aus der Begegnung mit Olympe war lange schon Freundschaft geworden. Sie trafen sich oft, und inzwischen nahmen sich noch viel mehr Französinnen der Sache der Frauen an. In ganz Frankreich gründeten sich Frauenclubs. So gab es zum Beispiel den *Cercle Patriotique des Amies de la Vérités*, den *Patriotischen Kreis der Freundinnen der Wahrheit*. Oder die *Soeurs de la Constitution*, die Schwestern der Verfassung.

Heute waren Olympe und Lucile mit einer Frau namens Etta Palm d'Aelders vor der Kathedrale verabredet, der Ort war inzwischen zu ihrem Lieblingsplatz geworden. Weil sie sich hier zum ersten Mal begegnet waren, aber auch, weil Lucile das Gefühl hatte, die Kirche, dieses alte Gotteshaus, das schon seit Jahrhunderten an Ort und Stelle stand, würde ihnen gewissermaßen Kraft und Segen für ihre Vorhaben geben. Zwar war die Île de la Cité mit ihren dicht gedrängt stehenden Häuschen und den engen Gässchen, in denen sich viel Gesindel herumtrieb und wo es eigentlich immer stank, nicht unbedingt ein angenehmer Ort. Und manchmal fragte sich Lucile, wie die Kirche wohl wirken würde, wenn sie nicht zwischen all diesen Häuschen eingezwängt stünde, doch dann schob sie den Gedanken wieder fort. Es gab wirklich Wichtigeres!

Etta wartete schon, als Olympe und Lucile auf sie zusteuerten. Sobald sie sie entdeckte, ging sie ihnen mit zielstrebigem Schritt entgegen. Sie war groß und kräftig. Beim Näherkommen erkannte Lucile, dass ihr Gesicht schon fast scharfe Züge hatte und ihr Blick regelrecht stechend war. Entsprechend fest war auch ihr Händedruck.

»Ich freue mich, dass es geklappt hat«, sagte Etta, »ich freue mich sehr, dass wir Frauen uns nun zusammenschließen. Es ist eine unbedingte Notwendigkeit.«

»Ich freue mich auch sehr!«, erwiderte Lucile, während Olympe die andere freundlich anlächelte. »Erzählen Sie uns ein bisschen von sich.«

Die drei Frauen ließen sich vor der Kirche auf einer kleinen Bank nieder. Lucile legte den Kopf leicht in den Nacken und hielt ihr Gesicht der wärmenden Frühjahrssonne entgegen. Sie liebte diese Jahreszeit, wenn die Sonne mehr Kraft bekam und sich die Frühjahrsblumen durch den oft noch gefrorenen Boden bohrten.

»Ich habe vor einigen Wochen einen Klub begründet, die *So-cíété Patriotique et de Bienfaisane des Amies de la Vérité*. Mein Ziel ist es, in jeder einzelnen Pariser Sektion auch eine Frauensektion zu eröffnen. Und wenn ich jede sage, dann meine ich auch jede.«

»Eine hervorragende Idee«, rief Olympe, setzte sich aufrechter hin und schenkte Etta ihre volle Aufmerksamkeit.

Etta nickte eifrig. »Ich denke, das ist die einzige Möglichkeit, das Mitspracherecht der Frauen überall von vornherein zu verankern. Ich habe bereits allen achtundvierzig Pariser Sektionen geschrieben und sie aufgefordert, jeweils auch zwei Frauen zu nominieren.«

»Und, haben Sie schon Antwort?«, erkundigte sich Olympe begeistert nach einer Reaktion aus den Wahlbezirken, doch Etta schüttelte den Kopf. »Leider nein, aber es ist vielleicht noch zu früh.«

»Ich fürchte, so ist es«, mischte sich Lucile ins Gespräch.

»Wie meinen Sie das?«, fragte Olympe. »Zu früh für eine Antwort?«

»In mehrfacher Hinsicht zu früh«, präzisierte Lucile. »Unser Ziel muss ja sein, dass irgendwann ebenso viele Frauen wie Männer in den Sektionen – und sogar in der Nationalversammlung – sitzen.«

»Richtig«, kam es von Olympe, es klang wie eine Frage.

»Aber ich denke«, fuhr Lucile fort, »dass der Weg bis dahin noch lang und steinig ist. Ich fürchte, dass man Ihre Forderung in den Sektionen gar nicht ernst nehmen wird.«

»Sie halten es also für einen Fehler?« Etta wirkte beleidigt.

»Auf keinen Fall!«, rief Lucile. »Da haben Sie mich ganz und gar falsch verstanden. Nur wenn wir immer wieder auf das Problem aufmerksam machen, niemals aufgeben, wird sich irgendwann etwas ändern. Ich habe grade vorhin erst gedacht, dass es sich lohnt zu kämpfen. Sie dürfen nur nicht enttäuscht sein, wenn keine Rückmeldungen kommen.«

»Glauben Sie das wirklich«, fragte Etta, »dass keine Rückmeldungen kommen?«

»Es steht zu befürchten«, sagte Lucile. »Sehen Sie, mein Mann weiß um unsere Sache und unterstützt sie nach Kräften.«

»Natürlich. Sonst hätte er ja auch nicht im letzten Jahr mit Danton den *Club des Cordeliers* gegründet.«

»Ganz genau. Und diese politische Vereinigung stand bereits von Anfang an auch allen Frauen offen«, bestätigte Lucile. »Aber zurück zu Ihrem Schreiben. Auch mein Mann ist Mitglied einer Sektion. Er hat mir nichts von einem solchen Schreiben erzählt. Das heißt, dass es schon abgefangen wird, bevor die Sektionsmitglieder überhaupt davon wissen und darüber debattieren können.«

»Aber von wem?«, rief Etta empört.

Lucile zuckte die Achseln. »Von dem, der den Posteingang bearbeitet. Aber unabhängig davon ist es wichtig, nicht aufzugeben.«

»Und wir unterstützen Sie nach Kräften«, versprach Olympe, »es ist ja unser gemeinsamer Kampf.«

»Gut«, sagte Etta und sah die beiden finster an. »Wenn Sie recht behalten sollten, Lucile, und meine Forderung ungehört verhallt, dann werde ich eben in die Nationalversammlung gehen und dort sagen, was ich zu sagen habe.«

»Bravo!«, kam es von Olympe.

Kapitel 43

60 Jahre später

PARIS, GARE DU NORD UND BELGIEN,
11.–15. DEZEMBER 1851

Der Mann, der am späten Abend des 11. Dezember 1851 bei klirrender Kälte den Zug bestieg, war, so stand es in seinem Pass, Jacques-Firmin Lavin. Er war achtundvierzig Jahre alt, und er besaß in der Rue des Jeuneurs Nr. 4 in Paris eine Buchdruckerei. Nun wollte er nach Belgien reisen, wo er Arbeit gefunden hatte. Er trug einen schwarzen Gehrock und eine Arbeitermütze.

Der Beamte an der französischen Grenze musterte ihn skeptisch. Der Mann, der hier vor ihm stand, hatte mit jenem auf dem Passbild wirklich nur eine sehr entfernte Ähnlichkeit. Umso mehr ähnelte er dafür dem Abgeordneten und berühmten Dichter Victor Hugo.

Doch der Grenzbeamte fragte nicht weiter nach und ließ ihn passieren. Und der Mann mit dem Pass atmete auf, war er doch tatsächlich Victor Hugo und mit dem Pass seines Freundes auf der Flucht. Mehrfach hatte man in den vergangenen Tagen versucht, ihn zu verhaften. Mehrfach waren die Schergen des Königs bei ihm zuhause aufgetaucht und hatten Adèle in Angst und Schrecken versetzt. Doch Victor war nicht mehr zu Hause gewesen. Freunde hatten ihm zur Flucht verholfen und ihm den Pass besorgt.

Und hier war er nun. Der große französische Literat, der Pair des Königs, verließ sein Land auf der Flucht vor dem König. Einsam und allein, denn Adèle lag krank im Bett und hätte das Land ohnehin nie ohne ihre Söhne verlassen, die immer noch im Gefängnis waren. Aber er würde sie nachholen, wenn er im Exil Fuß gefasst hatte. Oder besser: Er *musste* sie nachholen, schon um der Sicherheit willen. Denn auch wenn er seine Protestschrift über die Ereignisse des 2. Dezember noch nicht zu Ende geführt hatte – es fehlten ihm zu viele Unterlagen und Dokumente –, so hatte er doch ein kurzes Pamphlet geschrieben. *Napoleon le Petit* hieß es, und wenn er es herausbrachte, dann wäre seine Familie in Paris nicht mehr sicher. Denn die französische Regierung hatte inzwischen ein Gesetz erlassen, das »Presse-Delikte« auch im Ausland untersagte. Keine Sekunde würde er ruhen, bis er seine Lieben wieder um sich hatte!

Und irgendwann würde er zurückkehren, so, wie alle Geflüchteten aus Paris. Der neue Herrscher Frankreichs – Louis-Napoleon war vor dem Staatsstreich Präsident gewesen – mochte im Moment triumphieren. Aber am Ende würden sie siegen.

★★★

Die nächsten Tage verbrachte Victor in billigen Hotels, was ihm aber nichts ausmachte. Es war ein Preis, den er gerne zahlte für die Rolle, die er nun hatte: Ein Mann, der zwar aus seiner Heimat verbannt worden war, der aber auch seine Prinzipien hatte und diesen treu blieb. An Adèle schrieb er: *Ich lebe wie ein Mönch. Ich habe ein Bett, so groß wie eine Hand, zwei Korbstühle, ein Zimmer ohne Ofen. Ich gebe täglich rund drei Francs und fünf Sous aus, alles inbegriffen.*

Und weiter: *Wir sind arm und müssen mit Würde diesen Engpass passieren, der vielleicht kurz, vielleicht aber sehr lang sein wird. Ich trage meine alten Schuhe und meine alten Kleider, das ist ganz einfach. Du erträgst Entbehrungen, sogar Leiden, oft äußeren Mangel; das ist nicht so einfach, da Du Frau und Mutter bist, aber Du tust es gern und mit Größe.*

Die Worte quollen nur so aus ihm hervor, er schrieb mit glühender Feder über das, was er erlebt hatte und über das, was andere Flüchtlinge, von denen immer mehr im belgischen Exil ankamen, berichteten. Auch Versigny, der ihn am Morgen des Aufstands informiert hatte, war inzwischen eingetroffen.

Victor wollte keinesfalls noch weiter schweigen.

Kapitel 44

168 Jahre später

Josie & Antoine
Paris, Rue de la Bûcherie,
12. Oktober 2019

Weißt du, was ich immer noch unglaublich finde?« Josie war gerade nach einer leidenschaftlichen Nacht in Antoines Armen aufgewacht.

»Nein«, erwiderte er und küsste sie, »verrätst du es mir?«

»Ich verrate es dir«, erwiderte sie lächelnd. »Unglaublich finde ich immer noch, dass die zwölf Apostel und die vier Evangelisten vor dem Brand vom Spitzturm abgenommen wurden und zur Sanierung nach Périgueux in der Dordogne gebracht wurden.«

»Ja«, bestätigte er, »sie hatten wirklich einen Schutzengel. Wenn man abergläubisch wäre, könnte man glauben, dass dieser Schutzengel Viollet-le-Duc ist. Du weißt ja sicher, dass eine der Statuen seine Gesichtszüge trägt.«

»Natürlich«, bestätigte Josie, »schon das zweite Abbild des Baumeisters – nach meinem König, dem ich nun seinen Schatz entrissen habe. Übrigens finde ich es besonders charmant, dass es ausgerechnet der Heilige Thomas ist, der das Gesicht von Viollet-le-Duc trägt.«

»Der Schutzpatron der Architekten«, murmelte Antoine, während er ihre Schulter küsste, »das passt in der Tat wunderbar.« Dann schlug er entschlossen die Bettdecke zurück.

»Du willst doch jetzt nicht etwa aufstehen?«, protestierte Josie empört.

»Am liebsten würde ich natürlich den ganzen Tag im Bett verbringen. Aber ich habe eine Idee, zu der wir nicht mehr viel Gelegenheit haben werden, weil wir schönes Wetter brauchen. Und das Wetter«, er deutete nach draußen, »ist im Gegensatz zu gestern ganz ausgezeichnet.«

»Was hast du vor?«

»Ich möchte mit dir dahin gehen, wo sich die Figuren einst befanden. Lass uns hinaufsteigen. Und danach lade ich dich zum Frühstück ein.«

»Das wird schlecht gehen«, wandte Josie ein, »immerhin gibt es den Turm nicht mehr. Aber in die Nähe auf ein Dach könnten wir.« Sie sprang aus dem Bett und schlüpfte in ihre Kleider. Zehn Minuten später verließen sie das Haus.

»Warst du eigentlich schon mal in Amerika?«, fragte Antoine, als sie kurz darauf nebeneinander auf dem ungedeckten Dach der Kathedrale standen und durch die offenliegenden Balken auf die Stadt blickten.

»Nein«, ich glaube, ich war überall sonst auf der Welt. Aber in Amerika noch nicht. Wieso kommst du ausgerechnet jetzt auf diese Frage?«

Liebevoll lächelte er ihr zu:»Vielleicht, weil ich ebenfalls noch nie in Amerika war und schon immer mal dorthin wollte. Um die Freiheitsstatue zu sehen.«

»Ach, richtig! Die Freiheitsstatue war ja ein Geschenk Frankreichs an Amerika.«

»Nicht nur das!«, erwiderte er. »Die Idee zur Freiheitsstatue wurde an diesem Ort geboren.«

»In Notre Dame?«

»In Notre Dame. Genauer gesagt: Auf dem Dach von Notre Dame.«

»Du verstehst wirklich, es spannend zu machen!«

Er lächelte:»Auch hier spielen die Evangelisten eine Rolle.«

»Aha? Und welche?«

»Ganz einfach. Auguste Bartholdi, das ist der Ideengeber der Freiheitsstatue, hat sich von den Kupferstatuen des Spitzturms inspirieren lassen.«

»Faszinierend, wie das alles zusammenhängt«, murmelte Josie, »ich weiß nur, dass Frankreich den USA die Statue zum hundertsten Jahrestag der amerikanischen Unabhängigkeit schenkte.«

»Genau. Und jeder Franzose platzt fast vor Stolz darauf, dass die berühmte Freiheitsstatue ein französisches Geschenk ist.«

»Was ich fast noch interessanter finde«, ließ sich Josie vernehmen, »ist, dass auch das wieder eine Verbindung zur Französischen Revolution bedeutet.«

Antoine begriff sofort:»Weil Frankreich die Aufständischen im Unabhängigkeitskrieg unterstützte und König Ludwig XVI. deshalb in finanzielle Schieflage geriet, was letztendlich den Stein ins Rollen brachte und zum Sturm auf die Bastille führte?«

»Richtig«, bestätigte sie, »und ich finde es nach wie vor irgendwie absurd, dass der König in einem anderen Land eine revolutionäre Bewegung unterstützte und wenige Jahre später in seinem eigenen Land genau darüber stolperte.«

Da bemerkte sie, dass Antoine ihr gar nicht zuhörte, sondern
auf die Stelle starrte, an der sich einst die Bronzestatue des Heiligen Thomas befunden hatte.

»He, du hörst mir ja gar nicht zu.«

»Entschuldige«, er gab ihr einen Kuss, »ich frage mich gerade
nur …« Er verstummte.

Aufmerksam sah sie ihn an: »Was fragst du dich gerade?«

»Nun, Viollet-le-Duc war ja die einzige Statue, die nach oben
zur Spitze des Turmes blickte und nicht über die Stadt. Als wolle
er immer ein wachsames Auge auf den Turm haben.«

»Ach so, und du meinst, kaum war er weg, hat es gebrannt?«

»Ein alberner Gedanke, ich weiß«, sagte er verlegen.

»Gar nicht«, wehrte sie ab. »Der Schutzengel, von dem wir vorhin gesprochen haben, war fort – und schon brach Feuer aus. Im
Übrigen: Ich selbst stelle mir oft vor, dass er da oben neben Victor
Hugo auf einer Wolke sitzt und weint. Wegen der Brandnacht, aber
auch wenn er mitbekommt, was für absurde Ideen die Architekten
für den Wiederaufbau des Spitzturms haben – wo es ihm doch immer darum ging, den mittelalterlichen Kern wiederherzustellen.«

Antoine lachte: »Ein netter Gedanke. Die beiden zusammen
im Himmel auf einer Wolke über Notre Dame. Vielleicht wie die
Engelchen von Raffael. Du weißt schon, die beiden, die vorne an
der Brüstung lehnen. Wobei das vielleicht bei näherer Betrach-
tung kein passender Vergleich ist.«

»Weil sie gar nicht so lieb und nett sind wie die Menschen, die diese Engelchen auf ihren Taschen herumtragen oder als Kopfkissen ihr Eigen nennen, gemeinhin glauben«, begriff Josie, die sich als Kunsthistorikerin natürlich intensiv mit dem Gemälde befasst hatte.

»Richtig«, pflichtete Antoine ihr bei. »Wer von all jenen, die die berühmten Engelchen als Accessoires besitzen, würden ahnen, dass sie sogar die Todsünde verkörpern, weil sie in ihrer Lümmelhaltung das Erscheinen der Madonna gar nicht bemerken. Sie frönen lieber dem Müßiggang und das ist bekanntlich aller Laster Anfang.«

»Und Müßiggang kann man ja wohl weder Hugo noch Viollet-le-Duc vorwerfen«, grinste Josie. »Insofern passt der Vergleich wirklich nicht. Was ich ihnen allerdings wünschen würde: Dass auch sie sich auf ihrer Wolke für einen Moment dem Müßiggang hingaben und den Brand von Notre Dame ebensowenig bemerkten, wie die Engelchen das Erscheinen der Madonna.«

Kapitel 45

160 Jahre zuvor

Marie & Eugène, Victor

PARIS, NOTRE DAME, & GUERNSEY, 15. AUGUST 1859

Dass ich das noch erleben darf!« Monsieur Bernard blinzelte die Tränen weg, als er an dem Spitzturm emporsah, der heute feierlich eingeweiht wurde. »Jetzt haben Sie es wirklich geschafft. Und ich habe keinen Moment Zweifel daran gehabt. Nun kann ich beruhigt auf meine letzte Reise gehen.«

Besorgt sah Eugène seinen alten Diener an: »Ich hoffe, das meinen Sie nicht ernst?«

»Doch. Ich musste mein Leben lang darauf warten, dass Sie den Turm fertigstellen und Ihr Versprechen einlösen. Jetzt haben Sie das getan – und nun kann ich gehen.«

Marie, die bemerkte, wie sehr die Worte des Dieners Eugène trafen, legte ihm eine Hand auf den Rücken. Sie fand es etwas rücksichtslos von dem Mann, dass er heute, an Eugènes großem Tag, mit so etwas Traurigem wie seinem bevorstehenden Tod kam. Andererseits, dachte sie, war der Tod für einen derart alten und offensichtlich auch gebrechlichen Menschen nichts Beängstigendes oder Erschreckendes mehr, sondern vielmehr ein Sehnsuchtsmoment – so, wie der Turm für Eugène. Wie sehr er dafür gekämpft hatte!

Nachdem der siebenjährige Baustopp, der aufgrund leerer Kassen erfolgt war, endlich vorbei gewesen war und die Arbeiten wiederaufgenommen werden konnten, hatte Eugène den Zimmermann Auguste Ballu damit beauftragt, das Holzgerüst für den Turm zu konstruieren. Allerdings sollte es diesmal kein spezieller Glockenturm werden, wie das beim Vorgängerturm der Fall gewesen war. Die großen Glocken waren im Nord- und im Südturm gut aufgehoben.

500 Tonnen Holz und 250 Tonnen Blei waren an dem neugotischen Vierungsturm verbaut worden, der mit seinen 93 Metern 21 Meter niedriger war als sein Vorbild, der Turm von Orléans. Der achteckige Sockel des Turms stand auf den vier Säulen des Querschiffs und trug das Gerüst. Nun sollte der Vierungsturm noch mit seinem reichen Schmuck bestückt werden, der insgesamt rund 200 Tonnen wog: In den Winkeln, die zwischen Hauptschiff, Querhäusern und Chor gebildet wurden, sollten auf vier Podesten jeweils drei kupferne Apostel stehen, die der Bildhauer Adolphe-Victor Geoffroy-Dechaume geschaffen hatte.

Der Turm war wundervoll geworden, fand Marie: die zweibahnigen, gotischen Fenster in der unteren Galerie, die mit Rosenknospen besetzten Bogenkehlen.

»Ein großartiges Werk«, sagte eine Stimme neben ihr.

Sie wandte sich um und sah den Präfekten des Départements Seine, Georges-Eugène Haussmann neben sich.

»Monsieur Haussmann«, sie ließ sich von ihm die Hand küssen, »ich danke Ihnen sehr für Ihr Kommen.«

Sie hielt viel von dem großen, gutaussehenden und breitschultrigen Mann – allerdings nicht wegen seines Aussehens, sondern wegen seiner Tatkraft: Seit er 1853 Präfekt geworden war, hatte er die Stadt verändert, oder, wie Louis-Napoleon es in seinem Auftrag an Hausmann formuliert hatte, »die verstopften Arterien der Stadt freigelegt und ihr mehr Luft zum Atmen gegeben.« Nachdem er den vollkommen verbauten Place Carrousel von Ställen und Mietskasernen befreit hatte, hatte er den Gare du Nord und den Gare de l'Est durch breite Boulevards mit dem Süden der Stadt verbunden, und kürzlich war die Rue de Tivoli fertiggestellt worden, die in Richtung Osten bis zur Bastille führte.

»Ich gratuliere Ihnen zu Ihren großen städtebaulichen Errungenschaften«, sagte Marie, »es ist wirklich wunderbar, was Sie für Paris tun.«

»Das freut mich zu hören, Madame«, Haussmann verneigte sich leicht, »es sollen noch viele weitere baumgesäumte Boulevards entstehen. Das ist so wichtig für die Gesundheit. Als Kind litt ich aufgrund der sehr ungesunden Luft an schrecklichem Asthma.«

Marie nickte, davon hatte sie bereits gehört.

»Und ich kann Ihnen verraten, wenn ich fertig bin, wird Ihre Kathedrale in ganz neuem Licht erstrahlen. Ich plane, die gesamte Île de la Cité von ihrer Bebauung zu befreien, dann hat unsere Notre Dame sehr viel mehr Strahlkraft.«

Bevor Marie etwas erwidern konnte, ertönte hinter ihnen Applaus. Sie wandten sich um und blickten den Ankommenden entgegen. Marie lächelte. Es war so weit: Der Turm würde mit Kupferstatuen verziert werden.

Einer der Apostel, der heilige Thomas, trug die Gesichtszüge von Eugène. Sein Gesicht hatte er nicht, wie ursprünglich geplant, zur Stadt hin, sondern zum Himmel, also zur Turmspitze hin, erhoben, als bestaune er sein Werk, in der rechten Hand hielt er ein Lineal. Auf dem Sockel der Statue war eine Eisenplatte angebracht, auf der sich die freimaurerischen Symbole – das gekreuzte Quadrat und der Zirkel – befanden. Marie höchstpersönlich hatte die tönerne Vorlage für die Skulptur erstellt, das Gießen hatte aber natürlich eine Werkstatt übernommen.

Festliche Musik ertönte, dann war es so weit: Der Präfekt der Seine, Georges-Eugène Haussmann, bestieg das Podest. »Meine sehr geehrten Damen und Herrn, verehrte Anwesende«, begann er. »Es ist mir eine besondere Ehre, Sie alle heute hier willkommen zu heißen, um diesen bewegenden Moment mit uns zu begehen. Wir sind nur ein kleiner Kreis, der diesem Festakt beiwohnt, und das haben wir ganz bewusst so gehalten. Doch dort draußen«, er machte eine weitausholende Bewegung, die die ganze Stadt umfassen sollte, »dort draußen stehen Tausende, die von den besten Plätzen aus verfolgen werden, wie die Statue unseres großen Baumeisters Viollet-le-Duc den Spitzturm beziehen wird.«

Beifall brandete auf und unterbrach den Präfekten in seiner Ansprache. Er wartete einen Moment ab und wandte sich dann direkt an Eugène. »Monsieur«, sagte er, »Ihnen und Ihrem lieben Freund Jean-Baptiste Lassus, den Gott inzwischen zu sich gerufen hat, haben wir, hat diese Kathedrale so viel zu verdanken.«

Eugène verneigte sich leicht, während die Menge zu applaudieren begann, dann ging auch er auf das Zeichen des Präfekten hin nach vorne.

»Ich bin heute ein sehr glücklicher Mensch«, sagte er. »Heute ist ein großer Traum wahr geworden, und dass wir den Spitzturm ausgerechnet am Patroziniumstag einweihen können, berührt mich auf besondere Weise.«

Dann deutete er auf sein bronzenes Abbild. »Mein Stellvertreter hier«, fuhr er fort, »wird am Fuß des Turms wachen und nach oben schauen. Ich werde mich immer vergewissern wollen, dass der Turm auch wirklich hält und die Spitze nicht etwa abknickt, wobei«, fügte er rasch hinzu, »diese Gefahr nun wirklich nicht besteht – dank der großartigen Arbeit unseres Zimmermanns Auguste Ballu. Die Eichenholzbalken aus der Champagne sind alle mit Blei verkleidet, was ihre Stabilität auf Jahrhunderte sichern dürfte. Selbst eine Feuersbrunst kann dem Holzgebälk aufgrund der Bleiverkleidung nichts anhaben.«

Als Eugène schließlich aus den Händen des Bischofs ein Stück der Dornenkrone entgegennahm, um sie in den Leib des Hahnes zu legen, der die Turmspitze krönen sollte, da hatte er das Gefühl, etwas für die Ewigkeit geschaffen zu haben.

Sein alter Diener Monsieur Bernard starb am Folgetag der Einweihung, dem 16. August 1859. Auf seinen Lippen lag ein glückliches Lächeln.

★★★

Es war Victor wichtig gewesen, ein Haus erwerben zu können, hier, in seinem Exil, das ihn und seine Familie von Brüssel zunächst nach Jersey und nun nach Guernsey geführt hatte. Dass ihm der Hauskauf möglich geworden war, hatte er dem Erfolg von *Les Contemplations* zu verdanken, jener Sammlung aus 156 Gedichten in sechs Büchern, die er 1856 veröffentlicht hatte. Ihre neue Heimat im Exil hieß *Hauteville House*. Es war ein großes Gebäude im englischen Stil mit zwei Stockwerken. Eines für die Frauen – hier lebten die beiden Adèles – und eines für die Männer: Die zweite Etage gehörte Victor und seinen zwischenzeitlich aus dem Gefängnis entlassenen Söhnen. Besonders aber liebte Victor den Aussichtsturm, der einen fantastischen Ausblick auf das Meer erlaubte. Hier arbeitete er, hier ließ er seiner Inspiration freien Lauf. Bei klarer Sicht vermochte er sogar bis nach Frankreich hinüberzublicken, zu dem Land, aus dem er verbannt worden war.

Verband ihn dieser Blick nach außen mit der alten Heimat und der Erinnerung an alte Zeiten, so war das Haus auch im Inneren ein einziger Quell der Erinnerungen. Victor hatte es vollgestopft mit liebgewordenen Dingen, Bildern, Radierungen. Hier, im Exil, hatte er sich eine kleine eigene Welt geschaffen.

Ein Exil für sich und die Seinen. Mittags um Zwölf trafen sie sich zum Essen, anschließend übte Adèle Klavier, der stets etwas bequeme Charles machte es sich auf dem Ledersofa gemütlich und die junge Adèle verlor sich in Tagträumereien. Sie entwickelten einen Rhythmus, ein immer gleiches Spiel aus Werden und Vergehen, so wie auch Ebbe und Flut einander jeden Tag abwechselten. Vollkommen fraglos. Victor schrieb, den Kopf in den

Wolken, denn Wände und Dach waren aus Glas, und den Blick auf das Meer gerichtet – oder auf die gegenüberliegende Küste.

Er schrieb und schrieb und schrieb an einem Werk, das seine Berühmtheit noch einmal steigern würde und das ihn schon lange beschäftigte: *Les Misérables*.

Er war glücklich.

Kapitel 46

67 Jahre zuvor

Lucile & Camille
MEHRERE SCHAUPLÄTZE IN PARIS, 10. AUGUST 1792

Paris war in Aufruhr. Wieder einmal. Es war der 10. August 1792, ein Tag, der in die Geschichte eingehen sollte. Doch davon wusste Lucile noch nichts, als sie an diesem Mittag in die Stadt zurückkehrte. Der Aufenthalt auf dem Land hatte ihr gutgetan, denn bei ihrer Abreise war sie ausgesprochen frustriert und desillusioniert gewesen: Olympes Eingabe vor dem Nationalkonvent war zwar Beachtung geschenkt worden, hatte aber keine Wirkung entfaltet. Und wie Lucile es vorausgesagt hatte, hatte es auf Ettas Forderung nach Frauen in Sektionen kaum Antwort gegeben. Erbost war Etta zwar am 1. April dieses Jahres an der Spitze einer Gruppe Frauen in die Nationalversammlung marschiert – aber auch das hatte keine nachhaltigen Folgen gehabt. Frustriert hatte Etta ihren Klub wieder geschlossen und sich vollkommen zurückgezogen. Lucile allerdings dachte gar nicht daran, aufzugeben. In der Sommerfrische hatte sie neue Kraft geschöpft, und die wollte sie nun nutzen. Von Camille wusste sie aber auch, dass es in Paris in den letzten Wochen ganz und gar nicht ruhig zugegangen war, er war sogar schon eine Woche vor ihr aus den Ferien abgereist, weil Robespierre ihn brauchte. Irgendein geheimes Direktorium war gegründet worden.

Nachdem ein Fluchtversuch Ludwigs XVI. ins Ausland gescheitert war, hatte sich für ihn und seine Familie die Lage in Paris zunehmend verschärft.

Doch dann war am 1. August das Manifest des Herzogs von Braunschweig, des Oberbefehlshabers der preußischen und österreichischen Truppen, bekannt geworden. Diese Truppen waren kurz davor, in Frankreich einzumarschieren. Der Herzog drohte den französischen Truppen, den Nationalgardisten und der Bevölkerung und verlangte von ihnen die widerstandslose Unterwerfung. Er wollte die Gefangenschaft der königlichen Familie beenden und Ludwig XVI. zu all seinen ursprünglichen Rechten verhelfen.

Das hatte einen riesigen Aufruhr entfacht. Die radikalen Revolutionäre mit Maximilien de Robespierre an der Spitze drängten an die Macht. Robespierre forderte, dass die gesetzgebende Versammlung sofort aufgelöst und ein Konvent zur Reform der Verfassung von 1791 gegründet wurde. Die Sansculotten marschierten jetzt täglich vor dem Tuilerienpalast auf und drohten, ihn zu stürmen, um den König in ihre Gewalt zu bringen. Doch noch war es eine reine Drohung – das Ultimatum der Pariser Sektionen an die Nationalversammlung, den König bis zum 9. August abzusetzen, war noch nicht abgelaufen. Doch dann war der 9. August vergangen – und offensichtlich hatte die Nationalversammlung noch immer keinen Entschluss gefasst.

Daher wunderte Lucile sich im Stillen darüber, dass Camille so gut gelaunt war. Er hatte spontan Soldaten aus Marseille eingeladen, die Lucile nun bewirtete. Die Stimmung war bestens, sie unterhielten sich lebhaft. Die Männer aus Marseille, die gekommen waren, um die Revolution zu verteidigen, sangen ununterbrochen ein Lied, das Lucile in der Folge nicht mehr aus dem Kopf gehen sollte. Was für ein einprägsames Stück das doch war. Während sie sich um den Abwasch kümmerte, summte Lucile in einem fort leise vor sich hin:

»Allons enfants de la patrie/Le jour de gloire est arrivé/

Contre nous de la tyrannie/L'étendard sanglant est levé /

L'étendard sanglant est levé ...«

Anfangs hatte sie gedacht, dass es sich um ein Stück aus Marseille handelte, doch die Marseiller Soldaten hatten ihr berichtet, ein gewisser Claude Joseph Rouget de Lisle habe es in Straßburg verfasst – und zwar in der Nacht auf den 26. April 1792 während der französischen Kriegserklärung des Ersten Koalitionskrieges. *Chant de guerre pour l'armée du Rhin,* »Kriegslied für die Rheinarmee«, hatte er es genannt. Was für ein begabter Komponist, dachte Lucile, während sie weitersang.

»Entendez-vous dans les campagnes/Mugir ces féroces soldats? ...«

»Das will auch mir nicht mehr aus dem Kopf.« Camille war, von Lucile unbemerkt, neben sie getreten, gab ihr einen Kuss auf die Wange und sagte: »Ich begleite die Marseiller zu Dantons Haus. Kommst du mit?«

»Gern!« Lucile trocknete sich rasch die Hände ab und zog ihre Straßenschuhe an. Die Marseiller hatten das Haus bereits verlassen und warteten auf der Straße auf sie.

»Marchons, marchons! / Qu'un sang impur / Abreuve nos sillons!«
Sie hakte Camille unter und ging hinter ihren Gästen her, die ununterbrochen ihr Lied sangen. Was für wunderschönes Wetter heute war, dachte Lucile. Und doch lag etwas in der Luft, was sie in den letzten Monaten und Jahren schon häufig wahrgenommen hatte. Eine Anspannung, ein Flirren … Wie eine Art Vorahnung. Mehrere Sansculotten kamen an ihnen vorbei und schrien: »Es lebe die Nation!« Immer dichter wurden die Menschenmassen, häufig sahen sie Soldaten, oft zu Pferd.

Inzwischen war Lucile sich fast sicher, dass es heute wieder zu Ausschreitungen kommen würde. Sosehr es sie einerseits danach drängte, an vorderster Front mit dabei zu sein, sosehr sehnte sie sich andererseits nach der Ruhe ihrer Ferienidylle zurück. Deshalb war sie froh, als sie das Haus der Dantons erreicht hatten. Georges Jacques Danton kam ihnen schon in der Tür entgegen und nickte den Marseillern nur knapp zu. Lucile sah, dass er zwei Gewehre in der Hand hielt, eines davon reichte er Camille.

»Nein«, flüsterte Lucile, »nicht schon wieder.«

Um Entschuldigung bittend sah Danton sie an: »Es kommen auch wieder bessere Zeiten. Bitte gehen Sie hinein zu Antoinette, sie sorgt sich schrecklich um mich.«

»Was habt ihr denn eigentlich vor?« Lucile spürte Ärger in sich aufsteigen. Hatte Camille genau gewusst, dass es einen Aufstand geben würde, und sie nur hierhergebracht, damit sie sich um Madame Danton kümmern konnte? War das, was wie ein idyllischer Spaziergang ausgesehen hatte, eigentlich Teil eines Planes?

»Liebes«, Camille nahm ihre Hände, »du hast doch selbst gesagt, dass du Angst vor einem Krieg hast. Wir müssen den König aus Paris fortbringen. Nur so können wir Paris sichern.«

»Ihr glaubt, die Stadt ist sicherer, wenn der König nicht mehr hier ist?«, fragte Lucile verwundert. »Wie kommt ihr denn nur darauf? Auch wenn der König weg wäre, ist Paris die Hauptstadt und sicherlich Ziel der Eroberer. Und obendrein: Haben wir ihn nicht erst kürzlich mühevoll hierhergebracht?«

»Nicht, wenn wir den König als Geisel nehmen«, mischte sich nun wieder Danton ins Gespräch, »und ihn nach Vincennes bringen. Dann müssen ihm die Truppen des Königs folgen.«

»Aber …«, wollte Lucile protestieren. Wenngleich sie nicht die geringste Lust hatte, sich unter die Aufständischen zu mischen: Wenn Camille ging, wollte sie auch gehen.

Danton schien ihr Zögern zu bemerken. »Bitte. Bleiben Sie bei ihr. Bleiben Sie bei meiner Frau.«

»Also schön«, seufzte Lucile und überlegte, ob sie vielleicht später nachkommen könne.

Während die Männer die Treppen hinabpolterten, ging Lucile in die Wohnung hinein.

★★★

Im Rathaus wurde erhitzt diskutiert, während gleichzeitig die Sturmglocken läuteten.

»Wir gründen die aufständische Kommune!«, rief ein Mann.

»Die Commune insurrectionnelle de Paris«, bekräftigte Camille, und es klang feierlich.

»Wir haben zum Glück Munition«, sagte Danton und erklärte

284

dann: »Rund 80 000 Patronen. Die verteilen wir an die Bürger.«

Die ganze Nacht über bereiteten sich Danton, Camille und ihre Männer auf den Angriff vor. Um sechs Uhr morgens lockten sie den Kommandanten der Nationalgarde, die die Tuilerien in Erwartung des Angriffs bewachte, ins Hôtel de Ville. Kurz darauf war der Mann tot. Die Aufständischen hatten ihn ermordet. Nun endlich zogen auch Danton und Camille zu den Tuilerien, wo sich bereits unzählige Bürger versammelt hatten.

»Da ist der König!«, rief Camille plötzlich und deutete nach vorn. Ludwig XVI. trat aus dem Schloss und ging mit seiner Frau in Richtung der Gardetruppen.

»Tatsächlich«, erwiderte Danton, doch seine Antwort ging in den lauten Rufen unter.

»Vive le Roi!«, riefen die Männer der Schweizergarde. Weitaus lauter waren jedoch die Rufe »Vive la Nation!«

Wenig später ging der König mit seiner Familie weiter, um in der benachbarten *Salle du Manège* Schutz zu suchen. Die Menge von ungefähr hunderttausend Menschen stürmte den Schlosshof, der von rund tausend Soldaten verteidigt wurde.

»Geben Sie auf!«, rief Camille der Garde zu. »Geben Sie auf und kommen Sie auf unsere Seite!«

Eigentlich hatten sie damit gerechnet, dass die Männer überlaufen würden, doch zu ihrer Überraschung weigerten sie sich, was die Wut der Revolutionäre anfachte. Irgendwann fiel der erste Schuss: Die Aufständischen hatten die mitgebrachte Kanone zum Einsatz gebracht. Nun ging die Garde zum Gegenangriff über und trieb die Menge aus dem Schlosshof hinaus in die Gassen. Es wurde geschossen, zahlreiche Aufständische fielen, es gelang der Garde sogar, Munition und Kanonen zu erobern.

Es dauerte noch lange, bis der Spuk vorbei war: Zwar unterzeichnete der König auf Druck der Nationalversammlung einen Befehl, der die Garde zurückbeorderte, doch dieser Befehl erreichte nur einige, die auch sofort abzogen, nicht aber alle. Diejenigen, die blieben, kämpften nun auf vollkommen verlorenem Posten, da sie inzwischen heillos unterlegen waren.

Camille schauderte, als er sah, dass die erboste Menge die Gardisten grausam niedermetzelte, zerstückelte und die Körperteile auf Piken herumtrug.

Musste der Kampf um Freiheit, Gleichheit und Brüderlichkeit denn wirklich derart grausam vonstattengehen?

In das Gefühl des Triumphs mischte sich ein tiefes Gefühl der Traurigkeit und des Entsetzens.

Kapitel 47

227 Jahre später

Josie & Antoine
PARIS, NOTRE DAME UND JUWELIER MELLERIO,
RUE DE LA PAIX, OKTOBER 2019

Es war Montag. Josie musste wieder zur Arbeit – und sie hatte das Gefühl, dass sich in den letzten drei Tagen die ganze Welt geändert hatte. Was war alles geschehen! Nachdem sie am Freitag einen Brief in einem der Könige und einen weiteren samt Ring in der Madonna mit der Sichel entdeckt hatten, war sie das ganze Wochenende mit Antoine zusammen gewesen. Eigentlich, fiel ihr nun auf, hatten sie sich vom Moment ihres Kennenlernens an nicht mehr getrennt – bis jetzt, bis heute Morgen, als er sich mit einem Kuss von ihr verabschiedet hatte und in die Uni geeilt war, während sie die wenigen Meter von seiner Wohnung bis zur Kathedrale ging. Ihr eigenes kleines Appartement in der Rue Claude Bernard hatte sie nur kurz zwischendurch betreten, um sich neue Kleidung zu holen.

Als sie jetzt in das Lapidarium kam, das auf dem Hof von Notre Dame errichtet worden war, brandete Beifall auf. Verwirrt sah Josie sich um: Ihre Kollegen hatten sich rechts und links des Eingangs postiert – nun kam ihr auch noch Chopard entgegen: »Im Namen aller Kollegen, im Namen von Notre Dame, im Namen von ganz Paris und ganz Frankreich möchte ich Ihnen für die großartigen historischen Funde danken.«

Josie blieb vor Rührung die Luft weg. Damit hatte sie nicht gerechnet!

»Ihre Funde sind wirklich aufsehenerregend«, fuhr Chopard fort, »und ich habe mir erlaubt, unseren Goldschmied hinsichtlich des Rings zurate zu ziehen.«

»Hat er etwas herausgefunden?«, fragte Josie aufgeregt.

»Das weiß ich noch nicht«, entgegnete Chopard lächelnd, »ich wollte Sie hier unbedingt mit einbezogen wissen.«

»Wie freundlich von Ihnen!«, Josie war gerührt.

»Ich würde auch gerne Monsieur Flaubert, Michael Brunner und Antoine Girard dazubitten«, ergänzte er, »schließlich haben sie der Präsentation des Fundes am Freitag ja alle beigewohnt oder ihren Teil dazu beigetragen, die Puzzleteile zusammenzufügen.«

»Soweit ich weiß, hat Monsieur Girard heute Morgen Vorlesungen«, sagte Josie leicht errötend.

Sie fand, dass Chopard sie daraufhin sehr merkwürdig ansah. Doch er sagte nur: »Verstehe, dann schlage ich vor, wir machen uns gleich auf den Weg zu Monsieur Flaubert, und Sie hinterlassen Monsieur Girard eine Nachricht, dass er anschließend zu uns stoßen soll.«

»Einverstanden.«

»Wenn ich dann bitten dürfte«, Chopard reichte ihr den Arm, »Flaubert wartet bereits vor Ort auf uns.«

Chopard führte Josie in die Rue de la Paix zum Juweliergeschäft Mellerio. Als sie das Goldschmiedegeschäft erreichten, eilte Monsieur Flaubert ihnen aufgeregt entgegen. Diesmal begrüßte er sie sogar mit drei Wangenküsschen.

»Mademoiselle«, rief er und gebrauchte dabei wie üblich die inzwischen schon etwas antiquierte Anrede, »was für eine Freude, Ihnen erneut zu begegnen! Glauben Sie mir, ich habe wegen dieser aufregenden Sache das ganze Wochenende kein Auge zugetan. Ihnen ging es sicherlich nicht besser.«

Stimmt, dachte Josie amüsiert, auch ich habe während des Wochenendes wenig Schlaf bekommen, aber das liegt nicht – oder nicht nur – an dem aufsehenerregenden Fund. Michael war ebenfalls schon da. Er begrüßte die Ankommenden etwas zurückhaltender, aber nicht weniger herzlich.

In diesem Moment trat ein sehr alter, sehr elegant und vornehm wirkender Herr aus einer Tür hinter die Verkaufstresen, in denen es verheißungsvoll funkelte.

»Unsere heldenhafte junge Dame ist eingetroffen, wie ich höre.« Er bedachte Josie zu deren Überraschung mit einem Handkuss, bevor er auch Chopard begrüßte.

»Wenn ich bitten dürfte«, sagte er und bat seine Gäste durch die Tür, durch die er gerade gekommen war. Rechts und links hinter den Verkaufstresen mit den glitzernden Auslagen standen zwei ebenso glitzernde Verkäuferinnen. Josie lächelte einer der beiden im Vorbeigehen zu – sie erwiderte das Lächeln augenblicklich mit professionellster Herzlichkeit. Wie angeknipst, fuhr es Josie durch den Kopf, während sie im Gehen noch schnell eine WhatsApp-Nachricht an Antoine in ihr Smartphone tippte.

Sind bei Monsieur Mellerio in der Rue de la Paix. Es geht um den Ring.
Falls Du dazukommen magst. Kuss, Josie.

Der rückwärtige Raum erwies sich als riesiger lichtdurchfluteter Salon, in dessen Zentrum unter einem gigantischen Kronleuchter ein umfangreicher Besprechungstisch stand. Exakt in der Mitte des Tisches lag der Ring auf einem kreisrunden schwarzen Samtbett. Er funkelte viel stärker als noch vor drei Tagen, als der Staub der Jahrhunderte ihm sein Leuchten genommen hatte. Sicherlich, dachte Josie, haben die Juweliere ihn nach allen Regeln der Kunst bearbeitet. Neben dem Ring entdeckte sie ein sehr dickes und sehr alt aussehendes Buch.

»Bitte«, sagte der Juwelier, auf die samtbezogenen Polsterstühle deutend, »nehmen Sie Platz!«

Als alle saßen, räusperte er sich und beugte sich vor, um das Buch zu sich heranzuziehen. Mit einem einzigen Griff schlug er es auf, Josie sah, dass ein Lesezeichen darin lag: Ein dünner Goldfaden, an dem eine Perle baumelte.

Sorgsam entfernte Monsieur Mellerio das Lesezeichen, dann hob er das Buch so, dass alle es sehen konnten. Josie schrie leise auf vor Überraschung, auch den drei männlichen Besuchern entfuhr ein überraschter Laut. Das konnte doch nicht sein!

Kapitel 48

160 Jahre zuvor

Marie

PARIS, WOHNUNG DER MADAME HUGO, SEPTEMBER 1859

Es ist so schön, Sie einmal wiederzusehen«, Marie lächelte Madame Hugo zu, die derzeit zu Besuch in der Stadt weilte und sie in ihre Pariser Wohnung eingeladen hatte. »Und auch Victor würde ich so gerne einmal wiedersehen. Wie geht es ihm im Exil?«

Adèle seufzte. »Wir haben uns eingerichtet«, sagte sie, »aber Victor war krank.«

»Ich habe davon gehört«, murmelte Marie.

»Er hat sich erholt«, fügte Adèle rasch hinzu, »aber, wissen Sie, … ich muss Ihnen gestehen … ich würde so gerne zurückkehren.«

»Könnten Sie das jetzt nicht? Das Kaiserreich bietet doch eine Amnestie an.«

»Ja, und manche Verbannten haben sie auch akzeptiert«, seufzte Adèle. »Wenn Sie wüssten, wie sehr ich mir wünsche, dass mein Mann einer von ihnen ist.«

»Und weshalb will Victor das nicht?«

Adèle verzog das Gesicht, dann ahmte sie die Stimme ihres

Gatten nach: »Getreu der Verpflichtung, die ich vor meinem Gewissen übernommen habe, werde ich bis zu meinem Tod das Exil der Freiheit teilen. Wenn die Freiheit heimkehren wird, werde ich auch heimkehren.« Sie seufzte.

»Es tut mir so leid, Adèle. Ich hätte Sie gern wieder hier.« Sie lächelten einander an.

Dann fragte Adèle: »Wie kommen Sie denn voran? Haben Sie die Suche inzwischen aufgegeben?«

»Ich denke, ich werde sie nie ganz aufgeben«, erwiderte Marie.

Adèle erhob sich und ging zu einem Seitentisch. »Dann wird Sie das hier freuen«, sie griff nach einer dicken Mappe. »Ich habe Sie nämlich nicht nur um des Wiedersehens willen hergebeten, sondern auch, weil ich etwas gefunden habe, das ich Ihnen gern zeigen möchte.«

Neugierig blickte Marie ihr entgegen.

Adèle legte die Mappe vor ihr auf den Tisch. Als Marie sie aufschlug, sah sie einen Stapel Zeitungen.

Marie starrte darauf. *Le vieux Cordelier,* las sie, und dann: *Camille Desmoulins.*

»Mein Vater hat diese Zeitschrift herausgegeben?«

»Offensichtlich«, bestätigte Madame Hugo, »ich wusste davon auch nichts, ich habe sie gestern beim Aufräumen gefunden. Victor bat mich, ihm einige Bücher und Unterlagen mitzubringen.«

Wie gebannt fing Marie an zu blättern. Ihre Augen flogen über die Worte und saugten sich an ihnen fest. Worte, die ihr Vater geschrieben hatte! Worte, die direkt von ihm kamen!

Die Großen erscheinen groß, weil wir am Boden sind: Lasst uns wieder aufstehen.

Schluchzend presste Marie sich die Hand vor den Mund.

Erschrocken erhob sich Adèle Hugo wieder und legte ihr beruhigend eine Hand auf den Rücken. »Es tut mir leid, dass Sie das derart aus der Fassung bringt.«

»Adèle!«, mit tränenüberströmten Augen wandte sich Marie zu ihr um. »Natürlich bringt es mich aus der Fassung. Aber im positiven Sinne. Es macht mich so, so glücklich, dass Sie mir diese Zeitschriften gezeigt haben. Darf ich sie … darf ich sie mir ausleihen?«

»Aber natürlich!« Adèle Hugo war offensichtlich froh, etwas gefunden zu haben, womit sie sie trösten konnte.

Dann sagte sie: »Ich habe all diese Hefte gestern Abend sehr aufmerksam studiert – und dabei ist mir etwas aufgefallen.«

Voller Spannung sah Marie sie an. »Und was?«

»Nun, Ihr Vater war anfangs durchaus radikal und hat ja als Mitglied der Nationalversammlung auch für den Tod des Königs gestimmt. Aber es wird ganz deutlich, und zwar in diesen Zeitschriften, dass er sich im Laufe der Revolution immer mehr gegen die Gewalt ausgesprochen hat. Und ich denke, dass er sich dadurch Feinde gemacht hat.«

Marie nickte. »Wann hat dieser Prozess wohl begonnen?«

»Das lässt sich tatsächlich ganz gut eingrenzen«, erwiderte Adèle. »Diese Zeitung erschien in sechs Ausgaben, die erste wurde im Februar 1793 veröffentlicht.«

»Also am Anfang des Jahres, in dem der König sterben musste«, überlegte Marie.

»Richtig. Und in den ersten Nummern lobte er Robespierre noch sehr. Aber im Laufe der Zeit hat sich der Ton sehr gewandelt. Camille fing an, sich für die einzusetzen, die hingerichtet werden sollten.«

»Aber warum?«, erkundigte sich Marie. »Was hat ihn zum Umdenken bewegt?«

Adèle zuckte die Achseln. »Sicher weiß ich es natürlich nicht. Ich denke, Camille wollte wirklich und unbedingt seine Ideale von Freiheit, Gleichheit und Brüderlichkeit verwirklichen und ging dabei auch sehr entschieden ans Werk. Aber irgendwann verselbstständigte sich dieser Kampf, wie sich auch ansonsten viele Dinge verselbstständigen und irgendwie … überdrehen.«

»Ich glaube, ich weiß, was Sie meinen«, sagte Marie. »Wenn ich diese Zeitschriften wirklich mitnehmen darf, werde ich sie Wort für Wort studieren. Und vielleicht endlich meinen Vater kennenlernen.«

Kapitel 49

66 Jahre zuvor

Lucile & Camille

PARIS, RUE DU THÉÂTRE-FRANÇAIS,

FEBRUAR 1793

Mit zusammengezogenen Brauen flog Lucile über die Zeilen, dann breitete sich ein leises Lächeln auf ihrem Gesicht aus. »Ich bin stolz auf dich. Der feine Witz, der aus jeder Zeile spricht, ist einfach genial.« Zögernd fügte sie hinzu: »Ich habe den Eindruck, dass sich der Ton deiner Zeitschrift verändert. Er wird ernster und schärfer.«

Camille nickte. »In der Tat, das wird er. Und das muss er auch. Irgendjemand muss die grausamen Henker doch kritisieren und sich für die armen Opfer verwenden. Unsere Sache war gut und wichtig, Lucile, unser Sturm auf die Bastille und alles, was wir bisher erreicht haben, musste sein. Ich habe jedoch das Gefühl, alles wird immer grausamer.«

»Ist nicht der Tod eines jeden Menschen grausam?«

»Du meinst den König und dass ich für seinen Tod gestimmt habe?«

»Ja. Es wäre auch anders gegangen.«

Camille nickte. »Vielleicht ist es auch dieser Moment, der mein Umdenken bewirkt hat. Dass ich selbst aktiv für den Tod eines Menschen gestimmt habe. Oder nein, vermutlich hat dieser Prozess schon früher, beim Sturm auf die Tuilerien mit ihrer unnötigen Grausamkeit begonnen. Ich habe das Gefühl, mit diesem Moment ist jede Hemmschwelle gebrochen, und das Leben eines einzelnen Menschen ist gar nichts mehr wert, jeder kann nach Lust und Laune zur Guillotine geschleppt werden, allein schon, wenn er nicht unserer Meinung ist. Das hat nichts mit den Werten zu tun, für die ich gekämpft habe, Lucile! Das ist einfach nur eine Schreckensherrschaft! Robespierre wird immer härter und verbitterter. Er verändert sich. Das macht mir Angst, und irgendjemand muss all das endlich einmal benennen.«

»Und dieser Jemand bist du.« Zärtlich und etwas versöhnter küsste sie ihn auf die Stirn. »Das habe ich schon immer an dir geliebt, dass du auf Missstände hindeutest. Du hast es schon damals vermocht, die Menschen aufzurütteln. Ohne dich hätte es vielleicht keinen Sturm auf die Bastille gegeben.«

»Du überschätzt mich, mein Liebling. Niemand kann eine Revolution vom Zaun brechen, wenn nichts in der Luft liegt.«

»Aber wenn die Luft brennt, genügt ein Streichholz, um sie zu entzünden. Und dieses Streichholz warst du. Und auch jetzt wieder …«

»Du findest meine Worte also nicht zu deutlich?«, vergewisserte er sich.

»Nein, ich finde sie genau richtig.«

»Und wie findest du das?« Er blätterte um. Lucile las: »Die

Großen erscheinen groß, weil wir am Boden sind: Lasst uns wieder aufstehen.«

»Ich finde auch das gut und richtig«, erwiderte sie nachdenklich, »aber ich habe schon ein wenig Angst, du könntest dich kompromittieren.« Sie setzte sich auf seinen Schoß und schlang die Arme um seinen Hals. »Du bist einfach so ehrlich und aufrichtig, sagst, was du denkst, und weichst nicht von deiner Haltung ab. Das liebe ich so an dir.«

»Ich kann nicht anders. Ich muss … wahrhaftig sein.«

»Wenn Sie sich damit nicht Ihr eigenes Grab schaufeln.« Danton, der wie so oft bei ihnen zu Gast war, hatte in eine Lektüre vertieft am Fenster gesessen, doch immer mehr wandte er seine Aufmerksamkeit dem Gespräch der beiden zu. »Ihre Frau hat recht: Sie kompromittieren sich. Robespierre hat sich neulich dahingehend recht empört geäußert.«

Camille sprang auf, wodurch sich die auf seinem Schoß sitzende Lucile ebenfalls rasch erheben musste. »Wenn es nötig ist, so pfeife ich auf Robespierre!«

Kapitel 50

226 Jahre später

Josie & Antoine
PARIS, JUWELIER MELLERIO, RUE DE LA PAIX
UND CENTRE HISTORIQUE DES ARCHIVES NATIONALES,
RUE DES FRANCS BOURGEOIS, OKTOBER 2019

Das ist ja der Ring, den wir gefunden haben«, rief Josie, während sie auf die Zeichnung starrte, »bis ins Detail!«

In diesem Moment klopfte es an der Tür und die perfekt aussehende Verkäuferin steckte den Kopf herein: »Ein Monsieur Girard möchte Sie sprechen. Er sagt, er gehöre zu dieser Gruppe.«

Der Juwelier sah Chopard fragend an, der zustimmend nickte. Gleich darauf betrat Antoine mit geröteten Wangen und aufgeregtem Gesichtsausdruck den Raum. Er schenkte Josie ein zärtliches Lächeln, nickte grüßend in die Runde und nahm dann auf Mellerios Zeichen hin neben Josie Platz. Die drückte unter dem Tisch Antoines Hand, während der Juwelier sich an ihn wandte. »Monsieur, ich darf Ihnen diese Zeichnung zeigen.«

Er schob Antoine das Buch zu. Der schnappte nach Luft: »Das ist ja der Ring, den wir gefunden haben!«

»Daran scheint es tatsächlich nicht den geringsten Zweifel zu geben!«

Auch Chopard schien aufgeregt: »Dürfen wir daraus schließen, dass der Ring in Ihrem Hause gefertigt wurde, Monsieur Mellerio?«

»Das dürfen Sie!«, bestätigte der Juwelier zufrieden. Er klang sehr stolz, als er hinzufügte: »Wir legen schon seit jeher großen Wert auf eine erstklassige Dokumentation. Wir können jedes Schmuckstück, das unser Haus in den letzten 300 Jahren verlassen hat, zurückverfolgen. Und dieser Ring«, er zog das Buch zu sich heran, blätterte um und sprach dann weiter, »dieser Ring wurde von einem Camille Desmoulins erworben, und zwar im Jahr 1793.«

Antoine sprang so heftig auf, dass er sich das Knie an der Tischkante stieß. Gleich darauf ließ er sich mit einem leisen Ächzen wieder auf seinen Platz sinken.

»Monsieur?« Der Goldschmied sah ihn irritiert an.

»Bitte verzeihen Sie!«, sagte Antoine. »Camille Desmoulins ist auch der Verfasser der Zeilen, die wir zusammen mit dem Ring fanden. Also ist es eigentlich ganz und gar nicht erstaunlich, dass er auch der Käufer des Ringes ist. Und gleichzeitig ist es unglaublich.«

»Es ist einfach schön, wenn sich die Puzzleteile nach und nach zusammenfügen«, erwiderte der Goldschmied lächelnd, »wie gut ich Sie verstehen kann.«

»War es ein Verlobungsring?«, vermutete Michael, doch Antoine schüttelte den Kopf. »Nein, Monsieur Desmoulins gab seiner Lucile bereits 1790 das Jawort, wie ich aus meinen Recherchen weiß.«

»Weshalb kaufte er dann 1793 diesen Ring?«, rätselte Josie, »im Jahr vor seinem Tod?«

»1793 war eine schwere Zeit für Frankreich«, überlegte nun Flaubert. »Der erste Koalitionskrieg tobte – und lief für Frankreich ausgesprochen schlecht. Es wurde nötig, die Pariser Bevölkerung zu mobilisieren … auch die Sansculotten«, fügte er nach einer kurzen Pause hinzu.

»Oh«, kombinierte Josie, »das heißt, die Aufständischen bekamen Waffen?«

»Genau das bedeutet es. Die radikalen Anhänger der Revolution wurden damit sozusagen vom Staat bewaffnet. Ich könnte mir aber eher vorstellen, dass der Ring mit dem Sturm auf die Tuilerien in Zusammenhang steht. Der war zwar schon im Sommer zuvor, aber er war rückblickend für Camille Desmoulins sehr bedeutsam«, berichtete Antoine.

»Weshalb?«, erkundigte sich Josie interessiert.

»Nun, infolge der Ernennung seines Freundes Danton zum Justizminister wurde er Staatssekretär. Das war für ihn sehr wichtig.«

»Weil er nun endlich mehr Einfluss hatte?«, vermutete Chopard.

»Das natürlich auch«, bestätigte Antoine, »ich denke aber, es ging ihm nicht zuletzt darum, seinen Vater zu beeindrucken. Zu ihm hatte er ein sehr schwieriges Verhältnis, zeitlebens hatte Camille das Gefühl, sich seinem Vater, den er allerdings so gut wie nie sah, beweisen zu müssen. Es gibt dazu auch einen Brief, der im Nationalarchiv liegt.«

»Den würde ich sehr gerne lesen«, sagte Josie.

»Das lässt sich einrichten.« Antoine lächelte ihr zärtlich zu.

»Der Ring wurde im März 1793 gekauft, also sieben Monate nach dem Sturm auf die Tuilerien«, ließ sich der Goldschmied vernehmen. Dann sagte er: »Soweit ich weiß, gibt es detaillierte Tagebücher aus dieser Zeit von meinen Vorfahren. Wenn Sie möchten, sehe ich einmal nach. Vielleicht erzählte Monsieur Desmoulins ja, aus welchem Anlass er den Ring fertigen ließ. Das kommt sehr häufig vor.«

»Damit würden Sie uns einen sehr großen Gefallen tun«, freute sich Chopard.

Der Juwelier nickte. »Wunderbar, dann informiere ich Sie, sobald ich etwas gefunden habe.«

»Sie möchten sicherlich gleich mit Monsieur Girard ins Nationalarchiv«, sagte Chopard, als sie das Juweliergeschäft verlassen hatten, und lächelte Josie freundlich an.

»Wenn das ginge, wäre das natürlich ganz wunderbar«, freute sich Josie, die mit diesem Entgegenkommen gar nicht gerechnet hatte.

»Das ist kein Problem, das haben Sie sich redlich verdient. Dann sehen wir uns später.«

Michael, Flaubert und Chopard nickten Josie und Antoine noch einmal zu und machten sich dann auf den Weg in die Kathedrale.

»Dann kann ich dich jetzt ja endlich küssen«, sagte Antoine und zog sie an sich, kaum dass die drei um die Ecke verschwunden waren. »Es ist das erste Mal, dass wir getrennt waren. Es hat sich schrecklich angefühlt.«

»So ging es mir auch.« Josie erwiderte seinen Kuss. »Jetzt aber los, ich platze vor Neugierde.«

Obwohl Josie das Nationalarchiv ja inzwischen kannte, war sie doch erneut sehr beeindruckt von der Pracht des Gebäudes.

Aber wieder einmal ließ Antoine ihr keine Zeit, es zu bewundern: »Ich muss mich leider beeilen. Ich muss zurück an die Uni. Aber versprochen: Wir kommen einmal mit viel Muße hierher, und dann kannst du es dir in Ruhe ansehen.«

»Gut«, lenkte sie ein, »und keine Sorge: Ich muss dann ja auch zurück.«

Gleich darauf standen sie wieder vor dem eifrigen Archivar, der ihnen sofort die gewünschten Dokumente brachte.

Josie erkannte die sehr prägnante Handschrift sofort wieder.

Sie hatten beide weiße Baumwollhandschuhe angezogen, um das Papier zu schonen. Josie begann zu lesen:

Die Sache der Freiheit hat gesiegt! Trotz aller Ihrer Prophezeiungen, dass ich es nie zu etwas bringen werde, sehe ich mich auf die höchste Staffel der Beförderung erhoben, die ein Mensch vom Richterstand erklimmen kann. Mir ist schon klar, dass man mir diesen Erfolg in der Heimat neiden wird, so, wie das schon immer gewesen ist. Neid und Hass haben mich in jungen Jahren stets umgeben. Aber sei es so. Die Erfolgreichen müssen mit Missgunst rechnen. Und wie unwichtig ist die Missgunst im Vergleich zu dem, was wir erreicht haben! Ich glaube, die Freiheit ist durch die Revolution vom 10. August gefestigt. Es bleibt uns nun nur noch übrig, Frankreich so glücklich und blühend zu machen, als es frei ist. Dafür will ich meine Nachtruhe opfern …

»Du lieber Himmel«, murmelte Josie erschrocken. »Das klingt ja nicht nach einer glücklichen Kindheit.«

»Die hatte er wohl auch wirklich nicht«, erwiderte Antoine bestätigend.

»Warum nicht?«

»Wahrscheinlich, weil er ... unangepasst war.« Antoine klang etwas abwesend.

»Was ist?«, erkundigte sie sich.

»Ach«, erwiderte er, »ich hatte gehofft, dass ich in diesem Brief etwas über den Ring erfahre. Ich bin mir ziemlich sicher, dass ich in irgendeinem von Camilles Briefen schon einmal etwas von einem Ring gelesen hatte – aber vielleicht bilde ich mir das auch einfach nur ein.«

»Dann lass uns doch danach suchen«, schlug Josie vor.

»Eine gute Idee, mein Schatz«, bekräftigte er. »Leider fehlt uns jetzt die Zeit dafür. Das müssen wir auf später verschieben.«

»Einverstanden. Und vielleicht findet der Juwelier ja auch tatsächlich noch etwas in seinen Aufzeichnungen.«

»Eben.«

Er küsste sie. »Ich begleite dich noch zur Kathedrale.«

»Was ich dich die ganze Zeit schon fragen wollte«, sagte Josie, als sie, Seite an Seite, händchenhaltend durch die Stadt gingen, »was war denn mit dem König? War er denn überhaupt noch ein König?«

»Nein, sobald es klar war, dass die Aufständischen gesiegt hatten, wurde er gestürzt und gefangen gehalten.«

»Und dann wurde der Nationalkonvent neu gewählt und mit ihm Camille Desmoulins?«

»Ganz genau«, bestätigte er. »Er gehörte zur Bergpartei, und Robespierre war einer der Anführer.«

»Und mit dem Sturm auf die Tuilerien begann dann die Schreckensherrschaft?«

»Das kann man so sagen. Zumindest wurde an den 246 Gardisten, die noch nicht ermordet worden oder gefallen waren, sondern die sich noch in der Gewalt des Konvents befanden, ein Exempel statuiert. Am 2. September 1792 wurden sie durch ein Revolutionstribunal über die Verbrechen des 10. August zum Tode verurteilt.«

»Die Septembermorde«, flüsterte Josie.

»Ja«, bestätigte er. »Wobei diese Morde durchaus noch weiterführten. Es wurden ja nicht nur sie umgebracht, sondern auch etliche Adelige und die Vertreter der Gironde.«

»Gironde?«

»Nun, sie waren Mitglieder des gehobenen Bürgertums und stammten zum größten Teil aus dem Département Gironde, zu dem die Hauptstadt Bordeaux gehört.«

»Und weswegen hat man sie umgebracht?«

»Sie hatten immer eine gemäßigte Haltung gezeigt und gerieten deshalb schnell in den Verdacht, Royalisten zu sein. Das genügte, um ihren Tod zu fordern.«

»Camille hat das alles mitgemacht? Eigentlich fand ich ihn ja sympathisch, aber ...«

»Nein«, sagte Antoine, »und ja. Camille kommt mir vor wie jemand, der seinen Weg sucht. Er wurde mitgerissen – was keine Entschuldigung sein soll – und hat ja sogar noch für die Hinrichtung des Königs gestimmt. Das war im Januar 1793 – und es haben immerhin 334 Konventsmitglieder gegen die Hinrichtung gestimmt.«

»Und wie viele dafür?«

»387. Camille war also nicht das Zünglein an der Waage.«

»Aber er hätte auch nicht allein dagestanden, wenn er gegen die Hinrichtung gewesen wäre«, murmelte Josie.

»So ist es«, erwiderte Antoine und fuhr dann fort: »Der Hinrichtung folgten schlimme Zeiten für Frankreich: Mit Österreich waren wir ja schon seit 1792 im Krieg. Eine Woche nach dem Tod Ludwigs XVI., am 1. Februar, erklärte Frankreich auch England und den Niederlanden und am 7. März auch Spanien den Krieg.«

»Warum denn das?«, wollte Josie entgeistert wissen. »Ich dachte, es war umgekehrt und Frankreich musste damit rechnen, angegriffen zu werden – von Ländern, die die Monarchie retten wollten.«

»Angriff ist die beste Verteidigung, sagt man. Aber sie hatten nicht sonderlich viel davon. Sie erlitten an allen Fronten empfindliche Niederlagen. Der Feind kam jetzt allerdings auch von innen: Immer mehr Städte und sogar ganze Regionen waren mit den Machenschaften der Revolutionäre ganz und gar nicht einverstanden und erhoben sich gegen sie.«

»Gab das dann eine Art Bürgerkrieg?«, erkundigte sich Josie.

»An der Loire ja, da weigerte sich die Bevölkerung gegen die Rekrutierung. Ansonsten, nun ich würde eher sagen, dass die Revolutionäre sehr entschieden gegen alle vorgingen, die sich ihnen in den Weg stellten Der Nationalkonvent schickte Abgeordnete in die betroffenen Bereiche, die als Regierungskommissare agierten und die lokalen Behörden kontrollierten. Sie errichteten ein Revolutionstribunal, also ein Sondergericht, vor dem alle landeten, die in den jeweiligen Bezirken als verdächtig ausgemacht wurden.«

»Also von wegen Freiheit und Gleichheit.« Josie schüttelte sich. Dann fragte sie: »Wofür hat man den König denn eigentlich hingerichtet? Dafür, dass er der König war?«

»Der Konvent hat den Bürger Louis Capet, wie sie ihn nun nannten, der Verschwörung gegen die Nation angeklagt und für schuldig befunden«, erläuterte Antoine. »Das war sein Todesurteil.«

Kapitel 51

Lucile & Camille

PARIS, RUE DU THÉÂTRE-FRANÇAIS, 8. MÄRZ 1793

Es war der 8. März 1793, Notre Dame trug Trauer. Frankreich befand sich im Krieg mit England, Österreich, Preußen, den Niederlanden und seit gestern auch mit Spanien und musste eine Niederlage nach der anderen einstecken. Zum Zeichen der Trauer hatten die Revolutionäre die Türme mit einem schwarzen Tuch verhängt. Das passt, dachte Lucile, die dieser Anblick mitten ins Herz traf.

Die Revolutionäre hatten der Kathedrale ihre Glocken weggenommen, ebenso wie bronzene Statuen und Kruzifixe, um sie einzuschmelzen und daraus Kanonenkugeln zu gießen.

Lucile wusste, dass das nötig war. Sie brauchten die Munition dringender als die Glocken, dringender als Statuen und Kruzifixe. Aber dennoch tat es ihr weh. Nie mehr würde nun der Glockenklang ihrer Kindheit ertönen, der die Gläubigen zum Gebet rief, nie mehr würde sie im Innern der Kathedrale all die Pracht bewundern können. Doch andererseits gibt es Wichtigeres, dachte

Lucile, während sie sich im Spiegel betrachtete. Durch den Spiegel sah sie auch, dass ihr Mann ins Zimmer trat. Er lächelte bei ihrem Anblick.

»Ich bin stolz auf dich. Und das, was du da anhast, steht dir ausgesprochen gut.«

Lucile musterte sich weiterhin in dem großen und etwas blinden Spiegel:»Das finde ich auch.« Sie trug eine weite Hose, dazu die Nationalkokarde und auf ihrem Kopf saß eine Jakobinermütze. In der Hand hielt sie ein Gewehr.

Sie hatte sich im Nachhinein furchtbar darüber geärgert, dass sie beim Sturm auf die Tuilerien nicht dabei gewesen war. Zu gern wäre sie hinausgegangen. Doch sie hatte Danton ihr Wort gegeben, nach seiner Frau zu sehen. Und an ihr Wort wollte Lucile sich unbedingt halten, vor allem einem treuen Freund wie Danton gegenüber. Während sie, die schluchzende Madame Danton und ihre Kinder tröstend, in deren Wohnzimmer gesessen hatte, waren ihre Gedanken gerast. Sie wusste, dass es viele bewaffnete Frauen gab – und sie vermutete, dass es auch heute Frauen geben würde, die ein Gewehr trugen. Claire fiel ihr ein, die sie zwar schon lange nicht mehr gesehen hatte, auf die sie aber nach wie vor eifersüchtig war. Claire wäre jetzt sicher da draußen und würde, ein Gewehr in der Hand, für ihre Sache kämpfen. Sie, Lucile, hatte mit Camille dann und wann darüber gesprochen, sich zu bewaffnen. Doch auf seinen leisen Protest und seine Erklärung hin, es sei ihm ja recht, dass sie sich für die Revolution einsetze, aber in gefährlichen Situationen sei es ihm lieber, sie sicher zu Hause zu wissen, hatte sie eingelenkt. In jener Nacht aber, als das Volk im August ohne sie die Tuilerien stürmte, hatte sie ihre Meinung endgültig geändert. Es konnte ja auch nicht sein, dass sie nun, da sie sich aus der Vormundschaft ihres Vaters befreit hatte, tat, was ihr Mann wollte. Natürlich, Camille hatte die Vormundschaft für sie, aber dennoch hatte er ihr nicht zu sagen, was sie zu tun und zu lassen hatte. Sie hatte sich richtig in ihre Wut und ihren Ärger hineingesteigert. Als Camille dann irgendwann vollkommen erschöpft zu den Dantons gekommen war, hatte sie ihm entgegengeschleudert: »Ich werde mich ebenfalls bewaffnen. Nächstes Mal komme ich mit.«

»Ach, Lucile«, hatte er gesagt und unendlich müde gewirkt, »noch mehr Gewalt. Sei froh, dass du all das nicht sehen musstest.«

»Bin ich aber nicht. Das ist unser Land und unser Kampf, und es geht auch um Gleichberechtigung: Da werde ich nicht zu Hause sitzen.«

Camille hatte an diesem Abend gar nichts mehr dazu gesagt, sondern sie zu ihrer Empörung einfach stehen lassen. Doch am nächsten Tag hatte er sie in seine Arme geschlossen und ihr versichert, das sei selbstverständlich ihre Entscheidung. Er könne ihr nur seine Wünsche mitteilen, und die seien nun mal, dass er seine Frau gerne in Sicherheit wissen und sie vor den Grauen dieser Welt schützen wolle. Ihre Versöhnung war rauschhaft und voller Leidenschaft gewesen.

Inzwischen hatte sich die Lage noch weiter zugespitzt: Frankreich, das seit dem 21. September des vergangenen Jahres keine Monarchie mehr war, sondern eine Republik, war im Krieg! Und zwar sowohl im Inneren als auch im Äußeren! Im Februar waren 300000 Männer einberufen worden, um Frankreich vor Angriffen von außen zu schützen, wogegen sich Konterrevolutionäre vor allem in der Region Vendée wehrten. Es waren andere Zeiten, es waren harte Zeiten. Sie hatten es geschafft, eine Republik zu werden – wenn in dieser die Frauen für Luciles Geschmack auch viel zu wenig zu sagen hatten –, und diese galt es nun zu verteidigen gegen all jene, die ihr an den Kragen wollten. Da war es besonders wichtig, dass man nicht mehr zwischen Mann und Frau unterschied.

Heute Abend würde sich nun endlich auch ein weiterer Frauenklub in Paris gründen, der *Klub der revolutionären republikanischen Bürgerinnen*, den sie gemeinsam mit Claire Lacombe, zu der sie wieder Kontakt aufgenommen hatte, sowie Olympe und Pauline Léon gründen wollte. Es sollte auch um die Bewaffnung der Frauen gehen.

Sie war wild entschlossen – und sie war ungemein froh um Camilles Worte. Denn selbst wenn sie sich von ihrem Mann natürlich nichts verbieten lassen wollte: Camille hatte sich verändert. Er war leiser und friedliebender geworden. Und ausgerechnet jetzt radikalisierte sich seine Frau, indem sie Waffen trug.

Sie wandte sich zu ihm und sah ihm in die Augen: »Ich danke dir, dass du nicht versuchst, mich davon abzuhalten.«

»Weil ich weiß, dass du auf der richtigen Seite stehst, Liebling, und dass du Unschuldige nicht einfach niedermetzeln würdest.«

Sie nickte.

Er trat einen Schritt auf sie zu: »Dennoch möchte ich dich warnen, meine Lolotte. Ich weiß, wie schnell es gehen kann, dass eine vermeintlich gute Sache kippt und brutal und gewalttätig wird. Bitte versprich mir, dein Herz niemals zu vergessen, was immer auch geschieht.«

Betroffen sah sie ihn an. »Das verspreche ich.«

»Gut.« Camille fuhr mit der rechten Hand in seine Rocktasche, zog einen kleinen Samtbeutel hervor, öffnete ihn und entnahm ihm einen Ring mit einem rot schimmernden Stein.

Lucile schnappte nach Luft: »Der ist ja wunderschön!«

Camille nickte. »Dieser Ring«, sagte er feierlich, während er ihn ihr auf den Finger schob, »ist ein Herzensring. Er soll dich immer daran erinnern, dass du auf dein Herz hören musst. Pass auf dich auf, mein Schatz.«

»Oh, Camille!« Mit Tränen in den Augen sah sie ihn an.

»Nun geh schon!« Er küsste sie noch einmal auf die Wange. Dann fügte er augenzwinkernd hinzu: »Sonst war es immer umgekehrt. Ich bin bewaffnet fortgegangen, und du warst zu Hause.«

»Tja«, sagte sie, »daran werdet ihr euch alle gewöhnen müssen. Denn die von euch geforderte Freiheit, Gleichheit und Brüderlichkeit muss auch die Frauen einbeziehen. Aber keine Sorge – wir sind entschieden, aber nicht radikal.«

»Als ob ich gegen die Gleichberechtigung von Frauen je etwas einzuwenden gehabt hätte.« Liebevoll gab er ihr einen Kuss. »Wie ich schon sagte: Ich bin stolz auf dich.«

In der Jakobinerbibliothek in der Rue Saint-Honoré, wo sich die Frauen trafen, herrschte bereits lautes Stimmengewirr.

Als alle Platz genommen hatten, erhob sich Claire und sagte feierlich: »Ich heiße Sie sehr herzlich zu unserer Gründungsversammlung willkommen. Wie Sie wissen, sind wir nicht der erste und nicht der einzige Frauenklub, nein, es haben sich zahlreiche Klubs im ganzen Land gegründet. Das macht Mut, das zeigt, dass wir nicht allein sind. Freiheit und Gleichheit, das muss auch für uns Frauen gelten.«

Alle applaudierten, Claire setzte sich, nun ergriff Lucile das Wort: »Da haben Sie recht, liebe Claire. Aber – und auch das will ich so deutlich sagen – bevor wir uns ganz der Sache der Frauen zuwenden können, müssen wir dafür sorgen, dass unsere junge Republik nicht gleich wieder in sich zusammenbricht.«

»Sehr richtig!«, rief eine andere Frau und sprang auf. »Wir müssen sie vor ihren Feinden von innen wie von außen schützen. Ich schlage vor: Gründen wir ein Amazonenheer. Und ziehen wir in den Kampf!« Sie hob das Gewehr in die Höhe, das sie in Händen hielt. »Wenn wir daraus siegreich hervorgehen, wird man uns Frauen fortan viel ernster nehmen.«

Verblüfft sah Lucile sie an. Ein Amazonenheer! Das fühlte sich … großartig an. Aber auch überaus beängstigend!

Sie streckte ihre linke Hand aus, an dem Camilles Ring steckte. Der Herzensring. Der sie stärken, ihr aber auch Mahnung sein sollte. Was sollte sie nur tun?

Kapitel 52

226 Jahre später

Josie & Antoine

Paris, Notre Dame, Herbst 2019

Endlich war das Wetter wieder etwas besser geworden! Nachdem Josie den Brief in der Königsstatue gefunden hatte, hatte es eine Woche lang geregnet, so dass es unmöglich gewesen war, an der Fassade weiterzuarbeiten. Die Steine waren viel zu rutschig, was ihre Arbeit in der Höhe zu gefährlich machte. Josie arbeitete stattdessen im Inneren der Kathedrale – und war wie schon bei ihrem ersten Einsatz dort oben vollkommen hingerissen. Was für ein Gefühl, hoch oben im Kreuzgewölbe zu hängen, während sich ein großer Teil von Notre Dame unter ihr ausbreitete.

»Ich bin voller Endorphine und Adrenalin«, sagte sie abends strahlend zu Antoine.

»Meinetwegen, hoffe ich?«, fragte er augenzwinkernd.

»Natürlich deinetwegen«, sie gab ihm einen Kuss, »aber auch wegen dieses Gefühls, hoch oben im Schiff zu schweben. Das ist wirklich unglaublich.«

»Das kann ich mir vorstellen, und ich beneide dich auch ein bisschen darum.«

Doch nun schien wieder die Sonne, und Josie hing an der Fassade, um die Stelle zu reparieren, an der sie dem König den Brief entnommen hatte. Viel Zeit blieb ihnen nicht mehr, bald mussten sie die Arbeiten an der Außenfassade vermutlich aufgrund des bevorstehenden Winters vorübergehend einstellen.

»So, Monsieur Viollet-le-Duc!«, sagte sie zu der Steinskulptur, »jetzt ist Ihr Kleid wieder hübsch.«

Freundlich starrte der steinerne Viollet-le-Duc sie an. »Wissen Sie, Monsieur«, plauderte Josie weiter, »Antoine – mein Liebster – und ich haben uns neulich vorgestellt, dass Sie und Monsieur Victor Hugo dort oben auf einer Wolke sitzen und zu uns herunterschauen. Ich habe mir für Sie gewünscht, dass Sie sich dem Müßiggang hingaben und den Brand nicht bemerkten, aber das war wohl ein Wunschgedanke. Ein Mann wie Sie ist immer mit vollster Aufmerksamkeit bei der Sache, und da Sie nun als Skulptur nicht mehr über Ihren Spitzturm wachen konnten, sind Sie vom Himmel aus sicherlich noch mal besonders wachsam. Ich hoffe, Sie sind nicht allzu sehr erschrocken, als Sie die Kathedrale von dort oben aus in Flammen stehen sahen?«

In diesem Moment klingelte ihr Smartphone, das mit einer speziellen Sicherung an ihrem Gürtel angebracht war. Es um den Hals zu tragen, wäre zu gefährlich. Im Falle eines Absturzes bestünde die Gefahr, sich damit zu strangulieren. Josie angelte danach und sah, dass es Chopard war. »Ja?«, meldete sie sich und blickte nach unten, wo sie ihren Chef auf dem Vorplatz stehen und zu ihr hinaufblicken sah.

»Monsieur, ich kann Sie sehen.«

»Madame«, klang es durch den Hörer, »ich Sie auch.«

Sie lachten.

Dann sagte Chopard: »Der Goldschmied hat angerufen. Er hat tatsächlich Aufzeichnungen zu dem Rubinring gefunden, auch wenn es nicht besonders viele sind. Haben Sie heute Abend Zeit vorbeizugehen? Mit Monsieur Girard?«

»Sicher, wir waren ohnehin verabredet.«

»Wunderbar«, sagte Chopard. »Ich bin heute Abend leider verhindert – erwarte Ihren Bericht aber gleich morgen früh.«

»Den werden Sie bekommen. Danke, dass Sie mir Bescheid gesagt haben.«

»Natürlich«, erwiderte Chopard. Sie wollte gerade schon auflegen, als seine Stimme nochmals durch den Hörer drang.

»Madame Winter?«

»Ja, Monsieur Chopard?«

»Ich freue mich sehr, dass Sie beide sich gefunden haben. Eine echte Notre-Dame-Liebe, die über die Geschichte, die Sie beide entdeckt haben, mit den verschiedensten Zeitebenen verwoben ist.«

»Das ist sehr nett«, bedankte Josie sich überrumpelt.

»Auf Wiedersehen, Madame.«

»Auf Wiedersehen, Monsieur.«

★★★

Es war 18.35 Uhr, als Antoine um die Ecke kam. »Tut mir leid, dass ich mich verspätet habe«, keuchte er.

Sie lachte: »Wir waren doch erst vor fünf Minuten verabredet.«

»Ich weiß, aber ich hasse Unpünktlichkeit. Einfach deshalb, weil es verlorene Zeit ist.«

Gerührt sah sie ihn an. Aus genau diesem Grund konnte sie Unpünktlichkeit ebenfalls überhaupt nicht leiden.

»Das sehe ich ganz genauso.« Sie gab ihm einen Kuss zur Begrüßung. »Aber zum Glück wartet Monsieur nicht auf uns. Chopard hat nur zu ihm gesagt, dass wir nach der Arbeit vorbeikommen. Ein sehr unbestimmter Zeitpunkt.«

Antoine ließ Josie den Vortritt, und sie betraten den Laden.

Monsieur Mellerio kam ihnen schon mit ausgebreiteten Armen entgegen: »Monsieur, Madame, danke, dass Sie es so schnell einrichten konnten.«

»Danke, dass Sie es möglich gemacht haben.« Sie lächelten einander zu.

»Kommen Sie, kommen Sie!«, drängte Monsieur Mellerio und bugsierte sie durch den inzwischen leeren Laden – die Verkäuferinnen bereiteten sich sichtbar auf den Feierabend vor – in den schon bekannten Besprechungsraum.

»Sehen Sie«, Monsieur Mellerio deutete stolz auf ein weiteres Buch, das auf dem Tisch lag, »das ist das Tagebuch meines Vorfahren. Ich habe tatsächlich unter dem 20.2.1793 einen Eintrag gefunden. »Setzen Sie sich, setzen Sie sich. Am besten rechts und links von mir, dann können Sie beide mitlesen.«

Josie und Antoine taten, gerührt von dem nach wie vor anhaltenden Eifer des Juweliers, wie ihnen geheißen.

Der schlug das Buch auf – Josie erkannte das Lesezeichen wieder, das ihr schon bei ihrem letzten Besuch aufgefallen war. Sorgsam entnahm er das schmale Band mit der Perle und legte es neben das Buch. Dann deutete er auf einen Eintrag auf der linken Seite, über dem das Datum 20.2.1793 stand.

»Oje«, stöhnte Josie, als sie das Geschriebene sah. »Ich fürchte, ich habe keine Chance, das zu entziffern. Im Vergleich zu Camille Desmoulins Handschrift ist diese sehr schlecht lesbar.«

Gleich darauf sah sie den freundlichen Juwelier erschrocken an. »Entschuldigung. Ich wollte nicht ...«

»Schon gut«, winkte der ab, »mein Vorfahr hatte wirklich, wie man heute sagen würde, eine Sauklaue. Ich konnte es selbst nur mit Mühe entziffern.«

Während sie sich unterhielten, hatte Antoine sich bereits schweigend in die Zeilen vertieft. Jetzt sagte er: »Also, ich habe überhaupt keine Mühe, das zu entziffern.«

»Liest du es uns vor?«, bat Josie.

»Natürlich«, er lächelte ihr zu, »viel ist es zwar nicht, aber es ist durchaus aufschlussreich.«

Dann begann er vorzulesen.

»Heute hatte ich aufsehenerregenden Besuch. Camille Desmoulins gab sich die Ehre. Er ist Mitglied des Nationalkonvents und rief damals zum Sturm auf die Bastille. Er kaufte einen Ring für seine Frau Lucile. Die will sich wohl für die Sache der Frauen stark machen. Der Ring soll sie daran erinnern, immer ihrem Herzen zu folgen. Er fragte mich, ob ich einen Stein wisse, der sich dafür besonders eignet. Ich empfahl ihm einen Rubin. Persönlich halte ich von dieser Sache mit den Rechten der Frauen ja nicht viel – aber das habe ich ihm natürlich nicht gesagt, dem verliebten Narren.«

»Na«, sagte Josie augenzwinkernd, »sehr wertschätzend hat Ihr Vorfahr ja nicht von seinem Kunden gesprochen.«

»Dafür kann ich mich nur entschuldigen, Madame«, sagte der Goldschmied hastig. »Und ich versichere Ihnen, heute ist das natürlich anders.«

»Das weiß ich doch«, sagte Josie rasch, die bemerkte, dass sie den armen Juwelier mit ihrer Bemerkung sehr in Verlegenheit gebracht hatte. Dann wandte sie sich an Antoine: »Ich wusste gar nicht, dass es während der Französischen Revolution auch eine Frauenbewegung gab.«

Er nickte. »Doch, die gab es. Die meisten Frauen, die in der Französischen Revolution für ihre Rechte kämpften, gehörten der Mittel- und Oberschicht an. Ihre Ziele waren eine rechtliche und politische Gleichbehandlung im Allgemeinen und eine Chance auf Bildungsgleichheit und mehr Rechte in der Ehe beziehungsweise eine Befreiung aus der Vormundschaft von Vätern oder Ehemännern im Besonderen. Die Aufklärung stützte das Bild, dass die Frau allein schon aus biologischen Gründen an den Herd gehöre, ja noch.«

»Und, hatten sie Erfolg?«

»Wie man es nimmt. Zunächst mal ist es ein sehr beachtlicher Fortschritt, dass so viele Frauen sich organisierten und für ihre Rechte eintraten. Das gab es so noch nie zuvor. Ja, sie konnten viel erreichen. Hinsichtlich der Bildung für Frauen und Mädchen, aber auch das Eherecht wurde wirklich reformiert: Nun war nicht mehr allein die Kirche dafür zuständig, sondern es gab auch einen zivilrechtlichen Akt, sozusagen das, was heute das Standesamt ist. Außerdem wurde das Heiratsalter schon 1792 auf einundzwanzig Jahre festgelegt. Und unter bestimmten Voraussetzungen war nun auch die Scheidung möglich.«

»Also haben sie ihr Freiheitsprinzip tatsächlich auf die Ehe angewendet«, sagte Josie.

»Außerdem bekamen die Frauen eine Verfügungsgewalt über das Haushaltseinkommen, das war ebenfalls 1793. Sie konnten nun zum Beispiel selbst ihr Testament aufsetzen und ihr Vermögen auch an weibliche Nachkommen vererben.«

»Dann haben die Frauen ja doch sehr viel erreicht«, fand Josie und fügte fragend hinzu: »Wieso sagst du dann: Wie man es nimmt?«

»Weil sie diese Rechte nicht lange genießen konnten«, erklärte Antoine. »Mit Napoleons *Code Civil* von 1804 wurden sie endgültig wieder rückgängig gemacht. Aber die ersten Rechte verloren sie bereits im Oktober 1793: Klubs mit ausschließlich weiblichen Mitgliedern wurden verboten, im Frühjahr 1794 setzte Robespierre ein Verbot für die Teilnahme von Frauen an den Volksgesellschaften durch.«

»Meine Enkeltochter hat sich seinerzeit sehr für eine Frau namens Olympe de Gouges interessiert«, mischte sich nun der Juwelier ins Gespräch. »Wenn ich es richtig weiß, gehört sie auch in diese Zeit?«

»Sehr richtig«, bestätigte Antoine, »sie kämpfte vor allem um Schulbildung – sie war ja Schriftstellerin und schrieb zeitweise unter Pseudonym –, doch mit ihr nahm es kein gutes Ende.«

»Was ist denn mit ihr geschehen?«, fragte Josie.

»Das, was vielen Menschen damals passierte, die sich auflehnten«, sagte Antoine bedrückt, »sie wurde hingerichtet.«

»Wie furchtbar«, murmelte Josie, »weil sie für die Sache der Frauen kämpfte?«

»Auch, aber vor allem wohl, weil sie sich dafür starkmachte, die Bürger entscheiden zu lassen, welche Regierungsform sie wollen: eine republikanische Regierung, eine föderative Regierung oder eine Monarchie. Robespierre sah in ihr, wie in allen, die ihm nicht in den Kram passten, eine Royalistin – und deshalb ließ er sie hinrichten.«

»Robespierre hat sie köpfen lassen?«

Antoine nickte. »Ja. Das muss übrigens in dem Jahr gewesen sein, als Camille diesen Ring kaufte – im November 1793.«

Er blickte auf das Datum.

»Tatsächlich«, sagte Josie, die seinem Blick gefolgt war, »neun Monate später. Ob die beiden Frauen sich kannten, Olympe und Lucile?«

»Das weiß ich leider nicht, aber es ist durchaus möglich. Schließlich besuchte Olympe häufig die Sitzungen der Jakobiner – und Luciles Mann war Jakobiner.«

Nachdenklich blickte Josie auf das Tagebuch. Was waren das nur für Zeiten gewesen!

Kapitel 53

226 Jahre zuvor

Lucile & Camille,
PARIS, ÎLE DE LA CITÉ, NOTRE DAME,
12. NOVEMBER 1793

Als sie auf die Kathedrale zusteuerten, schnitt es Camille so heftig ins Herz, dass er nach Luft schnappte: Bisher hatte er nur davon gehört, dass einige Revolutionäre in blinder Wut die Könige der Königsgalerie heruntergerissen und enthauptet hatten. Jetzt sah er das Ergebnis erstmals mit eigenen Augen. Ihre Plätze waren nun leer, verwaist und das kam ihm so ungemein falsch vor, auch wenn er natürlich die Intention seiner Mitstreiter verstand: Frankreichs Könige sollten hier keine derartige Würdigung erfahren.

Lucile an seiner Seite bemerkte nichts von seinen Gedanken. In dem Moment, als sie die Kathedrale betraten, ertönte von drinnen der *Militärmarsch in F-Dur* von Charles Simon Catel, dann die *Marseillaise*. Obwohl Camille nun schon einige Male Revolutions- statt Kirchenlieder in der Kathedrale gehört hatte – schließlich hatten sie den Organisten gezwungen, nur noch diese zu spielen, was Camille im Grunde auch richtig fand, so kam ihm nun auch das – ja, er konnte es nicht anders sagen und das Gefühl auch nicht verleugnen – irgendwie falsch vor, dass hier, in dieser traditionsreichen Kathedrale, nun Revolutionslieder gesungen wurden. Er war auch nicht sicher, dass es richtig gewesen war, als sie am 7. November 1793, also gerade mal vor fünf Tagen, Jean-Baptiste-Joseph Gobel, den Bischof von Paris, festgenommen und den Katholizismus verboten hatten. Camille Desmoulins war mit einem Mal voller Zweifel.

Bis auf Notre Dame, wo sie sich jetzt befanden, waren alle Kirchen in Frankreich geschlossen worden. Von nun an, so hatten die Revolutionäre beschlossen, sollte es nur noch einen einzigen Tempel geben: den der Vernunft. Und er hatte ja zugestimmt, hatte es richtig gefunden, zumindest mit dem Kopf. Doch sein Herz wehrte sich, ebenso, wie sein Herz gezweifelt hatte, als er seinerzeit für die Hinrichtung des Königs stimmte. Sein Herz, dem zu folgen er Lucile, die jetzt neben ihm ging, geraten hatte. Sie hielt seine Hand und er spielte mit dem Ring an ihrem Finger. Der Herzensring. Er musste sich selbst an das halten, was er seiner Frau geraten hatte, noch viel mehr, als er es bereits tat. Ein leiser Richtungswechsel reichte nicht, denn die anderen waren auch nicht leiser, im Gegenteil, sie wurden immer lauter. Vor allem Robespierre. Wie grausam er geworden war!

Es fühlte sich einfach falsch an, dass sie Notre Dame nun sozusagen der Vernunft geweiht hatten, auch wenn die Vernunft, das wollte Camille gar nicht in Abrede stellen und daran zweifelte er keine Sekunde, das Wichtigste war. Aber entsprach es denn der Vernunft, vor allem: Entsprach es der Sache der Freiheit und der Gleichheit, was sie hier taten? Was hatte es mit Freiheit zu tun, wenn man den Menschen verbot, ihren Glauben auszuüben? Wo waren sie nur hingeraten? Gleichheit hatten sie gefordert, aber unter Gleichheit hatte er nie verstanden, dass alle das Gleiche glauben mussten. Wo wäre denn da streng genommen der Unterschied zur Monarchie? Das war doch auch Unterdrückung! Und dass sie so radikal gegen die Konterrevolutionäre vorgingen … Er hatte die Gleichheit so gemeint, dass jeder Mensch die gleichen Rechte haben sollte – auch die Frauen, wofür Lucile ja kämpfte. Aber die Frauenklubs hatte Robespierre inzwischen verboten und Olympe vor gut einer Woche hinrichten lassen. Seitdem hasste Lucile ihn. Und sie machte aus ihrem Hass keinen Hehl, was dazu führte, dass Camille Angst um sie hatte. Angst um ihr Leben. Er bat sie, leise zu sein. Aber Lucile hatte ihm geantwortet, dass sie doch keine Menschen waren, die sich vor Angst wegduckten. Sie nicht und er nicht. Lucile. Seine Lucile. Seine tapfere und starke Frau. Um sich hatte er keine Angst. Um sie schon.

Aus dem Augenwinkel musterte er Lucile, seine zarte, blonde, schöne Lucile, wie sie da neben ihm her durchs Kirchenschiff ging. Da wandte sie – sie hatte seinen Blick offensichtlich gespürt – den Kopf und lächelte ihm zu. Er erwiderte ihr Lächeln, dann gingen sie weiter, zu den Klängen der Revolutionsmusik, durch Notre Dame. Immer weiter auf die Freiheitsstatue zu, die dort stand, wo sonst immer der Platz der Madonna gewesen war. Die restlichen christlichen Kunstwerke waren verhüllt.

Um die Freiheitsstatue herum standen die Musiker der Nationalgarden und sangen lauthals.

Dann nahmen sie Platz, die Zeremonie begann. Das Gefühl, dass hier etwas merkwürdig war, dass hier etwas nicht stimmte, wuchs: Camille fühlte sich, als sei er in einer falschen Welt gelandet – oder zumindest in einem falschen Kapitel seines Lebens. Er starrte zum Mittelschiff hinüber, wo ein Berg errichtet worden war, auf dem ein kleiner gotischer Tempel stand. In sein Kapitell – dem oberen Abschluss der Säule – waren die Worte *A la Philosophie* gemeißelt. Und auf diesem Tempel standen Büsten von Philosophen, die über die Häupter der hier Versammelten hinwegblickten. Auf einem Felsen brannte eine riesige Fackel, die Fackel der Wahrheit.

Als die *Marseillaise* endete und andere feierliche Revolutionsmusik ansetzte, beobachtete Camille, dass mehrere junge Mädchen, jede hielt eine Fackel in der Hand und trug ein weißes Kleid und einen Eichenlaubkranz auf dem Kopf, langsam und in gemessenem Schritt den Berg hinabschritten. Dann öffnete sich das Hauptportal und eine Frau trat ein.

»Sie soll wohl die Vernunft symbolisieren«, flüsterte Lucile Camille zu.

Er nickte nur. In seinen Augen war das alles furchtbar albern, wenn nicht gar abstoßend. Hatten sie wirklich *dafür* gekämpft? War *dafür* so viel Blut vergossen worden, dass sie nun in Notre Dame saßen und einer mehr als merkwürdigen Inszenierung zusahen? Camille folgte der »Vernunft« mit den Augen und beobachtete, dass diese in Richtung Chor ging, der, wie Camille erst jetzt verwundert bemerkte, zu einer Art Rasen umgestaltet war. Was sollte das alles? Die »Vernunft« ließ sich auf dem Rasen nieder und wiegte sich zu den Klängen der Musik, die ihr, also der Vernunft, huldigte. Dann erhob sie sich wieder, stieg den Berg empor, wandte sich noch einmal zu der Menge um und verschwand in ihrem Tempel.

Camille blieb ratlos zurück. Als sie die Kathedrale verließen, wechselte er einen Blick mit Lucile, die offensichtlich dasselbe fühlte wie er.

»Wie hast du die Veranstaltung empfunden?«, fragte er sie.

Sie wandte ihm den Kopf zu und nahm seine Hand: »Ach, Camille, ich fand es ungeheuer seltsam. Ist es das, wofür wir gekämpft haben?«

»G... genau diesen G... Gedanken h... hatte ich auch. Ich h... habe das G... Gefühl, in einer f... falschen Welt a... aufgewacht zu sein. A... alles ist s... so absurd. Und ich h... habe, a... anders als f... früher, das G... Gefühl, d... dass wir nichts dagegen tun können. Nein, Lucile«, fuhr er fort, »nein, der Gottesdienst hat mir nicht gefallen. I... i... ich empfand ihn als nahezu g... grotesk!«

»Camille!« Erschrocken war sie stehen geblieben und nahm nun auch seine andere Hand. »Du stotterst wieder. Das hast du seit Jahren nicht getan. Das zeigt mir, wie schlecht es dir geht und dass du wirklich zutiefst verunsichert bist.«

»D... d... das stimmt. I... i... ich bin wirklich z... zutiefst verunsichert.«

»Sprich mit mir darüber«, bat sie ruhig. Sie zog ihn auf eine Bank an der Seine, er blickte ihr in die Augen – und da war sie wieder. Seine Lucile. Mit ihrem zarten, weichen Gesicht, dem feinen Gespür, dem mitfühlenden Blick.

»Ach, Lucile! I... ich weiß g... gar nicht, w... wo ich anfangen soll.«

»Am Anfang, mein Liebling. Einfach am Anfang.«

»Schön«, er seufzte. Und nun kamen die Worte auch wirklich flüssig, strömten nur so aus seinem Inneren.

»Weißt du, Lolotte, ich habe so sehr an unsere Ideale geglaubt. An die Freiheit. An die Gleichheit. An die Brüderlichkeit.« Sie nickte, unterbrach ihn und seinen Redestrom jedoch nicht, sondern sah ihn nur still und fragend an.

»Mein Umdenken begann in der Nacht des Sturms auf die Tuilerien. Ich sah, dass unsere Leute die gefallenen Soldaten regelrecht … zerstückelten und ihre Leichenteile auf Spießen durch die Stadt trugen.«

Er bemerkte, dass sich ihr Blick verdunkelte.

»Wie furchtbar«, flüsterte sie, »dann kamst du nach Hause, und ausgerechnet da empfing ich dich mit der Nachricht, ich wolle mich nun ebenfalls bewaffnen und in den Kampf ziehen.«

Er nickte. »Und dann kam die Abstimmung über die Hinrichtung des Königs – ich stimmte dafür, einfach weil ich dachte, es sei nötig, wenn wir wirklich etwas ändern wollen. Doch dass ich für den Tod eines Menschen stimmte, hat etwas mit mir gemacht. Es hat etwas in mir verändert, etwas zerstört, von dem ich das Gefühl habe, es wird nie wieder heilen.«

»Liebling!« Lucile zog ihn in ihre Arme. »Der König starb nicht deinetwegen«, versuchte sie ihn zu trösten, »deine Stimme war nicht ausschlaggebend.«

»Trotzdem«, sagte er und löste sich aus ihrer Umarmung, allerdings nur, um sie voller Dankbarkeit anzusehen. »Trotzdem habe ich für den Tod eines Menschen gestimmt. Das kann ich mir nicht verzeihen, Lucile. Damit fing es an.«

Fragend sah sie ihn an: »Was meinst du? Was fing damit an?«

»Dass wir begannen, uns in die falsche Richtung zu bewegen. Lucile, all das ist eine riesengroße Lüge! Wir fordern Freiheit und Gleichheit und Brüderlichkeit, und gleichzeitig erheben wir uns über andere Menschen, verbieten ihnen, ihren Glauben auszuüben, nehmen ihnen sogar ihr Leben. Und seit dem 17. September können wir das ohne jegliches Problem ganz einfach tun.«

Lucile nickte.

Am 17. September war das *Gesetz über die Verdächtigen* erlassen worden, durch das Gegner der Regierung nun vollkommen willkürlich festgenommen werden konnten. Wer dieserart in die Fänge der Revolutionäre geriet, musste fürchten, unter der Guillotine zu enden. Kleinste Verdachtsmomente genügten schon, die Verleumdungen blühten, die Menschen denunzierten und verrieten einander.

»Das ist nicht das, was ich gewollt habe, Lolotte«, flüsterte Camille. »Ich wollte die Freiheit, und nun finde ich mich inmitten einer Schreckensherrschaft wieder, in der alles, wofür wir gekämpft haben, sich auf grausamste Weise ins Gegenteil verkehrt.«

Lucile legte ihre Stirn an die seine. »Du hast recht mit allem, was du sagst.«

»Nicht jeder, der kein Revolutionär ist, ist gleich unser Feind«, flüsterte Camille. »Er ist nur ein Mensch mit einer anderen Meinung – und haben wir nicht gerade dafür gekämpft, dass er diese äußern darf? Dann können wir ihn doch jetzt nicht genau dafür bestrafen und ihm gar das Leben nehmen.«

»Nein«, bestätigte Lucile, »das dürfen wir nicht. Du hast vollkommen recht, wenn du sagst, dass Freiheit für die einen nicht auf der Unfreiheit für die anderen begründet werden kann.«

Sie schwiegen eine Weile in stillem Einvernehmen, dann fragte Lucile:»Und nun? Wie soll es nun weitergehen? Willst du dich aus der Bergpartei zurückziehen?«

Beinahe erstaunt sah Camille sie an:»Mich zurückziehen? Das kommt überhaupt nicht infrage. Ich werde weiterkämpfen, Lolotte, denn ich habe eine Stimme. Man hört mich, und man hört *auf* mich. Obendrein gebe ich eine Zeitung heraus. Ich werde meine Stimme für die Opfer der Revolution erheben, ohne die Sache der Revolution zu verraten.« Voller Eifer und mit glühendem Blick sah er sie an.

Lucile nickte.»Du hattest schon immer eine große Begabung dafür, die Menschen mit deinen Worten zu erreichen.«

»Ja, und wenn es mir gelingt, meine Mitstreiter zu erreichen, dann, Lolotte, dann kann es mir vielleicht auch glücken, die Revolution in eine andere Richtung zu lenken und die Menschen vor der Guillotine zu retten. Und dann, dann hätte ich auch meine Entscheidung für den Tod von König Ludwig XVI. zumindest teilweise gesühnt. Aber ich kann nicht verhehlen, dass ich Angst um dich habe.«

»Ich auch um dich, aber Angst ist kein guter Ratgeber. Den besten Rat hast du mir gegeben.« Sie deutete auf ihren Ring. »Wir müssen unserem Herzen folgen. Das hast du mich gelehrt.«

Kapitel 54

226 Jahre später

Josie & Antoine
Paris, Rue de la Bûcherie, Herbst 2019

Andächtig blätterte Josie durch die Prachtausgabe von Victor Hugos *Glöckner von Notre Dame.*

»Sie ist wirklich wunder-wunderschön«, flüsterte sie.

»Nicht wahr?«, fragte Antoine und fügte hinzu: »Ich bin sehr stolz auf sie. Und Victor Hugo war es auch.«

»Ist das die Erstausgabe?«, erkundigte sie sich.

»Nein, die Erstausgabe, wenn man sie so nennen will, war eine vorläufige Fassung, die Gosselin 1831 herausbrachte.«

»Muss man den kennen?«

»Muss man nicht.« Er streichelte ihre Hand. »Gosselin war Hugos Verleger und von ihm immer mal wieder vertröstet worden, so dass er irgendwann die Geduld verlor und ihm keinen Aufschub mehr gewährte – auch dann nicht, wenn das Buch länger werden würde. Hugo hat beim Schreiben nämlich gemerkt, dass der vereinbarte Umfang niemals ausreichen wird.«

»Und dann?«, erkundigte sie sich gespannt.

»Dann hat er einen anderen Verleger, Eugène Renduel, gefunden, der mehr als gerne dazu bereit war, das erweiterte Werk herauszubringen.«

»Und *erweitertes Werk* bezieht sich eben nicht nur auf den Text«, kombinierte Josie und blätterte eine Seite in dem Buch weiter, um die nächste Illustration zu betrachten.

»Richtig«, bekräftigte Antoine, »Victor Hugos Idee, dass die bedeutendsten Künstler der damaligen Pariser Szene die Ausgabe mit Holzschnitten und Illustrationen bebildern, war nachgerade genial.«

»Allerdings. Es ist wirklich ein prächtiges Werk. Allein schon der Einband!« Sie schlug das Buch zu und strich über das dicke rote Leder.

»Das Buch war ein riesiger Erfolg«, sagte Antoine. »Die Leute haben die Buchhandlungen regelrecht gestürmt.«

Liebevoll sah sie ihn an. »Was ist es, das dich an Victor Hugo so bewegt und berührt?«

»Das kann ich dir sehr genau beantworten.« Er lächelte. »Zum einen ist es natürlich unbestritten, dass Victor Hugo mit seinem Roman Notre Dame rettete. Sein Ziel war es, mit seinem Buch auf die Baufälligkeit dieses wunderbaren Gotteshauses hinzuweisen. Er wollte verhindern, dass Frankreichs historische Baudenkmäler – nicht nur Notre Dame – immer mehr verfallen und irgendwann abgerissen würden.«

»Ich kann deine Empfindungen gut nachvollziehen«, sagte sie.

»Es gibt aber noch etwas. Es ist besonders das fünfte Buch, das mein Herz berührt. Es lag übrigens in der ersten Fassung von 1831 noch nicht vor. In dem Kapitel *Dies wird jenes vernichten* beschreibt er, dass die Buchdruckerei die Architektur nach und nach verdrängt. Übrigens hat diese Denkweise auch Viollet-le-Duc übernommen.«

»Dass die Architektur das alte Buch der Menschheit ist?«

»Eher die Ansicht, dass die Baukunst nach dem Mittelalter nicht mehr allzu viel wert war. Nach Viollet-le-Ducs Meinung leisteten die Baumeister der Kathedrale in den ersten drei Jahrhunderten nach dem ersten Spatenstich Großartiges, und in den folgenden drei Jahrhunderten machten sie sie kaputt.«

»Nicht nur die Baumeister, sondern ja wohl auch die Revolutionäre.«

»Natürlich. Die auch.«

»Was ich mich immer schon gefragt habe«, fuhr Josie fort, »ist, warum sich Victor Hugo ausgerechnet das Jahr 1482 für die Handlung seines Romans ausgesucht hat. Ich meine, was bewog ihn dazu? Es gab in Paris allgemein und für Notre Dame im Besonderen so viele wirklich aufregende Jahre – aber ausgerechnet in dem Jahr ist so gut wie gar nichts passiert.«

»Hugo war ein großer Verehrer des Mittelalters«, erwiderte Antoine. »Auch konnte er durch diesen enormen Sprung in die Vergangenheit deutlich machen, wie lange die Kathedrale schon vernachlässigt wurde. Aber er fand auch in einem der Türme eine eingemeißelte Inschrift, die übersetzt *Schicksal* bedeutet und die er ins Mittelalter datierte. Auch das war ein klarer Auslöser für ihn, sich für diese Zeit zu entscheiden.«

»Vielleicht aber auch, weil es den Übergang zwischen Mittelalter und Renaissance markierte und ihn dieser Epochenwechsel reizte«, überlegte Josie.

Antoine nickte. »Im Übrigen sehe ich eine faszinierende Parallele zu heute.«

»Welche denn?«

»Es braucht immer ein …«, er zögerte und fuhr dann fort, »ein Ereignis, um die Kathedrale ein Stück weiter zu retten. Damals war es Hugos Roman, der die Menschen in ihren Herzen bewegte, der ihnen zeigte, dass Notre Dame ein Wesen ist, dass sie … eine Seele hat, unser aller Seele ist. Und Victor Hugo hat sie auch in all ihrer Verwundbarkeit gezeigt, den Menschen klargemacht, dass sie ihren Schutz und ihre Zuwendung braucht.«

»Und genau dieses Gefühl haben die Menschen auch jetzt wieder empfunden«, murmelte Josie, »deshalb auch all die Spenden, über die sich dein Freund so aufgeregt hat.«

»Ja«, bestätigte Antoine, »188 Jahre nach Hugos Roman braucht Unsere liebe Frau wieder unsere Hilfe. Und wie schon damals hätte sie diese Hilfe auch schon zuvor nötig gehabt.«

»Inwiefern?.«

»Schon lange vor dem Brand hat Chopard das Kultusministerium darauf aufmerksam gemacht, dass Notre Dame dringend Zuwendung brauchte.«

»Altersbedingt?«, fragte Josie.

»Das auch, es sind jedoch nicht zuletzt Umwelteinflüsse, die ihr zu schaffen machen. Saurer Regen greift den Stein an, aber auch unsachgemäße Zwischenlösungen. Einige der schönen Wasserspeier waren sehr in die Jahre gekommen, und statt sie zu restaurieren, hatte man sie zeitweise durch Plastikrohre ersetzt.«

»Wirklich?« In Josies Stimme lag Empörung.

»Wirklich.« Antoine nickte finster.

»Aber letztendlich hat man ja doch auf Chopard gehört«, wandte Josie ein, »der Vierungsturm war schließlich eingerüstet.«

»Ja, man hat auf ihn gehört. Das wäre ja was, wenn man dem leitenden Architekten für die historischen Baudenkmäler kein Gehör schenken würde. Aber seinen Berechnungen zufolge hätte es eben hundert Millionen gekostet, die Kathedrale innerhalb von zehn Jahren wieder zu ertüchtigen – der Staat hat jedoch nur sechzig Millionen bewilligt.«

»Verstehe«, murmelte Josie.

»Und deswegen war man auf private Spender angewiesen«, fuhr Antoine fort. »Es gründete sich die Stiftung *Friends of Notre Dame*, der ich auch angehöre, und tatsächlich gelang es uns innerhalb eines Jahres, zwei Millionen zusammenzubringen.«

»Das ist beachtlich«, kommentierte Josie, »zu den benötigten hundert Millionen fehlte dann aber immer noch eine große Summe.«

»Und die haben wir jetzt, wobei der Schaden natürlich viel größer ist«, sagte er. »Aber im Grunde ist es das, was ich meine. Manchmal braucht es einen besonderen Anlass oder ein besonderes Ereignis, um den Menschen die Augen zu öffnen.«

Kapitel 55

225 Jahre zuvor

Lucile & Camille
Paris in der Nacht vom 30. auf den 31. März 1794

W as war das?« Mitten in der Nacht schreckte Lucile hoch. »Was war das für ein Geräusch?«

Auch Camille war aufgewacht und setzte sich aufrecht hin. »Schritte auf der Treppe!«, sagte er ruhig. »Es ist so weit.«

»Nein!« Lucile klammerte sich an ihn. »Nein, nein, nein! Ich lasse dich nicht gehen! Wenn sie dich verhaften, dann müssen sie mich auch mitnehmen!«

»Liebling!« Er nahm ihr Gesicht zwischen beide Hände und sah sie eindringlich an. »Lolotte! Wenn sie mich verhaften, ist es umso wichtiger, dass du weitermachst. Dass du dich starkmachst für die unschuldigen Opfer dieser Revolution.«

»Zu denen du dann gehörst«, flüsterte Lucile. »Aber …«

Weiter kam sie nicht, denn es hämmerte bereits laut an der Tür. »Aufmachen!«, brüllte eine Stimme von draußen. »Aufmachen, oder ich trete die Tür ein.«

»Ich komme ja schon!«, rief Camille und erhob sich.

Lucile brach weinend auf dem Bett zusammen. Einen Moment später hatte sie sich jedoch wieder gefangen. Sie würde nicht hier im Bett bleiben, während ihr Mann dort draußen verhaftet wurde. Hastig stand sie auf, zog sich einen Morgenrock über und trat in den Flur, wo ihn zwei Männer schon grob in ihre Mitte genommen hatten.

»Lassen Sie ihn los!«, schrie sie und fügte, als die Männer keine Anstalten machten, sie zu beachten, hinzu: »Wohin bringen Sie ihn?«

»Das geht Sie nichts an!«, schnauzte der eine und warf ihr unverschämt anzügliche Blicke zu.

Einem Impuls folgend, zog sie den Morgenmantel enger um sich. Der andere schien mehr Mitleid mit ihr zu haben: »Ins Gefängnis du Luxembourg.«

»Nein«, flüsterte sie. »Nein.«

Und dann brüllte sie: »Nein!«, und versuchte, sich an Camille zu klammern. Doch der erste der beiden Männer stieß sie grob zurück, so dass sie auf dem Boden landete und sich den Kopf stieß. Im nächsten Moment waren die Schergen mit Camille Desmoulins zur Tür hinaus.

Lucile hatte die ganze Nacht kein Auge zugetan. Sie sah den Morgen heraufdämmern, sah, dass ein feiner Nieselregen einsetzte. Das passte, dachte sie. Passte zu ihr und ihrer Stimmung, passte zu diesem traurigen Tag. Als es an der Tür klopfte, fuhr sie zusammen.

Sie hatte niemanden die Treppe hochkommen hören. Camille? Hatten sie ihn schon wieder freigelassen? Aber er würde doch nicht klopfen!

Hastig sprang sie auf, ging zur Tür und riss sie auf. Ein Bote stand vor ihr und streckte ihr stumm ein Schreiben entgegen. Eilig nahm sie es ihm aus der Hand. Das war Camilles Schrift! Eindeutig!

Wie oft hatte sie die präzise, geschwungene Schrift nun schon gelesen, wenn er wieder einmal einen seiner brillanten Aufsätze verfasst hatte! Sie las.

Ich bin in geheimer Haft, aber niemals war ich im Gedanken, in der Vorstellung, Dir näher. Meine Lucile, mein Engel, ich werde die ganze Zeit meiner Gefangenschaft damit verbringen, Dir zu schreiben, dann hab' ich es nicht nötig, für anderes die Feder in die Hand zu nehmen. Meine Rechtfertigung ist in meinen acht republikanischen Bänden ganz enthalten. Das ist ein gutes Ruhekissen, auf dem mein Gewissen einschläft, in Erwartung des Revolutions-Tribunals und des Urteils der Nachwelt. Ach, meine gute Lolotte, sprechen wir von anderen Dingen. Ich sinke in die Knie, ich breite meine Arme aus, um Dich zu küssen. Schick' mir das Buch über die Unsterblichkeit der Seele. Ich habe das Bedürfnis, mich zu überzeugen, dass es einen Gott gibt, der gerechter ist als die Menschen, und dass ich nicht verfehlen werde, Dich wieder-zusehen. Rege Dich nicht zu sehr über meine Gedanken auf, meine liebe Freundin, ich zweifle noch nicht an den Menschen und an meiner Befreiung. O, meine Geliebte, wir werden uns noch im Luxembourg-park wiedersehen können. Adieu Lucile. Ich kann Dich nicht in meine Arme schließen, aber an den Tränen, die ich vergieße, scheint es mir, als ob ich Dich noch an mein Herz drückte. Bitte richte auch Deiner Mutter meine innigsten Grüße aus!

Lucile schluchzte laut auf. Ihre Mutter! Ihre Mutter wusste noch gar nichts davon, dass Camille verhaftet worden war. Bei ihr würde sie Trost finden. Tränenblind begab sie sich auf den vertrauten Weg.

Wie gut es tat, zu weinen. Stundenlang schluchzte Lucile in den Armen ihrer zutiefst erschütterten Mutter.

»Ich habe solche Angst um ihn! Was, wenn sie ihn foltern? Wenn er Schmerzen leiden muss?«

Françoise sagte nichts, um sie zu beruhigen. Vermutlich war ihr klar, dass Lucile wusste, dass es nur hohle Worte gewesen wären. Denn keiner konnte sagen, was Camille in seiner Gefangenschaft erdulden musste.

Als sie alle Tränen geweint hatte, wischte sie sich die Augen. Ihr war, als hätten die Tränen sie bis zum Rand angefüllt und als wäre nun, da sie geweint waren, in ihrem Inneren wieder Platz für Neues. Für Wut. Für Entschlossenheit.

Sie löste sich aus der Umarmung ihrer Mutter und sah ihr in wilder Entschlossenheit ins Gesicht: »Ich werde ihn retten. Ich werde zu den Jakobinern, zu Robespierre gehen.«

»Ich weiß nicht, ob das etwas bringt, mein liebes Kind«, flüsterte Françoise, »in seinem Kampf um mehr Menschlichkeit ist Robespierre zum Unmenschen geworden.«

»Ich werde es versuchen«, beharrte Lucile, »und wenn es mir nicht glückt, dann werde ich … eine Revolution anzetteln. Wenn es diesem Land gelingt, die Bastille zu erstürmen, dann werde ich doch einen einzelnen Mann retten können. *Meinen* Mann.«

»Sicher«, murmelte Françoise, doch es klang nicht allzu überzeugt.

Lucile erhob sich hastig, küsste ihre Mutter zum Abschied und eilte aus dem Haus in Richtung des Domizils von Robespierre. Zu ihrer Überraschung ließ man sie sofort zu ihm durch. Anders als er das früher getan hatte, küsste er ihr nicht zur Begrüßung die Hand, erhob sich nicht einmal, sondern sah sie nur kühl an. »Lucile.«

»Maximilien!«, spie sie ihm entgegen. »Waren Sie es? Haben Sie Camille verhaften lassen? Sind Sie es, der es wagt, ihn konterrevolutionärer Pläne und des Vaterlandsverrates anzuklagen?«

Mit unbewegter Miene sah er sie an. »Ich tue, was nötig ist.«

»Dann geben Sie es also zu?« Sie schäumte vor Wut. »Sie, der Sie so sehr von Camilles Einsatz für das Vaterland profitiert haben?«

Er antwortete nicht, sondern spielte betont gelangweilt mit seiner Feder. Dieses Verhalten stachelte ihre Wut noch mehr an.

»Sie sind schrecklich dünkelhaft geworden«, schrie sie ihm schonungslos ins Gesicht. »Dünkelhaft und grausam. Camille hat das schon lange erkannt und sich von Ihnen abwenden wollen. Aber wissen Sie, warum er es nicht getan hat? Er hat sich Ihrer alten Freundschaft erinnert.«

»Alte Freundschaft?«, fragte Robespierre teilnahmslos.

»Ja, Maximilien! Alte Freundschaft!«, schäumte sie. »Niemals hätte er Sie, einen Schulfreund, einen Weggefährten, angeklagt. Aber Sie, Sie schicken ihn in den Tod!«

»Ja«, sagte er und erhob sich nun doch, aber nur, um Lucile zu bedeuten, das Gespräch sei damit für ihn beendet. »Ja, das tue ich.«

Sein Blick war so kalt und seine Miene so entschlossen, dass

Luciles Zorn verrauchte und namenloser Angst wich. Sie war wild entschlossen hergekommen, um Robespierre umzustimmen. Nun beschlich sie mit einem Mal die Gewissheit, dass ihr das nicht gelingen werde.

»Maximilien«, sagte sie und zwang sich zur Ruhe, »bitte, setzen Sie sich noch einmal.«

»Es ist alles gesagt.«

»Bitte!« Flehend sah sie ihn an.

Zu ihrer unendlichen Erleichterung gab er nach und nahm wieder Platz. Vielleicht war noch nicht alles verloren!

»Maximilien, auch wenn ihr euch in der letzten Zeit ... in unterschiedliche Richtungen entwickelt habt: Camille liebt Sie. Er liebt Sie von ganzem Herzen. Haben Sie denn wirklich Ihre Freundschaft vergessen, die Camille immer so viel bedeutet hat?«

Lucile beobachtete ihr Gegenüber genau, und tatsächlich hatte sie den Eindruck, dass Robespierres Gesichtszüge etwas weicher wurden. Atemlos beugte sie sich über den Tisch und griff nach seinen Händen, sah ihm in die Augen, während sie hervorstieß: »Sie, der Sie uns zu unserer Verbindung beglückwünscht haben, Sie, der Sie selbst unsere Hände ineinandergelegt haben, werden Sie meine Bitte übergehen können, meine Tränen gering achten und die Gerechtigkeit mit Füßen treten? Sie wissen, dass wir ein solches Schicksal nicht verdienen! Sehen Sie mir in die Augen und sagen Sie, welchen Verbrechens Camille sich schuldig gemacht haben soll?«

Sie hatte hastig und schnell gesprochen in der Befürchtung, dass er ihr seine Aufmerksamkeit nicht lange schenken würde – und in der Tat entzog er ihr ruckartig seine Hände.

»Bemühen Sie sich nicht!«, sagte er kalt und erhob sich wieder. »Sie hatten Ihre Chance, aber es ist Ihnen nicht gelungen, mich zu überzeugen. Wenn ich Sie bitten dürfte.«

Ein schmerzhafter Stich fuhr in ihren Magen. Sie hatte versagt! Sie hatte die Chance gehabt, ihren Mann zu retten, und es war ihr nicht gelungen!

»Maximilien, bitte!«, flehte sie und griff erneut nach seinen Händen, die er ihr jedoch rasch entzog. »Tun Sie das nicht. Sie tun sich damit auch selbst keinen Gefallen. Oder glauben Sie, dass man Vertrauen zu Ihnen haben wird, wenn man sieht, dass Sie Ihre Freunde hinopfern?«

»Entschuldigen Sie, Lucile«, sagte er, »wir haben hier weitaus größere Probleme als das Schicksal Ihres Camille!«

Fassungslos sah sie ihn an. Was für ein Scheusal er war!

Da sah Robespierre ihr direkt in die Augen: »Wenn ich es richtig verstehe, möchten Sie Ihrem Mann helfen.«

Verwirrt erwiderte sie seinen Blick: »Natürlich.«

»Dann habe ich eine schlechte Nachricht für Sie. Mit Ihrem Gejammer helfen Sie ihm nicht im Geringsten, im Gegenteil. Sie machen alles nur viel, viel schlimmer. Jedes weitere Wort bedeutet für Ihren Mann, dass er vor seinem Tod noch Leiden erdulden muss. Schlimme Leiden. Also schweigen Sie. Und gehen Sie.«

Wie benommen taumelte Lucile hinaus.

Kapitel 56

Zur gleichen Zeit

Camille & Lucile

PARIS, GEFÄNGNIS PALAIS LUXEMBOURG
UND RUE DU THÉÂTRE-FRANÇAIS,
31. MÄRZ UND 1. APRIL 1794

Lauschend hob Camille den Kopf.

Ein Geräusch drang durch die unendliche Stille des Gefängnisses. Da seufzte doch jemand!

Da war es schon wieder! Mühsam erhob er sich – wie ihn die Knochen aufgrund all dieser schrecklichen Misshandlungen schmerzten! – und folgte dem Geräusch. Ließ seinen Blick schweifen und entdeckte einen kleinen Spalt im Mauerwerk. Keine Frage: Das Seufzen kam aus der anderen Zelle!

Camilles Herz schlug schneller. Die Gelegenheit zu einem direkten und vielleicht freundlichen menschlichen Kontakt war wie ein Hoffnungsschimmer! In den letzten Tagen hatte er immer nur mit barschen Wächtern zu tun gehabt – und mit dem Boten, der die Briefe von ihm zu Lucile brachte und umgekehrt.

»Hallo?«, rief er.

Das Stöhnen auf der anderen Seite verstummte für einen Moment.

»Wer ist da?«, fragte die Stimme, die Camille seltsam bekannt vorkam.

»Ich bin Camille Desmoulins.«

»O mein Gott!«, rief die Stimme.

»Und Sie? Wer sind Sie?«, fragte Camille.

»Fabre d'Églantine«, erwiderte die Stimme schwach.

»Fabre!«, rief Camille betroffen. »Du lieber Gott.«

Er hörte, dass sich der andere in seiner Gefängniszelle erhob und in seine Richtung schlurfte. Dabei ächzte und stöhnte er erbärmlich.

»Was haben sie mit Ihnen gemacht, Fabre?«, fragte Camille.

»Blau und grün geschlagen haben sie mich. Und ich bin furchtbar krank«, wisperte er durch das Loch, »bin ja schon eine Weile hier drin. Das hält kein Körper aus.«

Betroffen schwieg Camille.

»Sie sind hier – daraus schließe ich, dass die Konterrevolution zustande gekommen ist?«, wisperte Fabre, der Verfasser des Republikanischen Kalenders, durch das Loch.

»Ja«, flüsterte Camille »aber wir sollten nicht miteinander sprechen. Wenn uns jemand hört, werden wir sicherlich getrennt. Dabei ist es mir ein solcher Trost, um Ihre Nähe zu wissen.«

»Ja«, kam es zurück, »ja. Das ist schön. Ich presse meine Hand gegen die Mauer, und wenn Sie das auch tun, ist es, als würden unsere Hände sich berühren, und wir könnten einander Kraft und Trost spenden.«

Lange saß Camille so, die Anwesenheit seines Freundes auf der anderen Seite der Mauer tröstete ihn tatsächlich. Irgendwann, als ihm der Arm müde wurde, stand er auf und trat ans Fenster, um in den Park hinauszusehen – jenen Park, in dem er seine Lucile zum ersten Mal erblickt hatte. Wie lange das nun her sein mochte? Ob sie wieder einmal Seite an Seite durch den Park spazieren würden? Einander an der Hand haltend? Ob es je wieder ein Leben für ihn geben würde? Eingesperrt zu sein, ohne verhört worden zu sein, ohne irgendeine Zeitung zu bekommen, das hieß, zu leben und gleichzeitig tot zu sein. Das bedeutete, nur zu existieren, um zu fühlen, dass man sich in einem Sarg befindet.

Dass es ausgerechnet sein Freund Robespierre gewesen war, der seinen Haftbefehl unterzeichnet hatte, traf ihn hart. Das war also der Lohn für all die Opfer und Mühen, die er für die Republik gebracht hatte. Die Männer, die sich seine Freunde nannten, die ihn einen Republikaner hießen, warfen ihn in den Kerker, behandelten ihn wie einen Verschwörer und trennten ihn von seiner Lucile. Hier im Park hatte sein Leben, sein Glück seinen Anfang genommen, dereinst, an einem heute so fern scheinenden Sommertag. Wie hart es war, von Lucile getrennt zu sein!

In diesem Moment stutzte er. Hielt den Atem an. Sah noch einmal hin. Tatsächlich! Er hatte sich nicht getäuscht: Dort unten stand Lucile, seine Lucile, und blickte zu ihm herauf. Und neben ihr Françoise, ihre Mutter!

Ob sie ihn sehen konnten? Sicher nicht! Und doch – ihre Anwesenheit schenkte ihm so viel Kraft. Lang standen sie dort unten und blickten hinauf. Lang stand er dort oben und blickte hinab. Als die beiden Frauen sich zum Gehen wandten, setzte er sich und begann zu schreiben.

★★★

»Madame?«, rief eine Stimme, die das Klopfen an der Tür begleitete.

»Oui.« Lucile eilte zur Tür. Sie kannte die Stimme schon. Es war der Bote, die einzige Verbindung zwischen ihr und ihrem Camille. Sie öffnete, lächelte ihn an. Hoffnungsvoll. Er erwiderte ihr Lächeln und wirkte dabei so traurig, dass sich ihr Herzschlag voller Angst beschleunigte. Hatte er schlechte Nachrichten?

»Ein Brief Ihres Gatten.« Er überreichte ihr ein Schreiben.

»Danke!« Lucile nahm es hastig an sich, als fürchte sie, der Bote könnte es sich anders überlegen und es ihr in letzter Sekunde wieder wegnehmen.

»Haben Sie ihn gesehen? Wie geht es ihm?«, drängte sie. Doch er hob nur die Schultern. »Ich darf Ihnen leider nichts sagen, Madame«, bedauerte er, »aber ich bin in einer Stunde zurück, um Ihr Antwortschreiben entgegenzunehmen. Ihr Gatte … wartet darauf.«

»In Ordnung.« Sie nickte hastig und kehrte ins Wohnzimmer zurück, wo ihre Mutter auf dem Sofa saß und ihr schon voller Angst entgegenblickte. Keine Sekunde war Françoise in den letzten qualvollen Tagen von ihrer Seite gewichen.

»Was schreibt er?«

Lucile ließ sich neben sie sinken, riss den Umschlag auf und hielt die eng beschriebenen Bögen so, dass ihre Mutter mit hineinsehen konnte.

Meine liebste Lucile,

der wohltätige Schlaf hat in meine Leiden eine Pause eintreten lassen. Man ist frei, wenn man schläft. Man hat nicht das Gefühl seiner Gefangenschaft. Der Himmel hat sich meiner erbarmt, es ist nur einen Augenblick her, dass ich Dich im Traume sah, ich küsste Dich. Dann bin ich aus meinem Traum aufgeschreckt, und ich sah mich wieder in meiner Zelle. Es tagte schon ein wenig. Da ich Dich nicht mehr sehen und hören konnte, denn Du und Deine Mutter sprachen im Traum zu mir, so stand ich auf, um mit Dir zu sprechen und Dir zu schreiben. Aber als ich mein Fenster öffnete, hat der Gedanke an meine Einsamkeit, die entsetzlichen Gitter und Riegel, die mich von dir trennen, alle Festigkeit meiner Seele besiegt. Ich bin in Tränen zerflossen, oder vielmehr ich habe geschluchzt, indem ich in meinem Grabe »Lucile, Lucile, o meine liebe Lucile, wo bist Du?« gerufen habe! Gestern Abend hatte ich einen Moment, der mein Herz gleichsam zerriss, es war der, da ich Dich und Deine Mutter im Park bemerkte.

»Er hat uns gesehen! Er hat uns wirklich gesehen!«, flüsterte Françoise ergriffen.

Lucile nickte, während ihr die Tränen über die Wangen liefen. Auch Françoise weinte. Stumm lasen die beiden Frauen weiter.

Eine mechanische Bewegung ließ mich beim Fenstergitter in die Knie sinken, ich habe die Hände ineinandergefaltet, wie um euer Mitleid anzurufen. Ich sah euren Kummer.

345

Schick' mir Dein Bild, Lolotte, ich beschwöre Dich. Im Schrecken meines Kerkers wird dies ein Fest für mich sein, ein Tag der Trunkenheit und der Verzückung. Schick' mir auch eine Locke Deines Haares, dass ich sie an mein Herz drücken kann. Nun bin ich wieder in die Zeiten zu Beginn unserer Liebe zurückversetzt. Gestern, als der Bote, der Dir meinen Brief überbracht hat, zurückkam, sagte ich ihm: »Wohlan, Ihr habt sie gesehen?« Ich ertappte mich dabei, wie mein Blick auf seinem Anzug, auf seiner Gestalt haften blieb, als ob etwas von Deiner Gegenwart, etwas von Dir, daran hängen geblieben wäre. Das ist eine barmherzige Seele, da er Dir den Brief ohne Verzug übergeben hat. Ich werde ihn, wie es scheint, zweimal des Tages, früh und abends, sehen. Dieser Bote unserer Schmerzen wird mir ebenso teuer, wie es mir ehemals der Bote unserer Freuden gewesen wäre.

Blind vor Tränen sah Lucile ihre Mutter an. »Der Bote!«, schluchzte sie. »Er kommt bald wieder. Ich muss ...«

»Ja«, sagte Françoise leise, »und vergiss nicht, eine Locke beizulegen.«

Kapitel 57

225 Jahre später

Josie & Antoine

PARIS, NOTRE DAME, NOVEMBER 2019

Inzwischen war es November geworden. Die Arbeiten an der Fassade von Notre Dame waren für dieses Jahr abgeschlossen, und Josie arbeitete ausschließlich im Inneren der Kathedrale. Vier Wochen waren vergangen, seit sie den Ring und die Briefe gefunden hatte, seit vier Wochen waren sie und Antoine nun schon ein Paar, und am Morgen hatte er ihr vorgeschlagen, sie solle doch zu ihm ziehen. Josie hatte gezögert. Nach vier Wochen schon zusammenzuziehen, schien ihr etwas übereilt.

»Stimmt«, hatte er bestätigt, »es ist etwas übereilt, aber so haben wir mehr Zeit füreinander, und du kannst dir das teure Zimmer sparen. Und wenn es nicht gut geht, kannst du ja immer noch wieder ausziehen.«

Sie hatte sich eine Woche Bedenkzeit erbeten − doch eigentlich wusste sie schon jetzt, dass es die richtige Entscheidung wäre. Sie beide gehörten zusammen. Aber sie sagte ihm noch nichts davon, als er sie nach der Arbeit in der Kathedrale abholte und sie

Hand in Hand durch das herbstliche Paris spazierten. Sie wollten bei Meister Laurent Dubois Käse und bei *Le Vin qui Parle* Wein holen und es sich dann in seinem Wohnzimmer gemütlich machen.

Wenig später saßen sie auf dem Wohnzimmerboden auf einer karierten Decke und ließen sich ihr herbstliches Indoor-Picknick schmecken. Innerhalb kürzester Zeit drehte sich ihr Gespräch wieder um den Ring, um Camille und um das, was der Juwelier ihnen aus den Aufzeichnungen seines Vorfahren vorgelesen hatte.

»Ein gutes Jahr nachdem er den Ring kaufte, war er tot«, murmelte Antoine, »das muss man sich mal vorstellen.«

Josie schauderte. »Ermordet von seinem einst besten Freund. Ich kann das immer noch nicht verstehen: Wie können aus derart engen Freunden solch erbitterte Feinde werden?«

»Ganz einfach. Camille hat es gewagt, sich gegen ihn zu stellen. Und wer sich damals gegen einen Maximilien Robespierre stellte, wurde seines Lebens nicht mehr froh. Robespierre hat Camille dann wohl als Konterrevolutionär abgestempelt – und mit Konterrevolutionären machte er kurzen Prozess.«

»Aber warum?«

»Nun, am besten lässt sich das wohl mit den Worten von Louis Antoine de Saint-Just erklären, der in einer Sitzung des Jakobinerklubs sagte: »Das Mitleid, das man den Inhaftierten zeigt, ist ein auffallendes Zeichen von Verrat in einer Republik, die nur auf Unempfindlichkeit fußen kann.««

»Wer war dieser Saint-Just?«, fragte Josie.

»Er war wohl fast noch fanatischer als Robespierre und, wenn man so will, mit schuld an Camilles Schicksal«, erwiderte Antoine. »Alles wollte er reglementieren. Er war auch Mitglied des Wohlfahrtsausschusses, der die neue Verfassung ausarbeitete, die nach Abschaffung des Königreichs nötig wurde. Man kann sogar sagen, dass er maßgeblich für das neue Gesetzeswerk verantwortlich zeichnete.«

»Na, das passt ja, wenn er Regeln doch so sehr liebte«, fand Josie.

»Allerdings.« Antoine brach etwas von dem Baguette ab, schnitt sich ein Stück Käse herunter, kaute, schluckte. Dann sagte er: »Diese Verfassung trat jedoch nie in Kraft. Es herrschte ja Krieg, und sie hatten Angst, dass man die verfassungsmäßig verankerte Freiheit unter diesen Umständen missbrauchen könnte. Sie sollte erst nach dem Krieg wirksam werden, doch dazu kam es nie.«

»Und Camille? Du sagtest vorhin, Saint-Just sei mit schuld an Camilles Schicksal …«

»Ja«, bestätigte Antoine, »er hat zusammen mit Robespierre die Anklagerede geschrieben. Doch das eigentlich Fatale war, dass er einen Erlass forderte, der es ermöglichte, die angeblichen Verschwörer in den Reihen der Revolutionäre einfach so zu verhaften – ohne Wenn und Aber.«

»Und dieser Verhaftungswelle fiel Camille zum Opfer, richtig?«

»Sehr richtig. Viele von ihnen wurden schon am 24. März 1794 verurteilt und hingerichtet. Gegen Danton und Desmoulins hielt Saint-Just am 31. März eine Anklagerede, deren Kernstück allerdings von Robespierre stammen soll. Er forderte, die Angeklagten vor das Revolutionstribunal zu stellen.«

»Er warf ihnen Verrat an der Revolution vor?«

»Ja. Seinem Antrag wurde stattgegeben und am 16. Germinal nach dem Revolutionskalender, dem 5. April 1794, wurden Danton und Desmoulins verurteilt und hingerichtet.«

»Wie grausam.« Josie hatte aufgrund all dieser Schrecklichkeiten keinen Appetit mehr.

»Ich glaube«, sagte er nachdenklich, »was Desmoulins am Ende auszeichnete – und ihn zugleich den Kopf kostete – ist, dass er um Ausgleich bemüht war. Er gehörte zur Bergpartei und war damit ein Gegner der Girondisten, aber dennoch respektierte er sie. Er war auf Versöhnung zwischen den Parteien aus. Und als die Girondisten, die Robespierre für Royalisten hielt, aufs Schafott mussten, schlug Desmoulins die Einsetzung eines Gnadengerichtes vor.«

»Und das nahm man ihm übel?«

»Ja, zumal er ja im *Le vieux cordelier*, seiner Zeitung, wie ich finde, voller Witz und Geist die Tyrannei der Schreckensmänner anprangerte und zur wahren Freiheit, zur Mäßigung und vernünftigen Handhabung der Gesetze aufrief.«

»Und das hat Robespierre ihm übelgenommen?«

»Genau.«

»So gemäßigt kann Desmoulins aber nicht gewesen sein. Schließlich hat doch auch er für die Hinrichtung des Königs gestimmt.«

»Das ja«, sagte Antoine, »Darüber sprachen wir ja schon. Dinge wie eine Revolution sind … so tiefgreifend, dass sie einen Menschen ganz und gar verändern. Ich denke, man könnte es so zusammenfassen: Robespierre wurde im Laufe der Zeit radikaler, und bei Camille war es genau umgekehrt.«

Josie nickte nachdenklich, während Antoine fortfuhr: »Als er am 5. April 1794 das Schafott bestieg, zeigte er auf die Guillotine und brüllte: *»Dies ist also der Lohn für den ersten Apostel der Freiheit! Die Ungeheuer, die mein Blut fordern, werden mich nicht lange überleben!«*

»Und das sollte sich ja auch bewahrheiten«, murmelte Josie. Antoine nickte. »Robespierre überlebte ihn nur wenige Monate. Am 28. Juli wurde auch er hingerichtet. Und Saint-Just ebenfalls.«

Kapitel 58

225 Jahre zuvor

Camille & Lucile

PARIS, AUF DEM WEG ZUM RICHTPLATZ
PLACE DE LA REVOLUTION, 5. APRIL 1794

Henker!«, brüllte Camille dem Gerichtsdiener ins Gesicht,
»Mörder!«

Es war der 5. April 1794. Soeben war Camille Desmoulins und
George Danton und den anderen zwölf Angeklagten, unter denen auch Fabre war, ihr Todesurteil verkündet worden.

Plötzlich flog etwas an ihm vorbei und traf den Gerichtsdiener
mitten ins Gesicht. »Was erlauben Sie sich!«, schrie dieser den neben Camille stehenden Danton an, der ihm unbeirrt Brotkügel-
chen ins Gesicht warf. Camille vermutete, dass sein Freund sich
diese buchstäblich vom Mund abgespart und dann irgendwie in
seiner Häftlingskleidung verborgen hatte.

Jetzt formte Danton ein weiteres Kügelchen, warf dem Gerichtsdiener auch dieses ins Gesicht, und er erwiderte: »Was erlauben *Sie* sich! Einfach unschuldige Männer zum Tode zu ver-
urteilen.«

Das Gesicht des Gerichtsdieners verfärbte sich feuerrot. »Abführen!«, brüllte er. »Fort mit ihnen zur Guillotine.«

War Camille in den letzten Tagen rasend vor Angst gewesen, so war er nun rasend vor Wut. Furcht verspürte er seltsamerweise nicht mehr, obwohl völlig klar war, dass ihm der Tod nun unmittelbar bevorstand.

»Robespierre, Sie Mörder!«, beschimpfte er seinen abwesenden ehemaligen Freund, während man ihn, Desmoulins und die anderen Gefangenen unbarmherzig zu den Karren schleifte, die bereit standen, sie zum Richtplatz zu bringen.

Und während der Fahrt dorthin klammerte Desmoulins sich ununterbrochen an die Gitterstäbe und brüllte: »Volk, armes Volk, man betrügt dich, man tötet deine Stützen, deine besten Verteidiger!«

Camille tobte so sehr, dass seine Kleider rissen und er nun gleich in Lumpen zum Schafott gehen würde. Aber das war ihm vollkommen egal – er bemerkte es nicht einmal.

Sein Freund Danton hingegen blieb, ebenso wie Fabre, ganz gelassen – beide waren so voller Verachtung für ihre Henker, dass sie ihnen keine machtvolle Gefühlsregung zugestehen wollten.

»Gönnen Sie ihnen das doch nicht«, sagte Danton zu seinem tobenden Freund, »sie haben Ihre Wut nicht verdient.«

Doch Camille hörte ihn gar nicht. Zumal sie soeben an Robespierres Haus vorbeikamen, was seine Wut umso mehr anstachelte. »Sie werden uns folgen, Ihr Haus wird dem Erdboden gleich gemacht werden!«, brüllte er hinaus.

Wenig später waren sie am Richtplatz angekommen. Als Camille die Guillotine sah, die dort auf ihn wartete, durchfuhr ihn doch das kalte Grauen – was seine Wut jedoch nicht schmälerte, sondern eher noch anfachte.

Grob packten die Wärter die Gefesselten und schleiften sie über den Platz.

Camille brüllte: »Dies ist also der Lohn für den ersten Apostel der Freiheit. Die Ungeheuer, die mein Blut fordern, werden mich nicht lange überleben.«

★★★

»Nein!« Lucile wollte nach vorne stürzen, um den Henker aufzuhalten. »Nein, nein, nein!«, brüllte sie. Doch in diesem Moment schlossen sich eiserne Arme um sie und hielten sie fest. Robespierre.

»Sie sind schuld daran!«, brüllte sie. »Sie Mörder!«

Sein Auftauchen gerade in diesem Moment war jedoch in gewisser Weise eine Gnade, denn genau in dem Augenblick, in dem sie sich ihm zuwandte, wurde ihr Mann hingerichtet.

»Sieh nicht hin, Liebes!«, schluchzte ihre Mutter neben ihr. »Bitte, sieh nicht hin.«

Doch Lucile hörte sie gar nicht. Voller Wut stürzte sie sich auf Robespierre, während auf dem Richtplatz nun Danton als Letzter der insgesamt vierzehn Männer zum Schafott geführt wurde.

»Sie Mörder! Sie Scheusal!« Mit den Fäusten ging sie auf ihn los, spuckte ihm ins Gesicht, biss und kratzte.

Er packte sie an den Handgelenken. »Passen Sie auf!«, sagte er, »sonst sind Sie die Nächste!«

»Von Herzen gern!«, brüllte sie. »Verhaften Sie mich! Köpfen

Sie mich! In einer Welt, in der Ungeheuer wie Sie so eine große Rolle spielen, will ich ohnehin nicht weiterleben.«

»Das darfst du nicht sagen.« Weinend umschlang ihre Mutter sie von hinten. Robespierre nutzte die Gelegenheit, sich von ihr zu lösen.

»Mutter!« In den Armen von Françoise brach Lucile weinend zusammen.

»Komm, Liebes«, sagte ihre Mutter. »Komm. Ich bringe dich jetzt nach Hause.

★★★

Zu Hause fand Lucile einen letzten Brief von Camille vor.

Lebe wohl, meine Lucile, meine teure Lolotte! Sage meinem Vater das letzte Lebewohl! Du siehst in mir ein Beispiel der Barbarei und Undankbarkeit der Menschen. Meine letzten Augenblicke sollen Dich nicht entehren. Du siehst, dass meine Furcht begründet war, und dass unsere Ahnungen immer wahr wurden!

Schluchzend sog sie die nächsten Zeilen, die nächsten – die letzten – Worte ihres geliebten Mannes auf und kam dann zum Ende.

Verzeihe, mein Schatz, dass ich gehen muss. Sei nicht allzu traurig und verlier Deinen Glauben nicht. Trotz meiner Verurteilung zum Tod glaube ich, dass es einen Gott gibt. Adieu, meine Lolotte, adieu, mein Leben, mein Engel auf Erden. Ich fühle, wie die Gestade des Lebens vor mir fliehen. Meine gefesselten Hände umarmen Dich, mein Kopf, fern von Dir, heftet noch seine sterbenden Augen auf Dich!

★★★

Lucile musste irgendwohin mit ihrer Trauer und ihrer Wut und ihrem Schmerz. Eigentlich wollte sie nicht mehr leben. Sie wollte einfach nur zu Camille. Sie hatte es durchaus ernst gemeint, was sie Robespierre ins Gesicht gebrüllt hatte: Am liebsten würde sie auch sterben. Sie schrieb bitterböse Briefe an Robespierre und machte ihn schlecht, wo es nur ging, wohl wissend, in welche Gefahr sie sich begab. Ihre Mutter flehte sie, in Todesangst um ihre Tochter, an, sich zu mäßigen, doch Lucile war außer sich. Sie haderte mit Robespierre, sie haderte mit ihrem Leben und sie brach endgültig mit Gott. Vor allem deshalb, weil vier Tage nach Camilles Tod Gewissheit geworden war, was sie schon geahnt hatte: Sie trug ein Kind unter ihrem Herzen. Was ihre Wut noch mehr anfachte, ebenso wie die Verzweiflung. Robespierre hatte ihr nicht nur den Mann genommen, sondern auch ihrem Kind den Vater. Es würde in einer Welt ohne ihn aufwachsen müssen. In einer Welt, in der es Menschen wie Robespierre gab!

Und so kam es Lucile gerade recht, als sich eine wütende Menge zusammenrottete, um noch einmal über die verbliebenen Heiligenfiguren von Notre Dame herzufallen. Voller Wut schlug auch sie zu. Wieder und wieder. Zwar hatte sie Camille gegenüber flüchtig ein schlechtes Gewissen, schließlich hatte dieser sehr unter dem Sturm auf die Kathedrale gelitten, aber das schlechte Gewissen war längst nicht so schlimm wie ihre Wut, die sich erstaunlicher- und ungerechterweise auch gegen ihn richtete. Er hatte sie im Stich gelassen! Sie und ihr Kind! Voller Wut schlug sie zu. Doch dann blickte sie mit einem Mal in ein Gesicht. Ein stilles, ein friedliches Gesicht. Eine Madonna auf einer Mondsichel, die das Kind auf ihrem Arm betrachtete. Still und doch irgendwie entschlossen, als wolle sie dem kleinen Wesen sagen: Ich will für dich kämpfen und alles für dich geben, mich mit ganzer Kraft für dich einsetzen und alles für dich tun. Ich werde nicht aufgeben.

Plötzlich, während um sie herum die Wut der Revolution tobte, wurde auch Lucile ganz still, die Wut in ihr löste sich auf. Sie stand und schaute, Tränen liefen ihr übers Gesicht. Du darfst nicht einfach aufgeben!, schien die Figur zu ihr zu sagen. Du bist für das Kind, das du unter dem Herzen trägst, verantwortlich. Du musst versuchen, die Welt für dieses Kind zu einem besseren Ort zu machen.

Nicht nur für das Kind, dachte Lucile, während sie die rechte Hand schützend auf ihren Bauch legte, sondern auch für Camille. Ich muss zu Ende bringen, was er begonnen hat. Für ihn!

»Was Starren Sie so! Diese Madonna muss ebenso sterben wie alle anderen.«

Voller Wut holte zu ihrem Entsetzen neben ihr ein junger Mann zum Schlag aus und drosch auf die Heiligenstatue ein. Sein Schlag traf auch das Kind in ihren Armen. Lucile zuckte zusammen, so, als sei es ihr Kind, das da getroffen wurde.

Die Madonna kippte von ihrer Mondsichel und fiel in Luciles ausgebreitete Arme.

Lucile blickte auf die Statue. Auf einmal hatte sie das Gefühl, als sei es ganz entscheidend, dass sie diese Statue rettete. Als hinge ihr Leben davon ab. Und das ihres Kindes. Sie schlang ihren rechten Arm noch enger um die Figur und griff mit der linken Hand nach der abgebrochenen Mondsichel. Verstohlen sah sie sich um. Keiner schien sie zu beachten. So unauffällig wie möglich ging sie in Richtung Seitentür – da war plötzlich der junge Mann neben ihr, der vorhin zum Schlag gegen die Statue ausgeholt hatte.

»He!«, rief er. »Wo wollen Sie hin?«

Luciles Herz raste, doch sie bemühte sich um eine ausdruckslose Miene. »Wohin schon«, knurrte sie, »ich schmeiße das Ding in die Seine.«

»Wunderbare Idee!«, grinste der junge Mann und sah Lucile dabei auf lüsterne und anzügliche Weise an.

Er war ihr unangenehm. Sie schauderte – umso mehr, als er nun ergänzte: »Ich begleite Sie. Ihre Madonna und mein Geselle hier«, er deutete auf den Steinkopf in seinen Händen, »vereint in den Tiefen der Seine.« Zudringlich legte er ihr seine freie Hand auf den Hintern. »Und ich vereint mit Ihnen.«

Lucile erstarrte. Wegen der Unverschämtheiten des Mannes, aber auch weil völlig klar war: Wenn er sie begleiten würde, wäre ihre geplante Rettungsaktion unmöglich geworden.

Kapitel 59

71 Jahre später

Marie & Eugène

PARIS, ÎLE DE LA CITÉ, HERBST 1865

Woran denkst du?«, fragte Eugène, als er Hand in Hand mit Marie über den Vorplatz von Notre Dame ging.

Sie blieb stehen und sah ihn an. »Ich kann es dir gar nicht einmal so genau sagen. Ich denke gerade gar nicht. Ich nehme nur wahr. Ich staune und genieße diese veränderte Kathedrale und dieses veränderte Paris.«

»Ja«, sagte er, »Monsieur Haussmann hat wirklich ganze Arbeit geleistet.«

Tatsächlich hatte der Präfekt Wort gehalten: Unter seiner Federführung waren in den vergangenen Jahren zahlreiche weitere Boulevards entstanden, insgesamt erstreckten sie sich inzwischen über eine Gesamtlänge von sechsundzwanzig Kilometern, etliche prachtvolle Stadtpalais hatten für die neuen, schnurgeraden Straßen weichen müssen.

»Er hat mir erzählt, dass die Insel ihm bei der Umgestaltung von Paris besonders wichtig war«, berichtete Marie.

»Weshalb?«, erkundigte sich Eugène und fügte dann, etwas misstrauisch, hinzu: »Du weißt ja bestens Bescheid über unseren gut aussehenden Herrn Präfekten.«

Marie lachte. »Gut aussehend ist er wirklich und tatkräftig ebenfalls. Aber«, sie blieb stehen und legte die Arme um seinen Hals, »von ihm habe ich keine Statue angefertigt. Von dir aber schon.« Sie deutete hinauf zur Königsgalerie. »Und ich finde auch, dass meine Statue von dir schöner geworden ist als die auf dem Vierungsturm. Da wirkst du so angespannt.«

»Dabei hast du doch sogar die Vorlage dafür gefertigt«, scherzte er. »Aber es stimmt schon: Ich blicke die ganze Zeit so besorgt zur Spitze des Vierungsturms hinauf, als fürchte ich, er könne jeden Moment in sich zusammenstürzen.«

»Das wird aber nicht passieren«, beruhigte sie ihn und zog ihn weiter.

»Sagst du mir nun endlich, warum Haussmann die Umgestaltung der Insel so wichtig war? Ich nehme doch an, um unsere Dame ins rechte Licht zu rücken?«

»Das natürlich auch«, bestätigte Marie rasch. »Aber er hatte doch als Kind so schreckliches Asthma und musste auf dem Weg zur Schule immer über die Insel. Und dort bekam er wegen der schlechten Luft immer furchtbare Hustenanfälle.«

»Es war wirklich kein schöner Ort«, bestätigte Eugène, »überall Dreck und Kriminalität und schlechte Bausubstanz. Wobei ich schon sagen muss, dass es mich als Freund des Mittelalters stört, dass Haussmann hier alles niedergerissen und so viel mittelalterliche Bausubstanz zerstört hat. Man könnte sogar sagen, er hat den Geist des Mittelalters vertrieben.«

»Der wahre Geist des Mittelalters findet sich doch in Notre Dame«, widersprach Marie. »Und dass diese Kathedrale erhalten bleibt – dafür hast du gesorgt. Und Haussmann hat dafür gesorgt, dass sie strahlen kann.«

»Ja«, murmelte Eugène, »da hast du recht. Und immerhin hat er auch eine neue Brücke angelegt. Darf ich dich bitten, mich über den Pont Saint-Michel zu begleiten? Oder wäre dir der Pont au Change lieber?«

Sie lachte. »Du willst also die Insel doch schon verlassen? Ist sie dir am Ende doch zu leer?«

»Nein, sie ist jetzt wunderbar voll – mit der Strahlkraft unserer Dame.«

»Wunderbar voll«, bestätigte sie und warf erneut einen Blick zu der nun wieder vollständigen Königsgalerie hinauf – und zu Eugènes steinerner Hand, die jetzt, ohne dass der echte Eugène davon wusste, ein Geheimnis barg. Ob es wohl eines Tages jemand finden würde? Vielleicht. Vielleicht auch nicht. Es spielte keine Rolle. Wichtig war nur das: Sie, Marie Desmoulins, hatte ihre Aufgabe auf dieser Welt und das Vermächtnis ihrer Mutter weitgehend erfüllt. Wenn auch anders als geplant. Aber wie hatte ihr Freund Victor Hugo doch zu ihr gesagt? Manchmal muss man den Mut haben, neue und andere Wege zu gehen, wenn der ursprüngliche Weg in die Sackgasse führt. Das Leben war reich und bunt und diese neuen Wege voller Begegnungen und voller Kostbarkeiten. So kostbar wie ihre Liebe zu Eugène Viollet-le-Duc.

Kapitel 60

71 Jahre zuvor

Lucile

Paris, Notre Dame und

Rue de la Chaussée Saint-Honoré

10. April 1794

Jetzt hören Sie mir mal zu, Freundchen«, fauchte Lucile, »nehmen Sie sofort Ihre Finger von mir. Mein Mann kann es ganz und gar nicht leiden, wenn jemand seine Frau anfasst. Und der ist Mitglied im Konvent. Wenn Ihnen Ihr Leben lieb ist, lassen Sie mich sofort in Ruhe, sonst sage ich Robespierre, dass ein Revolutionsverräter unter uns ist. Und ich kann Ihnen versprechen: Da wird kurzer Prozess gemacht.«

Der Mann wurde kreidebleich und hastete, Entschuldigungen murmelnd, davon. Für einen Moment kam sich Lucile vor wie eine Verräterin: Wie konnte sie nur Camille und Robespierre in einem Atemzug nennen! Aber zugleich war ihr klar, dass es die einzige wirkungsvolle Möglichkeit gewesen war – und dass Camille genau diese Handlungsweise von ihr erwartet hätte. Ohnehin war jetzt keine Zeit, sich mit finsteren Gedanken aufzuhalten! Sie packte die Statue fester, eilte aus der Kirche, überquerte die Seine und hastete dann in Richtung Norden, zu Monsieur Lacanal. Sie wusste von Camille, dass der Royalist und Bruder seines Parteigenossen die Köpfe gerettet hatte: Camille war nach dem eigenartigen Gottesdienst noch einmal tief aufgewühlt zur Kathedrale zurückgekehrt und hatte den Mann in tiefster Nacht dabei erwischt, wie dieser nach letzten Resten der Könige gesucht hatte, die die Revolutionäre in blinder Wut heruntergerissen hatten. Sie waren ins Gespräch gekommen, Camille hatte sich dem Royalisten mit seinen ambivalenten Gefühlen anvertraut, und dieser hatte im Gegenzug eingestanden, die Königsköpfe in Sicherheit gebracht zu haben. Lucile hatte sich gewundert, dass zwei fremde Männer einander in einer solchen Situation vertrauten, doch Camille hatte ihr erklärt:»Das war einer der Momente, in denen der Austausch nicht über den Verstand stattfindet, sondern direkt von Herz zu Herz. In unserer beiderseitigen Verzweiflung wussten wir instinktiv, dass wir einander vertrauen können.«

Ja, bei Lacanal wäre ihre Madonna sicher. Im Gehen warf sie ihren Schal um die Statue, um sie vor neugierigen Blicken zu schützen.

Eine halbe Stunde später kam sie, etwas außer Atem, vor dem Haus Rue de la Chaussée Saint-Honoré an. Es war schon spät, nach neun Uhr abends, und sie zögerte kurz – konnte sie um diese Uhrzeit noch bei einem völlig Fremden klingeln? Doch sie schob ihre Zweifel rasch fort. Dazu war jetzt einfach keine Zeit. Hastig stieg sie die paar Stufen nach oben und betätigte den Türklopfer. Fast sofort öffnete ihr ein Diener.

»Sie wünschen?«

»Guten Abend«, sagte Lucile hastig, »bitte entschuldigen Sie die späte Störung. Lucile Desmoulins. Ich möchte zu Monsieur Lacanal.«

»Soweit ich weiß, erwartet Monsieur heute Abend keinen Besuch mehr«, erwiderte der Diener streng.

Bitte nicht, ächzte Lucile im Stillen. Sie hatte diese Mühen doch nicht auf sich genommen, um an einem Diener zu scheitern! Und das würde sie auch nicht, beschloss sie. Sie würde sich nicht abweisen lassen!

»Mein Besuch war auch nicht geplant«, erklärte sie, »aber er ist sehr wichtig.«

Dabei versuchte sie dem Diener in die Augen zu sehen, doch zu ihrem Entsetzen spürte sie, dass die Tränen in ihr emporstiegen. Es war einfach alles zu viel. Die rasende Trauer um ihren Mann und nun die Schwangerschaft, ein Kind, das ohne Vater aufwachsen musste …

Ihre Tränen zeigten unbeabsichtigterweise Wirkung. Mitgefühl schlich sich in den Blick des Dieners, dann öffnete er die Tür ein Stück weiter.

»Kommen Sie herein«, sagte er, »und nehmen Sie dort Platz.« Er deutete auf eine Chaiselongue, die an der Seite der prächtigen Eingangshalle stand. »Ich werde sehen, ob Monsieur für Sie Zeit hat.«

Es dauerte keine fünf Minuten, bis der Diener wieder in die Empfangshalle zurückkehrte. Auf seinen Lippen lag ein Lächeln: »Monsieur Lacanal lässt bitten.«

»Danke.«

Die Statue immer noch auf dem Arm haltend, folgte Lucile

dem Diener durch eine große Flügeltür. Sie durchquerten das angrenzende Zimmer, das, wie Lucile bemerkte, lediglich als Galerie zu dienen schien, zumindest befanden sich hier keine Möbel, nur einige prachtvoll wirkende Stühle an der Wand – und sie standen zwischen eindrucksvollen Gemälden in prachtvollen Goldrahmen. Auf einem der Gemälde erkannte Lucile Ludwig XV., den Großvater des letzten Königs. Sie wusste, dass Jean-Baptiste Lacanal Royalist war, was natürlich zu heftigen Meinungsverschiedenheiten mit seinem Bruder Joseph geführt hatte, der gemeinsam mit Camille der Bergpartei angehört hatte. Ach, Camille!

Ihr Blick blieb am Bildnis des porträtierten Königs hängen. Plötzlich fragte sie sich, was er wohl zu all den Ereignissen gesagt hätte.

Inzwischen hatten sie den Raum durchquert, der Diener öffnete eine weitere Tür, die der, durch die sie das Zimmer betreten hatten, genau gegenüberlag.

»Madame Desmoulins für Sie, Monsieur Lacanal.«

»Madame!« Lacanal, der auf einem etwas steif wirkenden Sofa gesessen hatte, erhob sich hastig, kam zwei Schritte auf sie zu und beugte sich über sie, um ihr die Hand zu küssen. »Erlauben Sie, dass ich Ihnen mein herzliches Beileid zu Ihrem Verlust ausspreche.«

»Danke.« Lucile war für einen Moment überrascht, dass er davon wusste. Doch vermutlich hatte sich der Royalist nach der Begegnung mit Camille über dessen Schicksal informiert.

Sie bemerkte, dass Lacanal noch etwas hinzufügen wollte, sich dann jedoch auf die Lippen biss und es sich offenbar anders überlegt hatte. Vielleicht hatte er sich politisch äußern wollen und hielt das einer trauernden Witwe gegenüber dann für nicht angemessen. Stattdessen deutete er mit seiner Rechten auf den Sessel, der dem Sofa gegenüberstand. »Bitte. Nehmen Sie Platz.«

Lucile setzte sich, die mit einem Schal bedeckte Statue hielt sie immer noch auf dem Schoß. Der Diener hatte das Zimmer inzwischen wieder verlassen.

»Wie kann ich Ihnen helfen, Madame?«, erkundigte er sich.

Lucile atmete einmal tief ein und wieder aus, dann hob sie den Schal, so dass Lacanal die Madonna sehen konnte. Fast hatte sie ein wenig Scheu gehabt, den Schal fortzuziehen, als entferne sie damit eine Schutzschicht, doch als sich nun ein leises Lächeln auf Lacanals Gesicht stahl, war jeder Zweifel fortgeblasen, dass sie die richtige Entscheidung getroffen hatte.

»Bitte«, sagte Lucile, »bitte helfen Sie mir, diese Madonna zu retten. So, wie Sie die Könige gerettet haben.«

Für einen Moment flog ein Schatten über Lacanals Gesicht. Es war ihm offensichtlich unangenehm, dass sie von seiner Rettungsaktion wusste, was vermutlich kein Wunder war. Er musste ja fürchten, dass sein Haus gestürmt würde, wenn das unter den Revolutionären die Runde machte.

»Es weiß sonst niemand«, versicherte Lucile rasch. »Camille hat es nur mir erzählt, unter dem Siegel der Verschwiegenheit.«

»Ich verstehe, dass er Ihnen davon erzählt hat, zumal ich angesichts der Tatsache, dass eine Revolutionärin eine Statue rettet, davon ausgehe, dass Sie ebenso denken wie er.«

Sie nickte. »Ja. Wie auch mein Mann habe ich Zweifel daran, wie sich die Dinge entwickelten. Und mein Mann hat diese auch geäußert. Was hat es noch mit Freiheit zu tun, wenn Menschen, die anders denken, geköpft werden?«

»Und dafür musste er letztendlich sterben.« Es war keine Frage, sondern eine Feststellung.

»Ja, so ist es.« Dann deutete Lucile auf die Madonna auf der Mondsichel. »Heute Abend haben wieder einige Revolutionäre Notre Dame gestürmt und Statuen zerstört. Dabei fiel mir diese Madonna regelrecht in die Arme. Und als ich mir überlegt habe, wie ich sie retten kann, sind Sie mir eingefallen.«

Lacanal nickte: »Bei mir ist sie in Sicherheit. Ich würde sie dort verstecken, wo auch die Köpfe sind.«

»Wo sind denn die Köpfe?«, entfuhr es Lucile.

Für einen Moment tauchte ein Hauch von Misstrauen auf seinem Gesicht auf. Argwöhnte er etwa, sie wolle die Madonna als Vorwand benutzen?

Im nächsten Augenblick war dieser Ausdruck in Lacanals Miene auch schon wieder verschwunden. Er stand auf. »Kommen Sie, ich zeige es Ihnen.«

»Monsieur?« Lucile hatte sich ebenfalls erhoben.

»Ja?« Schon im Gehen wandte er sich wieder zu ihr um.

»Ich habe noch eine Bitte.« Sie zögerte. »Ich weiß nicht, was Robespierre mit mir vorhat. Ich weiß nicht, ob ich meines Lebens sicher sein kann.«

Er nickte verständnisvoll. »Das wissen wir alle nicht, Madame. Auch ich als Royalist bin in Gefahr.«

Sie widersprach ihm nicht, sondern stellte die Madonna behutsam auf dem Sessel ab, auf dem sie gerade gesessen hatte. Die Mondsichel legte sie daneben. Dann griff sie in ihre Rocktasche und zog einige Bögen zusammengefalteten Papiers heraus.

»Das sind die letzten Worte meines Mannes, die er an mich schrieb«, sagte sie. »Ich möchte sie an einem sicheren Ort wissen. Falls mir etwas passiert. Und dieser Ring«, sie nahm das Schmuckstück, das Camille ihr erst vor zwölf Monaten angesteckt hatte, vom Finger, »hat ebenfalls große Bedeutung für mich. Er darf auf keinen Fall in die Hände von Robespierre fallen.«

»Madame«, entgegnete Monsieur Lacanal, »wie ich ja schon andeutete: Ich fürchte, meine Sicherheit ist ebenfalls nicht gewährleistet – sollten Sie mich bitten wollen, dass ich auf Brief und Ring aufpasse.«

Lucile schüttelte den Kopf. »Nein, aber die Könige sind an einem sicheren Ort. Und dorthin werden wir die Madonna nun auch bringen.«

Sie deutete auf die abgebrochene Mondsichel. »Die Madonna ist innen hohl, die Mondsichel auch«, setzte sie zu einer Erklärung an. »Ich würde gerne den Brief und den Ring im Inneren der Madonna aufbewahren.«

»Ich verstehe!«, rief Lacanal verblüfft. Dann sagte er: »Dorthin, wo ich die Köpfe aufbewahre, kann man aber nicht so leicht gelangen.«

»Das soll man ja auch gar nicht«, erwiderte Lucile lächelnd. »Wer weiß, was kommt. Vielleicht kommen wieder Zeiten, in denen die Könige zurückkehren dürfen – und das wären dann auch Zeiten, in denen die letzten Worte meines Mannes und der Ring gefahrlos aus ihrem Versteck geholt werden könnten. Aber bis dahin …«, sie sah Lacanal noch einmal bittend an, »… bis dahin wären sie bei Ihnen allerbestens aufgehoben.«

Er nickte. »Gut, ich würde Ihnen allerdings empfehlen, die Madonna und die Sichel wieder zusammenzufügen, nachdem sie den Brief Ihres Mannes und den Ring dort hineingelegt haben. Nur so sind sie wirklich in Sicherheit.«

Ratlos sah Lucile ihn an. »Da haben Sie recht, aber wie klebt man zwei Steinteile zusammen?«

»Überlassen Sie das mir«, bot Lacanal freundlich an. »Ich füge die Teile für Sie zusammen und verstecke dann die Statue.«

Lucile nickte, küsste den Ring und legte ihn dann mit dem Brief vorsichtig in die Mondsichel.

»Danke! Darf ich dann morgen wiederkommen, wenn Sie die Madonna endgültig verstecken? Ich wäre gern dabei. Auch ...«, sie zögerte, »... auch, um die Madonna dann im Zweifel ohne Sie wiederfinden zu können.«

Lacanal nickte. »Ja, kommen Sie morgen Abend zur gleichen Zeit wieder.«

»Ich danke Ihnen, Monsieur Lacanal.«

»Keine Ursache, Madame Desmoulins.«

Kapitel 61

225 Jahre später

Josie & Antoine
PARIS, RUE DE LA CHAUSSÉE D'ANTIN,
NOVEMBER 2019

Wo willst du denn nun schon wieder mit mir hin?« Josie zupfte Antoine am Ärmel. »Ich komme ja kaum zu Atem mit dir.« Erschrocken blieb er stehen und sah sie an. »Wird es dir zu viel? Du musst wirklich entschuldigen. Ich bin nur so glücklich, endlich eine Frau gefunden zu haben, die meine Leidenschaft für all diese Dinge teilt.«

Er blickte derart betrübt und auch schuldbewusst drein, dass Josie lachen musste und ihr der scherzhafte Einwand leidtat. »Wo denkst du hin! Das war nur ein Witz, wirklich! Ich bin doch genauso glücklich, dass du meine Leidenschaft teilst. Und mehr als das: Dass du mir bei der Spurensuche hilfst und mir obendrein all die Hintergründe zur Französischen Revolution vermittelst.«

»Dann bin ich ja erleichtert.« Er bog vom Boulevard Haussmann in die Rue de la Chaussée d'Antin ein.

»Das kenne ich doch«, freute sich Josie, als Antoine vor der hübschen kleinen Treppe stehen blieb, die zu einem säulenumstandenen Eingang emporführte.

»Das will ich hoffen, dass du das wiedererkennst, schließlich war ich hier erst kürzlich mit dir.«

»Und warum sind wir jetzt schon wieder hier?«

»Das wirst du noch erfahren«, erwiderte er geheimnisvoll.

»Ich finde das Haus des Obersten Justizrats nach wie vor beunruhigend, und ich beteure noch einmal: Ich habe mir nichts zuschulden kommen lassen.«

»Doch!« Wieder blieb Antoine stehen und sah seine Begleiterin streng an: »Sie sind eine Diebin, Madame.«

»Aber ich habe den Ring ordnungsgemäß an Monsieur Chopard übergeben«, versicherte Josie in gespieltem Ernst.

Mit großen Bewegungen winkte er ab. »Ein Ring, Madame!«, rief er und sah sie empört an. »Was ist ein einfacher Ring gegen ein ganzes Herz! Madame, Sie werden beschuldigt, einem armen französischen Kunsthistoriker sein Herz gestohlen zu haben.«

Dabei presste er seine Hand auf die Herzgegend und sah sie dabei so leidend an, dass sie schon wieder lachen musste. »Du Spinner«, versetzte sie zärtlich. »Aber nun im Ernst, warum sind wir hier?«

Ebenfalls wieder ernst erklärte er: »Weil es genau zweiundvierzig Jahre her ist, dass man hier die Madonna auf der Mondsichel und die Köpfe der Könige fand.«

Inzwischen hatten sie den Innenhof betreten, er stellte den Einkaufskorb ab, den er die ganze Zeit über bei sich getragen hatte.

Zu ihrer Überraschung zauberte er einen Kuchen hervor und

stellte ihn ohne große Umstände auf den kleinen, an einer Seite des Innenhofs stehenden steinernen Tisch. Außerdem holte er eine Flasche Champagner und zwei langstielige Gläser sowie zwei Teller und zwei Kuchengabeln heraus.

»Ein Picknick!« Josie war gerührt. »Dürfen wir denn hier einfach so ein Picknick machen? Und ich dachte immer, Franzosen picknicken mit Käse, Trauben, Baguette und Rotwein und nicht mit Kuchen und Champagner.«

»Erstens«, unterbrach er lachend ihren Redefluss, »ja, wir dürfen hier picknicken. Ich habe mir die Erlaubnis höchstselbst eingeholt. Und zweitens: An Geburtstagen picknicken Franzosen durchaus mal mit Kuchen und Champagner.«

»Wer hat denn …«, setzte Josie an und begriff dann endlich. Ihre Augen weiteten sich.

»Heute vor genau zweiundvierzig Jahren wurde die Madonna gefunden. Du bist zweiundvierzig?«

»Ja«, bestätigte er, fügte jedoch gleich besorgt hinzu: »Bestimmt findest du jetzt, ich sei zu alt für dich.«

»Was sind schon vierzehn Jahre!«, widersprach sie lachend und küsste ihn zärtlich. »Alles Gute zum Geburtstag, mein Schatz.«

»Danke.«

Nach dem ersten Schluck Champagner sagte Josie nachdenklich: »Die Revolutionäre haben Notre Dame schon übel mitgespielt.« Sie zählte auf: »Die Könige geköpft, die Glocken eingeschmolzen, die Kathedrale entweiht und zum Tempel der Vernunft gemacht, zeitweise wurde sie sogar als Weinlager genutzt … man könnte sagen, sie haben Unserer Lieben Frau ihre Persönlichkeit genommen. Oder es zumindest versucht.«

»Das sehe ich auch so«, unterbrach er. »Und glaube mir, das schmerzt mich ebenfalls sehr. Aber es gibt einen großen Trost.«

»Aha? Und welchen? Dass Viollet-le-Duc alles wiederaufgebaut hat?«

»Nein«, gab er zurück, »das meine ich nicht. Als tröstend empfinde ich, dass es immer wieder Menschen gab, die sich heimlich und oft sogar unter Gefahr um die Kirche kümmerten.«

»Wen denn zum Beispiel?«, fragte sie neugierig und probierte ein Stück von seinem Apfelkuchen. »Köstlich!«

»Ach, das waren einige«, erwiderte Antoine, ebenfalls kauend. »Natürlich gab es viele, die taten, was die Revolutionäre sagten, zum Beispiel spielte der Organist auf Geheiß nur noch Revolutionslieder. Aber es gab auch einige, die retteten, was zu retten war, und zum Beispiel Statuen versteckten. Unser werter Lacanal, aber auch ein gewisser Alexandre Lenoir, er hat den *Schwur Ludwigs* aus dem Chor geborgen.«

»Stimmt!«, fiel es Josie wieder ein. »Davon habe ich sogar gelesen. Ist er nicht sogar der Begründer des *Musée des Monuments français*?«

»Richtig! Er hat nicht nur die Figurengruppe gerettet, sondern auch sowohl den damaligen Bürgermeister Jean Sylvain Bailly als auch die Nationalversammlung so lange genervt, bis die Herren sich bereiterklärten, alle konfiszierten Kunstwerke zusammen an einem Ort aufzubewahren. Er schlug das ehemalige Kloster der Petit Augustins dafür vor – die Revolutionäre willigten ein.«

»Aber sie wussten nichts davon, dass er teilweise auch Kunstgegenstände rettete?«

»Nein. Das Museum eröffnete er dann 1795, nach dem Ende des großen Terrors.«

»Und dass Lucile mit ihm gemeinsame Sache gemacht hat? Und er ihr half, die Statue in Sicherheit zu bringen?«, fragte Josie.

Antoine schüttelte den Kopf. »Das habe ich auch für einen Moment gedacht – oder mir gewünscht. Aber das passt nicht zu dem Brief, den sie ihrer Tochter hinterließ: Darin brachte sie die Statue ja ganz eindeutig mit den Königen in Verbindung und schrieb, sie habe sich an der Kathedrale versündigt.«

»Stimmt«, erwiderte Josie ein wenig enttäuscht, »und außerdem: Dann hätte sie die Madonnenstatue ja auch in Lenoirs Sammlung bringen können – und sie nicht all die Jahre lang unter der Erde lassen müssen.«

»Vielleicht wollte sie das später ja«, überlegte Antoine, »sie muss zumindest von seiner Sammlung erfahren haben.«

»Warum hat sie dann nichts unternommen?«

»Ich weiß es nicht.«

»Ich denke aber schon, dass Lucile die Madonna irgendwie gerettet hat oder retten wollte. Sie war ja nicht geköpft.«

»Vielleicht war sie ja dabei, als die Könige geköpft wurden, und hatte Angst um die Madonna?«, vermutete Josie.

»Und trägt sie dann mit den geköpften Königen zu Grabe?«, bezweifelte Antoine. »Irgendwie passt das alles nicht.«

»Aber immerhin hat sie zuvor noch den wahrscheinlich letzten Brief ihres Mannes in der Madonna versteckt. Und den Ring.«

»Wir werden wohl nie erfahren, was sich wirklich zugetragen hat«, murmelte Josie. »Aber immerhin können wir unser Glas erheben – auf all jene, die einen kleinen Teil von Notre Dame gerettet haben. Prost.«

»Prost!«, erwiderte Antoine lächelnd.

Kapitel 62

225 Jahre zuvor

Lucile

Paris, Rue du Théâtre-Français,
und Château du Taillan,
April 1794 bis Januar 1795

Mitten in der Nacht fuhr Lucile schweißgebadet hoch. War da nicht jemand im Zimmer? Oder hatte sie geträumt? Sie träumte ständig, seit Camille tot war. Heute Nacht war es der Mann aus der Kathedrale, der sie heimgesucht hatte. Und sie, sie war die Madonnenstatue, auf die er wieder und wieder mit seinem Hammer eindrosch. Wann war die Welt nur so grausam geworden?

Da drang wieder ein Geräusch in ihr Bewusstsein – und dieses Mal gab es keinen Zweifel mehr. Es war jemand an der Tür. Lucile blieb fast die Luft weg vor Angst. Das letzte Mal, als es nachts an der Tür geklopft hatte, hatten sie Camille verhaftet. Würden sie nun auch sie fortschleppen? Würde auch sie unter der Guillotine sterben müssen? Wobei sie selbst sich den Tod ja regelrecht herbeigesehnt hatte – und immer noch herbeisehnte. Aber das Kind, das sie unter dem Herzen trug, das galt es zu schützen. Camille hätte das von ihr erwartet.

Schützend legte sie die Hand auf ihren Unterleib, während sie sich panisch nach einer Möglichkeit umsah, sich zu verstecken. Wohl wissend, dass sie sie finden würden, egal, wo sie sich verbarg. Wohl wissend, dass sie keine Chance hatte.

Es klopfte wieder. Eindringlicher diesmal, aber keineswegs aggressiv. Niemand hämmerte laut gegen die Tür, keiner brüllte »Aufmachen«, es wirkte auch nicht so, als wolle derjenige, der draußen stand, die Tür eintreten, so, wie das in jener Nacht der Fall gewesen war, als sie Camille verschleppt hatten. Vielleicht war dort draußen ja jemand, der Hilfe benötigte! Etwas mutiger, aber dennoch voller Angst näherte sie sich der Tür.

»Wer ist da?«, rief sie.

»Ich bin es, Claire!«, klang es gedämpft von draußen.

Claire! Lucile spürte große Erleichterung in sich aufsteigen. Natürlich war ihre Besorgnis dennoch nicht verflogen – schließlich *konnte* es nichts Gutes bedeuten, wenn Claire mitten in der Nacht hier auftauchte.

Sie riss die Tür auf, und die andere stolperte herein.

»Was machen Sie hier?«

»Lucile!« Claire packte sie bei den Oberarmen. »Sie wollen Sie holen kommen. Sie müssen sofort hier weg.«

Augenblicklich begann Luciles Herz wieder zu rasen. »Woher wissen Sie das?«

»Ich habe ein Gespräch mitgehört. Robespierre hat es selbst veranlasst.«

»Und dann gibt es kein Zurück. Danke, dass Sie mich gewarnt

haben, Claire. Ich weiß, dass Sie sich damit selbst in tödliche Gefahr gebracht haben.«

»Ja, darum gehe ich jetzt auch schnell.«

Mit diesen Worten war sie verschwunden.

Lucile blieb mit rasendem Herzen zurück. Wo sollte sie nur hin, was sollte sie nur tun? Zu ihren Eltern konnte sie nicht, dort würde man sie zuerst suchen. Camilles Familie war aus den gleichen Gründen keine Option.

Fort, einfach nur fort! Das war im Moment das Wichtigste!

Sie packte einige Sachen zusammen und verließ ihre Wohnung mitten in der Nacht in fliegender Hast.

★★★

Lucile hatte das Gefühl, der Schmerz müsse sie zerreißen. Ihr ganzer Körper schien ihr nur noch eine einzige, rot glühende Pein zu sein. Wie durch einen Schleier drang die Stimme der Hebamme zu ihr durch:

»Ja, so ist es gut! Sie machen das wirklich sehr, sehr gut. Bald haben Sie es geschafft!«

Plötzlich ertönte ein Schrei. Ein schrecklicher, markerschütternder Schrei. War das sie gewesen?, fragte sich Lucile, die mittlerweile vor lauter Schmerzen nicht mehr wusste, wie ihr geschah. Und dann hörte sie noch etwas anderes. Ein zartes, winziges Stimmchen, das seine ersten Laute in dieser Welt machte.

»Herzlichen Glückwunsch, Madame Desmoulins!«, sagte die Hebamme. »Sie haben einem kleinen, wunderschönen Mädchen das Leben geschenkt.«

Gleich darauf hielt Lucile ihre Tochter, in Tücher gewickelt, in den Armen: bestaunte das winzige Näschen, die filigranen Fingerchen, das Mündchen, das aussah wie eine Rosenknospe. Ganz zart strich sie dem Mädchen über die Wange. »Willkommen auf dieser Welt, kleine Marie«, flüsterte sie. »Ich nenne dich so, weil eine andere Marie, eine Maria, eine Madonnengestalt, das Vermächtnis deines Vaters in sich trägt.«

Dann blickte sie zum Fenster hinaus, durch das der Mond hereinschien. »Ich bin sicher«, wisperte sie dem kleinen Mädchen auf ihren Arm zu, »dass dein Vater bei uns ist. In jedem Mondstrahl, im Leuchten der Sterne, in der Luft, die wir atmen. Dein Vater ist die Liebe, die wir sind.«

Kapitel 63

225 Jahre später

Josie & Antoine

Château du Taillan, Le Taillan-Médoc, Juni 2020

Antoine senkte das Tempo und fuhr langsam zwischen den beiden hohen Torpfeilern durch. Die Auffahrt war ordentlich geharkt, rechts und links blühten Rosen in den prachtvollsten Farben, und am Ende der langen Auffahrt stand ein kleines Schlösschen. Es war gelb gestrichen und ebenfalls von Rosen bewachsen.

»Das ist ja zauberhaft!«, rief Josie gerührt. »Ein schöner Ort, um geboren zu werden.«

»Und ein schöner Ort, um sich von den Schrecken der Revolution zu erholen«, erwiderte Antoine.

Sie hatten den Wagen gerade geparkt, als sich auch schon die Eingangstür öffnete. Ein livrierter Diener sah ihnen entgegen.

»Die Herrschaften erwarten Sie im Salon«, teilte er Josie und Antoine mit, bevor diese auch nur ein Wort zur Begrüßung sagen konnten. »Bitte folgen Sie mir.«

Sie taten wie ihnen geheißen und gingen durch eine prachtvolle, im Schachbrettmuster mit Marmor ausgelegte Eingangshalle, auf deren anderer Seite der Diener eine große Flügeltür öffnete.

Josie schnappte nach Luft. Der Raum, in dem sie sich nun wiederfanden, war riesig und ging scheinbar unmittelbar in den dahinterliegenden märchenhaften Park über, von dem er nur durch deckenhohe Sprossenfenster getrennt war.

Und mitten in diesem Zimmer stand ein Ehepaar und lächelte ihnen zu.

»Madame Winter, Monsieur Girard«, begrüßte die Hausherrin, eine elegante, schlanke blonde Dame um die fünfzig, die Ankommenden herzlich, »wie schön, dass Sie den Weg zu uns gefunden haben.«

Auch ihr Gatte, ein Mittfünfziger mit schwarzem Haar und grauen Schläfen, bei dessen Anblick Josie sofort das Wort »distinguiert« in den Sinn kam, begrüßte sie herzlich mit festem Händedruck.

»Wir haben uns gedacht, dass wir bei diesem schönen Wetter unseren Tee auf der Veranda einnehmen könnten.« Madame Dupont machte ein einladende Geste nach draußen.

»Sehr gern!«, freute sich Josie. »Ihr Garten ist wirklich zauberhaft. Aber bestimmt macht er viel Arbeit.«

»Zum Glück haben wir Gärtner, die das für uns erledigen«, sagte Madame Dupont, »aber die Tischdekoration, die schneide ich immer selbst, darauf lege ich Wert.«

Sie deutete auf die Tafel, die auf der ausladenden Terrasse eingedeckt war – sehr stilvoll, mit weißer Tischdecke, blitzendem Kristall und jeder Menge verlockend aussehendem Gebäck. In der Mitte stand ein riesiger Strauß gelber Rosen.

»Zauberhaft«, fand Josie.

»Nicht wahr?«, fragte Madame Dupont, während sie ihre Gäste mit einer Geste bat, Platz zu nehmen.

Sogleich eilten die Diener herbei, fragten nach ihren Getränkewünschen und schwebten wieder fort.

»Bitte, greifen Sie zu«, sagte Madame Dupont, auf die Petits Fours deutend. »Wir lassen Sie nicht eher gehen, als bis Sie alles aufgegessen haben.«

Josie und Antoine lachten und kamen der Aufforderung nur allzu gerne nach.

»Ihr Besuch hat uns in helle Aufregung versetzt«, ließ sich Monsieur Dupont nun vernehmen. »Denn in der Tat ist das Wissen, dass die Tochter von Camille Desmoulins hier geboren ist, etwas, das man in meiner Familie seit Generationen weitergibt.«

»Dann wissen Sie viel darüber?«, fragte Antoine hoffnungsvoll.

»Das kann man so sagen, ja.« Monsieur Dupont nahm einen Schluck Kaffee und sagte dann: »Meine Familie gehörte, wie viele in der Gegend hier, zu den Konterrevolutionären, die sich auch dagegen wehrten, dass die Männer in den Koalitionskrieg ziehen sollten.«

»Und als dann eines Tages die Witwe von Camille Desmoulins vor ihrer Tür stand, nahm man sie gerne auf?«

»Sehr gerne sogar, soweit ich weiß.«

»Aber nahm man Camille denn nicht übel, dass er ein enger Wegbegleiter Robespierres gewesen war?«, erkundigte sich Josie.

»So genau kann ich Ihnen das leider nicht sagen«, erwiderte Monsieur Dupont. »Aber am Ende war Desmoulins ja sein Feind, eben auch weil er sich für die Gejagten starkmachte. Und deshalb musste er sterben. Ich nehme an, dass es für meine Familie Ehrensache war, sie aufzunehmen.«

»Und wie kam Lucile zu Ihnen? Kannte Ihre Familie sie vorher?«

»Das wohl nicht«, erwiderte Dupont. »Sie kam jedoch in diese Region, weil sie auf der Flucht vor Robespierre war, der sie ebenfalls hinrichten lassen wollte. Und sie wusste, dass sie hier am ehesten Leute finden würde, die ihr helfen. Da unser Schloss das größte Haus hier in der Gegend war, war es wohl naheliegend, dass sie hierherkam, um ihre Dienste anzubieten.«

»Und hier brachte sie dann auch ihr Kind zur Welt«, folgerte Josie.

»Ja, die kleine Marie«, mischte sich nun Madame Dupont ins Gespräch. »Ich weiß, dass sie sie so nannte, weil sie die letzten Worte ihres Mannes in einer Madonnenstatue versteckt hatte. Marie kommt von Maria. Diese Maria sollte das Vermächtnis ihres Gatten schützen und auch ihr Kind. So wurde es in der Familie meines Mannes immer wieder überliefert.«

»Schau mal einer an!«, Antoine sah Josie bedeutungsvoll an. Dann wandte er sich an seine Gastgeber.

»Genau diese Marienfigur steht in enger Verbindung mit mir«, erklärte er. »Sie wurde am Tag meiner Geburt gefunden«, kürzte er die Geschichte etwas ab. »Deshalb verspürte ich zeitlebens eine besonders enge Verbindung mit ihr und rettete sie am Tag des Brandes aus Notre Dame.«

»Nein!«, rief Madame Dupont. »Das gibt es ja nicht!«

»Und das ist noch nicht alles«, fuhr Josie, die Geschichte ebenfalls etwas abkürzend, fort. »In dieser Statue fanden wir tatsächlich die letzten Worte von Camille Desmoulins an seine Frau. Und einen Ring, den er ihr vermutlich gegeben hat.«

»Der Ring«, rief Madame Dupont aufgeregt, »das ist also der Ring!«

»Was meinen Sie?«, erkundigte sich Antoine interessiert.

»Ach, ich weiß ja nur das, was man über die Jahrzehnte und Jahrhunderte immer weitertrug«, sagte sie. »Es war immer die Rede davon, dass Lucile nach Paris zurückkehren wollte, wenn die Kleine groß genug war, um die Madonnenfigur und den Ring wiederzufinden.«

Josie fragte: »Wissen Sie, warum sie die Statue nie zurückgeholt – oder besser: Warum sie sie überhaupt versteckt hat?«

»Also, versteckt hat sie sie wohl, weil sie sie vor der Wut der Revolutionäre schützen wollte – und den Ring und vermutlich auch den Brief, weil Robespierre ja hinter ihr her war und sie töten wollte. Wir wissen, dass sie dann nach vielen Jahren nach Paris zurückkehrte und der Mann, in dessen Obhut sie alles gegeben hatte, inzwischen verstorben war.«

»Natürlich«, murmelte Antoine. »Das Gebäude, unter dem die Köpfe und die Madonna gefunden wurden, wurde erst 1796 errichtet. Für den Bruder des Mannes, dem Lucile ihre Schätze anvertraute. Bei den Erdarbeiten für das Gebäude hat Jean-Baptiste Lacanal, also der Bruder des Bauherrn, die Köpfe und die Madonna bekanntermaßen verschwinden lassen. Und als Lucile zurückkam, hatte sie keine Chance mehr, daranzukommen.«

»So muss es gewesen sein«, murmelte Madame Dupont gedankenverloren. »Und dort blieb die Madonna dann bis zu Ihrer Geburt! Eine unglaubliche Geschichte.«

»In der Tat.« Sie lächelten einander zu, dann fragte Madame Dupont: »Wie haben Sie uns eigentlich ausfindig gemacht?«

»Das war nicht schwer«, erwiderte Antoine. »Wir haben herausgefunden, dass Marie Desmoulins in diesem Dorf geboren wurde, und haben uns die alten Kirchenbücher angesehen. Ein kurzes Gespräch mit dem Pfarrer brachte uns dann auf Ihre Spur. Lucile und ihre Geschichte sind hier offensichtlich Dorfgespräch.«

»So ist es«, bestätigte das Ehepaar lächelnd.

»Dann«, sagte Monsieur Dupont und winkte dem Diener, »würde ich vorschlagen, dass wir anstoßen. Bitte bringen Sie uns Champagner.«

»Sehr wohl.«

Minuten später war der Diener mit vier Champagnerflöten zurück, in denen die edle Flüssigkeit perlte.

Monsieur Dupont hob sein Glas.

»Auf Notre Dame und darauf, dass sie tatsächlich bald wieder in ihrer vollen Pracht erstrahlt.«

»Auf Notre Dame«, wiederholte Josie, »und auf Lucile, Camille und Marie.«

ENDE

Spuren der Realität

Wie in allen meinen Romanen habe ich mich stark an tatsächlichen Ereignissen orientiert und bin in meiner Geschichte real-historischen Vorbildern gefolgt. Zwar gab es weder Antoine noch Josie wirklich, ihre Geschichten basieren aber auf unzähligen Augenzeugen- und Tatsachenberichten. Antoines Geschichte soll eine Würdigung der mutigen Frauen und Männer sein, die am 15. April 2019 unter dem Einsatz ihres Lebens Kunstgegenstände aus Notre Dame retteten. Die Madonna mit der Sichel ist meiner Fantasie entsprungen.

Die Geschichte von Lucile und Camille ist eng an die Geschichte von Lucile und Camille Desmoulins angelehnt, entspricht ihr aber nicht in allen Punkten: Camille ist tatsächlich ein enger Jugendfreund Robespierres und ein Mitstreiter Dantons, er war der Mann, der zum Sturm auf die Bastille rief und, indem er ein Blatt von einem Baum pflückte, die Tradition der Kokarde begründete. Seine Zeitschrift erschien erstmals im Dezember und nicht im Februar 1793. Seine Frau Lucile ist allerdings, soweit mir bekannt ist, nicht derart entschieden für die Frauenrechte eingetreten und hat sich auch nicht bewaffnet. Die Geschichten von Olympe und Etta sind hingegen realhistorisch.

Tatsächlich lebte Lucile nach Camilles Hinrichtung nur acht Tage, dann wurde sie im Alter von vierundzwanzig Jahren ebenfalls hingerichtet. Die beiden hatten einen Sohn, Horaz. Marie entspringt, ebenso wie die Verbindung der Familie zu Victor Hugo und Viollet-le-Duc, vollkommen meiner Fantasie. Bei den Briefen von Camille handelt es sich weitgehend um Originale.

Die Köpfe der Könige wurden bereits im April 1977 gefunden. Die Auszeichnung des französischen Präsidenten für die Feuerwehrleute war bereits am 18. April 2019 und nicht erst am 19.

Eugène Violett-le-Duc und Victor Hugo sind natürlich ebenfalls realhistorische Figuren. Hugos Schaffen an seinem Werk *Der Glöckner von Notre Dame* (französischer Originaltitel: Notre Dame de Paris) habe ich ebenso akribisch versucht nachzuzeichnen wie Eugène Violett-le-Ducs Beziehung zur Kathedrale. Die Szene mit dem Diener im Prolog zum Beispiel hat sich so zugetragen.

Danksagung

Dass ich dieses Buch schreiben durfte, ist ein großes Geschenk. Die Arbeit daran war regelrecht magisch, ich musste mich zwingen, Pausen zu machen, so faszinierend war es wieder einmal, in lange schon vergangene Welten einzutauchen. Mein großer Dank gilt dem Aufbau-Verlag, der gleich an meine Idee glaubte und mich darin bestärkte, dieses Buch zu schreiben. Allen voran meine beiden Lektorinnen Anne Scholz, die mit vielen wertvollen Hinweisen dazu beitrug, den Roman noch besser zu machen, und Anne Sudmann.

Beim Werden dieses Buches waren aber wie immer auch noch andere Menschen beteiligt, denen ich mit großer Freude jedes Mal aufs Neue von Herzen danke. Meine wunderbare Agentin Anna Mechler. Meine Mutter Lena Bast, die einmal mehr mit ihrem großen historischen und sprachlichen Wissen sehr zum Erfolg beitrug. Meine treue Kollegin Melanie Kunze, die mich auch dieses Mal wieder bei Recherche und Faktencheck unterstützt hat. Und natürlich auch meine liebe Testleserin Daniela Werning, die über ein erstaunliches Adlerauge verfügt. Nicht zuletzt Feuerwehr-Fachmann Christian Gorber, der mir hinsichtlich des Einsatzes der Feuerwehr beim Brand von Notre-Dame engagiert Rede und Antwort stand.

Und schließlich geht ein dickes Dankeschön noch an meine

wunderbare Familie – die immer so geduldig mit mir ist, wenn ich schreibe. Danke, dass es euch gibt!

Es grüßt Sie herzlich
Eva-Maria Bast

Literatur & Quellen

Adler, Emma: Die berühmten Frauen der französischen Revolution 1789–1795. Mit 9 Porträts. Wien 1906

Gauvard, Claude: Notre Dame. München 2019

Geo Epoche: Französische Revolution. Nr. 48755

Geschichte kompakt: Julirevolution 1830. URL: geschichte-abitur.de. Abgerufen am 16.3.2023

Graham Robb, Victor Hugo, London 2017

Hugo, Victor: Notre Dame oder die Liebfrauenkirche zu Paris (Der Glöckner von Notre Dame) Übersetzt von Friedrich Seybold (Projekt Gutenberg.de) Kapitel 25. Gutenberg-Projekt verwendet als Grundlage die Reclam-Ausgabe von 1884.

Konhäuser, Daniel: Frauen in der Französischen Revolution. Der Marsch nach Versailles 1789 als sozialökonomische Konsequenz oder politische Aktion? Kindle 2015

Kunstchronik – Monatsschrift für Kunstwissenschaft, Museumswesen und Denkmalpflege, 30. Jahrgang, Juli 1977

Mantel, Hilary: Brüder. Köln 2021

Maurois, André: Olympio – Victor Hugo

New York Times: »Notre-Dame«. URL: https://www.nytimes.com/interactive/2019/07/16/world/europe/notre-dame.html. Abgerufen am 15.10.2023

Olympe de Gouges. URL: https://olympe-de-gouges.info/frauenrechte/. Abgerufen am 3.1.2023

Paris-Blog: »Königsgalerie-Notre-Dame«. URL: https://paris-blog.org/tag/koenigsgalerie-notre-dame/. Abgerufen am 02.10.2023

Stone-Ideas: »Wiederaufbau von Notre-Dame«. URL: https://www.stone-ideas.com/87417/wiederaufbau-von-notre-dame/. Abgerufen am 15.11.2023

Pererson, Susanne: Marktweiber und Amazonen. Frauen in der Französischen Revolution. Köln 1987

Poirier, Agnes: Notre Dame. Berlin 2020

RND: »Die Steinmetze von Notre-Dame«. URL: https://www.rnd.de/panorama/die-steinmetze-von-notre-dame-wir-sind-teil-von-etwas-grossem-JE6CCROE5RFAHDPK6LBGZ3EWTI.html. Abgerufen am 02.11.2023

Sieburg, Friedrich: Robespierre. Wien 1960

SP Verlag – Verleger von Manuskripten, Notre-Dame de Paris, das Manuskript von Victor Hugo, Paris.

Stephens, Bradley: Victor Hugo. Klagenfurt 2022

Vargas Llosa, Mario: Victor Hugo und die Versuchung des Unmöglichen. Frankfurt am Main 2006

Viollet-le-Duc, Eugène: Definitionen. Berlin 1993

Von Hofmannsthal, Hugo: Versuch über Victor Hugo, o.O. 1901

Die Briefzitate von Camille Desmoulins und Teile des Gesprächs zwischen Lucile und Robespierre auf den Seiten 181–184, 302, 345–346, 351 und 355–356 stammen aus: Adler, Emma: Die berühmten Frauen der französischen Revolution 1789–1795. Mit 9 Porträts. Wien 1906 und Minerva. 1792–1815. Ausgabe 1795, 3. Bd. Sie sind weitgehend original, an manchen Stellen aber leicht abgeändert.

Die Zitate von Emmanuel Macron und General Gallet auf den Seiten 27, 29 und 31–33 stammen aus: Poirier, Agnes: Notre Dame. Berlin 2020.

Die Zitate von Victor Hugo zu Notre Dame auf der Seite 101 sind der Homepage des SP Verlags entnommen. URL: https://www.spverlag.com/46-notre-dame-de-paris-9791095457084.html. Abgerufen am 10.1.2024.

Die Briefzitate von Sainte-Beuve auf der Seite 57 stammen aus: Maurois, André: Olympio – Victor Hugo.

Eva-Maria Bast
Vanilletage – Die Frauen der Backmanu-
faktur
Roman
388 Seiten. Broschur
ISBN 978-3-7466-3846-1
Auch als E-Book lieferbar

Träume aus Zucker

Bielefeld, 1892. Die junge Josephine und ihr Mann Carl haben große Pläne: Sie wollen ein Mittel herstellen, das das Backen revolutionieren wird. Es fehlt nur noch die richtige Mischung. Während Josephine in der gemeinsamen Apotheke bereits an der Werbung arbeitet, experimentiert Carl weiter – und dann ist es geschafft: Ihr Backpulver wirft große Gewinne ab, Josephine und Carl können schon bald expandieren. Doch ihr Erfolg ruft immer mehr Neider auf den Plan, und Josephine und Carl müssen um die Zukunft ihres jungen Unternehmens fürchten – und um ihre Liebe.

Der Auftakt einer mitreißenden Saga um eine Backdynastie – beruhend auf der Erfolgsgeschichte eines deutschen Familienunternehmens

Regelmäßige Informationen erhalten Sie über unseren Newsletter.
Jetzt anmelden unter: www.aufbau-verlage.de/newsletter

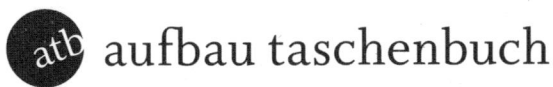

Eva-Maria Bast
Zuckerjahre – Die Frauen der Backmanufaktur
Roman
431 Seiten. Broschur
ISBN 978-3-7466-3847-8
Auch als E-Book lieferbar

Träume aus Zartbitter

Bielefeld, 1914: Das Unternehmen der Familie Meister floriert, die Entwicklung des Backpulvers war ein riesiger Erfolg. Julius, der Sohn des Firmengründers, hat in Chemie promoviert und will die Firma übernehmen, doch zuvor heiratet er Lotte, seine große Liebe. Kurz darauf bricht der Erste Weltkrieg aus – Julius wird eingezogen, während Lotte das gemeinsame Kind erwartet. Sie ist voller Sorge, als eine schreckliche Nachricht sie erreicht. Und auf einmal muss sie ihre Ideen einbringen, um das Unternehmen zu retten …

Die mitreißende Saga um die Erfolgsgeschichte einer deutschen Backdynastie – packend und berührend erzählt von Bestsellerautorin Eva-Maria Bast

Regelmäßige Informationen erhalten Sie über unseren Newsletter.
Jetzt anmelden unter: www.aufbau-verlage.de/newsletter

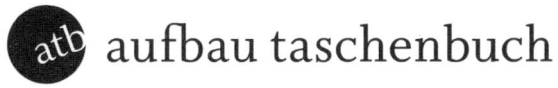

Eva-Maria Bast
Zimtträume – Die Frauen der Backmanu-
faktur
Roman
382 Seiten. Broschur
ISBN 978-3-7466-3848-5
Auch als E-Book lieferbar

Der Weg in die Zukunft

Bielefeld, 1941: Nachdem ihre Jugendliebe Georg in den ersten Kriegsta-
gen gefallen ist, muss die junge Firmenerbin Käthe ihre Ideen einbringen, um das Familienunternehmen voranzubringen. Die Nachfrage nach
den Produkten von Doktor Meister ist drastisch gestiegen, und die Werke
produzieren auf Hochtouren. Darüber hinaus steht das fünfzigjährige
Firmenjubiläum bevor. Zusammen mit dem Italiener Giovanni, der als
Sohn eines Eisherstellers im Unternehmen arbeitet, macht sich Käthe
fieberhaft an die Entwicklung neuer Produkte.
Der große Abschluss der mitreißenden Saga um die Familie Meister –
atmosphärisch erzählt von Bestsellerautorin Eva-Maria Bast

Regelmäßige Informationen erhalten Sie über unseren Newsletter.
Jetzt anmelden unter: www.aufbau-verlage.de/newsletter

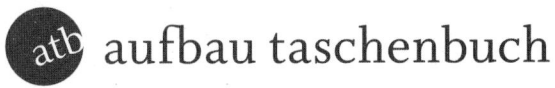